U0026982

經史百家雜鈔

四部備要

集部

中華書局據原刻本校刊

桐鄉陸費逵總勘

杭縣高時顯
吳汝霖輯校

杭縣丁輔之監造

經史百家雜鈔卷八目錄

經史百家雜鈔卷八

湘鄉曾國藩纂　　合肥李鴻章校刊

序跋之屬一

易乾文言

元者善之長也・亨者嘉之會也・利者義之和也・貞者事之幹也・君子體仁足以長人・嘉會足以合禮・利物足以和義・貞固足以幹事・君子行此四德者・故曰乾元亨利貞・初九曰・潛龍勿用・何謂也・子曰・龍德而隱者也・不易乎世・不成乎名・遯世无悶・不見是而无悶・樂則行之・憂則違之・確乎其不可拔・潛龍也・九二曰・見龍在田・利見大人・何謂也・子曰・龍德而正中者也・庸言之信・庸行之謹・閑邪存其誠・善世而不伐・德博而化・易曰・見龍在田・利見大人・君德也・九三曰・君子終日乾乾・夕惕若厲・无咎・何謂也・子曰・君子進德修業・忠信所以進德也・修辭立其誠・所以居業也・知至至之・可與幾也・知終終之・可與存義也・是故居上位而不驕・在下位而不憂・故乾乾因其時而惕・雖危无咎矣・九四曰・或躍在淵・无

咎何謂也子曰上下无常非爲邪也進退无恆非離羣也君子進德修業欲及時也故无咎九五曰飛龍在天利見大人何謂也子曰同聲相應同氣相求水流溼火就燥雲從龍風從虎聖人作而萬物覩本乎天者親上本乎地者親下則各從其類也上九曰亢龍有悔何謂也子曰貴而无位高而无民賢人在下位而无輔是以動而有悔也潛龍勿用下也見龍在田時舍也終日乾乾行事也或躍在淵自試也飛龍在天上治也亢龍有悔窮之災也乾元用九天下治也潛龍勿用陽氣潛藏見龍在田天下文明終日乾乾與時偕行或躍在淵乾道乃革飛龍在天乃位乎天德亢龍有悔與時偕極乾元用九乃見天則乾元者始而亨者也利貞者性情也乾始能以美利利天下不言所利大矣哉大哉乾乎剛健中正純粹精也六爻發揮旁通情也時乘六龍以御天也雲行雨施天下平也君子以成德爲行日可見之行也潛之爲言也隱而未見行而未成是以君子弗用也君子學以聚之問以辨之寬以居之仁以行之易曰見龍在田利見大人君德也九三重剛而不中上不在天下不在田故乾乾因其時而

惕雖危无咎矣九四重剛而不中上不在天下不在田中不在人故或之或之
者疑之也故无咎夫大人者與天地合其德與日月合其明與四時合其序與
鬼神合其吉凶先天而天弗違後天而奉天時天且弗違而況於人乎況於鬼
神乎亢之爲言也知進而不知退知存而不知亡知得而不知喪其惟聖人乎
知進退存亡而不失其正者其唯聖人乎

易坤文言

坤至柔而動也剛至靜而德方後得主而有常含萬物而化光坤道其順乎承
天而時行積善之家必有餘慶積不善之家必有餘殃臣弒其君子弒其父非
一朝一夕之故其所由來者漸矣由辯之不早辯也易曰履霜堅冰至蓋言順
也直其正也方其義也君子敬以直內義以方外敬義立而德不孤直方大不
習无不利則不疑其所行也陰雖有美含之以從王事弗敢成也地道也妻道
也臣道也地道无成而代有終也天地變化草木蕃天地閉賢人隱易曰括囊
无咎无譽蓋言謹也君子黃中通理正位居體美在其中而暢於四支發於事

業美之至也陰疑於陽必戰爲其嫌於无陽也故稱龍焉猶未離其類也故稱血焉夫玄黃者天地之雜也天玄而地黃

易上繫七爻

鳴鶴在陰其子和之我有好爵吾與爾靡之子曰君子居其室出其言善則千里之外應之況其邇者乎居其室出其言不善則千里之外違之況其邇者乎言出乎身加乎民行發乎邇見乎遠言行君子之樞機樞機之發榮辱之主也言行君子之所以動天地也可不慎乎同人先號咷而後笑子曰君子之道或出或處或默或語二人同心其利斷金同心之言其臭如蘭初六藉用白茅无咎子曰苟錯諸地而可矣藉之用茅何咎之有慎之至也夫茅之爲物薄而用可重也慎斯術也以往其无所失矣勞謙君子有終吉子曰勞而不伐有功而不德厚之至也語以其功下人者也德言盛禮言恭謙也者致恭以存其位者也亢龍有悔子曰貴而无位高而无民賢人在下位而无輔是以動而有悔也不出戶庭无咎子曰亂之所生也則言語以爲階君不密則失臣臣不密則失

身幾事不密則害成是以君子愼密而不出也子曰作易者其知盜乎易曰負且乘致寇至負也者小人之事也乘也者君子之器也小人而乘君子之器盜思奪之矣上慢下暴盜思伐之矣慢藏誨盜冶容誨淫易曰負且乘致寇至盜之招也

易下繫十一爻

易曰憧憧往來朋從而思子曰天下何思何慮天下同歸而殊塗一致而百慮天下何思何慮日往則月來月往則日來日月相推而明生焉寒往則暑來暑往則寒來寒暑相推而歲成焉往者屈也來者信也屈信相感而利生焉尺蠖之屈以求信也龍蛇之蟄以存身也精義入神以致用也利用安身以崇德也過此以往未之或知也窮神知化德之盛也易曰困于石據于蒺藜入于其宮不見其妻凶子曰非所困而困焉名必辱非所據而據焉身必危既辱且危死期將至妻其可得見邪易曰公用射隼于高墉之上獲之无不利子曰隼者禽也弓矢者器也射之者人也君子藏器於身待時而動何不利之有動而不括

是以出而有獲語成器而動者也子曰小人不恥不仁不畏不義不見利不勸不威不懲小懲而大誡此小人之福也易曰屨校滅趾无咎此之謂也善不積不足以成名惡不積不足以滅身小人以小善爲无益而弗爲也以小惡爲无傷而弗去也故惡積而不可掩罪大而不可解易曰何校滅耳凶子曰危者安其位者也亡者保其存者也亂者有其治者也是故君子安而不忘危存而不忘亡治而不忘亂是以身安而國家可保也易曰其亡其亡繫于苞桑子曰德薄而位尊知小而謀大力小而任重鮮不及矣易曰鼎折足覆公餗其形渥凶言不勝其任也子曰知幾其神乎君子上交不諂下交不瀆其知幾乎幾者動之微吉凶之先見者也君子見幾而作不俟終日易曰介于石不終日貞吉介如石焉甯用終日斷可識矣君子知微知彰知柔知剛萬夫之望子曰顏氏之子其殆庶幾乎有不善未嘗不知知之未嘗復行也易曰不遠復无祇悔元吉天地絪縕萬物化醇男女搆精萬物化生易曰三人行則損一人一人行則得其友言致一也子曰君子安其身而後動易其心而後語定其交而後求君子

修此三者故全也危以動則民不與也懼以語則民不應也无交而求則民不與也莫之與則傷之者至矣易曰莫益之或擊之立心勿恆凶

禮冠義

凡人之所以爲人者禮義也禮義之始在於正容體齊顏色順辭令容體正顏色齊辭令順而后禮義備以正君臣親父子和長幼君臣正父子親長幼和而后禮義立故冠而后服備服備而后容體正顏色齊辭令順故曰冠者禮之始也是故古者聖王重冠古者冠禮筮日筮賓所以敬冠事敬冠事所以重禮重禮所以爲國本也故冠於阼以著代也醮於客位三加彌尊加有成也已冠而字之成人之道也見於母母拜之見於兄弟兄弟拜之成人而與爲禮也玄冠玄端奠摯於君遂以摯見於鄉大夫鄉先生以成人見也成人之者將責成人禮焉也責成人禮焉者將責爲人子爲人弟爲人臣爲人少者之禮行焉將責四者之行於人其禮可不重與故孝弟忠順之行立而后可以爲人可以爲人而后可以治人也故聖王重禮故曰冠者禮之始也嘉事之重者也是故古者

重冠重冠故行之於廟行之於廟者所以尊重事尊重事而不敢擅重事不敢擅重事所以自卑而尊先祖也

司馬遷史記十二諸侯年表序

太史公讀春秋歷譜諜至周厲王未嘗不廢書而歎也曰嗚呼師摯見之矣紂爲象箸而箕子唏周道缺詩人本之衽席關雎作仁義陵遲鹿鳴刺焉及至厲王以惡聞其過公卿懼誅而禍作厲王遂奔于彘亂自京師始而共和行政焉（以上因表首共和而歎厲王時事）是後或力政彊乘弱興師不請天子然挾王室之義以討伐爲會盟主政由五伯諸侯恣行淫侈不軌賊臣篡子滋起矣齊晉秦楚其在成周微甚封或百里或五十里晉阻三河齊負東海楚介江淮秦因雍州之固四國迭興更爲伯主文武所褒大封皆威而服焉是以孔子明王道干七十餘君莫能用故西觀周室論史記舊聞興於魯而次春秋上記隱下至哀之獲麟約其辭文去其煩重以制義法王道備人事浹（以上言五伯迭興孔子作春秋）七十子之徒口受其傳指爲有所刺譏褒諱挹損之文辭不可以書見也魯君子左丘明懼弟子

人人異端各安其意失其真故因孔子史記具論其語成左氏春秋鐸椒為楚威王傳為王不能盡觀春秋采取成敗卒四十章為鐸氏微趙孝成王時其相虞卿上采春秋下觀近勢亦著八篇為虞氏春秋呂不韋者秦莊襄王相亦上觀尚古刪拾春秋集六國時事以為八覽六論十二紀為呂氏春秋及如荀卿孟子公孫固韓非之徒各往往捃摭春秋之文以著書不可勝紀漢相張蒼歷譜五德上大夫董仲舒推春秋義頗著文焉(以上歷數名家)太史公曰儒者斷其義馳說者騁其辭不務綜其終始歷人取其年月數家隆於神運譜牒獨記世謚其辭略欲一觀諸要難於是譜十二諸侯自共和訖孔子表見春秋國語學者所譏盛衰大指著於篇為成學治古文者要刪焉

司馬遷史記六國

太史公讀秦記至犬戎敗幽王周東徙洛邑秦襄公始封為諸侯作西畤用事上帝僭端見矣禮曰天子祭天地諸侯祭其域內名山大川今秦雜戎翟之俗先暴戾後仁義位在藩臣而臚於郊祀君子懼焉及文公踰隴攘夷狄尊陳寶

營岐雍之間而穆公修政東竟至河則與齊桓晉文中國侯伯侔矣以上言秦之盛是後陪臣執政大夫世祿六卿擅晉權征伐會盟威重於諸侯及田常殺簡公而相齊國諸侯晏然弗討海內爭於戰功矣三國終之卒分晉田和亦滅齊而有之六國之盛自此始務在彊兵并敵謀詐用而從衡短長之說起矯稱蠭出誓盟不信雖置質剖符猶不能約束也以上言六國之盛好用謀詐秦始小國僻遠諸夏賓之比于戎翟至獻公之後常雄諸侯論秦之德義不如魯衛之暴戾者量秦之兵不如三晉之彊也然卒并天下非必險固便形埶利也蓋若天所助焉或曰東方物所始生西方物之成孰夫作事者必於東南收功實者常於西北故禹興於西羌湯起於亳周之王也以豐鎬伐殷秦之帝用雍州興漢之興自蜀漢以上秦并天下亦有天意而兼地利秦既得意燒天下詩書諸侯史記尤甚爲其有所刺譏也詩書所以復見者多藏人家而史記獨藏周室以故滅惜哉惜哉獨有秦記又不載日月其文略不具然戰國之權變亦有可頗采者何必上古秦取天下多暴然世異變成功大傳曰法後王何也以其近己而俗變相類議卑而易行也學者

牽於所聞見秦在帝位日淺不察其終始因舉而笑之不敢道此與以耳食無異悲夫（以上秦記亦有可采）余於是因秦記踵春秋之後起周元王表六國時事訖二世凡二百七十年著諸所聞興壞之端後有君子以覽觀焉

司馬遷史記秦楚之際月表序

太史公讀秦楚之際曰初作難發於陳涉虐戾滅秦自項氏撥亂誅暴平定海內卒踐帝祚成於漢家五年之閒號令三嬗自生民以來未始有受命若斯之亟也昔虞夏之興積善累功數十年德洽百姓攝行政事考之於天然後在位湯武之王乃由契后稷修仁行義十餘世不期而會孟津八百諸侯猶以爲未可其後乃放弑秦起襄公章於文繆獻孝之後稍以蠶食六國百有餘載至始皇乃能并冠帶之倫以德若彼用力如此蓋一統若斯之難也秦既稱帝患兵革不休以有諸侯也於是無尺土之封墮壞名城銷鋒鏑鉏豪桀維萬世之安然王跡之興起於閭巷合從討伐軼於三代鄉秦之禁適足以資賢者爲驅除難耳故憤發其所爲天下雄安在無土不王此乃傳之所謂大聖乎豈非天哉

豈非天哉。非大聖孰能當此受命而帝者乎。

司馬遷史記漢興以來諸侯王年表序

太史公曰。殷以前尚矣。周封五等。公侯伯子男。然封伯禽康叔於魯衛。地各四百里。親親之義。褒有德也。太公於齊。兼五侯地。尊勤勞也。武王成康所封數百。而同姓五十五。地上不過百里。下三十里。以輔衛王室。管蔡康叔曹鄭。（康叔蓋唐叔字誤）或過或損。厲幽之後。王室缺。侯伯彊國與焉。天子微。弗能正。非德不純。形勢弱也。（以上言周封國之多）漢興。序二等。高祖末年。非劉氏而王者。若無功上所不置而侯者。天下共誅之。高祖子弟同姓為王者九國。唯獨長沙異姓。而功臣侯者百有餘人。自鴈門太原以東至遼陽。為燕代國。常山以南。太行左轉。度河濟。阿甄以東。薄海。為齊趙國。自陳以西。南至九疑。東帶江淮穀泗。薄會稽。為梁楚吳淮南長沙國。皆外接於胡越。而內地北距山以東。盡諸侯地。大者或五六郡。連城數十。置百官宮觀。僭於天子。漢獨有三河東郡潁川南陽。自江陵以西至蜀。北自雲中至隴西。與內史凡十五郡。而公主列侯頗食邑其中。何者。天下初定。骨肉同姓少。故廣彊庶孽。以鎮撫四海。用承衞天子也。（以上言漢封宗族之強）漢定百年之間。親屬益疏。諸侯或驕奢。忕邪臣計謀。爲淫亂。大者叛逆。小者不軌于法。以危其命。殞身亡國。天子觀於上古。然後加惠。使諸侯得推恩分子弟國邑。故齊分爲七。趙分爲六。梁分爲五。淮南分三。及天子支庶子爲王。王子支庶爲侯。百有餘焉。吳楚時。前後諸侯或以適削地。是以燕代無北邊郡。吳淮南長沙無南邊郡。齊趙梁楚支郡名山陂海咸納於漢。諸侯稍微。大國不過十餘城。小侯不過數十里。上足以奉貢職。下足以供養祭祀。以蕃輔京師。而漢郡八九十。形錯諸侯閒。犬牙相臨。秉其阨塞地利。彊本榦。弱枝葉之勢也。尊卑明而萬事各得其所矣。（以上言諸侯日削強本弱枝）臣遷謹記高祖以來至太初諸侯。譜其下益損之時。令後世得覽形勢。雖彊。要之以仁義爲本。

司馬遷史記高祖功臣侯者年表序

太史公曰。古者人臣功有五品。以德立宗廟定社稷曰勳。以言曰勞。用力曰功。明其等曰伐。積日曰閱。封爵之誓曰。使河如帶。泰山若厲。國以永甯。爰及苗裔。

始未嘗不欲固其根本而枝葉稍陵夷衰微也余讀高祖侯功臣察其首封所以失之者曰異哉所聞書曰協和萬邦遷于夏商或數千歲蓋周封八百幽厲之後見於春秋尚書有唐虞之侯伯歷三代千有餘載自全以蕃衛天子豈非篤於仁義奉上法哉（以上言古者封國之長由於忠謹）漢興功臣受封者百有餘人天下初定故大城名都散亡戶口可得而數者十二三是以大侯不過萬家小者五六百戶後數世民咸歸鄉里戶益息蕭曹絳灌之屬或至四萬小侯自倍富厚如之子孫驕溢忘其先淫嬖至太初百年之閒見侯五餘皆坐法隕命亡國耗矣罔亦少密焉然皆身無兢兢於當世之禁云（以上功臣多坐法亡國）居今之世志古之道所以自鏡也未必盡同帝王者各殊禮而異務要以成功爲統紀豈可緄乎觀所以得尊寵及所以廢辱亦當世得失之林也何必舊聞於是謹其終始表其文頗有所不盡本末著其明疑者闕之後有君子欲推而列之得以覽焉

司馬遷史記建元以來侯者年表序

太史公曰匈奴絕和親攻當路塞閩越擅伐東甌請降二夷交侵當盛漢之隆

以此知功臣受封侔於祖考矣何者自詩書稱三代戎狄是膺荊荼是徵齊桓越燕伐山戎武靈王以區區趙服單于秦繆用百里霸西戎吳楚之君以諸侯役百越況乃以中國一統明天子在上兼文武席卷四海內輯億萬之衆豈以晏然不爲邊境征伐哉自是後遂出師北討彊胡南誅勁越將卒以次封矣

太史公自序

昔在顓頊命南正重以司天北正黎以司地唐虞之際紹重黎之後使復典之至于夏商故重黎氏世序天地其在周程伯休甫其後也當周宣王時失其守而爲司馬氏司馬氏世典周史惠襄之閒司馬氏去周適晉晉中軍隨會奔秦而司馬氏入少梁自司馬氏去周適晉分散或在衞或在趙或在秦其在衞者相中山在趙者以傳劍論顯蒯聵其後也在秦者名錯與張儀爭論於是惠王使錯將伐蜀遂拔因而守之錯孫靳事武安君白起而少梁更名曰夏陽靳與武安君阬趙長平軍還而與之俱賜死杜郵葬於華池靳孫昌昌爲秦主鐵官當始皇之時蒯聵玄孫卭爲武信君將而徇朝歌諸侯之相王王卭於殷漢之

伐楚。卬歸漢。以其地爲河內郡。昌生無澤。無澤爲漢市長。無澤生喜。喜爲五大夫。卒皆葬高門。喜生談。談爲太史公。太史公學天官於唐都。受易於楊何。習道論於黃子。以上敘述家世太史公仕於建元元封之閒。愍學者之不達其意而師悖。乃論六家之要指曰。易大傳。天下一致而百慮。同歸而殊塗。夫陰陽儒墨名法道德。此務爲治者也。直所從言之異路。有省不省耳。嘗竊觀陰陽之術大祥而衆忌諱。使人拘而多所畏。然其序四時之大順。不可失也。儒者博而寡要。勞而少功。是以其事難盡從。然其序君臣父子之禮。列夫婦長幼之別。不可易也。墨者儉而難遵。是以其事不可偏循。然其彊本節用。不可廢也。法家嚴而少恩。然其正君臣上下之分。不可改矣。名家使人儉而善失真。然其正名實。不可不察也。道家使人精神專一。動合無形。贍足萬物。其爲術也。因陰陽之大順。采儒墨之善。撮名法之要。與時遷移。應物變化。立俗施事。無所不宜。指約而易操。事少而功多。儒者則不然。以爲人主天下之儀表也。主倡而臣和。主先而臣隨。如此則主勞而臣逸。至於大道之要。去健羨。絀聰明。釋此而任術。夫神大用則竭。形大勞則敝形神騷動欲與天地長久非所聞也夫陰陽四時八位十二度二十四節各有教令順之者昌逆之者不死則亡未必然也故曰使人拘而多畏夫春生夏長秋收冬藏此天道之大經也弗順則無以爲天下綱紀故曰四時之大順不可失也夫儒者以六藝爲法六藝經傳以千萬數累世不能通其學當年不能究其禮故曰博而寡要勞而少功若夫列君臣父子之禮序夫婦長幼之別雖百家弗能易也墨者亦尙堯舜道言其德行曰堂高三尺土階三等茅茨不翦采椽不刮食土簋啜土刑糲粱之食藜藿之羹夏日葛衣冬日鹿裘其送死桐棺三寸舉音不盡其哀教喪禮必以此爲萬民之率使天下法若此則尊卑無別也夫世異時移事業不必同故曰儉而難遵要曰彊本節用則人給家足之道也此墨子之所長雖百家弗能廢也法家不別親疏不殊貴賤一斷於法則親親尊尊之恩絕矣可以行一時之計而不可長用也故曰嚴而少恩若尊主卑臣明分職不得相踰越雖百家弗能改也名家苛察繳繞使人不得反其意專決於名而失人情故曰使人儉而善失真若夫控名責實參伍不失此

不可不察也・道家無爲・又曰無不爲・其實易行・其辭難知・其術以虛無爲本・以因循爲用・無成勢・無常形・故能究萬物之情・不爲物先・不爲物後・故能爲萬物主・有法無法・因時爲業・有度無度・因物與合・故曰聖人不朽・時變是守・虛者道之常也・因者君之綱也・羣臣並至・使各自明也・其實中其聲者謂之端・實不中其聲者謂之窾・窾言不聽・姦乃不生・賢不肖自分・白黑乃形・在所欲用耳・何事不成・乃合大道・混混冥冥・光燿天下・復反無名・凡人所生者神也・所託者形也・神大用則竭・形大勞則敝・形神離則死・死者不可復生・離者不可復反・故聖人重之・由是觀之・神者生之本也・形者生之具也・不先定其神・而曰我有以治天下・何由哉・(以上談論六家要指)太史公既掌天官・不治民・有子曰遷・遷生龍門・耕牧河山之陽・年十歲則誦古文・二十而南游江淮・上會稽・探禹穴・闚九疑・浮於沅湘・北涉汶泗・講業齊魯之都・觀孔子之遺風・鄉射鄒嶧・戹困鄱薛彭城・過梁楚以歸・於是遷仕爲郎中・奉使西征巴蜀以南・南略邛笮昆明・還報命・是歲天子始建漢家之封・而太史公留滯周南・不得與從事・故發憤且卒・而子遷適使反・見父

於河洛之閒太史公執遷手而泣曰余先周室之太史也自上世嘗顯功名於虞夏典天官事後世中衰絕於予乎汝復爲太史則續吾祖矣今天子接千歲之統封泰山而余不得從行是命也夫命也夫余死汝必爲太史爲太史無忘吾所欲論著矣且夫孝始於事親中於事君終於立身揚名於後世以顯父母此孝之大者夫天下稱誦周公言其能論歌文武之德宣周邵之風達太王王季之思慮爰及公劉以尊后稷也幽厲之後王道缺禮樂衰孔子修舊起廢論詩書作春秋則學者至今則之自獲麟以來四百有餘歲而諸侯相兼史記放絕今漢興海內一統明主賢君忠臣死義之士余爲太史而弗論載廢天下之史文余甚懼焉汝其念哉遷俯首流涕曰小子不敏請悉論先人所次舊聞弗敢闕（以上談遺令遷論次史文）卒三歲而遷爲太史令紬史記石室金匱之書五年而當太初元年十一月甲子朔旦冬至天曆始改建於明堂諸神受紀太史公曰先人有言自周公卒五百歲而有孔子孔子卒後至於今五百歲有能紹名世正易傳繼春秋本詩書禮樂之際意在斯乎意在斯乎小子何敢讓焉（以上遷有志作史）上

大夫壺遂曰昔孔子何爲而作春秋哉太史公曰余聞董生曰周道衰廢孔子
爲魯司寇諸侯害之大夫壅之孔子知言之不用道之不行也是非二百四十
二年之中以爲天下儀表貶天子退諸侯討大夫以達王事而已矣子曰我欲
載之空言不如見之於行事之深切著明也夫春秋上明三王之道下辨人事
之紀別嫌疑明是非定猶豫善善惡惡賢賢賤不肖存亡國繼絕世補敝起廢
王道之大者也易著天地陰陽四時五行故長於變禮經紀人倫故長於行書
記先王之事故長於政詩記山川谿谷禽獸草木牝牡雌雄故長於風樂樂所
以立故長於和春秋辯是非故長於治人是故禮以節人樂以發和書以道事
詩以達意易以道化春秋以道義撥亂世反之正莫近於春秋春秋文成數萬
其指數千萬物之散聚皆在春秋春秋之中弑君三十六亡國五十二諸侯奔
走不得保其社稷者不可勝數察其所以皆失其本已故易曰失之毫釐差以
千里故曰臣弑君子弑父非一旦一夕之故也其漸久矣故有國者不可以不
知春秋前有讒而弗見後有賊而不知爲人臣者不可以不知春秋守經事而

珍倣宋版印

不知其宜遭變事而不知其權為人君父而不通於春秋之義者必蒙首惡之名為人臣子而不通於春秋之義者必陷簒弒之誅死罪之名其實皆以為善為之不知其義被之空言而不敢辭夫不通禮義之旨至於君不君臣不臣父不父子不子夫君不君則犯臣不臣則誅父不父則無道子不子則不孝此四行者天下之大過也以天下之大過予之則受而弗敢辭故春秋者禮之大宗也夫禮禁未然之前法施已然之後法之所為用者易見而禮之所為禁者難知（以上與壺遂言春秋治人輔禮教之不及）壺遂曰孔子之時上無明君下不得任用故作春秋垂空文以斷禮義當一王之法今夫子上遇明天子下得守職萬事既具咸各序其宜夫子所論欲以何明太史公曰唯唯否否不然余聞之先人曰伏羲至純厚作易八卦堯舜之盛尚書載之禮樂作焉湯武之隆詩人歌之春秋采善貶惡推三代之德褒周室非獨刺譏而已也漢興以來至明天子獲符瑞封禪改正朔易服色受命於穆清澤流罔極海外殊俗重譯款塞請來獻見者不可勝道臣下百官力誦聖德猶不能宣盡其意且士賢能而不用有國者之恥主上

明聖而德不布聞、有司之過也、且余嘗掌其官、廢明聖盛德不載、滅功臣世家賢大夫之業不述、墮先人所言、罪莫大焉、余所謂述故事、整齊其世傳、非所謂作也、而君比之於春秋、謬矣、以上言作史但記述事實不敢希春秋之褒貶於是論次其文、七年而太史公遭李陵之禍、幽於縲紲、乃喟然而歎曰、是余之罪也夫、是余之罪也夫、身毀不用矣、退而深惟曰、夫詩書隱約者、欲遂其志之思也、昔西伯拘羑里、演周易、孔子戹陳蔡、作春秋、屈原放逐、著離騷、左丘失明、厥有國語、孫子臏腳、而論兵法、不韋遷蜀、世傳呂覽、韓非囚秦、說難孤憤、詩三百篇、大抵賢聖發憤之所爲作也、此人皆意有所鬱結、不得通其道也、故述往事、思來者、於是卒述陶唐以來、至於麟止、自黃帝始、維昔黃帝、法天則地、四聖遵序、各成法度、唐堯遜位虞舜不台、厥美帝功、萬世載之、作五帝本紀第一。維禹之功、九州攸同、光唐虞際、德流苗裔、夏桀淫驕、乃放鳴條、作夏本紀第二。維契作商、爰及成湯、太甲居桐、德盛阿衡、武丁得說、乃稱高宗、帝辛湛湎、諸侯不享、作殷本紀第三。維棄作稷、德盛西伯、武王牧野、實撫天下、幽厲昏亂、既喪酆鎬、陵遲至赧、洛邑不祀、作周本紀第四。維秦之先・伯翳佐禹・穆公思義・悼豪之旅・以人爲殉・詩歌黃鳥・昭襄業帝。作秦本紀第五。始皇既立・并兼六國・銷鋒鑄鐻・維偃干革・尊號稱帝・矜武任力・二世受運・子嬰降虜・作始皇本紀第六。秦失其道・豪桀並擾・項梁業之・子羽接之・殺慶救趙・諸侯立之・誅嬰背懷・天下非之・作項羽本紀第七。子羽暴虐・漢行功德・憤發蜀漢・還定三秦・誅籍業帝・天下惟寧・改制易俗・作高帝本紀第八。惠之早霣・諸呂不台・崇彊祿產・諸侯謀之・殺隱幽友・大臣洞疑・遂及宗禍・作呂太后本紀第九。漢既初興・繼嗣不明・迎王踐祚・天下歸心・蠲除肉刑・開通關梁・廣恩博施・厥稱太宗・作孝文本紀第十。諸侯驕恣・吳首爲亂・京師行誅・七國伏辜・天下翕然・大安殷富・作孝景本紀第十一。漢興五世・隆在建元・外攘夷狄・內修法度・封禪・改正朔・易服色・作今上本紀第十二。維三代尚矣・年紀不可考・蓋取之譜牒舊聞・本于茲・於是略推・作三代世表第一。幽厲之後・周室衰微・諸侯專政・春秋有所不紀・而譜牒經略・五霸更盛衰・欲睹周世相先後之意・作十二諸侯年表第二。春秋之後・陪臣秉政・彊國相王・以至于秦・卒并諸夏・滅封地擅其號作六國年表第三。秦既暴虐楚人發難項氏遂亂漢乃扶義征伐八年之間天下三嬗事繁變衆故詳著秦楚之際月表第四。漢興已來至於太初百年諸侯廢立分削譜紀不明有司靡踵彊弱之原云以世作漢興已來諸侯年表第五。維高祖元功輔臣股肱剖符而爵澤流苗裔忘其昭穆或殺身隕國作高祖功臣侯者年表第六。惠景之間維申功臣宗屬爵邑作惠景間侯者年表第七。北討強胡南誅勁越征伐夷蠻武功爰列作建元以來侯者年表第八。諸侯既彊七國爲從子弟衆多無爵封邑推恩行義其勢銷弱德歸京師作王子侯者年表第九。國有賢相良將民之師表也維見漢興以來將相名臣年表賢者記其治不賢者彰其事作漢興以來將相名臣年表第十。維三代之禮所損益各殊務然要以近情性通王道故禮因人質爲之節文略協古今之變作禮書第一。樂者所以移風易俗也自雅頌聲興則已好鄭衛之音鄭衛之音所從來久矣人情之所感遠俗則懷比樂書以述來古作樂書第二。非兵不強非德不昌黃帝湯武以興桀紂二世以崩可不慎與司馬法所從來尚矣太公孫吳王子能紹而明之切近世極人變作律書第三律居陰而治陽曆居陽而治陰律曆更相治閒不容翲忽五家之文怫異維太初之元論作曆書第四星氣之書多雜禨祥不經推其文考其應不殊比集論其行事驗于軌度以次作天官書第五受命而王封禪之符罕用用則萬靈罔不禋祀追本諸神名山大川禮作封禪書第六維禹浚川九州攸寧爰及宣防決瀆通溝作河渠書第七維幣之行以通農商其極則玩巧并兼茲殖爭於機利去本趨末作平準書以觀事變第八太伯避歷江蠻是適文武攸興古公王迹闔廬弒僚賓服荊楚夫差克齊子胥鴟夷信嚭親越吳國既滅嘉伯之讓作吳世家第一申呂肖矣尚父側微卒歸西伯文武是師功冠羣公繆權于幽番番黃髮爰饗營丘不背柯盟桓公以昌九合諸侯霸功顯彰田闞爭寵姜姓解亡嘉父之謀作齊太公世家第二依之違之周公綏之憤發文德天下和之輔翼成王諸侯宗周隱桓之際是獨何哉三桓爭彊魯乃不昌嘉旦金縢作周公世家第三武王克紂天下未協而崩成王既幼管蔡疑之淮夷叛之於是召公率德安集王室以寧東土燕

易之禪乃成禍亂嘉甘棠之詩作燕世家第四管蔡相武庚將寧舊商及旦攝政二叔不饗殺鮮放度周公爲盟太任十子周以宗彊嘉仲悔過作管蔡世家第五王後不絕舜禹是說維德休明苗裔蒙烈百世享祀爰周陳杞楚實滅之齊田既起舜何人哉作陳杞世家第六收殷餘民叔封始邑申以商亂酒材是告及朔之生衞頃不寧南子惡蒯聵子父易名周德卑微戰國既彊衞以小弱角獨後亡嘉彼康誥作衞世家第七嗟箕子乎嗟箕子乎正言不用乃反爲奴武庚既死周封微子襄公傷於泓君子孰稱景公謙德熒惑退行剔成暴虐宋乃滅亡嘉微子問太師作宋世家第八武王既崩叔虞邑唐君子譏名卒滅武公驪姬之愛亂者五世重耳不得意乃能成霸六卿專權晉國以耗嘉文公錫珪鬯作晉世家第九重黎業之吳回接之殷之季世粥子牒之周用熊繹熊渠是續莊子之賢乃復國陳既赦鄭伯班師華元懷王客死蘭咎屈原好諛信讒楚并於秦嘉莊王之義作楚世家第十少康之子實賓南海文身斷髮黿鱓與處既守封禺奉禹之祀句踐困彼乃用種蠡嘉句踐夷蠻能修其德滅彊吳以

尊周室。作越王句踐世家第十一。桓公之東。太史是庸。及侵周禾。王人是議。祭仲要盟。鄭久不昌。子產之仁。紹世稱賢。三晉侵伐。鄭納於韓。嘉厲公納惠王。作鄭世家第十二。維驥騄耳。乃章造父。趙夙事獻。衰續厥緒。佐文尊王。卒爲晉輔。襄子困辱。乃禽智伯。主父生縛。餓死探爵。王遷辟淫。良將是斥。嘉鞅討周亂。作趙世家第十三。畢萬爵魏。卜人知之。及絳戮干。戎翟和之。文侯慕義。子夏師之。惠王自矜。齊秦攻之。既疑信陵。諸侯罷之。卒亡大梁。王假廝之。嘉武佐晉文申霸道。作魏世家第十四。韓厥陰德。趙武攸興。紹絕立廢。晉人宗之。昭侯顯列。申子庸之。疑非不信。秦人襲之。嘉厥輔晉匡周天子之賦。作韓世家第十五。完子避難。適齊爲援。陰施五世。齊人歌之。成子得政。田和爲侯。王建動心。乃遷于共。嘉威宣能撥濁世而獨宗周。作田敬仲完世家第十六。周室既衰。諸侯恣行。仲尼悼禮廢樂崩。追修經術。以達王道。匡亂世反之於正。見其文辭。爲天下制儀法。垂六藝之統紀於後世。作孔子世家第十七。桀紂失其道而湯武作。周失其道而春秋作。秦失其政而陳涉發迹。諸侯作難。風起雲蒸。卒亡秦族。天下之端

自涉發難作陳涉世家第十八成皋之臺薄氏始基詘意適代厥崇諸竇栗姬
偩貴王氏乃遂陳后太驕卒尊子夫嘉夫德若斯作外戚世家第十九漢既譎
謀禽信於陳越荊剽輕乃封弟交爲楚王爰都彭城以彊淮泗爲漢宗藩戊溺
於邪禮復紹之嘉游輔祖作楚元王世家第二十維祖師旅劉賈是與爲布所
襲喪其荊吳營陵激呂乃王琅邪怵午信齊往而不歸遂西入關遭立孝文獲
復王燕天下未集賈澤以族爲漢藩輔作荊燕世家第二十一天下已平親屬
既寡悼惠先壯實鎮東土哀王擅興發怒諸呂駟鈞暴戾京師弗許厲之內淫
禍成主父嘉肥股肱作齊悼惠王世家第二十二楚人圍我滎陽相守三年蕭
何填撫山西推計踵兵給糧食不絕使百姓愛漢不樂爲楚作蕭相國世家第
二十三與信定魏破趙拔齊遂弱楚人續何相國不變不革黎庶攸寧嘉參不
伐功矜能作曹相國世家第二十四運籌帷幄之中制勝於無形子房計謀其
事無知名無勇功圖難於易爲大於細作留侯世家第二十五六奇既用諸侯
賓從於漢呂氏之事平爲本謀終安宗廟定社稷作陳丞相世家第二十六諸

呂爲從、謀弱京師、而勃反經合於權、吳楚之兵、亞夫駐於昌邑、以戹齊趙而出委以梁、作絳侯世家第二十七。七國叛逆、蕃屏京師、惟梁爲扞、偩愛矜功、幾獲於禍、嘉其能距吳楚、作梁孝王世家第二十八。五宗既王、親屬洽和、諸侯大小爲藩、爰得其宜、僭擬之事稍衰貶矣、作五宗世家第二十九。三子之王、文辭可觀、作三王世家第三十。末世爭利、維彼奔義、讓國餓死、天下稱之、作伯夷列傳第一。晏子儉矣、夷吾則奢、齊桓以霸、景公以治、作管晏列傳第二。李耳無爲自化、清淨自正、韓非揣事情、循埶理、作老子韓非列傳第三。自古王者而有司馬法、穰苴能申明之、作司馬穰苴列傳第四。非信廉仁勇不能傳兵論劍、與道同符、內可以治身、外可以應變、君子比德焉、作孫子吳起列傳第五。維建遇讒、爰及子奢、尙既匡父、伍員奔吳、作伍子胥列傳第六。孔氏述文、弟子興業、咸爲師傅、崇仁厲義、作仲尼弟子列傳第七。鞅去衛適秦、能明其術、彊霸孝公、後世遵其法、作商君列傳第八。天下患衡秦無饜、而蘇子能存諸侯、約從以抑貪彊、作蘇秦列傳第九。六國既從親、而張儀能明其說、復散解諸侯、作張儀列傳第十。

秦所以東攘雄諸侯樗里甘茂之策作樗里甘茂列傳第十一苞河山圍大梁使諸侯斂手而事秦者魏冉之功作穰侯列傳第十二南拔鄢郢北摧長平遂圍邯鄲武安爲率破荊滅趙王翦之計作白起王翦列傳第十三獵儒墨之遺文明禮義之統紀絶惠王利端列往世興衰作孟子荀卿列傳第十四好客喜士士歸於薛爲齊扞楚魏作孟嘗君列傳第十五爭馮亭以權如楚以救邯鄲之圍使其君復稱於諸侯作平原君虞卿列傳第十六能以富貴下貧賤賢能詘於不肖惟信陵君爲能行之作魏公子列傳第十七以身徇君遂脫彊秦使馳說之士南鄉走楚者黃歇之義作春申君列傳第十八能忍訽於魏齊而信威於彊秦推賢讓位二子有之作范睢蔡澤列傳第十九率行其謀連五國兵爲弱燕報彊齊之讎雪其先君之恥作樂毅列傳第二十能信意彊秦而屈體廉子用徇其君俱重於諸侯作廉頗藺相如列傳第二十一湣王既失臨淄而奔莒惟田單用即墨破走騎劫遂存齊社稷作田單列傳第二十二能設詭說解患於圍城輕爵祿樂肆志作魯仲連鄒陽列傳第二十三作辭以諷諫連類

以爭義離騷有之作屈原賈生列傳第二十四結子楚親使諸侯之士斐然爭入事秦作呂不韋列傳第二十五曹子匕首魯獲其田齊明其信豫讓義不爲二心作刺客列傳第二十六能明其畫因時推秦遂得意於海內斯爲謀首作李斯列傳第二十七爲秦開地益衆北靡匈奴據河爲塞因山爲固建榆中作蒙恬列傳第二十八塡趙塞常山以廣河內弱楚權明漢王之信於天下作張耳陳餘列傳第二十九收西河上黨之兵從至彭城越之侵掠梁地以苦項羽作魏豹彭越列傳第三十以淮南畔楚歸漢漢用得大司馬殷卒破子羽於垓下作黥布列傳第三十一楚人迫我京索而信拔魏趙定燕齊使漢三分天下有其二以滅項籍作淮陰侯列傳第三十二楚漢相距鞏洛而韓信爲塡潁川盧綰絕籍糧餉作韓信盧綰列傳第三十三諸侯畔項王惟齊連子羽城陽漢得以閒遂入彭城作田儋列傳第三十四攻城野戰獲功歸報噲商有力焉非獨鞭策又與之脫難作樊酈列傳第三十五漢既初定文理未明蒼爲主計整齊度量序律曆作張丞相列傳第三十六結言通使約懷諸侯諸侯咸親歸漢

爲藩輔作酈生陸賈列傳第三十七。欲詳知秦楚之事惟周緤常從高祖平定諸侯作傅靳蒯成列傳第三十八。徙彊族都關中和約匈奴明朝廷禮次宗廟儀法作劉敬叔孫通列傳第三十九。能摧剛作柔卒爲列臣欒公不劫於埶而倍死作季布欒布列傳第四十。敢犯顏色以達主義不顧其身爲國家樹長畫作袁盎鼂錯列傳第四十一。守法不失大理言古賢人增主之明作張釋之馮唐列傳第四十二。敦厚慈孝訥於言敏於行務在鞠躬君子長者作萬石張叔列傳第四十三。守節切直義足以言廉行足以厲賢任重權不可以非理撓作田叔列傳第四十四。扁鵲言醫爲方者宗守數精明後世修序弗能易也而倉公可謂近之矣作扁鵲倉公列傳第四十五。維仲之省厥濞王吳遭漢初定以填撫江淮之閒作吳王濞列傳第四十六。吳楚爲亂宗屬惟嬰賢而喜士士鄉之率師抗山東滎陽作魏其武安列傳第四十七。智足以應近世之變寬足用得人作韓長孺列傳第四十八。勇於當敵仁愛士卒號令不煩師徒鄉之作李將軍列傳第四十九。自三代以來匈奴常爲中國患害欲知彊弱之時設備征討作匈奴列傳第五十直曲塞廣河南破祁連通西國靡北胡作衛將軍驃騎列傳第五十一大臣宗室以侈靡相高惟弘用節衣食爲百吏先作平津侯列傳第五十二漢既平中國而佗能集揚越以保南藩納貢職作南越列傳第五十三吳之叛逆甌人斬濞葆守封禺爲臣作東越列傳第五十四燕丹散亂遼間滿收其亡民厥聚海東以集真藩葆塞爲外臣作朝鮮列傳第五十五唐蒙使略通夜郎而邛筰之君請爲內臣受吏作西南夷列傳第五十六子虛之事大人賦說靡麗多誇然其指風諫歸於無爲作司馬相如列傳第五十七黥布叛逆子長國之以填江淮之南安剽楚庶民作淮南衡山列傳第五十八奉法循理之吏不伐功矜能百姓無稱亦無過行作循吏列傳第五十九正衣冠立於朝廷而羣臣莫敢言浮說長孺矜焉好薦人稱長者壯有漑作汲鄭列傳第六十自孔子卒京師莫崇庠序惟建元元狩之間文辭粲如也作儒林列傳第六十一民倍本多巧奸軌弄法善人不能化惟一切嚴削爲能齊之作酷吏列傳第六十二漢既通使大夏而西極遠蠻引領內鄉欲親中國作大宛列傳第

六十三。救人於戹振人不贍仁者有乎不既信不倍言義者有取焉作游俠列傳第六十四。夫事人君能說主耳目和主顏色而獲親近非獨色愛能亦各有所長作佞幸列傳第六十五。不流世俗不爭埶利上下無所凝滯人莫之害以道之用作滑稽列傳第六十六。齊楚秦趙爲日者各有俗所用欲循觀其大旨作日者列傳第六十七。三王不同龜四夷各異卜然各以決吉凶略闚其要作龜策列傳第六十八。布衣匹夫之人不害於政不妨百姓取與以時而息財富智者有采焉作貨殖列傳第六十九。維我漢繼五帝末流接三代統業周道廢秦撥去古文焚滅詩書故明堂石室金匱玉版圖籍散亂於是漢興蕭何次律令韓信申軍法張蒼爲章程叔孫通定禮儀則文學彬彬稍進詩書往往閒出矣自曹參薦蓋公言黃老而賈生鼂錯明申商公孫弘以儒顯百年之間天下遺文古事靡不畢集太史公太史公仍父子相續纂其職曰於戲余維先人嘗掌斯事顯於唐虞至於周復典之故司馬氏世主天官至於余乎欽念哉欽念哉罔羅天下放失舊聞王迹所興原始察終見盛觀衰論考之行事略推三代錄秦漢上記軒轅下至于茲著十二本紀既科條之矣並時異世年差不明作十表禮樂損益律曆改易兵權山川鬼神天人之際承敝通變作八書二十八宿環北辰三十輻共一轂運行無窮輔拂股肱之臣配焉忠信行道以奉主上作三十世家扶義俶儻不令己失時立功名於天下作七十列傳凡百三十篇五十二萬六千五百字爲太史公書序略以拾遺補藝成一家之言厥協六經異傳整齊百家雜語藏之名山副在京師俟後世聖人君子第七十太史公曰余述歷黃帝以來至太初而訖百三十篇

班固漢書藝文志

昔仲尼沒而微言絕七十子喪而大義乖故春秋分爲五詩分爲四易有數家之傳戰國從衡真僞分爭諸子之言紛然殽亂至秦患之乃燔滅文章以愚黔首漢興改秦之敗大收篇籍廣開獻書之路迄孝武世書缺簡脫禮壞樂崩聖上喟然而稱曰朕甚閔焉於是建藏書之策置寫書之官下及諸子傳說皆充祕府至成帝時以書頗散亡使謁者陳農求遺書於天下詔光祿大夫劉向校

經傳諸子詩賦步兵校尉任宏校兵書太史令尹咸校數術侍醫李柱國校方技每一書已向輒條其篇目撮其指意錄而奏之會向卒哀帝復使向子侍中奉車都尉歆卒父業歆於是總羣書而奏其七略故有輯略有六藝略有諸子略有詩賦略有兵書略有術數略有方技略今刪其要以備篇籍

易經十二篇施孟梁丘三家 易傳周氏二篇（字王孫也） 服氏二篇 楊氏二篇（名何字叔元菑川人） 蔡公二篇（衞人事周王孫） 韓氏二篇（名嬰） 王氏二篇（名同） 丁氏八篇（名寬字子襄梁人也） 古五子十八篇（自甲子至壬子說易陰陽） 淮南道訓二篇（淮南王安聘明易者九人號九師說） 古雜八十篇雜災異三十五篇神輸五篇圖一 孟氏京房十一篇災異孟氏京房六十六篇五鹿充宗略說三篇京氏段嘉十二篇 章句施孟梁丘氏各二篇

凡易十三家二百九十四篇

易曰宓戲氏仰觀象於天俯觀法於地觀鳥獸之文與地之宜近取諸身遠取諸物於是始作八卦以通神明之德以類萬物之情至於殷周之際紂在上位

逆天暴物文王以諸侯順命而行道天人之占可得而效於是重易六爻作上下篇孔氏爲之彖象繫辭文言序卦之屬十篇故曰易道深矣人更三聖世歷三古及秦燔書而易爲筮卜之事傳者不絕漢興田何傳之訖於宣元有施孟梁邱京氏列於學官而民閒有費高二家之說劉向以中古文易經校施孟梁邱經或脫去無咎悔亡惟費氏經與古文同

尚書古文經四十六卷（爲五十七篇） 經二十九卷（大小夏侯二家歐陽經三十二卷） 傳四十一篇 歐陽章句三十一卷 大小夏侯章句各二十九卷 大小夏侯解故二十九篇 歐陽說義二篇 劉向五行傳記十一卷 許商五行傳記一篇

周書七十一篇（周史記） 議奏四十二篇（宣帝時石渠論）

凡書九家四百一十二篇（入劉向稽疑一篇）

易曰河出圖雒出書聖人則之故書之所起遠矣至孔子纂焉上斷於堯下訖於秦凡百篇而爲之序言其作意秦燔書禁學濟南伏生獨壁藏之漢興亡失求得二十九篇以教齊魯之閒訖孝宣世有歐陽大小夏侯氏立於學官古文

尙書者出孔子壁中武帝末魯共王壞孔子宅欲以廣其宮而得古文尙書及禮記論語孝經凡數十篇皆古字也共王往入其宅聞鼓琴瑟鐘磬之音於是懼乃止不壞孔安國者孔子後也悉得其書以考二十九篇得多十六篇安國獻之遭巫蠱事未列於學官劉向以中古文校歐陽大小夏侯三家經文酒誥脫簡一召誥脫簡二率簡二十五字者脫亦二十五字簡二十二字者脫亦二十二字文字異者七百有餘脫字數十書者古之號令號令於衆其言不立具則聽受施行者弗曉古文讀應爾雅故解古今語而可知也

詩經二十八卷魯齊韓三家　魯故二十五卷　魯說二十八卷　齊后氏故二十卷　齊孫氏故二十七卷　齊后氏傳三十九卷　齊孫氏傳二十八卷　齊雜記十八卷　韓故三十六卷　韓內傳四卷　韓外傳六卷　韓說四十一卷　毛詩二十九卷　毛詩故訓傳三十卷

凡詩六家四百一十六卷

書曰詩言志歌詠言故哀樂之心感而歌詠之聲發誦其言謂之詩詠其聲謂

一珍倣宋版印

之歌故古有采詩之官王者所以觀風俗知得失自考正也孔子純取周詩上采殷下取魯凡三百五篇遭秦而全者以其諷誦不獨在竹帛故也漢與魯申公為詩訓故而齊轅固燕韓生皆為之傳或取春秋采雜說咸非其本義與不得已魯最為近之三家皆列於學官又有毛公之學自謂子夏所傳而河閒獻王好之未得立

禮古經五十六卷經七十篇（后氏戴氏） 記百三十一篇（七十子後學者所記也） 明堂陰陽三十三篇（古明堂之遺事） 王史氏二十一篇（七十子後學者） 曲臺后倉九篇 中庸說二篇 明堂陰陽說五篇 周官經六篇（王莽時劉歆置博士） 周官傳四篇 軍禮司馬法百五十五篇 古封禪羣祀二十二篇 封禪議對十九篇（武帝時也） 漢封禪羣祀三十六篇 議奏三十八篇（石渠）

凡禮十三家五百五十五篇（入司馬法一家百五十五篇）

易曰有夫婦父子君臣上下禮義有所錯而帝王質文世有損益至周曲為之防事為之制故曰禮經三百威儀三千及周之衰諸侯將踰法度惡其害己皆

滅去其籍自孔子時而不具至秦大壞漢興魯高堂生傳士禮十七篇訖孝宣世后倉最明戴德戴聖慶普皆其弟子三家立於學官禮古經者出於魯淹中及孔氏學七十篇文相似多三十九篇及明堂陰陽王史氏記所見多天子諸侯卿大夫之制雖不能備猶瘉倉等推士禮而致於天子之說

樂記二十三篇　王禹記二十四篇　雅歌詩四篇　雅琴趙氏七篇（名定勃海人宣帝時丞相魏相所奏）　雅琴師氏八篇（名中東海人傳言師曠後）　雅琴龍氏九十九篇（名德梁人）

凡樂六家百六十五篇（出淮南劉向等琴頌七篇）

易曰先王作樂崇德殷薦之上帝以享祖考故自黃帝下至三代樂各有名孔子曰安上治民莫善於禮移風易俗莫善於樂二者相與並行周衰俱壞樂尤微眇以音律爲節又爲鄭衛所亂故無遺法漢興制氏以雅樂聲律世在樂官頗能紀其鏗鏘鼓舞而不能言其義六國之君魏文侯最爲好古孝文時得其樂人竇公獻其書乃周官大宗伯之大司樂章也武帝時河間獻王好儒與毛生等共采周官及諸子言樂事者以作樂記獻八佾之舞與制氏不相遠其內

史丞王定傳之以授常山王禹禹成帝時為謁者數言其義獻二十四卷記劉向校書得樂記二十三篇與禹不同其道寖以益微

春秋古經十二篇經十一卷公羊穀梁二家　左氏傳三十卷左丘明魯太史　公羊傳十一卷公羊子齊人　穀梁傳十一卷穀梁子魯人　鄒氏傳十一卷　夾氏傳十一卷有錄無書

左氏微二篇　鐸氏微三篇楚太傅鐸椒也　張氏微十篇　虞氏微傳二篇趙相虞卿

公羊外傳五十篇　穀梁外傳二十篇　公羊章句三十八篇　穀梁章句三十三篇　公羊雜記八十三篇　公羊顏氏記十一篇　公羊董仲舒治獄十六篇　議奏三十九篇石渠論　國語二十一篇左丘明著　新國語五十四篇劉向分國語　世本十五篇古史官記黃帝以來訖春秋時諸侯大夫　戰國策三十三篇記春秋後　奏事二十篇秦時大臣奏事及刻石名山文也　楚漢春秋九篇陸賈所記　太史公百三十篇十篇有錄無書　馮商所續太史公七篇　太古以來年紀二篇　漢著記百九十卷　漢大年紀五篇

凡春秋二十三家九百四十八篇省太史公四篇

古之王者世有史官君舉必書所以愼言行昭法式也左史記言右史記事事
爲春秋言爲尚書帝王靡不同之周室旣微載籍殘缺仲尼思存前聖之業乃
稱曰夏禮吾能言之杞不足徵也殷禮吾能言之宋不足徵也文獻不足故也
足則吾能徵之矣以魯周公之國禮文備物史官有法故與左邱明觀其史記
據行事仍人道因興以立功敗以成罰假日月以定曆數藉朝聘以正禮樂有
所褒諱貶損不可書見口授弟子弟子退而異言邱明恐弟子各安其意以失
其真故論本事而作傳明夫子不以空言說經也春秋所貶損大人當世君臣
有威權勢力其事實皆形於傳是以隱其書而不宣所以免時難也及末世口
說流行故有公羊穀梁鄒夾之傳四家之中公羊穀梁立於學官鄒氏無師夾
氏未有書

論語古二十一篇 出孔子壁中兩子張 齊二十二篇 多問王知道 魯二十篇傳十九篇
齊說二十九篇 魯夏侯說二十一篇 魯安昌侯說二十一篇 魯王駿說
二十篇 燕傳說三卷 議奏十八篇 石渠論 孔子家語二十七卷 孔子三

朝七篇　孔子徒人圖法二卷

凡論語十二家二百二十九篇

論語者孔子應答弟子時人及弟子相與言而接聞於夫子之語也當時弟子各有所記夫子既卒門人相與輯而論篹故謂之論語漢興有齊魯之說傳齊論者昌邑中尉王吉少府宋畸御史大夫貢禹尚書令五鹿充宗膠東庸生唯王陽名家傳魯論語者常山都尉龔奮長信少府夏侯勝丞相韋賢魯扶卿前將軍蕭望之安昌侯張禹皆名家張氏最後而行於世

孝經古孔氏一篇二十二章　孝經一篇十八章長孫氏江氏后氏翼氏四家　長孫氏說二篇　江氏說一篇　翼氏說一篇　后氏說一篇　雜傳四篇　安昌侯說一篇　五經雜議十八篇石渠論　爾雅三卷二十篇　小雅一篇古今字一卷　弟子職一篇　說三篇

凡孝經十一家五十九篇

孝經者孔子為曾子陳孝道也夫孝天之經地之義民之行也舉大者言故曰

孝經。漢興。長孫氏。博士江翁。少府后倉。諫大夫翼奉。安昌侯張禹傳之。各自名家。經文皆同。惟孔氏壁中古文爲異。父母生之。續莫大焉。故親生之膝下。諸家說不安處。古文字讀皆異。

史籀十五篇（周宣王太史作大篆十五篇建武時亡六篇矣） 八體六技 蒼頡一篇（上七章秦丞相李斯作爰歷六章車府令趙高作博學七章太史令胡母敬作） 凡將一篇（司馬相如作） 急就一篇（元帝時黃門令史游作） 元尚一篇（成帝時將作大匠李長作） 訓纂一篇（揚雄作） 別字十三篇 蒼頡傳一篇 揚雄蒼頡訓纂一篇 杜林蒼頡訓纂一篇 杜林蒼頡故一篇

凡小學十家四十五篇（入揚雄杜林二家三篇）

易曰。上古結繩以治。後世聖人易之以書契。百官以治。萬民以察。蓋取諸夬。夬揚於王庭。言其宣揚於王者朝廷。其用最大也。古者八歲入小學。故周官保氏掌養國子。教之六書。謂象形象事象意象聲轉注假借。造字之本也。漢興。蕭何草律。亦著其法曰。太史試學童。能諷書九千字以上。乃得爲史。又以六體試之。課最者以爲尚書御史史書令史。吏民上書。字或不正。輒舉劾。六體者。古文奇字篆書隸書繆篆蟲書皆所以通知古今文字摹印章書幡信也古制書必同文不知則闕問諸故老至於衰世是非無正人用其私故孔子曰吾猶及史之闕文也今亡矣夫蓋傷其寖不正史籀篇者周時史官教學童書也與孔氏壁中古文異體蒼頡七章者秦丞相李斯所作也爰歷六章者車府令趙高所作也博學七章者太史令胡毋敬所作也文字多取史籀篇而篆體復頗異所謂秦篆者也是時始建隸書矣起於官獄多事苟趨省易施之於徒隸也漢興閭里書師合蒼頡爰歷博學三篇斷六十字以爲一章凡五十五章幷爲蒼頡篇武帝時司馬相如作凡將篇無復字元帝時黃門令史游作急就篇成帝時將作大匠李長作元尙篇皆蒼頡中正字也凡將則頗有出矣至元始中徵天下通小學者以百數各令記字於庭中揚雄取其有用者以作訓纂篇順續蒼頡又易蒼頡中重復之字凡八十九章臣復續揚雄作十三章凡一百二章無復字六藝羣書所載略備矣蒼頡多古字俗師失其讀宣帝時徵齊人能正讀者張敞從受之傳至外孫之子杜林爲作訓故並列焉

凡六藝一百三家三千一百二十三篇（入三家一百五十九篇出重十一篇）

六藝之文樂以和神仁之表也詩以正言義之用也禮以明體明者著見故無訓也書以廣聽知之術也春秋以斷事信之符也五者蓋五常之道相須而備而易爲之原故曰易不可見則乾坤或幾乎息矣言與天地爲終始也至於五學世有變改猶五行之更用事焉古之學者耕且養二年而通一藝存其大體玩經文而已是故用日少而畜德多三十而五經立也後世經傳既已乖離博學者又不思多聞闕疑之義而務碎義逃難便辭巧說破壞形體說五字之文至於二三萬言後進彌以馳逐故幼童而守一藝白首而後能言安其所習毀所不見終以自蔽此學者之大患也序六藝爲九種

晏子八篇（名嬰諡平仲相齊景公孔子稱善與人交有列傳）　子思二十三篇（名伋孔子孫爲魯繆公師）　曾子十八篇（名參孔子弟子）　漆雕子十三篇（孔子弟子漆雕啓後）　宓子十六篇（名不齊字子賤孔子弟子）　景子三篇（說宓子語似其弟子）　世子二十一篇（名碩陳人也七十子之弟子）　魏文侯六篇　李克七篇（子夏弟子爲魏文侯相）　公孫尼子二十八篇（七十子之弟子）　孟子十一篇（名軻鄒人子思弟子有列傳）

孫卿子三十三篇名況趙人爲齊稷下祭酒有列傳　羋子十八篇名嬰齊人七十子之後　內業十五
篇不知作書者　周史六弢六篇惠襄之閒或曰顯王或曰孔子問焉　周政六篇周時法度政教　周法
九篇法天地立百官　河閒周制十八篇似河閒獻王所述也　讕言十篇不知作者陳人君法度　功議
四篇不知作者論功德事　甯越一篇中牟人爲周威王師　王孫子一篇一曰巧心　公孫固一篇十八
章齊閔王失國問之固因爲陳古今成敗也　李氏春秋二篇　羋子四篇百章故秦博士　董子一篇名無
心難墨子　俟子一篇　徐子四十二篇宋外黃人　魯仲連子十四篇有列傳　平原老
七篇朱建也　虞氏春秋十五篇虞卿也　高祖傳十三篇高祖與大臣述古語及詔策也　陸賈
二十三篇　劉敬三篇　孝文傳十一篇文帝所稱及詔策　賈山八篇　太常蓼侯
孔臧十篇父聚高祖時以功臣封臧嗣爵　賈誼五十八篇　河閒獻王對上下三雍宮三篇
董仲舒百二十三篇　兒寬九篇　公孫弘十篇　終軍八篇　吾邱壽王
六篇　虞邱說一篇難孫卿也　莊助四篇　臣彭四篇　鉤盾冗從李步昌八篇
宣帝時數言事　儒家言十八篇不知作者　桓寬鹽鐵論六十篇　劉向所序六十七篇
新序說苑世說列女傳頌圖也　揚雄所序三十八篇太玄十九法言十三樂四箴二

右儒五十三家八百三十六篇入揚雄一家三十八篇

儒家者流蓋出於司徒之官助人君順陰陽明教化者也游文於六經之中留意於仁義之際祖述堯舜憲章文武宗師仲尼以重其言於道最爲高孔子曰如有所譽其有所試唐虞之隆殷周之盛仲尼之業已試之效者也然惑者既失精微而辟者又隨時抑揚違離道本茍以譁衆取寵後進循之是以五經乖析儒學寖衰此辟儒之患

伊尹五十一篇湯相

太公二百三十七篇呂望爲周師尚父本有道者或有近世又以爲太公術者所增加也

謀八十一篇言七十一篇兵八十五篇

辛甲二十九篇紂臣七十五諫而去周封之

鬻子二十二篇名熊爲周師自文王以下問焉周封爲楚祖

筦子八十六篇名夷吾相齊桓公九合諸侯不以兵車也有列傳

老子鄰氏經傳四篇姓李名耳鄰氏傳其學

老子傅氏經說三十七篇述老子學

老子徐氏經說六篇字少季臨淮人傳老子

劉向說老子四篇

文子九篇老子弟子與孔子並時而稱周平王問似依託者也

蜎子十三篇名淵楚人老子弟子

關尹子九篇名喜爲關吏老子過關喜去吏而從之

莊子五十二篇名周宋人

列子八篇名圄寇先莊子莊子稱之

老成子十八篇

長盧子九篇

人楚人

王狄子一篇　公子牟四篇魏之公子也先莊子莊子稱之　田子二十五篇名駢齊人游稷下號天口駢

老萊子十六篇楚人與孔子同時　黔婁子四篇齊隱士守道不詘威王下之　宮孫子二篇

鶡冠子一篇楚人居深山以鶡爲冠　周訓十四篇　黃帝四經四篇　黃帝銘六篇

黃帝君臣十篇起六國時與老子相似也　雜黃帝五十八篇六國時賢者所作　力牧二十二篇六國時所作託之力牧力牧黃帝相

孫子十六篇六國時　捷子二篇齊人武帝時說　曹羽二篇楚人武帝時說於齊王

郎中嬰齊十二篇武帝時　臣君子二篇蜀人　鄭長者一篇六國時先韓子韓子稱之

楚子三篇　道家言二篇近世不知作者

右道三十七家九百九十三篇

道家者流蓋出於史官歷記成敗存亡禍福古今之道然後知秉要執本清虛以自守卑弱以自持此君人南面之術也合於堯之克攘易之嗛嗛一謙而四益此其所長也及放者爲之則欲絕去禮學兼棄仁義曰獨任清虛可以爲治

宋司星子韋三篇景公之史　公檮生終始十四篇傳鄒奭始終書　公孫發二十二篇六國時

鄒子四十九篇名衍齊人爲燕昭王師居稷下號談天衍　鄒子終始五十六篇　乘邱子五

篇（六國時） 杜文公五篇（六國時） 黃帝泰素二十篇（六國時韓諸公子所作） 南公三十一篇（六國時） 容成子十四篇 張蒼十六篇（丞相北平侯） 鄒奭子十二篇（齊人號曰雕龍奭） 閭邱子十三篇（名快魏人在南公前） 馮促十三篇（鄭人） 將鉅子五篇（六國時先南公南公稱之） 五曹官制五篇（漢制似賈誼所條） 周伯十一篇（齊人六國時） 衛侯官十二篇（近世不知作者） 于長天下忠臣九篇（平陰人近世） 公孫渾邪十五篇（平曲侯） 雜陰陽三十八篇（不知作者）

右陰陽二十一家三百六十九篇

陰陽家者流蓋出於羲和之官敬順昊天曆象日月星辰敬授民時此其所長也及拘者爲之則牽於禁忌泥於小數舍人事而任鬼神

李子三十二篇（名悝相魏文侯富國強兵） 商君二十九篇（名鞅姬姓衛後也相秦孝公有列傳） 申子六篇（名不害京人相韓昭侯終其身諸侯不敢侵韓） 處子九篇 愼子四十二篇（名到先申韓申韓稱之） 韓子五十五篇（名非韓諸公子使秦李斯害而殺之） 游棣子一篇 鼂錯三十一篇 燕十事十篇（不知作者） 法家言二篇（不知作者）

右法十家二百一十七篇

法家者流蓋出於理官信賞必罰以輔禮制易曰先王以明罰飭法此其所長也及刻者爲之則無教化去仁愛專任刑法而欲以致治至於殘害至親傷恩薄厚

鄧析二篇（鄭人與子產並時） 尹文子一篇（說齊宣王先公孫龍） 公孫龍子十四篇（趙人） 成公生五篇（與黃公等同時） 惠子一篇（名施與莊子並時） 黃公四篇（名疵爲秦博士作歌詩在秦時歌詩中） 毛公九篇（趙人與公孫龍等並游平原君趙勝家）

右名七家三十六篇

名家者流蓋出於禮官古者名位不同禮亦異數孔子曰必也正名乎名不正則言不順言不順則事不成此其所長也及譤者爲之則苟鉤鈲析亂而已

尹佚二篇（周臣在成康時也） 田俅子三篇（先韓子） 我子一篇 隨巢子六篇（墨翟弟子） 胡非子三篇（墨翟弟子） 墨子七十一篇（名翟爲宋大夫在孔子後）

右墨六家八十六篇

墨家者流蓋出於清廟之守茅屋采椽是以貴儉養三老五更是以兼愛選士大射是以上賢宗祀嚴父是以右鬼順四時而行是以非命以孝視天下是以上同此其所長也及蔽者爲之見儉之利因以非禮推兼愛之意而不知別親疏

蘇子三十一篇（名秦有列傳） 張子十篇（名儀有列傳） 龐煖二篇（爲燕將） 闕子一篇 國筮子十七篇 秦零陵令信一篇（難秦相李斯） 蒯子五篇（名通） 鄒陽七篇 主父偃二十八篇 徐樂一篇 莊安一篇 待詔金馬聊蒼三篇（趙人武帝時）

右從橫十二家百七篇

從橫家者流蓋出於行人之官孔子曰誦詩三百使於四方不能顓對雖多亦奚以爲又曰使乎使乎言其當權事制宜受命而不受辭此其所長也及邪人爲之則上詐諼而棄其信

孔甲盤盂二十六篇（黃帝之史或曰夏帝孔甲似皆非） 大禹三十七篇（傳言禹所作其文似後世語） 伍子胥八篇（名員春秋時爲吳將忠直遇讒死） 子晚子三十五篇（齊人好議兵與司馬法相似） 由余三篇

戎人秦穆公聘以爲大夫 尉繚二十九篇六國時 尸子二十篇名佼魯人秦相商君師之鞅死佼逃入蜀 呂氏春秋二十六篇秦相呂不韋輯智略士作 淮南內二十一篇王安 淮南外三十三篇

東方朔二十篇 伯象先生一篇 荊軻論五篇軻爲燕刺秦王不成而死司馬相如等論之 吳子一篇 公孫尼一篇 博士臣賢對一篇漢世難韓子商君 臣說三篇武帝時作賦

解子簿書三十五篇 推雜書八十七篇 雜家言一篇王伯不知作者

右雜二十家四百三篇入兵法

雜家者流，蓋出於議官。兼儒墨，合名法，知國體之有此，見王治之無不貫，此其所長也。及盪者爲之，則漫羨而無所歸心。

神農二十篇六國時諸子疾時怠於農業道耕農事託之神農 野老十七篇六國時在齊楚間 宰氏十七篇不知何世 董安國十六篇漢代內史不知何帝時 尹都尉十四篇不知何世 趙氏五篇不知何世 氾勝之十八篇成帝時爲議郎 王氏六篇不知何世 蔡癸一篇宣帝時以言便宜至弘農太守

右農九家百一十四篇

農家者流，蓋出於農稷之官。播百穀，勸耕桑，以足衣食，故八政一曰食，二曰貨。

孔子曰所重民食此其所長也及鄙者爲之以爲無所事聖王欲使君臣並耕誖上下之序

伊尹說二十七篇（其語淺薄似依託也） 鬻子說十九篇（後世所加） 周考七十六篇（考周事也）

青史子五十七篇（古史官記事也） 師曠六篇（見春秋其言淺薄本與此同似因託也） 務成子十一篇（稱堯問非古語） 宋子十八篇（孫卿道宋子其言黃老意） 天乙三篇（天乙謂湯其言非殷時皆依託也） 黃帝說四十篇（迂誕依託） 封禪方說十八篇（武帝時） 待詔臣饒心術二十五篇（武帝時） 待詔臣安成未央術一篇 臣壽周紀七篇（項國圉人宣帝時） 虞初周說九百四十三篇（河南人武帝時以方士侍郎號黃車使者） 百家百三十九卷

右小說十五家千三百八十篇

小說家者流蓋出於稗官街談巷語道聽塗說者之所造也孔子曰雖小道必有可觀者焉致遠恐泥是以君子弗爲也然亦弗滅也閭里小知者之所及亦使綴而不忘如或一言可采此亦芻蕘狂夫之議也

凡諸子百八十九家四千三百二十四篇（出蹴鞠一家二十五篇）

諸子十家其可觀者九家而已皆起於王道既微諸侯力政時君世主好惡殊方是以九家之術蠭出並作各引一端崇其所善以此馳說取合諸侯其言雖殊辟猶水火相滅亦相生也仁之與義敬之與和相反而皆相成也易曰天下同歸而殊塗一致而百慮今異家者各推所長窮知究慮以明其指雖有蔽短合其要歸亦六經之支與流裔使其人遭明王聖主得其所折中皆股肱之材已仲尼有言禮失而求諸野方今去聖久遠道術缺廢無所更索彼九家者不猶瘉於野乎若能修六藝之術而觀此九家之言舍短取長則可以通萬方之略矣

屈原賦二十五篇（楚懷王大夫有列傳） 唐勒賦四篇（楚人） 宋玉賦十六篇（楚人與唐勒並時在屈原後也） 趙幽王賦一篇 莊夫子賦二十四篇（名忌吳人） 賈誼賦七篇 枚乘賦九篇 司馬相如賦二十九篇 淮南王賦八十二篇 淮南王羣臣賦四十四篇 太常蓼侯孔臧賦二十篇 陽丘侯劉隁賦十九篇 吾丘壽王賦十五篇 蔡甲賦一篇 上所自造賦二篇 兒寬賦二篇 光祿大夫張子僑賦

三篇（與王褒同時也） 陽成侯劉德賦九篇 劉向賦三十三篇 王褒賦十六篇
右賦二十家三百六十一篇
陸賈賦三篇 枚皋賦百二十篇 朱建賦二篇 常侍郎莊怱奇賦十一篇
（枚皋同時） 嚴助賦三十五篇 朱買臣賦三篇 宗正劉辟彊賦八篇 司馬遷
賦八篇 郎中臣嬰齊賦十篇 臣說賦九篇 臣吾賦十八篇 遼東太守
蘇季賦一篇 蕭望之賦四篇 河內太守徐明賦三篇（字長君東海人元成世歷五郡太守有能
名） 給事黃門侍郎李息賦九篇 淮陽憲王賦二篇 揚雄賦十二篇 待
詔馮商賦九篇 博士弟子杜參賦二篇 車郎張豐賦三篇（張子僑子） 驃騎將
軍朱宇賦三篇 右賦二十一家二百七十四篇（入揚雄八篇）
孫卿賦十篇 秦時雜賦九篇 李思孝景皇帝頌十五篇 廣川惠王越賦
五篇 長沙王羣臣賦三篇 魏內史賦二篇 東暆令延年賦七篇 衛士
令李忠賦二篇 張偃賦二篇 賈充賦四篇 張仁賦六篇 秦充賦二篇
李步昌賦二篇 侍郎謝多賦十篇 平陽公主舍人周長孺賦二篇 雒

陽錡華賦九篇　眭弘賦一篇　別栩陽賦五篇　臣昌市賦六篇　臣義賦二篇　黄門書者假史王商賦十三篇　侍中徐博賦四篇　黄門書者王廣呂嘉賦五篇　漢中都尉丞華龍賦二篇　左馮翊史路恭賦八篇　右賦二十五家百三十六篇

客主賦十八篇　雜行出及頌德賦二十四篇　雜四夷及兵賦二十篇　雜中賢失意賦十二篇　雜思慕悲哀死賦十六篇　雜鼓琴劍戲賦十三篇　雜山陵水泡雲氣雨旱賦十六篇　雜禽獸六畜昆蟲賦十八篇　雜器械草木賦三十三篇　大雜賦三十四篇　成相雜辭十一篇　隱書十八篇　右雜賦十二家二百三十三篇

高祖歌詩二篇　泰一雜甘泉壽宮歌詩十四篇　宗廟歌詩五篇　漢興以來兵所誅滅歌詩十四篇　出行巡狩及游歌詩十篇　臨江王及愁思節士歌詩四篇　李夫人及幸貴人歌詩三篇　詔賜中山靖王子噲及孺子妾冰未央材人歌詩四篇　吳楚汝南歌詩十五篇　燕代謳鴈門雲中隴西歌詩

九篇　邯鄲河閒歌詩四篇　齊鄭歌詩四篇　淮南歌詩四篇　左馮翊秦歌詩三篇　京兆尹秦歌詩五篇　河東蒲反歌詩一篇　黃門倡車忠等歌詩十五篇　雜各有主名歌詩十篇　雜歌詩九篇　雒陽歌詩四篇　河南周歌詩七篇　河南周歌聲曲折七篇　周謠歌詩七十五篇　周謠歌詩聲曲折七十五篇　諸神歌詩三篇　送迎靈頌歌詩三篇　周歌詩二篇　南郡歌詩五篇　右歌詩二十八家三百十四篇

凡詩賦百六家千三百一十八篇入揚雄八篇

傳曰不歌而誦謂之賦登高能賦可以爲大夫言感物造耑材知深美可與圖事故可以爲列大夫也古者諸侯卿大夫交接鄰國以微言相感當揖讓之時必稱詩以諭其志蓋以別賢不肖而觀盛衰焉故孔子曰不學詩無以言也春秋之後周道寖壞聘問歌詠不行於列國學詩之士逸在布衣而賢人失志之賦作矣大儒孫卿及楚臣屈原離讒憂國皆作賦以風咸有惻隱古詩之義其後宋玉唐勒漢興枚乘司馬相如下及揚子雲競爲侈麗閎衍之詞沒其風諭

之義。是以揚子悔之曰。詩人之賦麗以則。辭人之賦麗以淫。如孔氏之門人用賦也。則賈誼登堂。相如入室矣。如其不用何。自孝武立樂府而采歌謠。於是有代趙之謳。秦楚之風。皆感於哀樂。緣事而發。亦可以觀風俗。知薄厚云。序詩賦爲五種。

吳孫子兵法八十二篇圖九卷 齊孫子八十九篇圖四卷 公孫鞅二十七篇 吳起四十八篇有列傳 范蠡二篇越王句踐臣也 大夫種二篇與范蠡俱事句踐 李子十篇 娷一篇 兵春秋三篇 龐煖三篇 兒良一篇 廣武君一篇李左車 韓信三篇

右兵權謀十三家二百五十九篇省伊尹太公管子孫卿子鶡冠子蘇子蒯通陸賈淮南王二百五十九種出司馬法入禮也

權謀者。以正守國。以奇用兵。先計而後戰。兼形勢。包陰陽。用技巧者也。

楚兵法七篇圖四卷 蚩尤二篇見呂刑 孫軫五篇圖二卷 繇敘二篇 王孫十六篇圖五卷 尉繚三十一篇 魏公子二十一篇圖十卷名無忌有列傳 景子十三篇

李良三篇　丁子一篇　項王一篇名籍

右兵形勢十一家九十二篇圖十八卷

形勢者雷動風舉後發而先至離合背鄉變化無常以輕疾制敵者也

太壹兵法一篇　天一兵法三十五篇　神農兵法一篇　黃帝十六篇圖三卷

封胡五篇黃帝臣依託也　風后十三篇圖二卷黃帝臣依託也　力牧十五篇黃帝臣依託也　鵊治子一篇圖一卷　鬼容區三篇圖一卷黃帝臣依託　地典六篇　孟子一篇　東父三十一篇　師曠八篇晉平公臣　萇弘十五篇周史　別成子望軍氣六篇圖三卷　辟兵威勝方七十篇

右陰陽十六家二百四十九篇圖十卷

陰陽者順時而發推刑德隨斗擊因五勝假鬼神而爲助者也

鮑子兵法十篇圖一卷　伍子胥十篇圖一卷　公勝子五篇　苗子五篇圖一卷

逢門射法二篇　陰通成射法十一篇　李將軍射法三篇　魏氏射法六篇

彊弩將軍王圍射法五卷　望遠連弩射法具十五篇　護軍射師王賀射

書五篇　蒲苴子弋法四篇　劍道三十八篇　手搏六篇　雜家兵法五十七篇　蹵鞠二十五篇

右兵技巧十三家百九十九篇（省墨子重入蹵鞠也）

技巧者習手足便器械積機關以立攻守之勝者也

凡兵書五十三家七百九十篇圖四十三卷（省十家二百七十一篇重入蹵鞠一家二十五篇出司馬法百五十五篇入禮也）

兵家者蓋出古司馬之職王官之武備也洪範八政八曰師孔子曰爲國者足食足兵以不教民戰是謂棄之明兵之重也易曰古者弦木爲弧剡木爲矢弧矢之利以威天下其用上矣後世燿金爲刃割革爲甲器械甚備下及湯武受命以師克亂而濟百姓動之以仁義行之以禮讓司馬法是其遺事也自春秋至於戰國出奇設伏變詐之兵並作漢興張良韓信序次兵法凡百八十二家刪取要用定著三十五家諸呂用事而盜取之武帝時軍政楊僕捃摭遺逸紀奏兵錄猶未能備至於孝成命任宏論次兵書爲四種

泰壹雜子星二十八卷　五殘雜變星二十一卷　黄帝雜子氣三十三篇
常從日月星氣二十一卷　皇公雜子星二十二卷　淮南雜子星十九卷
泰壹雜子雲雨三十四卷　國章觀霓雲雨三十四卷　泰階六符一卷　金
度玉衡漢五星客流出入八篇　漢五星彗客行事占驗八卷　漢日旁氣行
事占驗三卷　漢流星行事占驗八卷　漢日旁氣行事占驗十三卷　漢日
食月暈雜變行事占驗十三卷　海中星占驗十二卷　海中五星經雜事二
十二卷　海中五星順逆二十八卷　海中二十八宿國分二十八卷　海中
二十八宿臣分二十八卷　海中日月彗虹雜占十八卷　圖書祕記十七篇
右天文二十一家四百四十五卷
天文者，序二十八宿，步五星日月，以紀吉凶之象，聖王所以參政也。易曰：觀乎天文，以察時變。然星事㓛悍，非湛密者弗能由也。夫觀景以譴形，非明王亦不能服聽也。以不能由之臣，諫不能聽之主，此所以兩有患也。
黄帝五家曆三十三卷　顓頊曆二十一卷　顓頊五星曆十四卷　日月宿

曆十三卷　夏殷周魯曆十四卷　天曆大曆十八卷　漢元殷周諜曆十七卷　耿昌月行帛圖二百三十二卷　耿昌月行度二卷　傳周五星行度三十九卷　律曆數法三卷　自古五星宿紀三十卷　太歲謀日晷二十九卷　帝王諸侯世譜二十卷　古來帝王年譜五卷　日晷書三十四卷　許商算術二十六卷　杜忠算術十六卷

右曆譜十八家六百六卷

曆譜者序四時之位正分至之節會日月五星之辰以考寒暑殺生之實故聖王必正曆數以定三統服色之制又以探知五星日月之會凶阨之患吉隆之喜其術皆出焉此聖人知命之術也非天下之至材其孰與焉道之亂也患出於小人而強欲知天道者壞大以爲小削遠以爲近是以道術破碎而難知也

泰一陰陽二十三卷　黃帝陰陽二十五卷　黃帝諸子論陰陽二十五卷　諸王子論陰陽二十五卷　太玄陰陽二十六卷　三典陰陽談論二十七卷　神農大幽五行二十七卷　四時五行經二十六卷　猛子閭昭二十五卷

陰陽五行時令十九卷　堪輿金匱十四卷　務成子災異應十四卷　十二典災異應十二卷　鍾律災應二十六卷　鍾律叢辰日苑二十二卷　鍾律消息二十九卷　黃鍾七卷　天一六卷　泰一二十九卷　刑德七卷　風鼓六甲二十四卷　風后孤虛二十卷　六合隨典二十五卷　轉位十二神二十五卷　羨門式法二十卷　羨門式二十卷　文解六甲十八卷　文解二十八宿二十八卷　五音奇胲用兵二十三卷　五音奇胲刑德二十一卷　五音定名十五卷

右五行三十一家六百五十二卷

五行者。五常之刑氣也。書云。初一曰五行。次二曰羞用五事。以順五行也。貌言視聽思心失。而五行之序亂。五星之變作。皆出於律曆之數。而分爲一者也。其法亦起五德終始。推其極則無不至。而小數家因此以爲吉凶而行於世。寖以相亂。

龜書五十二卷　夏龜二十六卷　南龜書二十八卷　巨龜三十六卷　雜

龜十六卷　蓍書二十八卷　周易三十八卷　周易明堂二十六卷　周易隨曲射匿五十卷　大筮衍易二十八卷　大次雜易三十卷　鼠序卜黃二十五卷　於陵欽易吉凶二十三卷　任良易旗七十一卷　易卦八具

右蓍龜十五家四百一卷

蓍龜者。聖人之所用也。書曰。汝則有大疑。謀及卜筮。易曰。定天下之吉凶。成天下之亹亹者。莫善於蓍龜。是故君子將有為也。將有行也。問焉而以言。其受命也如嚮。無有遠近幽深。遂知來物。非天下之至精。其孰能與於此。及至衰世。解於齊戒。而婁煩卜筮。神明不應。故筮瀆不告。易以為忌。龜厭不告。詩以為刺

黃帝長柳占夢十一卷　甘德長柳占夢二十卷　武禁相衣器十四卷　嚏耳鳴雜占十六卷　禎祥變怪二十一卷　人鬼精物六畜變怪二十一卷　變怪誥咎十三卷　執不祥劾鬼物八卷　請官除訞祥十九卷　禳祀天文十八卷　請禱致福十九卷　請雨止雨二十六卷　泰壹雜子候歲二十二卷　子贛雜子候歲二十六卷　五法積貯寶藏二十三卷　神農教田相土

耕種十四卷　昭明子釣種生魚鼈八卷　種樹臧果相蠶十三卷

右雜占十八家三百一十三卷

雜占者紀百事之象候善惡之徵易曰占事知來衆占非一而夢爲大故周有其官而詩載熊羆虺蛇衆魚旐旟之夢著明大人之占以考吉凶蓋參卜筮春秋之說訞也曰人之所忌其氣炎以取之訞由人與也人失常則訞興人無釁焉訞不自作故曰德勝不祥義厭不惠桑穀共生太戊以興雊雉登鼎武丁爲宗然惑者不稽諸躬而忌訞之見是以詩刺召彼故老訊之占夢傷其舍本而憂末不能勝凶咎也

山海經十三篇　國朝七卷　宮宅地形二十卷　相人二十四卷　相寶劍刀二十卷　相六畜三十八卷

右形法六家百二十二卷

形法者大舉九州之勢以立城郭室舍形人及六畜骨法之度數器物之形容以求其聲氣貴賤吉凶猶律有長短而各徵其聲非有鬼神數自然也然形與

氣相首尾亦有有其形而無其氣有其氣而無其形此精微之獨異也

凡數術百九十家二千五百二十八卷

數術者皆明堂羲和史卜之職也史官之廢久矣其書既不能具雖有其書而無其人易曰苟非其人道不虛行春秋時魯有梓愼鄭有裨竈晉有卜偃宋有子韋六國時楚有甘公魏有石申夫漢有唐都庶得粗觕蓋有因而成易無因而成難故因舊書以序數術爲六種

黃帝內經十八卷　外經三十七卷　扁鵲內經九卷　外經十二卷　白氏內經三十八卷　外經三十六卷　旁篇二十五卷

右醫經七家二百一十六卷

醫經者原人血脈經絡骨髓陰陽表裏以起百病之本死生之分而用度箴石湯火所施調百藥齊和之所宜至齊之德猶慈石取鐵以物相使拙者失理以瘉爲劇以生爲死

五藏六府痹十二病方三十卷　五藏六府疝十六病方四十卷　五藏六府

痹十二病方四十卷　風寒熱十六病方二十六卷　泰始黃帝扁鵲俞拊方
二十三卷　五藏傷中十一病方三十一卷　客疾五藏狂顛病方十七卷
金創瘲瘛方三十卷　婦人嬰兒方十九卷　湯液經法三十二卷　神農黃
帝食禁七卷

右經方十一家二百七十四卷

經方者本草石之寒温量疾病之淺深假藥味之滋因氣感之宜辯五苦六辛
致水火之齊以通閉解結反之於平及失其宜者以熱益熱以寒增寒精氣內
傷不見於外是所獨失也故諺曰有病不治常得中醫

容成陰道二十六卷　務成子陰道三十六卷　堯舜陰道二十三卷　湯盤
庚陰道二十卷　天老雜子陰道二十五卷　天一陰道二十四卷　黃帝三
王養陽方二十卷　三家內房有子方十七卷

右房中八家百八十六卷

房中者情性之極至道之際是以聖王制外樂以禁內情而爲之節文傳曰先

王之作樂所以節百事也樂而有節則和平壽考及迷者弗顧以生疾而隕性命。

宓戲雜子道二十篇　上聖雜子道二十六卷　道要雜子十八卷　黃帝雜子步引十二卷　黃帝岐伯按摩十卷　黃帝雜子芝菌十八卷　黃帝雜子十九家方二十一卷　泰一雜子十五家方二十二卷　神農雜子技道二十三卷　泰一雜子黃冶三十一卷

右神僊十家二百五卷

神僊者所以保性命之真而游求於其外者也聊以盪意平心同死生之域而無怵惕於胸中然而或者專以爲務則誕欺怪迂之文彌以益多非聖王之所以教也孔子曰索隱行怪後世有述焉吾不爲之矣

凡方技三十六家八百六十八卷

方技者皆生生之具王官之一守也太古有岐伯俞拊中世有扁鵲秦和蓋論病以及國原診以知政漢興有倉公今其技術晻昧故論其書以序方技爲四

種

大凡書六略三十八種五百九十六家萬三千二百六十九卷（入三家五十篇省兵十家）

班固漢書諸侯王表序

昔周監於二代三聖制法立爵五等封國八百同姓五十有餘周公康叔建於魯衛各數百里太公於齊亦五侯九伯之地詩載其制曰介人惟藩太師惟垣大邦惟屏大宗惟翰懷德惟寧宗子惟城毋俾城壞毋獨斯畏所以親親賢賢褒表功德關諸盛衰深根固本爲不可拔者也故盛則周邵相其治致刑錯衰則五伯扶其弱與共守自幽平之後日以陵夷至虖阸隘河洛之間分爲二周有逃責之臺被竊鈇之言然天下謂之共主彊大弗之敢傾歷載八百餘年數極德盡既於王赧降於庶人用天年終號位已絕於天下尚猶枝葉相持莫得居其虛位海內無主三十餘年秦據勢勝之地騁狙詐之兵蠶食山東一切取勝因矜其所習自任私知姍笑三代盪滅古法竊自號爲皇帝而子弟爲匹夫內亡骨肉本根之輔外亡尺土藩翼之衞陳吳奮其白梃劉項隨而斃之故曰

周過其曆。秦不及期。國勢然也。（以上周秦封建）漢興之初。海內新定。同姓寡少。懲戒亡秦孤立之敗。於是剖裂疆土。立二等之爵。功臣侯者百有餘邑。尊王子弟。大啓九國。自雁門以東。盡遼陽。爲燕代。常山以南。太行左轉。度河濟。漸於海。爲齊趙。穀泗以往。奄有龜蒙。爲梁楚。東帶江湖。薄會稽。爲荆吳。北界淮瀕。略廬衡。爲淮南。波漢之陽。亙九嶷。爲長沙。諸侯比境。周帀三垂。外接胡越。天子自有三河東郡。潁川南陽。自江陵以西至巴蜀。北自雲中至隴西。與京師內史凡十五郡。公主列侯頗邑其中。而藩國大者夸州兼郡。連城數十。宮室百官。同制京師。可謂撟枉過其正矣。雖然。高祖創業。日不暇給。孝惠享國又淺。高后女主攝位。而海內晏如。亡狂狡之憂。卒折諸呂之難。成太宗之業者。亦賴之於諸侯也。（以上漢初分封之大）然諸侯原本以大。末流濫以致溢。小者淫荒越法。大者睽孤橫逆。以害身喪國。故文帝采賈生之議。分齊趙。景帝用鼂錯之計。削吳楚。武帝施主父之冊。下推恩之令。使諸侯王得分戶邑以封子弟。不行黜陟。而藩國自析。自此以來。齊分爲七。趙分爲六。梁分爲五。淮南分爲三。皇子始立者。大國不過十餘城。長沙燕代·雖有舊名·皆亡南北邊矣·景遭七國之難·抑損諸侯·減黜其官·武有衡山淮南之謀·作左官之律·設附益之法·諸侯惟得衣食稅租·不與政事·(以上諸侯漸以削弱)

至於哀平之際·皆繼體苗裔·親屬疏遠·生於帷牆之中·不為士民所尊·勢與富室亡異·而本朝短世·國統三絕·是故王莽知漢中外殫微·本末俱弱·亡所忌憚·生其姦心·因母后之權·假伊周之稱·顓作威福·廟堂之上·不降階序·而運天下·詐謀既成·遂據南面之尊·分遣五威之吏·馳傳天下·班行符命·漢諸侯王厥角䭬首·奉上璽韍·惟恐在後·或迺稱美頌德·以求容媚·豈不哀哉·是以究其終始彊弱之變·明監戒焉·(以上漢末宗藩之衰)

班固漢書貨殖傳序

昔先王之制·自天子公侯卿大夫士·至於皁隸抱關擊柝者·其爵祿奉養宮室車服棺槨祭祀死生之制·各有差品·小不得僭大·賤不得踰貴·夫然故上下序而民志定·於是辨其土地川澤丘陵衍沃原隰之宜·教民種樹畜養·五穀六畜及至魚鼈鳥獸·雚蒲材幹器械之資·所有養生送終之具·靡不皆育·育之以時·

而用之有節。屮木未落。斧斤不入於山林。豺獺未祭。罝網不布於壄澤。鷹隼未擊。矰弋不施於徯隧。旣順時而取物。然猶山不茬蘖。澤不伐夭。蝝魚麛卵。咸有常禁。所以順時宣氣。蕃阜庶物。稸足功用。如此之備也。然後四民因其土宜。各任智力。夙興夜寐。以治其業。相與通功易事。交利而俱贍。非有徵發期會而遠近咸足。故易曰。后以財成輔相天地之宜。以左右民。備物致用。立成器以爲天下利。莫大乎聖人。此之謂也。管子云。古之四民不得雜處。士相與言仁誼於閑宴。工相與議技巧於官府。商相與語財利於市井。農相與謀稼穡於田野。朝夕從事。不見異物而遷焉。故其父兄之敎不肅而成。子弟之學不勞而能。各安其居而樂其業。甘其食而美其服。雖見奇麗紛華。非其所習。辟猶戎翟之與于越不相入矣。是以欲寡而事節。財足而不爭。於是在民上者。道之以德。齊之以禮。故民有恥而且敬。貴誼而賤利。此三代之所以直道而行。不嚴而治之大略也。以上前半寡欲足財民無爭心及周室衰。禮法隳。諸侯刻桷丹楹。大夫山節藻梲。八佾舞於庭。雍徹於堂。其流至於士庶人。莫不離制而棄本。稼穡之民少。商旅之民多。穀不足而貨有餘。陵夷至乎桓文之後。禮誼大壞。上下相冒。國異政家殊俗。嗜欲不制。僭差亡極。於是商通難得之貨。工作亡用之器。士設反道之行。以追時好而取世資。僞民背實而要名。奸夫犯害而求利。篡弒取國者爲王公。圉奪成家者爲雄傑。禮誼不足以拘君子。刑戮不足以威小人。富者木土被文錦。犬馬餘肉粟。而貧者短褐不完。唅菽飲水。其爲編戶齊民。同列而以財力相君。雖爲僕虜猶亡慍色。故夫飾變詐爲姦軌者。自足乎一世之間。守道循理者。不免於飢寒之患。其教自上興。繇法度之無限也。故列其行事。以傳世變云。以上後世上下尚利泄度無限

班固漢書西域傳贊

贊曰。孝武之世。圖制匈奴。患其兼從西國。結黨南羌。廼表河西。列四郡。開玉門。通西域。以斷匈奴右臂。隔絕南羌月氏。單于失援。由是遠遁。而幕南無王庭。遭值文景玄默。養民五世。天下殷富。財力有餘。士馬彊盛。故能睹犀布瑇瑁。則建珠崖七郡。感枸醬竹杖。則開牂牁越巂。聞天馬蒲陶。則通大宛安息。自是之後明珠文甲通犀翠羽之珍。盈於後宮。蒲梢龍文魚目汗血之馬。充於黃門。鉅象

師子猛犬大雀之羣食於外囿。殊方異物四面而至。於是廣開上林。穿昆明池。營千門萬戶之宮。立神明通天之臺。興造甲乙之帳。落以隨珠和璧。天子負黼依。襲翠被。馮玉几而處其中。設酒池肉林以饗四夷之客。作巴俞都盧海中碭極漫衍魚龍角抵之戲以觀視之。及賂遺贈送。萬里相奉。師旅之費。不可勝計。至於用度不足。迺榷酒酤。筦鹽鐵。鑄白金。造皮幣。算至車船。租及六畜。民力屈。財用竭。因之以凶年。寇盜並起。道路不通。直指之使始出。衣繡杖斧。斷斬於郡國。然後勝之。是以末年遂棄輪臺之地。而下哀痛之詔。豈非仁聖之所悔哉。且通西域。近有龍堆。遠則蔥嶺。身熱頭痛縣度之阸。淮南杜欽揚雄之論。皆以爲此天地所以界別區域。絕外內也。書曰。西戎卽序。禹既就而序之。非上威服致其貢物也。西域諸國。各有君長。兵衆分弱。無所統一。雖屬匈奴。不相親附。匈奴能得其馬畜旃罽。而不能統率與之進退。與漢隔絕。道里又遠。得之不爲益。棄之不爲損。盛德在我。無取於彼。故自建武以來。西域思漢威德。咸樂內屬。惟其小邑鄯善車師。界迫匈奴。尚爲所拘。而其大國莎車于闐之屬。數遣使置質于漢。願請屬都護。聖上遠覽古今。因時之宜。羈縻不絕。辭而未許。雖大禹之序西戎。周公之讓白雉。太宗之卻走馬。義兼之矣。亦何以尙茲。

班固漢書敘傳

班氏之先。與楚同姓。令尹子文之後也。子文初生。棄於曹中。而虎乳之。楚人謂乳穀。謂虎於檡。故名穀於檡。字子文。楚人謂虎班。其子以爲號。秦之滅楚。遷晉代之閒。因氏焉。始皇之末。班壹避墜於樓煩。致馬牛羊數千羣。值漢初定。與民無禁。當孝惠高后時。以財雄邊。出入弋獵。旌旗鼓吹。年百餘歲。以壽終。故北方多以壹爲字者。壹生孺。孺爲任俠。州郡歌之。孺生長。官至上谷守。長生回。以茂材爲長子令。回生況。舉孝廉爲郎。積功勞。至上河農都尉。大司農奏課連最。入爲左曹越騎校尉。成帝之初。女爲倢伃。致仕就第。貲累千金。徙昌陵。昌陵後罷。大臣名家皆占數於長安。以上子文至況況生三子。伯斿穉。伯少受詩於師丹。大將軍王鳳薦伯宜勸學。召見宴昵殿。容貌甚麗。誦說有法。拜爲中常侍。時上方鄉學鄭寬中張禹。朝夕入說尙書論語於金華殿中。詔伯受焉。既通大義。又講異同

於許商遷奉車都尉數年金華之業絕出與王許子弟爲羣在於綺襦紈絝之
間非其好也家本北邊志節忼慨數求使匈奴河平中單于來朝上使伯持節
迎於塞下會定襄大姓石李羣輩報怨殺追捕吏伯上狀因自請願試守期月
上遣侍中中郎將王舜馳傳代伯護單于幷奉璽書印綬卽拜伯爲定襄太守
定襄聞伯素貴年少自請治劇畏其下車作威吏民竦息伯至請問耆老父祖
故人有舊恩者迎延滿堂日爲供具執子孫禮郡中益弛諸所賓禮皆名豪懷
恩醉酒共諫伯宜頗攝錄盜賊具言本謀亡匿處伯曰是所望於父師矣迺召
屬縣長吏選精進掾史分部收捕及它隱伏旬日盡得郡中震栗咸稱神明歲
餘上徵伯伯上書願過故郡上父祖冢有詔太守都尉以下會因召宗族各以
親疏加恩施散數百金北州以爲榮長老紀焉道病中風既至以侍中光祿大
夫養病賞賜甚厚數年未能起會許皇后廢班倢伃供養東宮進侍者李平爲
倢伃而趙飛燕爲皇后伯遂稱篤久之上出過臨候伯伯惶恐起眂事自大將
軍薨後富平定陵侯張放淳于長等始愛幸出爲微行行則同輿執轡入侍禁

中・設宴飲之會・及趙李諸侍中皆引滿舉白・談笑大噱・時乘輿幄坐張畫屏風・
畫紂醉踞妲己作長夜之樂・上以伯新起・數目禮之・因顧指畫而問伯・紂爲無
道・至於是乎・伯對曰・書云迺用婦人之言・何有踞肆於朝・所謂衆惡歸之・不如
是之甚者也・上曰・苟不若此・此圖何戒・伯曰・沈湎於酒・微子所以告去也・式號
式謼・大雅所以流連也・詩書淫亂之戒・其原皆在於酒・上迺喟然歎曰・吾久不
見班生・今日復聞讜言・放等不懌・稍自引起更衣・因罷出・時長信庭林表適使
來聞見之・後上朝東宮・太后泣曰・帝閒顏色瘦黑・班侍中本大將軍所舉・宜寵
異之・益求其比・以輔聖德・宜遣富平侯且就國・上曰・諾・車騎將軍王音聞之・以
風丞相御史奏富平侯罪過・上迺出放爲邊都尉・後復徵入・太后與上書曰・前
所道尚未效・富平侯反復來・其能默虖・上謝曰・請今奉詔・是時許商爲少府・師
丹爲光祿勳・上於是引商丹入爲光祿大夫・伯遷水衡都尉・與兩師並侍中・皆
秩中二千石・每朝東宮常從・及有大政・俱使諭指於公卿・上亦稍厭游宴・復修
經書之業・太后甚悅・丞相方進復奏富平侯・竟就國・會伯病卒・年三十八・朝廷

愍惜焉。斿博學有俊材。左將軍師丹舉賢良方正。以對策爲議郎。遷諫大夫右曹中郎將。與劉向校祕書。每奏事。斿以選受詔進讀羣書。上器其能。賜以祕書之副。時書不布。自東平思王以叔父求太史公諸子書。大將軍白不許。語在東平王傳。斿亦早卒。有子曰嗣。顯名當世。穉少爲黃門郎中常侍。方直自守。成帝季年。立定陶王爲太子。數遣中盾請問近臣。穉獨不敢荅。哀帝卽位。出穉爲西河屬國都尉。遷廣平相。王莽少與穉兄弟同列友善。兄事斿而弟畜穉。斿之卒也。修緦麻。賻賵甚厚。平帝卽位。太后臨朝。莽秉政。方欲文致太平。使使者分行風俗。采頌聲。而穉無所上。琅琊太守公孫閎言災害於公府。大司空甄豐遣屬馳至兩郡諷吏民。而劾閎空造不祥。穉絕嘉應。嫉害聖政。皆不道。太后曰。不宣德美。宜與言災害者異罰。且後宮賢家。我所哀也。閎獨下獄誅。穉懼。上書陳恩謝罪。願歸相印。入補延陵園郎。太后許焉。食故祿終身。由是班氏不顯莽朝。亦不罹咎。(以上伯斿穉)

初成帝性寬。進入直言。是以王音翟方進等繩法舉過。而劉向杜鄴王章朱雲之徒肆意犯上。故自帝師安昌侯諸舅大將軍兄弟及公卿大夫後宮外屬史許之家有貴寵者莫不被文傷詆惟谷永嘗言建始河平之際許班之貴傾動前朝熏灼四方賞賜無量空虛內臧女寵至極不可尙矣今之後起天所不饗什倍於前永指以駮譏趙李亦無閒云稺生彪彪字叔皮幼與從兄嗣共遊學家有賜書內足於財好古之士自遠方至父黨揚子雲以下莫不造門嗣雖修儒學然貴老嚴之術桓生欲借其書嗣報曰若夫嚴子者絕聖棄智修生保真淸虛澹泊歸之自然獨師友造化而不爲世俗所役者也漁釣於一壑則萬物不奸其志棲遲於一邱則天下不易其樂不絓聖人之罔不齅驕君之餌蕩然肆志談者不得而名焉故可貴也今吾子已貫仁誼之羈絆繫名聲之韁鎖伏周孔之軌躅馳顏閔之極摯旣繫攣於世教矣何用大道爲自眩曜昔有學步於邯鄲者曾未得其髣髴又復失其故步遂匍匐而歸耳恐似此類故不進嗣之行己持論如此以上嗣 叔皮惟聖人之道然後盡心焉年二十遭王莽敗世祖卽位於冀州時隗囂據隴擁衆招輯英俊而公孫述稱帝於蜀漢天下雲擾大者連州郡小者據縣邑囂問彪曰往者周亡戰國並爭天下分

裂數世然後迺定其抑者從横之事復起於今乎將承運迭興在於一人也願先生論之對曰周之廢興與漢異昔周立爵五等諸侯從政本根既微枝葉強大故其末流有從横之事其勢然也漢家承秦之制並立郡縣主有專己之威臣無百年之柄至於成帝假借外家哀平短祚國嗣三絶危自上起傷不及下故王氏之貴傾擅朝廷能竊號位而不根於民是以卽真之後天下莫不引領而歎十餘年閒外內騷擾遠近俱發假號雲合咸稱劉氏不謀而同辭方今雄桀帶州城者皆無七國世業之資詩云皇矣上帝臨下有赫鑒觀四方求民之莫今民皆謳吟思漢鄉仰劉氏已可知矣囂曰先生言周漢之勢可也至於但見愚民習識劉氏姓號之故而謂漢家復興疏矣昔秦失其鹿劉季逐而掎之時民復知漢虖既感囂言又愍狂狡之不息迺著王命論以救時難知隗囂終不寤迺避墜於河西河西大將軍竇融嘉其美德訪問焉舉茂材爲徐令以病去官後數應三公之召仕不爲祿所如不合學不爲人博而不俗言不爲華述而不作以上彪有子曰固弱冠而孤作幽通之賦以致命遂志永平中爲郎典校

祕書專篤志於博學以著述爲業或譏以無功又感東方朔揚雄自諭以不遭蘇張范蔡之時曾不折之以正道明君子之所守故聊復應焉固以爲唐虞三代詩書所及世有典籍故雖堯舜之盛必有典謨之篇然後揚名於後世冠德於百王故曰巍巍乎其有成功煥乎其有文章也漢紹堯運以建帝業至於六世史臣乃追述功德私作本紀編於百王之末廁於秦項之列太初以後闕而不錄故探纂前記綴輯所聞以述漢書起於高祖終於孝平王莽之誅十有二世二百三十年綜其行事旁貫五經上下洽通爲春秋考紀表志傳凡百篇維中

按此敘中王命論一首鈔入論著門幽通賦一首答賓戲一首入詞賦上編皇矣漢祖以下敘述七十條入詞賦下編皆遵文正公原鈔編訂蓋以類相從也

經史百家雜鈔卷九目錄

序跋之屬二

傳目錄序

王安石周禮義序　詩義序　書義序

馬端臨文獻通考序

湘鄉曾國藩纂　合肥李鴻章校刊

序跋之屬二

劉向戰國策序

周室自文武始興崇道德隆禮義設辟雍泮宮庠序之教陳禮樂絃歌移風之化敘人倫正夫婦天下莫不曉然論孝悌之義惇篤之行故仁義之道滿乎天下卒致之刑措四十餘年遠方慕義莫不賓服雅頌歌詠以思其德下及康昭之後雖有衰德其綱紀尚明及春秋時已四五百載矣然其餘業遺烈流而未滅五伯之起尊事周室五伯之後時君雖無德人臣輔其君者若鄭之子產晉之叔向齊之晏嬰挾君輔政以並立於中國猶以義相支持歌詠以相感聘覲以相交期會以相一盟誓以相救天子之命猶有所行會享之國猶有所恥小國得有所依百姓得有所息故孔子曰能以禮讓為國乎何有周之流化豈不大哉以上言周以禮讓為國及春秋之後衆賢輔國者既沒而禮義衰矣孔子雖論詩書

定禮樂王道粲然分明以匹夫無勢化之者七十二人而已皆天下之俊也時君莫尙之是以王道遂用不興故曰非威不立非勢不行（以上言仲尼之道不行）仲尼既沒之後田氏取齊六卿分晉道德大廢上下失序至秦孝公捐禮讓而貴戰爭棄仁義而用詐譎苟以取強而已矣夫篡盜之人列爲侯王詐譎之國興立爲強是以轉相放效後生師之遂相吞滅倂大兼小暴師經歲流血滿野父子不相親兄弟不相安夫婦離散莫保其命湣然道德絕矣晚世益甚萬乘之國七千乘之國五敵侔爭權盡爲戰國貪饕無恥競進無厭國異政教各自制斷上無天子下無方伯力功爭強勝者爲右兵革不休詐僞並起當此之時雖有道德不得設施有謀之強負阻而恃固連與交質重約結誓以守其國故孟子孫卿儒術之士棄捐於世而游說權謀之徒見貴於俗是以蘇秦張儀公孫衍陳軫代厲之屬主從橫短長之說左右傾側蘇秦爲從張儀爲橫橫則秦帝從則楚王所在國重所去國輕（以上言六國爭強）然當此之時秦國最雄諸侯方弱蘇秦結之合六國爲一以儐背秦秦人恐懼不敢闚兵於關中天下不交兵者二十有

九年然秦國勢便形利權謀之士咸先馳之蘇秦始欲横秦弗用故東合從及蘇秦死後張儀連横諸侯聽之西向事秦是故始皇因四塞之國據崤函之阻跨隴蜀之饒聽衆人之策乘六世之烈以蠶食六國兼諸侯幷有天下仗於詐謀之積終無信篤之誠無道德之教仁義之化以綴天下之心任刑法以爲治信小術以爲道遂燔燒詩書坑殺儒士上小堯舜下邈三王二世愈甚惠不下施情不上達君臣相疑骨肉相疏化道淺薄綱紀壞敗民不見義而懸於不寧撫天下十四歲天下大潰詐僞之弊也其比王德豈不遠哉孔子曰導之以政齊之以刑民免而無恥導之以德齊之以禮有恥且格夫使天下有所恥故化可致也苟以詐僞偷活取容自上爲之何以率下秦之敗也不亦宜乎以上言秦以詐力幷天下而終致敗戰國之時君德淺薄爲之謀策者不得不因勢而爲資據時而爲畫故其謀扶急持傾爲一切之權雖不可以臨教化兵革救急之勢也皆高才秀士度時君之所能行出奇策異智轉危爲安易亡爲存亦可喜皆可觀以上言戰國之士因時而畫策

許愼說文序

敘曰古者庖犧氏之王天下也仰則觀象於天俯則觀法於地觀鳥獸之文與地之宜近取諸身遠取諸物於是始作易八卦以垂憲象及神農氏結繩爲治而統其事庶業其緐飾僞萌生黃帝之史倉頡見鳥獸蹏迒之迹知分理之可相別異也初造書契百工以乂萬品以察蓋取諸夬夬揚于王庭言文者宣教明化於王者朝廷君子所以施祿及下居德則忌也倉頡之初作書蓋依類象形故謂之文其後形聲相益卽謂之字文者物象之本字者言孳乳而寖多也箸於竹帛謂之書書者如也以迄五帝三王之世改易殊體封于泰山者七十有二代靡有同焉周禮八歲入小學保氏教國子先以六書一曰指事指事者視而可識察而見意上下是也二曰象形象形者畫成其物隨體詰詘日月是也三曰形聲形聲者以事爲名取譬相成江河是也四曰會意會意者比類合誼以見指撝武信是也五曰轉注轉注者建類一首同意相受考老是也六曰假借假借者本無其字依聲託事令長是也及宣王太史籀著大篆十五篇與

古文或異至孔子書六經左邱明述春秋傳皆以古文厥意可得而說（以上敘字之源）及古文大篆其後諸侯力政不統於王惡禮樂之害己而皆去其典籍分爲七國田疇異畮車涂異軌律令異灋衣冠異制言語異聲文字異形秦始皇帝初兼天下丞相李斯乃奏同之罷其不與秦文合者斯作倉頡篇中車府令趙高作爰歷篇大史令胡毋敬作博學篇皆取史籒大篆或頗省改所謂小篆者也是時秦燒滅經書滌除舊典大發吏卒興戍役官獄職務繇初有隸書以趣約易而古文由此絕矣自爾秦書有八體一曰大篆二曰小篆三曰刻符四曰蟲書五曰摹印六曰署書七曰殳書八曰隸書（以上秦小篆及八體書）漢興有艸書尉律學僮十七已上始試諷籒書九千字乃得爲史又以八體試之郡移太史并課最者以爲尚書史書或不正輒舉劾之今雖有尉律不課小學不修莫達其說久矣孝宣皇帝時召通倉頡讀者張敞從受之涼州刺史杜業沛人爰禮講學大夫秦近亦能言之孝平皇帝時徵禮等百餘人令說文字未央廷中以禮爲小學元士黃門侍郎揚雄采吕作訓纂篇凡倉頡已下十四篇凡五千三百四十字羣

書所載略存之矣以上西漢及亡新居攝使大司空甄豐等校文書之部自以爲應制作頗改定古文時有六書一曰古文孔子壁中書也二曰奇字即古文而異者也三曰篆書即小篆秦始皇帝使下杜人程邈所作也四曰左書即秦隸書五曰繆篆所以摹印也六曰鳥蟲書所以書幡信也以上新室壁中書者魯恭王壞孔子宅而得禮記尚書春秋論語孝經又北平侯張蒼獻春秋左氏傳郡國亦往往於山川得鼎彝其銘即前代之古文皆自相似雖叵復見遠流其詳可得略說也而世人大共非訾以爲好奇者也故詭更正文鄉壁虛造不可知之書變亂常行以燿於世諸生競逐說字解經誼稱秦之隸書爲倉頡時書云父子相傳何得改易乃猥曰馬頭人爲長人持十爲斗虫者屈中也廷尉說律至以字斷法苛人受錢苛之字止句也若此者甚衆皆不合孔氏古文謬於史籀俗儒鄙夫翫其所習蔽所希聞不見通學未嘗覩字例之條怪舊埶而善野言以其所知爲祕妙究洞聖人之微恉又見倉頡篇中幼子承詔因曰古帝之所作也其辭有神僊之術焉其迷誤不諭豈不悖哉以上世俗非訾壁中古文不達字例書曰予欲觀

古人之象言必遵修舊文而不穿鑿孔子曰吾猶及史之闕文今亡矣夫蓋非其不知而不問人用己私是非無正巧說衺辭使天下學者疑蓋文字者經藝之本王政之始前人所以垂後後人所以識古故曰本立而道生知天下之至嘖而不可亂也今敘篆文合以古籀博采通人至於小大信而有證稽譔其說將以理羣類解謬誤曉學者達神恉分別部居不相雜廁也萬物咸覩靡不兼載厥誼不昭爰明以諭其偁易孟氏書孔氏詩毛氏禮周官春秋左氏論語孝經皆古文也其於所不知蓋闕如也以上述己箸書之指以大小篆合古籀

五百四十部目後敘

此十四篇五百四十部也九千三百五十三文重一千一百四十三解說凡十三萬三千四百四十一字其建首也立一爲準方以類聚物以羣分同條牽屬共理相貫雜而不越據形系聯引而申之以究萬原畢終於亥知化窮冥于時大漢聖德熙明承天稽唐敷崇殷中遐邇被澤渥衍沛滂廣業甄微學士知方探嘖索隱厥誼可傳粵在永元困頓之季孟陬之月朔日甲申曾曾小子祖自

炎神縉雲相黃共承高辛大岳佐夏呂叔作藩俾侯于許世祚遺靈自彼徂召
宅此汝瀕竊卬景行敢涉聖門其宏如何節彼南山欲罷不能旣竭愚才惜道
之味聞疑載疑演贊其志次列微辭知此者稀儻昭所尤庶有達者理而董之
召陵萬歲里公乘艸莽臣沖稽首再拜上書皇帝陛下臣伏見陛下神明盛
德承遵聖業上考度於天下流化於民先天而天不違後天而奉天時萬國
咸寧神人以和猶復深惟五經之妙皆爲漢制博采幽遠窮理盡性以至於
命先帝詔侍中騎都尉賈逵修理舊文殊藝異術王教一耑苟有可以加於
國者靡不悉集易曰窮神知化德之盛也書曰人之有能有爲使羞其行而
國其昌臣父故大尉南閣祭酒愼本從逵受古學蓋聖人不妄作皆有依據
今五經之道昭炳光明而文字者其本所由生自周禮漢律皆當學六書貫
通其意恐巧說衺辭使學者疑愼博問通人考之於逵作說文解字六藝羣
書之詁皆訓其意而天地鬼神山川草木鳥獸蚰蟲雜物奇怪王制禮儀世
閒人事莫不畢載凡十五卷十三萬三千四百四十一字愼前以詔書校書

東觀教小黃門孟生李喜等以文字未定未奏上今慎已病遣臣齎詣闕慎又學孝經孔氏古文說古文孝經者孝昭帝時魯國三老所獻建武時給事中議郎衞宏所校皆口傳官無其說謹撰具一篇并上臣沖誠惶誠恐頓首頓首死辠死辠稽首再拜以聞皇帝陛下建光元年九月己亥朔二十日戊午上召上書者汝南許沖詣左掖門外會令并齎所上書十月十九日中黃門饒喜以詔書賜召陵公乘許沖布四十匹卽日受詔朱雀掖門敕勿謝

范曄後漢書宦者傳序

易曰天垂象聖人則之宦者四星在皇位之側故周禮置官亦備其數閽者守中門之禁寺人掌女宮之戒又云王之正內者五人月令仲冬命閹尹審門閭謹房室詩之小雅亦有巷伯刺讒之篇然宦人之在王朝者其來舊矣將以其體非全氣情志專良通關中人易以役養乎然而後世因之才任稍廣其能者則勃貂管蘇有功於楚晉景監繆賢著庸於秦趙及其敝也則豎刁亂齊伊戾禍宋(以上宦官原起)漢興仍襲秦制置中常侍官然亦引用士人以參其選皆銀璫左

貂給事殿省及高后稱制乃以張卿爲大謁者出入臥內受宣詔令文帝時有趙談北宮伯子頗見親倖至於孝武亦愛李延年帝數宴後庭或潛遊離館故請奏機事多以宦人主之元帝之世史游爲黃門令勤心納忠有所補益其後弘恭石顯以佞險自進卒有蕭周之禍損穢帝德焉以上前漢中興之初宦官悉用閹人不復雜調宅士至永平中始置員數中常侍四人小黃門十人和帝即阼幼弱而竇憲兄弟專總權威內外臣僚莫由親接所與居者惟閹宦而已故鄭衆得專謀禁中終除大憝遂享分土之封超登宮卿之位於是中官始盛焉自明帝以後迄乎延平委用漸大而其員稍增中常侍至有十人小黃門二十人改以金璫右貂兼領卿署之職鄧后以女主臨政而萬機殷遠朝臣國議無由參斷帷幄稱制下令不出房闈之閒不得不委用刑人寄之國命手握王爵口含天憲非復掖庭永巷之職閨牖房闥之任也其後孫程定立順之功曹騰參建桓之策續以五侯合謀梁冀受鉞迹因公正恩固主心故中外服從上下屏氣或稱伊霍之勳無謝於往載或謂良平之畫復興於當今雖時有忠公而竟

見排斥舉動回山海呼吸變霜露阿旨曲求則光寵三族直情忤意則參夷五宗漢之綱紀大亂矣（以上後漢宦官事實）若夫高冠長劍紆朱懷金者布滿宮闈苴茅分虎南面臣人者蓋以十數府署第館棊列於都鄙子弟支附過半於州國南金和寶冰紈霧縠之積盈仞珍藏嬙媛侍兒歌童舞女之玩充備綺室狗馬飾雕文土木被緹繡皆剝割萌黎競恣奢欲搆害明賢專樹黨類其有更相援引希附權彊者皆腐身熏子以自銜達同敝相濟故其徒有繁敗國蠹政之事不敢單書所以海內嗟毒志士窮棲寇劇緣間搖亂區夏雖忠良懷憤時或奮發而言出禍從旋見孥戮因復大考鉤黨轉相誣染凡稱善士莫不離被災毒竇武何進位崇戚近乘九服之囂怨協羣英之埶力而以疑留不斷至於殄敗斯亦運之極乎雖袁紹龔行芟夷無餘然以暴易亂亦何云及自曹騰說梁冀竟立昏弱魏武因之遂遷龜鼎所謂君以此始必以此終信乎其然矣（以上宦官災毒）

韓愈張中丞傳後序

元和二年四月十三日夜愈與吳郡張籍閱家中舊書得李翰所爲張巡傳翰

以文章自名為此傳頗詳密然尚恨有闕者不為許遠立傳又不載雷萬春事首尾遠雖材若不及巡者開門納巡位本在巡上授之柄而處其下無所疑忌竟與巡俱守死成功名城陷而虜與巡死先後異耳兩家子弟材智下不能通知二父志以為巡死而遠就虜疑畏死而辭服於賊遠誠畏死何苦守尺寸之地食其所愛之肉以與賊抗而不降乎當其圍守時外無蚍蜉蟻子之援所欲忠者國與主耳而賊語以國亡主滅遠見救援不至而賊來益衆必以其言為信外無待而猶死守人相食且盡雖愚人亦能數日而知死處矣遠之不畏死亦明矣烏有城壞其徒俱死獨蒙媿恥求活雖至愚者不忍為嗚呼而謂遠之賢而為之邪說者又謂遠與巡分城而守城之陷自遠所分始以此詬遠此又與兒童之見無異人之將死其藏腑必有先受其病者引繩而絕之其絕必有處觀者見其然從而尤之其亦不達於理矣小人之好議論不樂成人之美如是哉（以上辨許遠事）如巡遠之所成就如此卓卓猶不得免其他則又何說當二公之初守也甯能知人之卒不救棄城而逆遁苟此不能守雖避之他處何益及其

無救而且窮也將其創殘餓羸之餘雖欲去必不達二公之賢其講之精矣守一城捍天下以千百就盡之卒戰百萬日滋之師蔽遮江淮沮遏其勢天下之不亡其誰之功也當是時棄城而圖存者不可一二數擅彊兵坐而觀者相環也不追議此而責二公以死守亦見其自比於逆亂設淫辭而助之攻也愈嘗從事於汴徐二州屢道於兩府間親祭於其所謂雙廟者其老人往往說巡遠時事云（以上并嘆巡遠事）南霽雲之乞救於賀蘭也賀蘭嫉巡遠之聲威功績出己上不肯出師救愛霽雲之勇且壯不聽其語彊留之具食與樂延霽雲坐霽雲慷慨語曰雲來時睢陽之人不食月餘日矣雲雖欲獨食義不忍雖食且不下咽因拔所佩刀斷一指血淋漓以示賀蘭一座大驚皆感激爲雲泣下雲知賀蘭終無爲雲出師意卽馳去將出城抽矢射佛寺浮圖矢著其上甎半箭曰吾歸破賊必滅賀蘭此矢所以志也愈貞元中過泗州船上人猶指以相語城陷賊以刃脅降巡巡不屈卽牽去將斬之又降霽雲雲未應巡呼雲曰南八男兒死耳不可爲不義屈雲笑曰欲將以有爲也公有言雲敢不死卽不屈（以上南霽雲事）張

籍曰有于嵩者少依於巡及巡起事嵩常在圍中籍大曆中於和州烏江縣見嵩嵩時年六十餘矣以巡初嘗得臨渙縣尉好學無所不讀籍時尚小麤問巡遠事不能細也云巡長七尺餘鬚髯若神嘗見嵩讀漢書謂嵩曰何爲久讀此嵩曰未熟也巡曰吾於書讀不過三徧終身不忘也因誦嵩所讀書盡卷不錯一字嵩驚以爲巡偶熟此卷因亂抽他帙以試無不盡然嵩又取架上諸書試以問巡巡應口誦無疑嵩從巡久亦不見巡常讀書也爲文章操紙筆立書未嘗起草初守睢陽時士卒僅萬人城中居人戶亦且數萬巡因一見問姓名其後無不識者巡怒鬚髯輒張及城陷賊縛巡等數十人坐且將戮巡起旋其衆見巡起或起或泣巡曰汝勿怖死命也衆泣不能仰視巡就戮時顏色不亂陽陽如平常遠寬厚長者貌如其心與巡同年生月日後於巡呼巡爲兄死時年四十九嵩貞元初死於亳宋閒或傳嵩有田在亳宋閒武人奪而有之嵩將詣州訟理爲所殺嵩無子張籍云（以上雜述張巡事）

韓愈讀儀禮

余嘗苦儀禮難讀。又其行於今者蓋寡。沿襲不同。復之無由。考於今誠無所用之。然文王周公之法制。麤在於是。孔子曰。吾從周。謂其文章之盛也。古書之存者希矣。百氏雜家。尚有可取。況聖人之制度邪。於是掇其大要。奇辭奧旨著於篇。學者可觀焉。惜乎吾不及其時。進退揖讓於其間。嗚呼。盛哉。

韓愈讀荀子

始吾讀孟軻書。然後知孔子之道尊。聖人之道易行。王易王。伯易伯也。以爲孔子之徒沒。尊聖人者。孟氏而已。晚得揚雄書。益尊信孟氏。因雄書而孟氏益尊。則雄者亦聖人之徒與。聖人之道不傳於世。周之衰。好事者各以其說干時君。紛紛籍籍相亂。六經與百家之說錯雜。然老師大儒猶在。火於秦。黃老於漢。其存而醇者。孟軻氏而止耳。揚雄氏而止耳。及得荀氏書。於是又知有荀氏者也。考其辭。時若不粹。要其歸。與孔子異者鮮矣。抑猶在軻雄之間乎。孔子刪詩書。筆削春秋。合於道者著之。離於道者黜去之。故詩書春秋無疵。余欲削荀氏之不合者。附於聖人之籍。亦孔子之志與。孟氏醇乎醇者也。荀與揚大醇而小疵。

韓愈贈鄭尚書序

嶺之南其州七十其二十二隸嶺南節度府其四十餘分四府府各置帥然獨嶺南節度爲大府大府始至四府必使其佐啓問起居謝守地不得卽賀以爲禮歲時必遣賀問致水土物大府帥或道過其府府帥必戎服左握刀右屬弓矢帕首袴韡迎郊及既至大府帥先入據館帥守屏若將趨入拜庭之爲者大府與之爲讓至一再乃敢改服以賓主見適位執爵皆興拜不許乃止虔若小侯之事大國有大事諮而後行（以上體制一節）隸府之州離府遠者至三千里懸隔山海使必數月而後能至蠻夷悍輕易怨以變其南州皆岸大海多洲島颿風一日踔數千里漫瀾不見蹤迹控御失所依險阻結黨仇機毒矢以待將吏撞搪呼號以相和應蜂屯蟻雜不可爬梳好則人怒則獸故常薄其征入簡節而疏目時有所遺漏不究切之長養以兒子至紛不可治乃草薙而禽獮之盡根株痛斷乃止其海外雜國若躭浮羅流求毛人夷亶之州林邑扶南真臘干陀利之屬東南際天地以萬數或時候風潮朝貢蠻胡賈人舶交海中若嶺南帥得

其人則一邊盡治不相寇盜賊殺無風魚之災火旱癘毒之患外國之貨日至珠香象犀玳瑁奇物溢於中國不可勝用故選帥常重於他鎮非有文武威風知大體可畏信者則不幸往往有事（以上地廣俗殊難治）長慶三年四月以工部尚書鄭公爲刑部尚書兼御史大夫往踐其任鄭公嘗以節鎮襄陽又帥滄景德棣歷河南尹華州刺史皆有功德可稱道入朝爲金吾將軍散騎常侍工部侍郎尚書家屬百人無數畝之宅僦屋以居可謂貴而能貧爲仁者不富之效也及是命朝廷莫不悅將行公卿大夫士苟能詩者咸相率爲詩以美朝政以慰公南行之思韻必以來字者所以祝公成政而來歸疾也

韓愈送李愿歸盤谷序

太行之陽有盤谷盤谷之閒泉甘而土肥草木藂茂居民鮮少或曰謂其環兩山之閒故曰盤或曰是谷也宅幽而勢阻隱者之所盤旋友人李愿居之愿之言曰人之稱大丈夫者我知之矣利澤施於人名聲昭於時坐於廟朝進退百官而佐天子出令其在外則樹旗旄羅弓矢武夫前呵從者塞途供給之人各

執其物夾道而疾馳喜有賞怒有刑才畯滿前道古今而譽盛德入耳而不煩曲眉豐頰清聲而便體秀外而惠中飄輕裾翳長袖粉白黛綠者列屋而閑居妒寵而負恃爭妍而取憐大丈夫之遇知於天子用力於當世者之所為也吾非惡此而逃之是有命焉不可幸而致也窮居而閑處升高而望遠坐茂樹以終日濯清泉以自潔採於山美可茹釣於水鮮可食起居無時惟適之安與其有譽於前孰若無毀於其後與其有樂於身孰若無憂於其心車服不維刀鋸不加理亂不知黜陟不聞大丈夫不遇於時者之所為也我則行之伺候於公卿之門奔走於形勢之途足將進而趑趄口將言而囁嚅處穢污而不羞觸刑辟而誅戮僥倖於萬一老死而後止者其於為人賢不肖何如也昌黎韓愈聞其言而壯之與之酒而為之歌曰盤之中維子之宮盤之土可以稼盤之泉可濯可沿盤之阻誰爭子所窈而深廓其有容繚而曲如往而復嗟盤之樂兮樂且無央虎豹遠迹兮蛟龍遁藏鬼神守護兮呵禁不祥飲且食兮壽而康無不足兮奚所望膏吾車兮秣吾馬從子於盤兮終吾生以徜徉

韓愈送王秀才塤序

吾嘗以爲孔子之道大而能博門弟子不能徧觀而盡識也故學焉而皆得其性之所近其後離散分處諸侯之國又各以所能授弟子原遠而末益分蓋子夏之學其後有田子方子方之後流而爲莊周故周之書喜稱子方之爲人荀卿之書語聖人必曰孔子子弓子弓之事業不傳惟太史公書弟子傳有姓名字曰馯臂子弓子弓受易於商瞿孟軻師子思子思之學蓋出曾子自孔子沒羣弟子莫不有書獨孟軻氏之傳得其宗故吾少而樂觀焉太原王塤示予所爲文好舉孟子之所道者與之言信悅孟子而屢贊其文辭夫沿河而下苟不止雖有遲疾必至於海如不得其道也雖疾不止終莫幸而至焉故學者必慎其所道道於楊墨老莊佛之學而欲之聖人之道猶航斷港絕潢以望至於海也故求觀聖人之道必自孟子始今塤之所由旣幾於知道如又得其船與檝知沿而不止嗚呼其可量也哉

柳宗元論語辨二首

或問曰儒者稱論語孔子弟子所記信乎曰未然也孔子弟子曾參最少少孔子四十六歲曾子老而死是書記曾子之死則去孔子也遠矣曾子之死孔子弟子略無存者已吾意曾子弟子之爲之也何也且是書載弟子必以字獨曾子有子不然由是言之弟子之號之也然則有子何以稱子曰孔子之歿也諸弟子以有若爲似夫子立而師之其後不能對諸子之問乃叱避而退則固嘗有師之號矣今所記曾子獨最後死余是以知之蓋樂正子春子思之徒與爲之爾或曰仲尼弟子嘗雜記其言然而卒成其書者曾氏之徒也

堯曰咨爾舜天之歷數在爾躬四海困窮天祿永終舜亦以命禹余小子履敢用玄牡敢昭告於皇天后土有罪不敢赦萬方有罪罪在朕躬朕躬有罪無以爾萬方或問之曰論語書記問對之辭耳今卒篇之首章然有是何也柳先生曰論語之大莫大乎是也是乃孔子常常諷道之辭云爾彼孔子者覆生人之器也上焉堯舜之不遭而禪不及己下之無湯武之勢而已不得爲天吏生人無以澤其德日視聞其勞死怨呼而已之德涸焉無所依而施故於常常諷道

一珍倣宋版印

云爾而止也。此聖人之大志也。無容問對於其閒。弟子或知之。或疑之。不能明。相與傳之。故於其爲書也。卒篇之首。嚴而立之。

柳宗元辨列子

劉向古稱博極羣書。然其錄列子。獨曰鄭穆公時人。穆公在孔子前幾百歲。列子書言鄭國。皆云子產鄧析。不知向何以言之如此。史記鄭繻公二十四年。楚悼王四年。圍鄭。鄭殺其相駟子陽。子陽正與列子同時。是歲周安王四年。秦惠王韓烈侯趙武侯二年。魏文侯二十七年。燕釐公五年。齊康公七年。宋悼公六年。魯穆公十年。不知向言魯穆公時。遂誤爲鄭耶。不然何乖錯至如是。其後張湛徒知怪列子書言穆公後事。亦不能推知其時。然其事亦多增竄。非其實。要之莊周爲放依其辭。其稱夏棘狙公紀渻子季咸等。皆出列子。不可盡紀。雖不概於孔子道。然其虛泊寥闊。居亂世。遠于利。禍不得逮於身。而其心不窮。易之遯世無悶者。其近是與。余故取焉。其文辭類莊子。而尤質厚。少僞作。好文者可廢耶。其楊朱力命。疑其楊子書。其言魏牟孔穿。皆出列子後。不可信。然觀其辭亦足通知古之多異術也。讀焉者慎取之而已矣。

柳宗元辨文子

文子書十二篇。其傳曰老子弟子。其辭時若有可取。其指意皆本老子。然考其書。蓋駮書也。其渾而類者少。竊取他書以合之者多。凡孟子輩數家皆見剽竊。嶢然而出其類。其義緒文辭。叉牙相抵而不合。不知人之增益之與。或者衆爲聚斂以成其書與。然觀其往往有可立者。意頗惜之。憫其爲之也勞。今刊去謬惡亂雜者。取其似是者。又頗爲發其意。藏於家。

柳宗元辨鬼谷子

元冀好讀古書。然甚賢鬼谷子。爲其指要幾千言。鬼谷子要爲無取。漢時劉向班固錄書。無鬼谷子。鬼谷子後出。而險盭峭薄。恐其妄言亂世。難信。學者宜其不道。而世之言縱橫者。時葆其書。尤者晚乃益出七術。怪謬異甚。不可考校。其言益奇。而道益陋。使人狙狂失守。而易於陷墜。幸矣人之葆之者少。今元子又文之以指要。嗚呼。其爲好術也過矣。

柳宗元辨晏子春秋

司馬遷讀晏子春秋。高之。而莫知其所以爲書。或曰。晏子爲之。而人接焉。或曰。晏子之後爲之。皆非也。吾疑其墨子之徒有齊人者爲之。墨好儉。晏子以儉名於世。故墨子之徒。尊著其事。以增高爲己術者。且其旨多尚同兼愛非樂節用非厚葬久喪者。是皆出墨子。又非孔子。好言鬼事。非儒明鬼。又出墨子。其言問棗及古冶子等尤怪誕。又往往言墨子聞其道而稱之。此甚顯白者。自劉向歆班彪固父子。皆錄之儒家中。甚矣數子之不詳也。蓋非齊人不能具其事。非墨子之徒則其言不若是。後之錄諸子書者。宜列之墨家。非晏子爲墨子也。爲是書者。墨子之道也。

柳宗元辨鶡冠子

余讀賈誼鵩賦。嘉其辭。而學者以爲盡出鶡冠子。余往來京師。求鶡冠子無所見。至長沙始得其書。讀之盡鄙淺言也。唯誼所用。爲美。餘無可者。吾意好異者僞爲其書。反用鵩賦以文飾之。非誼有所取之。決也。太史公伯夷列傳稱賈子曰貪夫殉財烈士殉名夸者死權不稱鶡冠子遷號爲博極羣書假令當時有其書遷豈不見耶假令真有鶡冠子書亦必不取鵩賦以充入之者何以知其然耶曰不類

歐陽修唐書藝文志序

自六經焚於秦而復出於漢其師傳之道中絕而簡編脫亂訛缺學者莫得其本真於是諸儒章句之學興焉其後傳注箋解義疏之流轉相講述而聖道麤明然其爲說固已不勝其繁矣以上經 至於上古三皇五帝以來世次國家興滅終始僭竊僞亂史官備矣而傳記小說外暨方言地理職官氏族皆出於史官之流也以上史 自孔子在時方修明聖經以絀繆異而老子著書論道德接乎周衰戰國游談放蕩之士田駢慎到列莊之徒各極其辨而孟軻荀卿始專修孔氏以折異端然諸子之論各成一家自前世皆存而不絕也以上子 夫王迹熄而詩亡離騷作而文辭之士興歷代盛衰文章與時高下然其變態百出不可窮極何其多也以上集 自漢以來史官列其名氏篇第以爲六藝九種七略至唐始

分爲四類曰經史子集而藏書之盛莫盛於開元其著錄者五萬三千九百一十五卷而唐之學者自爲之書又二萬八千四百六十九卷嗚呼可謂盛矣以上唐代藝文

六經之道簡嚴易直而天人備故其愈久而益明其餘作者衆矣質之聖人或離或合然其精深閎博各盡其術而怪奇偉麗往往震發於其閎此所以使好奇愛博者不能忘也然凋零磨滅不可勝數豈其華文少實不足以行遠與而俚言俗說猥有存者亦其有幸不幸與今著於篇有其名而無其書者十蓋五六也可不惜哉

歐陽修五代史伶官傳序

嗚呼盛衰之理雖曰天命豈非人事哉原莊宗之所以得天下與其所以失之者可以知之矣世言晉王之將終也以三矢賜莊宗而告之曰梁吾仇也燕王吾所立契丹與吾約爲兄弟而皆背晉而歸梁此三者吾遺恨也與爾三矢爾其無忘乃父之志莊宗受而藏之於廟其後用兵則遣從事以一少牢告廟請其矢盛以錦囊負而前驅及凱旋而納之方其係燕父子以組函梁君臣之首

入於太廟。還矢先王而告以成功。其意氣之盛。可謂壯哉。以上盛 及仇讎已滅。天下已定。一夫夜呼。亂者四應。倉皇東出。未及見賊而士卒離散。君臣相顧。不知所歸。至於誓天斷髮。泣下沾襟。何其衰也。以上衰 豈得之難而失之易歟。抑本其成敗之跡。而皆自於人歟。書曰。滿招損。謙受益。憂勞可以興國。逸豫可以亡身。自然之理也。故方其盛也。舉天下之豪傑莫能與之爭。及其衰也。數十伶人困之而身死國滅。爲天下笑。夫禍患常積於忽微。而智勇多困於所溺。豈獨伶人也哉。

歐陽修五代史一行傳序

嗚呼。五代之亂極矣。傳所謂天地閉。賢人隱之時歟。當此之時。臣弒其君。子弒其父。而搢紳之士。安其祿而立其朝。充然無復廉恥之色者。皆是也。吾以謂自古忠臣義士。多出於亂世。而怪當時可道者何少也。豈果無其人哉。雖曰干戈興學校廢。而禮義衰。風俗隳壞。至於如此。然自古天下未嘗無人也。吾意必有潔身自負之士。嫉世遠去而不可見者。
以上疑潔身之士遠遁
自古賢材有韞於中而不

見於外。或窮居陋巷。委身草莽。雖顏子之行。不遇仲尼而名不彰。況世變多故。而君子道消之時乎。吾又以謂必有負材能修節義。而沈淪於下。泯沒而無聞者。以上疑節義之士泯沒求之傳記。而亂世崩離。文字殘缺。不可復得。然僅得者四五人而已。處乎山林而羣麋鹿。雖不足以為中道。然與其食人之祿。俛首而包羞。孰若無媿於心。放身而自得。吾得二人焉。曰鄭遨。張薦明。勢利不屈其心。去就不違其義。吾得一人焉。曰石昂。苟利於君。以忠獲罪。而何必自明。有至死而不言者。此古之義士也。吾得一人焉。曰程福贇。五代之亂。君不君。臣不臣。父不父。子不子。至於兄弟夫婦人倫之際。無不大壞。而天理幾乎其滅矣。於此之時。能以孝弟自修於一鄉。而風行於天下者。猶或有之。然其事迹不著。而無可紀次。獨其名氏或因見於書者。吾亦不敢沒。而其略可錄者。吾得一人焉。曰李自倫。作一行傳。

歐陽修五代史宦者傳序

五代文章陋矣。而史官之職。廢於喪亂。傳記小說。多失其傳。故其事迹終始不完而雜以詭繆至於英豪奮起戰爭勝敗國家興廢之際豈無謀臣之略辯士之談而文字不足以發之遂使泯然無傳於後世然獨張承業事卓卓在人耳目至今故老猶能道之其論議可謂偉然歟殆非宦者之言也（以上數張承業之賢）自古宦者亂人之國其源深於女禍女色而已宦者之害非一端也蓋其用事也近而習其爲心也專而忍能以小善中人之意小信固人之心使人主必信而親之待其已信然後懼以禍福而把持之雖有忠臣碩士列於朝廷而人主以爲去己疏遠不若起居飲食前後左右之親爲可恃也故前後左右者日益親則忠臣碩士日益疏而人主之勢日益孤勢孤則懼禍之心日益切而把持者日益牢安危出其喜怒禍患伏於帷闥則嚮之所謂可恃者乃所以爲患也患已深而覺之欲與疏遠之臣圖左右之親近緩之則養禍而益深急之則挾人主以爲質雖有聖智不能與謀謀之而不可爲爲之而不可成至其甚則俱傷而兩敗故其大者亡國其次亡身而使姦豪得藉以爲資而起至抉其種類盡殺以快天下之心而後已此前史所載宦者之禍常如此者非一世也夫爲人主

者非欲養禍於內而疏忠臣碩士於外蓋其漸積而勢使之然也夫女色之惑不幸而不悟則禍斯及矣使其一悟捽而去之可也宦者之爲禍雖欲悔悟而勢有不得而去也唐昭宗之事是已故曰深於女禍者謂此也可不戒哉（以上泛論）

（宦官之禍而歸結於唐昭宗）昭宗信狎宦者由是有東宮之幽既出而與崔胤圖之胤爲宰相顧力不足爲乃召兵於梁梁兵且至而宦者挾天子走之岐梁兵圍之三年昭宗既出而唐亡矣初昭宗之出也梁王悉誅唐宦者第五可範等七百餘人其在外者悉詔天下捕殺之而宦者多爲諸鎮所藏匿而不殺是時方鎮僭擬悉以宦官給事而吳越最多乃莊宗立詔天下訪求故唐時宦者悉送京師得數百人宦者遂復用事以至於亡此何異求已覆之車躬駕而履其轍也可爲悲夫（以上五代宦官）

歐陽修蘇氏文集序

余友蘇子美之亡後四年始得其平生文章遺稿於太子太傅杜公之家而集錄之以爲十卷子美杜氏壻也遂以其集歸之而告於公曰斯文金玉也棄擲

埋沒糞土不能銷蝕其見遺於一時必有收而寶之於後世者雖其埋沒而未出其精氣光怪已常能自發見而物亦不能揜也故方其擯斥摧挫流離窮厄之時文章已自行於天下雖其怨家仇人及嘗能出力而擠之死者至其文章則不能少毀而揜蔽之也凡人之情忽近而貴遠子美屈於今世猶若此其伸於後世宜如何也公其可無恨（以上言子美文必伸於後世） 予嘗考前世文章政理之盛衰而怪唐太宗致治幾乎三王之盛而文章不能革五代之餘習後百有餘年韓李之徒出然後元和之文始復於古唐衰兵亂又百餘年而聖宋興天下一定晏然無事又幾百年而古文始盛於今自古治時少而亂時多幸時治矣文章或不能純粹或遲久而不相及何其難之若是歟豈非難得其人歟苟一有其人又幸而及出於治世世其可不爲之貴重而愛惜之歟嗟吾子美以一酒食之過至廢爲民而流落以死此其可以歎息流涕而爲當世仁人君子之職位宜與國家樂育賢材者惜也（以上言子美生於治世又能文竟以才見廢） 子美之齒少於予而予學古文反在其後天聖之閒予舉進士於有司見時學者務以言語聲偶擿裂號

爲時文以相誇尚而子美獨與其兄才翁及穆參軍伯長作爲古歌詩雜文時人頗共非笑之而子美不顧也其後天子患時文之弊下詔書諷勉學者以近古由是其風漸息而學者稍趨於古焉獨子美爲於舉世不爲之時其始終自守不牽世俗趨舍可謂特立之士也（以上言子美爲古文於舉世不爲之時）子美官至大理評事集賢校理而廢後爲湖州長史以卒享年四十有一其狀貌奇偉望之昂然而即之温温久而愈可愛慕其才雖高而人亦不甚嫉忌其擊而去之者意不在子美也賴天子聰明仁聖凡當世所指名而排斥二三大臣而下欲以子美爲根而累之者皆蒙保全今並列於榮寵雖與子美同時飲酒得罪之人多一時之豪俊亦被收采進顯於朝廷而子美獨不幸死矣豈非其命也悲夫（以上言同時得罪者多復進用獨子美不幸早死）

歐陽修釋惟儼文集序

惟儼姓魏氏杭州人少遊京師三十餘年雖學於佛而通儒術喜爲辭章與吾亡友曼卿交最善曼卿遇人無所擇必皆盡其忻懽惟儼非賢士不交有不可

其意無貴賤一切閉拒絕去不少顧曼卿之兼愛惟儼之介所趨雖異而交合無所閒曼卿嘗曰君子汎愛而親仁惟儼曰不然吾所以不妄交人故能得天下士若賢不肖混則賢者安肯顧我哉以此一時賢士多從其遊居相國浮圖不出其戶十五年士嘗遊其室者禮之惟恐不至及去爲公卿貴人未始一往干之（以上惟儼不妄交人）然嘗竊怪平生所交皆當世賢傑未見卓卓著功業如古人可記者因謂世所稱賢才若不笞兵走萬里立功海外則當佐天子號令賞罰於明堂苟皆不用則絕寵辱遺世俗自高而不屈尚安能酣豢於富貴而無爲哉醉則以此誚其坐人人亦復之以謂遺世自守古人之所易若奮身逢時欲必就功業此雖聖賢難之周孔所以窮達異也今子老於浮圖不見用於世而幸不踐窮亨之塗乃以古事之已然而責今人之必然邪（以上惟儼與人辨詰之詞）然惟儼雖傲乎退偃於一室天下之務當世之利病與其言終日不厭惜其將老也已曼卿死惟儼亦買地京城之東以謀其終乃斂生平所爲文數百篇示余曰曼卿之死既已表其墓願爲我序其文及我之見也嗟夫惟儼既不用於世其材莫

見於時若考其筆墨馳騁文章贍逸之能可以見其志矣

歐陽修釋祕演詩集序

予少以進士遊京師因得盡交當世之賢豪然猶以謂國家臣一四海休兵革養息天下以無事者四十年而智謀雄偉非常之士無所用其能者往往伏而不出山林屠販必有老死而世莫見者欲從而求之不可得其後得吾亡友石曼卿曼卿爲人廓然有大志時人不能用其材曼卿亦不屈以求合無所放其意則往往從布衣野老酣嬉淋漓顛倒而不厭予疑所謂伏而不見者庶幾狎而得之故嘗喜從曼卿遊欲因以陰求天下奇士（以上與曼卿交因以求天下奇士）浮圖祕演者與曼卿交最久亦能遺外世俗以氣節相高二人懽然無所閒曼卿隱於酒祕演隱於浮屠皆奇男子也然喜爲歌詩以自娛當其極飲大醉歌吟笑呼以適天下之樂何其壯也一時賢士皆願從其遊予亦時至其室十年之間祕演北渡河東之濟鄆無所合困而歸曼卿已死祕演亦老病嗟夫二人者予乃見其盛衰則予亦將老矣夫（以上敘己與曼卿祕演三人蹤跡）曼卿詩辭清絕尤稱祕演之作以

爲雅健有詩人之意祕演狀貌雄傑其胸中浩然既習於佛無所用獨其詩可行於世而嬾不自惜已老胠其橐尚得三四百篇皆可喜者曼卿死祕演漠然無所向聞東南多山水其巔崖崛峍江濤洶涌甚可壯也遂欲往遊焉足以知其老而志在也於其將行爲敘其詩因道其盛時以悲其衰

歐陽修集古錄跋尾十首

右漢公昉碑者逎漢中太守南陽郭芝爲公昉修廟記也漢碑今在者類多磨滅而此記文字僅存可讀所謂公昉者初不載其姓名但云君字公昉爾又云耆老相傳以爲王莽居攝二年君爲郡吏啖瓜旁有真人居左右莫察君獨進美瓜又從而敬禮之真人者遂與期谷口山上乃與君神藥曰服藥以從當移意萬里知鳥獸言語是時府君去家七百餘里休謁往來轉景即至闔郡驚焉白之府君徙爲御史鼠齧被具君乃畫地爲獄召鼠誅之視其腹中果有被具府君欲從學道頃無所進府君怒敕尉部吏收公昉妻子公昉呼其師告以厄其師以藥飲公昉妻子曰可去矣妻子戀家不忍去於是乃以藥塗屋柱飲牛

馬六畜須臾有大風雲來迎公昉妻子屋宅六畜翛然與之俱去其說如此可以爲怪妄矣以上述碑中語嗚呼自聖人沒而異端起戰國秦漢之際奇辭怪說紛然爭出不可勝數久而佛之徒來自西夷老之徒起於中國而二患交攻爲吾儒者往往牽而從之其卓然不惑者僅能自守而已欲排其說而黜之常患乎力不足也如公昉之事以語愚人豎子皆知其妄矣不待有力而後能破其惑也然彼漢人乃刻之金石以傳後世其意惟恐後世之不信然後世之人未必不從而惑也以上歎異說易以惑人

右漢太尉劉寬碑陰題名寬碑有二其故吏門生各立其一也此題名在故吏所立之碑陰其別列於後者在寬子松之碑陰也寬以漢中平二年卒至唐咸亨元年其裔孫胡城公爽以碑歲久皆仆于野爲再立之並記其世序嗚呼前世士大夫世家著之譜牒故自中平至咸亨四百餘年而爽能知其世次如此之詳也蓋自黃帝以來子孫分國受姓歷堯舜三代數千歲閒詩書所紀皆有次序豈非譜繫源流傳之百世不絕歟此古人所以爲重也不然則士生於世

皆莫自知其所出而昧其世德遠近其所以異於禽獸者僅能識其父祖爾其可忽哉唐世譜牒尤備士大夫務以世家相高至其弊也或陷輕薄婚姻附託邀求貨賂君子患之然而士子修飭喜自樹立兢兢惟恐墜其世業亦以有譜牒而能知其世也今之譜學亡矣雖名臣巨族未嘗有家譜者然而俗習苟簡廢失者非一豈止家譜而已哉

右王獻之法帖余嘗喜覽魏晉以來筆墨遺跡而想前人之高致也所謂法帖者其事率皆弔哀候病敘暌離通訊問施於家人朋友之間不過數行而已蓋其初非用意而逸筆餘興淋漓揮灑或妍或醜百態橫生披卷發函爛然在目使人驟見驚絕徐而視之其意態愈無窮盡故使後世得之以爲奇翫而想見其人也於高文大冊何嘗用此而今人不然至或棄百事弊精疲力以學書爲事業用此終老而窮年者是真可笑也

右昭仁寺碑在幽州唐太宗與薛舉戰處也唐自起義與羣雄戰處後皆建佛寺云爲陣亡士薦福湯武之敗桀紂殺人固亦多矣而商周享國皆數百年其

荷天之祐者以其心存大公爲民除害也唐之建寺外雖託爲戰亡之士其實自贖殺人之咎爾其撥亂開基有足壯者及區區於此不亦陋哉碑文朱子奢撰而不著書人名氏字畫甚工此余所錄也

右放生池碑不著書撰人名氏放生池唐世處處有之王者仁澤及於草木昆蟲使一物必遂其生而不爲私惠也惟天地生萬物所以資於人也然代天而治物者當爲之節使其足用而取之不過萬物得遂其生而不夭三代之政如斯而已易大傳曰庖犧氏之王也能通神明之德以類萬物之情作結繩而爲網罟以佃以漁蓋言其始教民取物資生而爲萬世之利此所以爲聖人也浮圖氏之說乃謂殺物者有罪而放生者得福苟如其言則庖犧氏遂爲人閒之聖人地下之罪人矣

右司刑寺大腳跡並碑銘二閻朝隱撰附詩曰匪手攜之言示之事蓋諭昏愚者不可以理曉而決疑惑者難用空言雖示之已驗之事猶懼其不信也此自古聖賢以爲難語曰中人以下不可以語上者聖人非棄之也以其語之難也

佛爲中國大患非止中人以下聰明之智一有惑焉有不能解者矣方武氏之時毒被天下而刑獄慘烈不可勝言而彼佛者遂見光蹟於其閑果何爲哉自古君臣事佛未有如武氏之時盛也視朝隱等碑銘可見矣然禍及生民毒流王室亦未有若斯之甚也碑銘文辭不足錄錄之者所以警也俾覽者知無佛之世詩書雅頌之聲斯民蒙福者如彼有佛之盛其金石文章與其人之被禍者如此可以少思焉

右華陽頌唐玄宗詔附玄宗尊號曰聖文神武皇帝可謂盛矣而其自稱曰上清弟子者何其陋哉方其肆情奢淫以極富貴之樂蓋窮天下之力不足以贍其欲使神仙道家之事爲不無亦非其可冀矧其實無可得哉甚矣佛老之爲世惑也佛之徒曰無生者是畏死之論也老之徒曰不死者是貪生之說也彼其所以貪畏之意篤則棄萬事絶人理而爲之然而終於無所得者何哉死生天地之常理畏者不可以苟免貪者不可以苟得也惟積習之久者成其邪妄之心佛之徒有臨死而不懼者妄意乎無生之可樂而以其所樂勝其所可畏

也。老之徒有死者。則相與諱之。曰彼超去矣。彼解化矣。厚自誣而託之。不可詰。或曰。彼術未至。故死爾。前者茍以遂其非。後者從而惑之。以爲誠然也。佛老二者同出於貪。而所習則異。然由必棄萬事。絕人理。而爲之。其貪於彼者厚。則捨於此者果。若玄宗者。方溺於此。而又慕於彼。不勝其勞。是眞可笑也。

右令長新戒。唐開元之治盛矣。玄宗嘗自擇縣令一百六十三人。賜以丁甯之戒。其後天下爲縣者。皆以新戒刻石。今猶有存者。余之所得者六。世人皆忽不以爲貴也。玄宗自除內難。遂致太平。世徒以爲英豪之主。然不知其與治之勤用心如此。可謂知爲政之本矣。然鮮克有終。明智所不免。惜哉。新戒凡六。其一河內。其二虞城。其三不知所得之處。其四汜水。其五穰。其六舞陽。

右平泉草木記。李德裕撰。余嘗讀鬼谷子書。見其馳說諸侯之國。必視其爲人材性賢愚剛柔緩急。而因其好惡喜懼憂樂而捭闔之。陽開陰塞。變化無窮。顧天下諸侯無不在其術中者。惟不見其所好者。不可得而說也。以此知君子宜愼其所好。蓋泊然無欲。而禍福不能動。利害不能誘。此鬼谷之術所不能爲者。

聖賢之高致也其次顧其所欲不溺於所好斯可矣若德裕者處富貴招權利而好奇貪得之心不已至或疲弊精神於草木斯其所以敗也其遺戒有云壞一草一木者非吾子孫此又近乎愚矣

右華嶽題名自唐開元二十三年訖後唐清泰二年實二百一年題名者五百十一人再題者又三十一人錄爲十卷往往當時知名士也或兄弟同遊或子姪並侍或僚屬將佐之咸在或山人處士之相攜或奉使奔命有行役之勞或窮高望遠極登臨之適其富貴貧賤歡樂憂悲非惟人事百端而亦世變多故開元二十三年歲在丙子是歲天子躬耕籍田肆大赦羣臣方頌太平請封禪蓋有唐極盛之時也清泰二年歲在乙未廢帝簒立之明年也是歲石敬瑭以太原反召契丹入自鴈門廢帝自焚于洛陽而晉高祖入自太原五代極亂之時也始終二百年間或治或亂或盛或衰而往者來者先者後者雖窮達壽夭參差不齊而斯五百人者卒歸於共盡也其姓名歲月風霜剝裂亦或在或亡其存者獨有千仞之山石爾故特錄其題刻每撫卷慨然何異臨長川而歎逝

者也

歐陽修集古錄目序

物常聚於所好而常得於有力之彊有力而不好好之而無力雖近且易有不能致之象犀虎豹蠻夷山海殺人之獸然其齒角皮革可聚而有也玉出崑崙流沙萬里之外經十餘譯乃至乎中國珠出南海常生深淵採者腰絙而入水形色非人往往不出則下飽蛟魚金礦於山鑿深而穴遠篝火餱糧而後進其崖崩窟塞則遂葬於其中者率嘗數十百人其遠且難而又多死禍常如此然而金玉珠璣世常兼聚而有也凡物好之而有力則無不至也（以上言好之而有力則物皆可致）湯盤孔鼎岐陽之鼓岱山鄒嶧會稽之刻石與夫漢魏已來聖君賢士桓碑彝器銘詩序記下至古文籀篆分隸諸家之字書皆三代以來至寶怪奇偉麗工妙可喜之物其去人不遠其取之無禍然而風霜兵火湮淪磨滅散棄於山崖墟莽之閒未嘗收拾者由世之好者少也幸而有好之者又其力或不足故僅得其一二而不能使其聚也（以上言金石文字難聚）夫力莫如好好莫如一予性顓而

嗜古凡世人之所貪者皆無欲於其間故得一其所好於斯好之已篤則力雖未足猶能致之故上自周穆王以來下更秦漢隋唐五代外至四海九州名山大澤窮崖絕谷荒林破冢神仙鬼物詭怪所傳莫不皆有以爲集古錄以謂轉寫失真故因其石本軸而藏之有卷帙次第而無時世之先後蓋其取多而未已故隨其所得而錄之又以謂聚多而終必散乃撮其大要別爲錄目因並載夫可與史傳正其闕繆者以傳後學庶益於多聞（以上述集古錄目之意）或譏余曰物多則其勢難聚聚久而無不散何必區區於是哉予對曰足吾所好玩而老焉可也象犀金玉之聚其能果不散乎予固未能以此而易彼也（以上言物聚而必散）

歐陽修送徐無黨南歸序

草木鳥獸之爲物衆人之爲人其爲生雖異而爲死則同一歸於腐壞澌盡泯滅而已而衆人之中有聖賢者固亦生且死於其間而獨異於草木鳥獸衆人者雖死而不朽逾遠而彌存也其所以爲聖賢者修之於身施之於事見之於言是三者所以能不朽而存也修於身者無所不獲施於事者有得有不得焉

其見於言者則又有能有不能也施於事矣不見於言可也自詩書史記所傳其人豈必皆能言之士哉修於身矣而不施於事不見於言亦可也孔子弟子有能政事者矣有能言語者矣若顏回者在陋巷曲肱飢臥而已其羣居則默然終日如愚人然自當時羣弟子皆推尊之以爲不敢望而及而後世更百千歲亦未有能及之者其不朽而存者固不待施於事況於言乎予讀班固藝文志唐四庫書目見其所列自三代秦漢以來著書之士多者至百餘篇少者猶三四十篇其人不可勝數而散亡磨滅百不一二存焉予竊悲其人文章麗矣言語工矣無異草木榮華之飄風鳥獸好音之過耳也方其用心與力之勞亦何異衆人之汲汲營營而忽焉以死者雖有遲有速而卒與三者同歸於泯滅夫言之不可恃也蓋如此今之學者莫不慕古聖賢之不朽而勤一世以盡心於文字閒者皆可悲也東陽徐生少從予學爲文章稍稍見稱於人既去而與羣士試於禮部得高第由是知名其文辭日進如水湧而山出予欲摧其盛氣而勉其思也故於其歸告以是言然予固亦喜爲文辭者亦因以自警焉

曾鞏先大夫集後序

公所爲書號僊鳬羽翼者三十卷西陲要紀者十卷清邊前要五十卷廣中台志八十卷爲臣要紀三卷四聲韻五卷總一百七十八卷皆刊行於世今類次詩賦書奏一百二十三篇又自爲十卷藏於家(以上書)方五代之際儒學既擯焉後生小子治術業於閭巷文多淺近是時公雖少所學已皆知治亂得失興壞之理其爲文閎深雋美而長於諷諭今類次樂府已下是也(以上五代時著作)宋既平天下公始出仕當此之時太祖太宗已綱紀大法矣公於是勇言當世之得失其在朝廷疾當事者不忠故凡言天下之要必本天子憂憐百姓勞心萬事之意而推大臣從官執事之人觀望懷姦不稱天子屬任之心故治久未治至其難言則人有所不敢言者雖屢不合而出而所言益切不以利害禍福動其意也(以上仕宋後奏議)始公尤見奇於太宗自光祿寺丞越州監酒稅召見以爲直史館遂爲兩浙轉運使未久而真宗即位益以材見知初試以知制誥及西兵起又以爲自陜以西經略判官而公嘗切論大臣當時皆不說故不果用然真宗終

感其言故爲泉州未盡一歲拜蘇州五日又爲揚州將復召之也而公於是時又上書語斥大臣尤切故卒以齟齬終(以上太宗真宗時再進再絀)公之言其大者以自唐之衰民窮久矣海內既集天子方修法度而用事者尚多煩碎治財利之臣又益急公獨以謂宜遵簡易罷筦榷以與民休息塞天下望祥符初四方爭言符應天子因之遂用事泰山祠汾陰而道家之說亦滋甚自京師至四方皆大治宮觀公益諍以謂天命不可專任宜絀姦臣修人事反覆至數百千言嗚呼公之盡忠天子之受盡言何必古人此非傳之所謂主聖臣直者乎何其盛也何其盛也(以上敘奏議在太宗時不言財利在真宗時不言符瑞)公在兩浙奏罷苛稅二百三十餘條在京西又與三司爭論免民租釋逋負之在民者蓋公之所試如此所試者大其庶幾矣公所嘗言甚衆其在上前及書亡者蓋不得而集其或從或否而後常可思者與歷官行事廬陵歐陽修公已銘公之碑特詳焉此故不論論其不盡載者公卒以齟齬終其功行或不得在史氏記藉令記之當時好公者少史其果可信歟後有君子欲推而考之讀公之碑與書及子小子之序其意者具見其

表裏其於虛實之論可覈矣（以上言當時毀譽虛實難盡信）公卒乃贈諫議大夫姓曾氏諱某南豐人序其書者公之孫鞏也

曾鞏徐幹中論目錄序

臣始見館閣及世所有徐幹中論二十篇以謂盡於此及觀貞觀政要怪太宗稱嘗見幹中論復三年喪篇而今書此篇闕因考之魏志見文帝稱幹著中論二十餘篇於是知館閣及世所有幹中論二十篇者非全書也（以上考書非完本）幹字偉長北海人生於漢魏之閒魏文帝稱幹懷文抱質恬淡寡欲有箕山之志而先賢行狀亦稱幹篤行體道不耽世榮魏太祖特旌命之辭疾不就後以爲上艾長又以疾不行（以上敘幹志事）蓋漢承周衰及秦滅學之餘百氏雜家與聖人之道並傳學者罕能獨觀於道德之要而不牽於俗儒之說至於治心養性去就語默之際能不悖於理者固希矣況至於魏之濁世哉幹獨能考六藝推仲尼孟軻之旨述而論之求其辭時若有小失者要其歸不合於道者少矣（以上論其書合道）其所得於內者又能信而充之逡巡濁世有去就顯晦之大節臣始讀其書察

其意而賢之因其書以求其爲人又知其行之可賢也(以上考其行之賢)惜其有補於世而識之者少蓋跡其言行之所至而以世俗好惡觀之彼惡足以知其意哉顧臣之力豈足以重其書使學者尊而信之因校其脫謬而序其大略蓋所以致臣之意焉(以上自述表章之意)

曾鞏戰國策目錄序

劉向所定戰國策三十三篇崇文總目稱十一篇者闕臣訪之士大夫家始盡得其書正其誤謬而疑其不可考者然後戰國策三十三篇復完敘曰向敘此書言周之先明教化修法度所以大治及其後謀詐用而仁義之路塞所以大亂其說既美矣卒以爲此書戰國之謀士度時君之所能行不得不然則可謂惑於流俗而不篤於自信者也夫孔孟之時去周之初已數百歲其舊法已亡舊俗已熄久矣二子乃獨明先王之道以謂不可改者豈將強天下之主以後世之所不可爲哉亦將因其所遇之時所遭之變而爲當世之法使不失乎先王之意而已二帝三王之治其變固殊其法固異而其爲國家天下之意本末

先後未嘗不同也二子之道如是而已蓋法者所以適變也不必盡同道者所以立本也不可不一此理之不易者也故二子者守此豈好爲異論哉能勿苟而已矣可謂不惑乎流俗而篤於自信者也（以上言法以適變不必同道以立本不可改）戰國之遊士則不然不知道之可信而樂於說之易合其設心注意偷爲一切之計而已故論詐之便而諱其敗言戰之善而蔽其患其相率而爲之者莫不有利焉而不勝其害也有得焉而不勝其失也卒至蘇秦商鞅孫臏吳起李斯之徒以亡其身而諸侯及秦用之者亦滅其國其爲世之大禍明矣而俗猶莫之寤也惟先王之道因時適變爲法不同而考之無疵用之無弊故古之聖賢未有以此而易彼也（以上言戰國遊士之說爲世大禍）或曰邪說之害正也宜放而絕之則此書之不泯其可乎對曰君子之禁邪說也固將明其說於天下使當世之人皆知其說之不可從然後以禁則齊使後世之人皆知其說之不可爲然後以戒則明豈必滅其籍哉放而絕之莫善於是是以孟子之書有爲神農之言者有爲墨子之言者皆著而非之至於此書之作則上繼春秋下至楚漢之起二百四五十年

之閱載其行事固不可得而廢也（以上言籍不可滅）此書有高誘注者二十一篇或曰三十二篇崇文總目存者八篇今存者十篇云

曾鞏新序目錄序

劉向所集次新序三十篇目錄一篇隋唐之世尚爲全書今可見者十篇而已臣既考正其文字因爲其序論曰古之治天下者一道德同風俗蓋九州之廣萬民之衆千歲之遠其教已明其習已成之後所守者一道所傳者一說而已故詩書之文歷世數十作者非一而其言未嘗不相爲終始化之如此其至也當是之時異行者有誅異言者有禁防之又如此其備也故二帝三王之際及其中閱嘗更衰亂而餘澤未熄之時百家衆說未有能出於其間者也（以上言古者道一說一無衆說雜出其閒）及周之末世先王之教化法度既廢餘澤既熄世之治方術者各得其一偏故人奮其私智家尙其私學者蠭起於中國皆明其所長而昧其短矜其所得而諱其失天下之士各自爲方而不能相通世之人不復知夫學之有統道之有歸也先王之遺文雖在皆絀而不講況至於秦爲世之所大禁哉

漢與六藝皆得於斷絕殘脫之餘世復無明先王之道以一之者諸儒苟見傳記百家之言皆說而嚮之故先王之道爲衆說之所蔽闇而不明鬱而不發而怪奇可喜之論各師異見皆自名家者誕漫於中國一切不異於周之末世其弊至於今尚在也（以上言周末及漢異說誕漫）自斯以來天下學者知折衷於聖人而能純於道德之美者揚雄氏而止耳如向之徒皆不免乎爲衆說之所蔽而不知有所折衷者也孟子曰待文王而興者凡民也豪傑之士雖無文王猶興漢之士豈特無明先王之道以一之者哉亦其出於是時者豪傑之士少故不能特起於流俗之中絕學之後也（以上言劉向亦爲衆說所蔽不能拔俗）蓋向之序此書於今爲最近古雖不能無失然遠至舜禹而次及於周秦以來古人之嘉言善行亦往往而在也要在慎取之而已故臣既惜其不可見者而校其可見者特詳焉亦足以知臣之攻其失者豈好辨哉臣之所不得已也

曾鞏列女傳目錄序

劉向所敘列女傳凡八篇事具漢書向列傳而隋書及崇文總目皆稱向列女

傳十五篇曹大家注以頌義考之蓋大家所注離其七篇爲十四與頌義凡十五篇而益以陳嬰母及東漢以來凡十六事非向書本然也蓋向舊書之亡久矣嘉祐中集賢校理蘇頌始以頌義爲篇次復定其書爲八篇與十五篇者並藏於館閣而隋以頌義爲劉歆作與向列傳不合今驗頌義之文蓋向之自敘又藝文志有向列女傳頌圖明非歆作也自唐之亂古書之在者少矣而唐志錄列女傳凡十六家至大家注十五篇者亦無錄然其書今在則古書之或有錄而亡或無錄而在者亦衆矣非可惜哉今校讐其八篇及十五篇者已定可繕寫以上敘書之存亡分合

初漢承秦之敝風俗已大壞矣而成帝後宮趙衞之屬尤自放向以謂王政必自內始故列古女善惡所以致興亡者以戒天子此向述作之大意也其言太任之娠文王也目不視惡色耳不聽淫聲口不出敖言又以謂古之人胎教者皆如此夫能正其視聽言動者此大人之事而有道者之所畏也顧令天下之女子能之何其威也以臣所聞蓋爲之師傅保姆之助詩書圖史之戒珩璜琚瑀之節威儀動作之度其教之者雖有此具然古之君子未

嘗不以身化也故家人之義歸於反身二南之業本於文王夫豈自外至哉世皆知文王之所以興能得內助而不知其所以然者蓋本於文王之躬化故內則后妃有關雎之行外則羣臣有二南之美與之相成其推而及遠則商辛之昏俗江漢之小國兎罝之野人莫不好善而不自知此所謂身修故家國天下治者也(以上言女子之賢本於躬化)後世自學問之士多徇於外物而不安其守其室家既不見可法故競於邪僻豈獨無相成之道哉士之苟於自恕顧利冒恥而不知反己者往往以家自累故也故曰身不行道不行於妻子信哉(以上言後世之士道不行於妻子)如此人者非素處顯也然去二南之風亦已遠矣況於南鄉天下之主哉向之所述勸戒之意可謂篤矣然向號博極羣書而此傳稱詩芣苢柏舟大車之類與今序詩者之說尤乖異蓋不可考至於式微之一篇又以謂二人之作豈其所取者博故不能無失歟其曰象計謀殺舜及舜所以自脫者頗合於孟子然此傳或有之而孟子所不道者蓋亦不足道也凡後世諸儒之言經傳者固多如此覽者采其有補而擇其是非可也故爲之序論以發其端云

王安石周禮義序

士弊於俗學久矣聖上閔焉以經術造之乃集儒臣訓釋厥旨將播之校學而臣某實董周官惟道之在政事其貴賤有位其後先有序其多寡有數其遲速有時制而用之存乎法推而行之存乎人其人足以任官其官足以行法莫盛乎成周之時其法可施於後世其文有見於載籍莫具乎周官之書蓋其因習以崇之賡續以終之至於後世無以復加則豈特文武周公之力哉猶四時之運陰陽積而成寒暑非一日也（以上數周禮之美備）自周之衰以至於今歷歲千數百矣太平之遺跡掃蕩幾盡學者所見無復全經於是時也乃欲訓而發之臣誠不自揆然知其難也以訓而發之之爲難則又以知夫立政造事追而復之之爲難（以上言訓釋之難）然竊觀聖上致法就功取成於心訓迪在位有馮有翼亹亹乎鄉六服承德之世矣以所觀乎今考所學乎古所謂見而知之者臣誠不自揆妄以爲庶幾焉故遂冒昧自竭而忘其材之弗及也謹列其書爲二十有二卷凡十餘萬言上之御府副在有司以待制詔頒焉謹序

王安石詩義序

詩三百十一篇其義具存其辭亡者六篇而已上既使臣雱訓其辭又命臣某等訓其義書成以賜太學布之天下又使臣某爲之序謹拜手稽首言曰詩上通乎道德下止乎禮義放其言之文君子以興焉由其道之序聖人以成焉然以孔子之門人賜也商也有得於一言則孔子悅而進之蓋其說之難明如此則自周衰以迄於今泯泯紛紛豈不宜哉（以上言詩義難明） 伏惟皇帝陛下內德純茂則神罔時恫外行恂達則四方以無侮日就月將學有緝熙於光明則頌之所形容蓋有不足道也微言奧義既自得之又命承學之臣訓釋厥遺樂與天下共之顧臣等所聞如爝火焉豈足以賡日月之餘光姑承明制代匱而已傳曰美成在久故棫樸之作人以壽考爲言蓋將有來者焉追琢其章纘聖志而成之也臣衰且老矣尚庶幾及見之謹序

王安石書義序

熙寧二年臣某以尚書入侍遂與政而子雱實嗣講事有旨爲之說以獻八年

下其說太學班焉惟虞夏商周之遺文更秦而幾亡遭漢而僅存賴學士大夫誦說以故不泯而世主或莫知其可用天縱皇帝大知實始操之以驗物考之以決事又命訓其義兼明天下後世而臣父子以區區所聞承乏與榮焉然言之淵懿而釋以淺陋命之重大而承以輕眇茲榮也祇所以爲愧也歟謹序

馬端臨文獻通考序

昔荀卿子曰欲觀聖王之跡則於其粲然者矣後王是也君子審後王之道而論於百王之前若端拜而議然則考制度審憲章博聞而強識之固通儒事也詩書春秋之後惟太史公號稱良史作爲紀傳書表紀傳以述理亂興衰八書以述典章經制後之執筆操簡牘者卒不易其體然自班孟堅而後斷代爲史無會通因仍之道讀者病之（以上言史記於治亂興衰典章二者並詳他史則不能觀其通）至司馬溫公作通鑑取千三百餘年之事跡十七史之紀述萃爲一書然後學者開卷之餘古今咸在然公之書詳於理亂興衰而略於典章經制非公之智有所不逮也編簡浩如煙埃著述自有體要其勢不能以兩得也竊嘗以爲理亂興衰不相因者

也晉之得國異乎漢隋之喪邦殊乎唐代各有史自足以該一代之始終無以參稽互察爲也典章經制實相因者也殷因夏周因殷繼周者之損益百世可知聖人蓋已預言之矣爰自秦漢以至唐宋禮樂兵刑之制賦斂選舉之規以至官名之更張地理之沿革雖其終不能以盡同而其初亦不能以遽異如漢之朝儀官制本秦規也唐之府衛租庸本周制也其變通張弛之故非融會錯綜原始要終而推尋之固未易言也其不相因者猶有溫公之成書而其本相因者顧無其書獨非後學之所宜究心乎〔以上言治亂興衰有通鑑可稽而典章經制無書可以會通〕唐杜岐公始作通典肇自上古以至唐之天寶凡歷代因革之故粲然可考其後宋白嘗續其書至周顯德近代魏了翁又作國朝通典然宋之書成而傳習者少魏嘗屬藁而未成書今行於世者獨杜公之書耳天寶以後蓋闕焉有如杜書綱領宏大考訂該洽固無以議爲也然時有古今述有詳略則夫節目之間未爲明備而去取之際頗欠精審不無遺憾焉蓋古者因田制賦賦乃米粟之屬非可析之於田制之外也古者任土作貢貢乃包篚之屬非可雜之於稅法之

中也。乃若敘選舉則秀孝與銓選不分。敘典禮則經文與傳注相汨。敘兵則盡遺賦調之規。而姑及成敗之跡。諸如此類。寗免小疵。至於天文五行藝文。歷代史各有志。而通典無述焉。馬班二史。各有諸侯王列侯表。范曄東漢書以後無之。然歷代封建王侯。未嘗廢也。王溥作唐及五代會要。首立帝系一門。以敘各帝歷年之久近。傳授之始末。次及后妃皇子公主之名氏封爵。後之編會要者倣之。而唐以前則無其書。凡是二者。蓋歷代之統紀典章係焉。而杜書亦復不及。則亦未爲集著述之大成也。以上言杜氏通典尚有未備未審之處愚自蚤歲。蓋嘗有志於綴緝。顧百憂薰心。三餘少暇。吹竽已濫。汲綆不修。豈復敢以斯文自詭。昔夫子言夏殷之禮。而深慨文獻之不足徵。釋之者曰。文典籍也。獻賢者也。生乎千百載之後。而欲尚論千百載之前。非史傳之實錄具存。何以稽考。儒先之緒言未遠。足資討論。雖聖人亦不能臆爲之說也。竊伏自念。業紹箕裘。家藏墳索。插架之收。儲。趨庭之問答。其於文獻。蓋庶幾焉。嘗恐一旦散軼失墜。無以屬來哲。是以忘其固陋。輒加考評。旁搜遠紹。門分彙別。曰田賦。曰錢幣。曰戶口。曰職役。曰征榷曰市糴曰土貢曰國用曰選舉曰學校曰職官曰郊社曰宗廟曰王禮曰樂曰兵曰刑曰輿地曰四裔俱倣通典之成規自天寶以前則增益其事迹之所未備離析其門類之所未詳自天寶以後至宋嘉定之末則續而成之曰經籍曰帝系曰封建曰象緯曰物異則通典元未有論述而採摭諸書以成之者也（以上自述己之著作較通典有同有異）凡敘事則本之經史而參之以歷代會要以及百家傳記之書信而有證者從之乖異傳疑者不錄所謂文也凡論事則先取當時臣僚之奏疏次及近代諸儒之評論以至名流之燕談稗官之紀錄凡一話一言可以訂典故之得失證史傳之是非者則採而錄之所謂獻也其載諸史傳之紀錄而可疑稽諸先儒之論辨而未當者研精覃思悠然有得則竊著己意附其後焉命其書曰文獻通考爲門二十有四卷三百四十有八而其每門著述之成規考訂之新意各以小序詳之（以上言採摭舊說閒附己意）昔江淹有言修史之難無出於志誠以志者憲章之所繫非老於典故者不能爲也陳壽號善敘述李延壽亦稱究悉舊事然所著二史俱有紀傳而獨不克作志重其事也況上下數千

年貫串二十五代而欲以末學陋識操觚竄定其閒雖復窮老盡氣劌目鉥心亦何所發明聊輯見聞以備遺忘耳後之君子儻能芟削繁蕪增廣闕略矜其仰屋之勤而俾免於覆車之愧庶有志於經邦稽古者或可考焉以上謙言恐有繁蕪闕略

古之帝王未嘗以天下自私也故天子之地千里公侯皆方百里伯七十里子男五十里而王畿之內復有公卿大夫采地祿邑各私其土子其人而子孫世守之其土壤之肥磽生齒之登耗視之如其家不煩考覈而姦僞無所容故其時天下之田悉屬於官民仰給於官者也故受田於官食其力而輸其賦仰事俯育一視同仁而無甚貧甚富之民此三代之制也秦始以宇內自私一人獨運於其上而守宰之任驟更數易視其地如傳舍而閭里之情僞雖賢且智者不能周知也守宰之遷除其歲月有限而田土之還受其姦敝無窮故秦漢以來官不復可授田遂爲庶人之私有亦其勢然也雖其閒如元魏之太和李唐之貞觀稍欲復三代之規然不久而其制遂隳者蓋以不封建而井田不可復行故也以上言不封建則井田不可行

三代而上天下非天子所得私也秦廢封建而始以天

下奉一人矣三代以上田產非庶人所得私也秦廢井田而始捐田產以予百姓矣秦於其當與者取之所當取者與之然所襲既久反古實難欲復封建是自割裂其土宇以啓紛爭欲復井田是強奪民之田畝以召怨讟書生之論所以不可行也隨田之在民者稅之而不復問其多寡始於商鞅隨民之有田者稅之而不復視其丁中始於楊炎三代井田之良法壞於鞅唐租庸調之良法壞於炎二人之事君子所羞稱而後之爲國者莫不一遵其法一或變之則反至於煩擾無稽而國與民俱受其病則以古今異宜故也作田賦考第一敘歷代因田制賦之規而以水利屯田官田附焉凡七卷（以上言秦與商鞅楊炎之事君子羞稱而不能不遵其法）

生民所資曰衣與食物之無關於衣食而實適於用者曰珠玉五金先王以爲衣食之具未足以周民用也於是以適用之物作爲貨幣以權之故上古之世以珠玉爲上幣黃金爲中幣刀布爲下幣（刀布卽古錢之名）然珠玉黃金爲世難得之貨至若權輕重通貧富而可以通行者惟銅而已故九府圜法自周以來未之

有改也。以上錢 然古者俗朴而用簡。故錢有餘。後世俗侈而用糜。故錢不足。於是錢之直日輕。錢之數日多。數多而直輕。則其致遠也難。自唐以來。始制爲飛券鈔引之屬。以通商賈之厚齎貿易者。其法蓋執券引以取錢。而非以券引爲錢也。宋慶曆以來。蜀始有交子。建炎以來。東南始有會子。自交會既行。而始直以楮爲錢矣。夫珠玉黃金。可貴之物也。銅雖無足貴。而適用之物也。以其可貴且適用者制幣而通行。古人之意也。至於以楮爲幣。則始以無用爲用矣。舉方尺腐敗之券。而足以奔走一時。寒藉以衣。飢藉以食。貧藉以富。蓋未之有。然銅重而楮輕。鼓鑄繁難。而印造簡易。今捨其重且難者。而用其輕且易者。而又下免犯銅之禁。上無搜銅之苛。亦一便也。以上以楮爲幣 作錢幣考第二。凡二卷。

古者戶口少而皆才智之人。後世生齒繁而多窳惰之輩。鈞是人也。古之人方其爲士則道問學。及其爲農則力稼穡。及其爲兵則善戰陣。投之所向。無不如意。是以千里之邦。萬家之聚。皆足以世守其國而扞城其民。民衆則其國強。民寡則其國弱。蓋當時國之與立者民也。光嶽既分。風氣日漓。民生其閒。才益乏而智益劣士拘於文墨而授之介胄則慙農安於犂鋤而問之刀筆則廢以至九流百工釋老之徒食土之毛者日以繁夥其肩摩袂接三孱不足以滿隅者總總也於是民之多寡不足爲國之盛衰官既無藉於民之材而徒欲多爲之法以征其身戶調口賦日增月益上之人厭棄賤薄不倚民爲重而民益窮苦憔悴祇以身爲累矣作戶口考第三敘歷代戶口之數與其賦役而以奴婢占役附焉凡二卷

役民者官也役於官者民也郡有守縣有令鄉有長里有正其位不同而皆役民者也在軍旅則執干戈與土木則親畚鍤調征行則負羈紲以至追胥力作之任其事不同而皆役於官者也役民者逸役於官者勞其理則然然則鄉長里正非役也後世乃虐用其民爲鄉長里正者不勝誅求之苛各萌避免之意而始命之曰戶役矣唐宋而後下之任戶役者其費日重上之議戶役者其制日詳於是曰差曰僱曰義紛紜雜襲而法出姦生莫能禁止噫成周之里宰黨長皆有祿秩之命官兩漢之三老嗇夫皆有譽望之名士蓋後世之任戶役者

也曷嘗淩暴之至此極乎作職役考第四敘歷代役法之詳而以復除附焉凡二卷

征榷之途有二一曰山澤茶鹽坑冶是也二曰關市酒酤征商是也羞言利者則曰縣官當食租衣稅而已而欲與民庶爭貨殖之利非王者之事也善言利者則曰山海天地之藏而豪強擅之關市貨物之聚而商賈擅之取之於豪強商賈以助國家之經費而毋專仰給於百姓之賦稅是崇本抑末之意乃經國之遠圖也自是說立而後之加詳於征榷者莫不以藉口征之不已則併其利源奪之官自煮鹽酤酒採茶鑄鐵以至市易之屬利源日廣利額日重官既不能自辦而豪強商賈之徒又不可復擅以上言征額日重則官與商賈豪強皆無利可圖然既以立爲課額則有司者不任其虧減於是又爲均派之法或計口而課鹽錢或望戶而榷酒酤或於民之有田者計其頃畝令於賦稅之時帶納以求及額而征榷徧於天下矣蓋昔之榷利曰取之豪強商賈之徒以優農民及其久也則農民不獲豪強商賈之利而代受豪強商賈之榷有識者知其苛橫而國計所需不可

止也（以上言農民代商受田如鹽課歸地丁之類）作征榷考第五首敘歷代征商之法鹽鐵始於齊則次之榷酤始於漢榷茶始於唐則又次之雜征斂者若津渡閒架之屬以至漢之告緡唐之率貸宋之經總制錢皆衰世一切之法也故又次之凡六卷市者商賈之事也古之帝王其物貨取之任土所貢而有餘未有國家而市物者也而市之說則昉於周官之泉府後世因之曰均輸曰市易曰和買皆以泉府藉口者也糴者民庶之事古之帝王其米粟取之什一所賦而有餘未有國家而糴粟者也而糴之說則昉於齊桓公魏文侯之平糴後世因之曰常平曰義倉曰和糴皆以平糴藉口者也然泉府與平糴之立法也皆所以便民方其滯於民用也則官買之糴之及其適於民用也則官賣之糶之蓋懋遷有無曲爲貧民之地初未嘗有一毫征利富國之意然沿襲既久古意寖失其市物也亦諉曰摧蓄賈居貨待賈之謀及其久也則官自效商賈之爲而指爲富國之術矣其糴粟也亦諉曰捄貧民穀賤錢荒之弊及其久也則官未嘗有及民之惠而徒利積粟之入矣至其極弊則名曰和買和糴而強配數目不給價直鞭

笞取足視同常賦蓋古人恤民之事後世反藉以厲民不可不究其顛末也作

市糴考第六凡二卷

禹貢八州皆有貢物而冀州獨無之甸服有米粟之輸而餘四服俱無之說者以爲王畿之外八州俱以田賦所當供者市易所貢之物故不輸粟然則土貢卽租稅也漢唐以來任土所貢無代無之著之令甲猶曰當其租入然叔季之世務爲苛橫往往租自租而貢自貢矣至於珍禽奇獸袤服異味或荒淫之君降旨取索或姦諂之臣希意創貢往往有出於經常之外者甚至掊留官賦陰增民輸而命之曰羨餘以供貢奉上下相蒙苟悅其名而於百姓則重困矣作

土貢考第七凡一卷

賈山至言曰昔者周蓋千八百國以九州之民養千八百國之君君有餘財民有餘力而頌聲作秦皇帝以千八百國之民自養力罷不能勝其役財盡而不能勝其求一君之身耳所自養者馳騁弋獵之娛天下弗能供也然則國之廢興非財也財少而國延財多而國促其效可覩矣然自周官六典有太府又有

王府內府且有惟王不會之說後之為國者因之兩漢財賦曰大農者國家之帑藏也曰少府曰水衡者人主之私蓄也唐既有轉運度支而復有瓊林大盈宋既有戶部三司而復有封椿內藏於是天下之財其歸於上者復有公私恭儉賢主常捐內帑以濟軍國之用故民裕而其祚昌淫侈辟王至靡外府以供耳目之娛故財匱而其民怨此又歷代制國用者龜鑑也作國用考第八敘歷代財計首末而以漕運賑恤蠲貸附焉凡五卷

古之用人德行為首才能次之虞朝載采亦有九德周家賓興考其德行於才不屑屑也兩漢以來刺史守相得以專辟召之權魏晉而後九品中正得以司人物之柄皆考之以里閭之毀譽而試之以曹掾之職業然後俾之入備王宮以階清顯蓋其為法雖有愧於古人德行之舉而猶可以得才能之士也以上論唐虞三代取德兩漢魏晉取才至於隋而州郡僚屬皆命於銓曹搢紳發軔悉由於科目自以銓曹署官而所按者資格而已於是勘籍小吏得以司升沈之權自以科目取士而所試者詞章而已於是操觚末技得以階榮進之路夫其始進也試之以

操觚末技而專主於詞章其既仕也付之於勘籍小吏而專校其資格於是選賢與能之意無復存者矣然此二法者歷數百年而不可以復更一或更之則蕩無法度而僥濫者愈不可澄汰亦獨何哉以上言隋唐以後官人皆出於銓曹科目又古人之取士蓋將以官之三代之時法制雖簡而考核本明毀譽既公而賢愚自判往往當時士之被舉者未有不入官初非有二途也降及後世巧僞日甚而法令亦滋多遂以科目爲取士之途銓選爲舉官之途二者各自爲防閑檢柅之法至唐則以試士屬之禮部試吏屬之吏部於是科目之法銓選之法日新月異不相爲謀蓋有舉於禮部而不得官者不舉於禮部而得官者而士之所以進身之塗轍亦復不一不可比而同之也於是立舉士舉官兩門以該之作選舉考第九凡十二卷以上言舉士舉官分爲兩門

古之教者家有塾黨有庠術有序國有學所謂學校至不一也然惟國學有司樂司成專主教事而州閭鄉黨之學則未聞有司職教之任者及考周禮地官黨正各掌其黨之政令教治孟月屬民而讀法祭祀則以禮屬民州長掌其州

之教治政令考其德行道藝糾其過惡而勸戒之然後知黨正卽一黨之師也州長卽一州之師也以至下之爲比長閭胥上之爲鄉遂大夫莫不皆然蓋古之爲吏者其德行道藝俱足以爲人之師表故發政施令無非教也以至使民興賢出使長之使民興能入使治之蓋役之則爲民教之則爲士官之則爲吏尊之則爲師鈞是人也（以上言三代以前吏與師合而爲一）秦漢以來儒與吏始異趨政與教始殊途於是曰郡守曰縣令則吏所以治其民曰博士官曰文學掾則師所以教其弟子二者漠然不相爲謀所用非所教所教非所用士方其從學也曰習讀及進而登仕版則棄其詩書禮樂之舊習而從事乎簿書期會之新規古人有言曰吾聞學而後入政未聞以政學者後之爲吏者皆以政學者也自其以政學則儒者之學術皆筌蹄也國家之學官皆芻狗也民何由而見先王之治哉又況榮途捷徑旁午雜出蓋未嘗由學而升者滔滔也（以上言政與學分而學日衰）於是所謂學者姑視爲粉飾太平之一事而庸人俗吏直以爲無益於興衰理亂之故矣作學校考第十敘歷代學校之制及祠祭褒贈先聖先師之首末幸學養老

之儀。而郡國鄉黨之學附見焉。凡十一卷。

古者因事設官、量能授職、無清濁之殊。無內外之別、無文武之異、何也。唐虞之時、禹宅揆、契掌教、皋陶明刑、伯夷典禮、羲和掌曆、夔典樂、益作虞、垂共工、蓋精而論道經邦、麤而飭財辨器。其位皆公卿也、其人皆聖賢也、後之居位臨民者、則自詭以清高、而下視曲藝多能之流、其執技事上者、則自安於鄙俗、而難語以輔世長民之事、於是審音治曆醫祝之流、特設其官以處之、謂之雜流、擯不得與搢紳伍、而官之清濁始分矣、以上分清濁 昔在成周、設官分職、綴衣趣馬、俱籲俊之流、宮伯內宰、盡興賢之侶、逮夫漢代、此意猶存、故以儒者為侍中、以賢士備郎署、如周昌袁盎汲黯孔安國之徒、得以出入宮禁、陪侍宴私、陳誼格非、拾遺補過、其才能卓異者、至為公卿將相、為國家任大事、霍光張安世是也、中漢以來、此意不存、於是非閹豎嬖倖、不得以日侍宮庭、而賢能搢紳、特以之備員表著、漢有宮中府中之分、唐有南司北司之黨、職掌不相為謀、品流亦復殊異。而官之內外始分矣。以上分內外 古者文以經邦、武以撥亂、其在大臣、則出可以將入可以相其在小臣則簪筆可以待問荷戈可以前驅後世人才日衰不供器使司文墨者不能知戰陣被介胄者不復識簡編於是官人者制為左右兩選而官之文武始分矣（以上分文武）至於有侍中給事中之官而未嘗司宮禁之事是名內而實外也（唐以來以侍中為三公官以處勳臣又以給事中為封駁之官皆以外庭之臣為之並不預宮中之事）有太尉司馬之官而未嘗司兵戎之事是名武而實文也（太尉漢承秦以為三公然猶掌武事也唐以後亦為三公宋時呂夷簡王旦韓琦官皆至太尉非武臣也大司馬周官掌兵至漢元成以後為三公亞於司徒乃後來執政之任亦非武臣也）太常有卿佐而未嘗審音樂將作有監貳而未嘗諳營繕不過為儒臣養望之官是名濁而實清也尚書令在漢為司牘小吏而後世則為大臣所不敢當之穹官校尉在漢為兵師要職而後世則為武弁所不齒之冗秩（尚書令漢初其秩至卑銅章青綬主宮禁文書而已至唐則為三省長官高祖入長安時太宗以秦王為之後郭子儀以勳位當拜以太宗曾為之故辭不敢受自後至宋無敢拜此官者漢八校尉領禁衛諸軍皆尊顯之官宰相之罷政者至為城門校尉又司隸校尉督察三輔彈劾公卿其權至雄尊護羌校尉護烏桓校尉皆領重兵鎮方面乃大帥之職至宋時校尉副尉為武職初階不入品從至為冗賤）蓋官之名同而古今之崇庳懸絕如此（以上名實不符古今互異）參稽互考曲暢旁通而因革之故可以類推作職官考第十一首敘官制次序官數內官

則自公師宰相而下外官則自州牧郡守而下以至散官祿秩品從之詳凡二十一卷

郊特牲曰禮之所尊尊其義也失其義陳其數祝史之事也故其數可陳也其義難知也荀卿子曰不知其義謹守其數愼不敢損益父子相傳以待王公是故三代雖亡治法猶存是官人百吏之所以取祿秩也然則義者祭之理也數者祭之儀也古者人習於禮故家國之祭祀其品節儀文祝史有司皆能知之然其義則非儒宗講師不能明也周衰禮廢而其儀亡矣秦漢以來諸儒口耳所授簡冊所載特能言其義理而已戴記是也儀禮所言止於卿士大夫之禮六典所載特以其有關於職掌者則言之而國之大祀蓋未有能知其品節儀文者（以上祭祀儀節久失）漢鄭康成深於禮學作爲傳注頗能補經之所未備然以讖緯之言而釋經以秦漢之事而擬三代此其所以舛也蓋古者郊與明堂之祀祭天而已秦漢始有五帝泰一之祠而以古者郊祀明堂之禮禮之蓋出於方士不經之說而鄭注禮經二祭曰天曰帝或以爲威靈仰或以爲耀靈寶襲方士

緯書之荒誕而不知其非夫禮莫先於祭祭莫重於天而天之名義且乖異如此則其他節目注釋雖復博贍不知其果得禮經之意否乎王肅諸儒雖引正論以力排之然魏晉以來祀天之禮常參酌王鄭二說而迭用之竟不能偏廢也（以上鄭氏說不足據）至於禘祫之節宗祧之數禮經之明文無所稽據而注家之聚訟莫適折衷其叢雜牴牾與郊祀之說無以異也近世三山信齋楊氏得考亭勉齋之遺文奧義著為祭禮一書詞義正大考訂精核足為千載不刊之典然其所述一本經文不復以注疏之說攙補故經之所不及者則闕略不接續杜氏通典之書有祭禮則參用經註之文兩存王鄭之說雖通暢易曉而不如楊氏之純正今並錄其說次及歷代祭祀禮儀本末而唐開元宋政和二禮書中所載諸祀儀注併詳著焉（以上祭禮并錄杜楊之說）作郊祀考第十二以敘古今天神地祇之祀首郊次明堂次后土次雩次五帝次日月星辰寒暑次六宗四方次社稷山川次封禪次高禖次八蜡次五祀次籍田祭先農次親蠶祭先蠶次祈禳次告祭而後以雜祠淫祠終焉凡二十三卷作宗廟考第十三以敘古今人鬼之祀

首國家宗廟次時享次祫禘次功臣配享次祠先代君臣次諸侯宗廟而以大夫士庶宗廟時享終焉凡十五卷

古者經禮禮儀皆曰三百蓋無有能知其節目之詳者矣然總其凡有五曰吉凶軍賓嘉舉其大有六曰冠昏喪祭鄉相見此先王制禮之略也秦漢而後因革不同有古有而今無者如大射聘禮士相見鄉飲酒投壺之類是也有古無而今有者如聖節上壽上尊號拜表之類是也有其事通乎古今而後世未嘗制爲一定之禮者若臣庶以下冠昏喪祭是也凡若是者皆本無沿革不煩紀錄（以上三宗無沿革者不之及）而通乎古今而代有因革者惟國家祭祀學校選舉以至朝儀巡狩田獵冠冕服章圭璧符璽車旗鹵簿及凶禮之國恤耳今除國祀學校選舉已有專門外朝儀以下則總謂之王禮而備著歷代之事迹焉蓋本晦菴儀禮經傳通解所謂王朝之禮也（以上王禮之略目序）其本無沿革者若古禮則經傳所載先儒所述自有專書可以尋求無庸贅敘若今禮則雖不能無失而議禮制度又非書生所得預聞也是以亦不復措辭焉作王禮考第十四凡二十二卷

記曰聲音之道與政通矣故審樂以知政蓋言樂之正哇有關於時之理亂也然自三代以後號爲歷年多施澤久而民安樂之者漢唐與宋漢莫盛於文景之時然至孝武時河閒獻王始獻雅樂天子下太樂官常存隸之歲時以備數然不常御常御及郊廟皆非雅聲至哀帝時始罷鄭聲用雅樂而漢之運祚且移於王莽矣唐莫盛於貞觀開元之時然所用者多教坊俗樂太常閱工人常隸習之其不可教者乃習雅樂然則其所謂樂者可知矣宋莫盛於天聖景祐之時然當時胡瑗李照阮逸范鎮之徒拳拳以律呂未諧聲音未正爲憂而卒不克更置至政和時始製大晟樂自謂古雅而宋之土宇且陷入女真矣蓋古者因樂以觀政而後世則方其發政施仁之時未暇制樂及其承平之後綱紀法度皆已具舉敵國外患皆已銷亡君相他無所施爲學士大夫他無所論說然後始及制樂樂既成而政已秕國已衰矣（以上言漢唐宋盛時無樂樂成而政已衰）昔隋開皇中制樂用何妥之說而擯萬寶常之議及樂成寶常聽之泫然曰樂聲淫厲而哀不久天下將盡噫使當時一用寶常之議能救隋之亡乎然寶常雖不能制樂

以保隋之長存。而猶能聽樂而知隋之必亡。其宿悟神解亦有過人者。竊嘗以爲世之興衰理亂。固未必由樂。然若欲議樂。必如師曠州鳩萬寶常王令言之徒。其自得之妙。豈有法之可傳者。而後之君子。乃欲強爲議論。究律呂於黍之縱橫。求正哇於聲之淸濁。或證之以殘缺斷爛之簡編。埋沒銷蝕之尺量。而自謂得之。何異刻舟覆蕉叩槃捫燭之爲。愚固不知其說也。以上言樂有神解不在簡編尺量之末作樂考第十五首敘歷代樂制。次律呂制度。次八音之屬。各分雅部胡部俗部。以盡古今樂器之本末。次樂縣。次樂歌。次樂舞。次散樂鼓吹。而以徹樂終焉。凡十五卷。

按周官小司徒。五人爲伍。五伍爲兩。四兩爲卒。五卒爲旅。五旅爲師。五師爲軍。上地家七人。可任也者家三人。中地家六人。可任也者二家五人。下地家五人。可任也者家二人。此教練之數也。司馬法地方一里爲井。四井爲邑。四邑爲邱。四邱爲甸。甸六十四井。有戎馬四匹。兵車一乘。牛十二頭。甲士三人。卒七十二人。此調發之數也。教練則不厭其多。故凡食土之毛者。除老弱不任事之外。家家使之爲兵人人使之知兵故雖至小之國勝兵萬數可指顧而集也調發則不厭其簡甸六十四井爲五百一十二家而所調者止七十五人是六家調發共出一人也每甸姑通以中地二家五人計之五百一十二家可任者一千二百八十人而所調者止七十五人是十六次調發方及一人也教練必多則人皆習於兵革調發必簡則人不疲於征戰此古者用兵制勝之道也（以上古者教練多而調發少）後世士自爲士農自爲農工商末技自爲工商末技凡此四民者平時不識甲兵爲何物而所謂兵者乃出於四民之外故爲兵者甚寡知兵者甚少一有征戰則盡數驅之以當鋒刃無有休息之期甚則以未嘗訓練之民而使之戰是棄民也唐宋以來始專用募兵於是兵與民判然爲二途諺曰教養於平時而驅用於一旦然其季世則兵數愈多而驕悍而劣弱爲害不淺不惟足以疲國力而反足以促國祚矣（以上言後世兵民判然爲二）作兵考第十六首敘歷代兵制次禁衞及郡國之兵次教閱之制次車戰舟師馬政軍器凡十三卷

昔漢陳咸言爲人議法當依於輕雖有百金之利愼無與人重比蓋漢承秦法

過於嚴酷重以武宣之君張趙之臣淫刑喜殺習以爲常咸之言蓋有激也竊嘗以爲劓刵椓黥蚩尤之刑也而唐虞遵之收孥赤族亡秦之法也而漢魏以來遵之以賢聖之君而不免襲亂虐之制由是觀之咸言尤爲可味也（以上言議法當依於輕）漢文除肉刑善矣而以髡笞代之髡法過輕而略無懲創笞法過重而至於死亡其後乃去笞而獨用髡減死罪一等卽止於髡鉗進髡鉗一等卽入於死而深文酷吏務從重比故死刑不勝其衆魏晉以來病之然不知減笞數而使之不死乃徒欲復肉刑以全其生肉刑卒不可復遂獨以髡鉗爲生刑所欲活者傅生議於是傷人者或折腰體而纔翦其毛髮所欲陷者與死比於是犯罪者既已刑殺而復誅其宗親輕重失宜莫此爲甚及隋唐以來始制五刑曰笞杖徒流死此五者卽有虞所謂鞭扑流宅雖聖人復起不可偏廢也（以上言漢魏六朝輕重失宜唐以後五刑乃爲不易之典）若夫茍慕輕刑之名而不恤惠姦之患殺人者不死傷人者不刑俾無辜罹毒虐者抱沈冤而莫伸而舞文利賕賄者無後患之可惕則亦非聖人明刑弼教之本意也（以上言輕刑惠姦）作刑考第十七首刑制次徒流次詳

讞、次贖刑赦宥、凡十二卷、
昔秦燔經籍、而獨存醫藥卜筮種樹之書、學者抱恨終古、然以今考之、易與春秋二經首末具存、詩亡其六篇、或以爲笙詩元無其辭、是詩亦未嘗亡也、禮本無成書、戴記雜出漢儒所編、儀禮十七篇及六典最晚出、六典僅亡冬官、然其書純駁相半、其存亡未足爲經之疵也、獨虞夏商周之書亡其四十六篇耳、然則秦所燔除書之外、俱未嘗亡也、若醫藥卜筮種樹之書、當時雖未嘗廢錮、而並無一卷流傳至今者、以此見聖經賢傳。終古不朽。而小道異端。雖存必亡。初不以世主之好惡爲之興廢也。以上言秦焚書實未嘗亡 漢隋唐宋之史、俱有藝文志、然漢志所載之書、以隋志考之、十已亡其六七、以宋志考之隋唐、亦復如是、豈亦秦爲之厄哉、昌黎公所謂爲之也易、則其傳之也不遠、豈不信然、夫書之傳者已鮮、傳而能蓄者加鮮、蓄而能閱者尤加鮮焉、宋皇祐時、命名儒王堯臣等作崇文總目、記館閣所儲之書、而論列於其下方、然止及經史、而亦多闕略、子集則但有其名目而已、近世昭德鼂氏公武有讀書記、直齋陳氏振孫有書錄解題、

珍倣宋版印

皆聚其家藏之書而評之。今所錄先以四代史志列其目。其存於近世而可考者。則採諸家書目所評。并旁搜史傳文集雜說詩話。凡議論所及可以紀其著作之本末。考其流傳之真僞。訂其文理之純駁者。則具載焉。俾覽之者如入羣玉之府。而閱木天之藏。不特有其書者。稍加研窮。卽可以洞究旨趣。雖無其書者。味茲題品。亦可蠡窺端倪。蓋殫見洽聞之一也。作經籍考第十八。經之類十有三。史之類十有四。子之類二十有二。集之類六。凡七十六卷。

昔太史公言。儒者斷其義。馳說者騁其辭。不務綜其始終。蓋譏世之學者以空言著書。而歷代統系無所考訂也。於是作爲三代世表。自黃帝以下譜之。然五帝之事遠矣。而遷必欲詳其世次。按圖而索。往往牴牾。故歐陽公復譏其不能缺所不知。而務多聞以爲勝。（以上言史記世表爲歐陽所譏譜系似不可信）然自三代以後至於近世史牒所載。昭然可考。始學者童而習之。屈伸指而得其大概。至其傳世歷年之延促。枝分派別之遠近。猝然而問。雖華顛鉅儒。不能以遽對。則以無統系之書故也。（以上言無譜系則茫然難考）今倣王溥唐及五代會要之體。首敘帝王之姓氏出處及其享國之期改元之數以及各代之始終次及后妃皇子公主皇族其可考者悉著於篇而歷代所以尊崇之禮冊命之儀幷附見焉作帝系考第十九凡十卷

封建莫知其所從始也禹塗山之會號稱萬國湯受命時凡三千國周定五等之封凡千七百七十三國至春秋之時見於經傳者僅一百六十五國而蠻夷戎狄亦在其中蓋古之國至多後之國日寡國多則土宜促國少則地宜曠而夷考其故則不然試以殷周上世言之殷契至成湯八遷史以爲自商而砥石自砥石而復居商又自商而亳周棄至文王亦屢遷史以爲自邰而豳自豳而岐自岐而豐夫湯七十里之國也文王百里之國也然以所遷之地考之蓋有出於七十里百里之外者矣又如泰伯之爲吳鬻繹之爲楚箕子之爲朝鮮其初不過自屏於荒裔之地而其後因以有國傳世竊意古之諸侯者雖曰受封於天子然亦由其行義德化足以孚信於一方人心翕然歸之故其子孫因之遂君其地或有災否則轉徙他之而人心歸之不能釋去故隨其所居皆成都

邑。蓋古之帝王。未嘗以天下爲己私。而古之諸侯。亦未嘗視封內爲己物。上下之際。均一至公。非如後世分疆畫土。爭城爭地。必若是其截然也。(以上言古者上下均一至公封國非有截然之疆界)秦既滅六國。舉宇內而郡縣之。尺土一民。始皆視爲己有。再傳而後。劉項與羣雄共裂其地。而分王之。高祖既誅項氏之後。凡當時諸侯王之自立者。與爲項氏所立者。皆擊滅之。然後裂土以封韓彭英盧張吳之屬。蓋自是非漢之功臣。不得王矣。逮數年之後。反者九起。異姓諸侯王。多已夷滅。於是悉取其地。以王子弟親屬。如荊吳齊楚淮南之類。蓋自是非漢之同姓。不得王矣。然一再傳而後。賈誼鼂錯之徒。拳拳有諸侯強大之慮。以爲親者無分地而疏者偪天子。必爲子孫之憂。於是或分其國。或削其地。其負強而動。如七國者。則六師移之。蓋西漢之封建。其初則剿滅異代所封。而以畀其功臣。繼而剿滅異姓諸侯。而以畀其同宗。又繼而剿滅疏屬劉氏王。而以畀其子孫。蓋檢制益密。而猜防益深矣。(以上言漢之封建凡三變而猜防益深)昔湯武雖以征伐取天下。然商惟十一征。周惟滅國者五十。其餘諸侯。皆襲前代所封。未聞盡以宇內易置而封其私人。

周雖大封同姓然文昭武穆之邦與國咸休亦未聞成康而後復畏文武之族偪而必欲夷滅之以建置己之子孫也愚嘗謂必有公天下之心而後可以行封建自其出於公心則選賢與能而小大相維之勢足以縣千載自其出於私心則忌疏畏偪而上下相猜之形不能以一朝居矣景武之後令諸侯王不得治民補吏於是諸侯雖有君國子民之名不過食其邑入而已土地甲兵不可得而擅矣然則漢雖懲秦之弊復行封建然爲人上者苟慕美名而實無唐虞三代之公心爲諸侯者既獲裂土則遽欲效春秋戰國之餘習故不久而遂廢以上言必有公天下之心而後封建可久因及漢末之弊逮漢之亡議者以爲乏藩屏之助而成孤立之勢然愚又嘗夷考歷代之故魏文帝忌其諸弟帝子受封有同幽縶再傳之後主勢稍弱司馬氏父子卽攘臂取之曾無顧憚晉武封國至多宗藩強壯俱自得以領兵卒置官屬可謂懲魏之弊矣然八王首難阻兵安忍反以召五胡之釁宋齊皇子俱童孺當方面名爲藩鎮而實受制於典籤長史之手每一易主則前帝之子孫殲焉而運祚卒以不永梁武享國最久諸子孫皆以盛年雄材出

爲邦伯專制一方可謂懲宋齊之弊矣然諸王擁兵捐置君父卒不能止侯景之難然則魏宋齊疏忌骨肉固以取亡而晉梁崇奬宗藩亦不能捄亂於是封建之得失不可復議而王綰李斯陸士衡柳宗元輩所論之是非亦不可得而偏廢矣（以上言疏宗藩者有弊奬宗藩者亦有弊）今所論著三皇而後至春秋之前國名之見於經傳而事跡可考者略著之如共工防風氏以至邶鄘樊檜之類是也春秋十二列國既有太史世家詳其事跡不復贅敘姑紀其世代歷年而已若諸小國之事跡見於春秋三傳雜記者則倣世家之例敘其梗概郳莒許滕以下是也漢初諸侯王王子侯功臣外戚恩澤侯則悉本馬班二史年表東漢以後無年表可據則採摭諸傳各訂其受封傳授之本末而備著焉列侯不世襲始於唐親王不世襲始於宋則姑志其始受封者之名氏而已作封建考第二十凡十八卷（以上自述凡例）

昔三代之時俱有太史其所職掌者察天文記時政蓋合占候紀載之事以一人司之漢時太史公掌天官不治民而紬史記金匱石室之書猶是任也至宣

帝時以其官爲令行太史公文書其修撰之職以他官領之於是太史之官惟知占候而已蓋必二任合而爲一則象緯有變紀錄無遺斯可以考一代天文運行之常變而推其休祥然二任之墮廢離隔不相爲謀蓋已久矣昔春秋日食不書日而史氏以爲官失之可見當時掌占候與司紀載者各爲一人故疏略如此以上言古者司天文與紀時政合而爲一又嘗考之春秋二百四十二年而日食三十六自魯定公十五年至漢高帝之三年其閒二百九十三年而搜考史傳書日食凡七而已然則遺缺不書者多矣自漢而後史錄具在天下一家之時紀載者遞相沿襲無以知其得失也及南北分裂之後國各有史今考之南自宋武帝永初元年至陳後主禎明二年北自魏明帝泰常五年至隋文帝開皇八年此一百六十九年之閒南史所書日食僅三十六而北史所書乃七十九其閒年歲之相合者纔二十七又有年合而月不合者夫同此一蒼旻也食於北者其數過倍於南理之所必無者而又日月不相脗合豈天有二日乎蓋史氏之差謬牴牾其失大矣懸象著明莫大乎日月雖庸奴舉目可知而所書薄蝕之謬且

如此則星辰之遲留伏逆陵犯往來其所紀述豈足憑乎按漢哀帝嘗以日無精光邪氣連昏之事問待詔李尋而尋所對具言其故光武以建武五年召嚴光入禁中共臥而太史奏客星犯帝座二事見於李尋嚴光傳而以漢志考之終哀帝之時不言日無精光之事建武五年亦不言客星事亦可證其疏略也姑述故事廣異聞耳以上言諸史記日食之不可信天文志莫詳於晉隋至丹元子之步天歌尤爲簡明宋兩朝史志言諸星去極之遠近中興史志採近世諸儒之論亦多前史所未發故擇其尤明暢有味者具列於篇作象緯考第二十一首三垣二十八宿之星名度數次天漢起沒次日月五星行度次七曜之變次雲氣凡十七卷

記曰國家將興必有禎祥國家將亡必有妖孼蓋天地之間有妖必有祥因其氣之所感而證應隨之自伏勝作五行傳班孟堅而下踵其說附以各代證應爲五行志始言妖而不言祥然則陰陽五行之氣獨能爲妖孼而不能爲禎祥乎其亦不達理矣雖然妖祥之說固未易言也治世則鳳凰見故有虞之時有來儀之祥然漢桓帝元嘉之初靈帝光和之際鳳凰亦屢見矣而桓靈非治安之時也誅殺過當其應爲恆寒故秦始皇時有四月雨雪之異然漢文帝之四

年亦以六月兩雪矣。而漢文帝非淫刑之主也。斬蛇夜哭。在秦則爲妖。在漢則爲祥。而概謂之龍蛇之孽可乎。僵樹蟲文。在漢昭帝則爲妖。在宣帝則爲祥。而概謂之木不曲直可乎。前史於此不得其說。於是穿鑿附會。強求證應。而罕有所不通。（以上言五行志之說多不可通）竊嘗以爲物之反常者。異也。其祥則爲鳳凰麒麟甘露醴泉慶雲芝草。其妖則山崩川竭水湧地震豕禍魚孽。妖祥不同。然皆反常而罕見者。均謂之異可也。故今取歷代史五行志所書。幷旁搜諸史本紀及傳記中所載祥瑞。隨其朋類。附入各門。不曰妖。不曰祥。而總名之曰物異。如恆雨恆暘恆燠恆寒恆風水潦火災之屬。俱妖也。不可言祥。故仍前史之舊名。至如魏晉時魚集武庫屋上。前史所謂魚孽也。若周武王之白魚入舟。則祥而非孽。然妖祥雖殊。而其爲異一爾。故均謂之魚異。秦孝公時馬生人。前史所謂馬禍也。若伏羲之龍馬負圖。則祥而非禍。然妖祥雖殊。而其爲異亦一耳。故均謂之馬異。其餘鳥獸昆蟲草木金石以至童謠詩讖之屬。前史謂之羽蟲毛蟲龍蛇之孽。或曰詩妖華孽。今所述皆並載妖祥。故不曰妖。不曰孽。而均以異名之。（以上自述）

命名物異之意其豕禍鼠妖則無祥可述故亦仍前史之舊名至於木不曲直者木失其常性而爲妖如桑穀共生之類是也若雨木冰乃寒氣脅木而成冰其咎不在木也而劉向以雨木冰爲木不曲直華孽者花失其常性而爲妖如冬桃李華之類是也若冰花乃冰有異而結花其咎不在花也而唐志以冰花爲華孽二者俱失其倫類今革而正之俱以入恆寒門附雨雹之後又前志以鼠妖爲青眚青祥物自動爲木沴金物自壞爲金沴木其說俱後學所未諭今以鼠妖青眚各自爲一門而自動自壞直以其事名之庶覽者易曉云作物異考第二十二凡二十卷以上釐正諸名目

昔堯時禹別九州至舜分爲十二州周職方復分爲九州而又與禹異漢承秦分天下爲郡國而復以十三州統之晉時分州爲十九自晉以後爲州寖多所統寖狹且建治之地亦不一所姑以揚州言之自漢以來或治歷陽或治壽春或治曲阿或治合肥或治建業而唐始治廣陵至南北分裂之後務爲夸大僑置諸州以會稽爲東揚京口爲南徐廣陵爲南兗歷陽爲南豫歷城爲南冀襄

陽爲南雍魯郡在禹跡爲徐州而漢則屬豫州所領陳留在禹跡爲豫州而晉則屬兗州所領離析磔裂循名失實而禹跡之九州罙不復可考矣（以上言九州無定禹跡不可考）

夾漈鄭氏曰州縣之設有時而更山川之秀千古不易故禹貢分州必以山川定疆界兗州可移而濟河之兗州不可移梁州可遷而華陽黑水之梁州不可遷故禹貢爲萬世不易之書後之作史者主於郡縣故州縣移易其書遂廢矣善哉言也杜氏通典亦以歷代郡縣析於禹九州之中今所論著九州則以禹跡所統爲準沿而下之府州軍監則以宋朝所置爲準泝而上之而備歷代之沿革焉至冀之幽朔雍之銀夏南粵之交趾元未嘗入宋之職方者則以唐郡爲準追考前代以補其缺（以上言上以禹跡下以宋代爲準）而於每州總論之下復各爲一圖先以春秋時諸國之可考者分入九州次則及秦漢晉隋唐宋所分郡縣考其地理悉以附禹九州之下而漢以來各州刺史州牧所領之郡其不合禹九州者悉改而正之作輿地考第二十三凡九卷

昔先王疆理天下制立五服所謂蠻夷戎狄其在要荒之內九州之中者則被

之聲教疆以戎索唐虞三代之際其詳不可得而知矣春秋所錄如蠻則荆舒之屬也夷則萊夷之屬也戎則山戎北戎陸渾赤駒之屬也狄則赤狄白狄皐落鮮虞之屬也載之經傳如齊桓之所攘魏絳之所和其種類雖曰戎狄而皆錯處於華地故不容不有以制服而羈縻之至於沙磧之濱瘴海之外固未嘗窮兵黷武絶大漠踰懸度必欲郡縣其部落衣冠其旃毳以震耀當時而誇示後世也以上言三代時四裔皆在中華之地秦始皇既幷六國始北卻匈奴南取百粵至漢武帝時東幷朝鮮西收甘涼南闢交趾珠厓北斥朔方河南以至車師大宛夜郎昆明之屬俱遣信使齎重賄招來而羈置之俾得通於上國窺其廣大割齊民以附夷狄弊所恃以事無用自是之後世謹梯航歷代載記所敘其風氣之差殊習俗之詭異可考而索至其世代傳授之詳則固不能以備知也作四裔考第二十四凡二十五卷

經史百家雜鈔卷九

經史百家雜鈔卷十目錄

一珍倣宋版印

經史百家雜鈔卷十

湘鄉曾國藩纂　　合肥李鴻章校刊

詔令之屬

書甘誓

大戰于甘。乃召六卿。王曰。嗟。六事之人。予誓告汝。有扈氏威侮五行。怠棄三正。天用勦絶其命。今予惟恭行天之罰。左不攻于左。汝不恭命。右不攻于右。汝不恭命。御非其馬之正。汝不恭命。用命賞于祖。不用命戮于社。予則孥戮汝。

書湯誓

王曰。格爾衆庶。悉聽朕言。非台小子。敢行稱亂。有夏多罪。天命殛之。今爾有衆。汝曰。我后不恤我衆。舍我穡事。而割正夏。予惟聞汝衆言。夏氏有罪。予畏上帝。不敢不正。今汝其曰。夏罪其如台。夏王率遏衆力。率割夏邑。有衆率怠弗協。曰。時日曷喪。予及汝皆亡。夏德若茲。今朕必往。爾尚輔予一人。致天之罰。予其大賚汝。爾無不信。朕不食言。爾不從誓言。予則孥戮汝。罔有攸赦。

書牧誓

時甲子昧爽王朝至于商郊牧野乃誓王左杖黃鉞右秉白旄以麾曰逖矣西土之人王曰嗟我友邦冢君御事司徒司馬司空亞旅師氏千夫長百夫長及庸蜀羌髳微盧彭濮人稱爾戈比爾干立爾矛予其誓王曰古人有言曰牝雞無晨牝雞之晨惟家之索今商王受惟婦言是用昏棄厥肆祀弗答昏棄厥遺王父母弟不迪乃惟四方之多罪逋逃是崇是長是信是使是以爲大夫卿士俾暴虐于百姓以姦宄于商邑今予發惟恭行天之罰今日之事不愆于六步七步乃止齊焉夫子勖哉不愆于四伐五伐六伐七伐乃止齊焉勖哉夫子尙桓桓如虎如貔如熊如羆于商郊弗迓克奔以役西土勖哉夫子爾所弗勖其于爾躬有戮

書呂刑

惟呂命王享國百年耄荒度作刑以詰四方王曰若古有訓蚩尤惟始作亂延及於平民罔不寇賊鴟義姦宄奪攘矯虔苗民弗用靈制以刑惟作五虐之刑

曰法殺戮無辜爰始淫爲劓刵椓黥越茲麗刑並制罔差有辭民興胥漸泯泯棼棼罔中于信以覆詛盟虐威庶戮方告無辜于上上帝監民罔有馨香德刑發聞惟腥以上苗民作五刑皇帝哀矜庶戮之不辜報虐以威遏絕苗民無世在下乃命重黎絕地天通罔有降格羣后之逮在下明明棐常鰥寡無蓋皇帝清問下民鰥寡有辭于苗德威惟畏德明惟明乃命三后恤功于民伯夷降典折民惟刑禹平水土主名山川稷降播種農殖嘉穀三后成功惟殷于民士制百姓于刑之中以教祗德穆穆在上明明在下灼于四方罔不惟德之勤故乃明于刑之中率乂于民棐彝典獄非訖于威惟訖于富敬忌罔有擇言在身惟克天德自作元命配享在下以上堯舜滅有苗制刑法王曰嗟四方司政典獄非爾惟作天牧今爾何監非時伯夷播刑之迪其今爾何懲惟時苗民匪察于獄之麗罔擇吉人觀于五刑之中惟時庶威奪貨斷制五刑以亂無辜上帝不蠲降咎于苗苗民無辭于罰乃絕厥世以上告典獄者以伯夷爲法以苗民爲戒王曰嗚呼念之哉伯父伯兄仲叔季弟幼子童孫皆聽朕言庶有格命今爾罔不由慰日勤爾罔或戒不勤天齊于民

俾我一日非終惟終在人爾尚敬逆天命以奉我一人雖畏勿畏雖休勿休惟
敬五刑以成三德一人有慶兆民賴之其寧惟永以上言愼刑乃克有終王曰吁來有邦
有土告爾祥刑在今爾安百姓何擇非人何敬非刑何度非及兩造具備師聽
五辭五辭簡孚正于五刑五刑不簡正于五罰五罰不服正于五過五過之疵
惟官惟反惟內惟貨惟來其罪惟均其審克之五刑之疑有赦五罰之疑有赦
其審克之簡孚有衆惟貌有稽無簡不聽具嚴天威以上言五刑五罰五過之等差墨辟疑赦
其罰百鍰閱實其罪劓辟疑赦其罰惟倍閱實其罪剕辟疑赦其罰倍差閱實
其罪宮辟疑赦其罰六百鍰閱實其罪大辟疑赦其罰千鍰閱實其罪墨罰之
屬千劓罰之屬千剕罰之屬五百宮罰之屬三百大辟之罰其屬二百五刑之
屬三千上下比罪無僭亂辭勿用不行惟察惟法其審克之上刑適輕下服下
刑適重上服輕重諸罰有權刑罰世輕世重惟齊非齊有倫有要罰懲非死人
極于病非佞折獄惟良折獄罔非在中察辭于差非從惟從哀敬折獄明啓刑
書胥占咸庶中正其刑其罰其審克之獄成而孚輸而孚其刑上備有幷兩刑

（以上專言罰之條理）王曰。嗚呼。敬之哉。官伯族姓。朕言多懼。朕敬于刑。有德惟刑。今天相民。作配在下。明清于單辭。民之亂。罔不中聽獄之兩辭。無或私家于獄之兩辭。獄貨非寶。惟府辜功。報以庶尤。永畏惟罰。非天不中。惟人在命。天罰不極。庶民罔有令政在于天下。王曰。嗚呼。嗣孫。今往何監。非德于民之中。尚明聽之哉。哲人惟刑。無疆之辭。屬于五極。咸中有慶。受王嘉師。監于茲祥刑。

書文侯之命

王若曰。父義和。丕顯文武。克慎明德。昭升于上。敷聞在下。惟時上帝集厥命于文王。亦惟先正克左右昭事厥辟。越小大謀猷。罔不率從。肆先祖懷在位。（以上晉之先世輔弼文武）嗚呼。閔予小子嗣造天丕愆。殄資澤于下民。侵戎我國家純。卽我御事罔或耆壽俊在厥服。予則罔克。曰惟祖惟父。其伊恤朕躬。嗚呼。有績予一人。永綏在位。（以上平王遭家難無人臣扶）父義和。汝克昭乃顯祖。汝肇刑文武。用會紹乃辟。追孝于前文人。汝多修扞我于艱。若汝予嘉。（以上嘉文侯之功）王曰。父義和。其歸視爾師。寧爾邦。用賚爾秬鬯一卣。彤弓一。彤矢百。盧弓一。盧矢百。馬四匹。父往哉。柔遠能

遹惠康小民無荒寧簡恤爾都用成爾顯德（以上賜賚）

書費誓

公曰嗟人無譁聽命徂茲淮夷徐戎並興善敹乃甲胄敿乃干無敢不弔備乃弓矢鍛乃戈矛礪乃鋒刃無敢不善（以上除戎器）今惟淫舍牿牛馬杜乃擭斂乃穽無敢傷牿牿之傷汝則有常刑（以上清道路）馬牛其風臣妾逋逃無敢越逐祗復之我商賚汝乃越逐不復汝則有常刑無敢寇攘踰垣牆竊馬牛誘臣妾汝則有常刑（以上嚴紀律）甲戌我惟征徐戎峙乃糗糧無敢不逮汝則有大刑魯人三郊三遂峙乃楨榦甲戌我惟築無敢不供汝則有無餘刑非殺魯人三郊三遂峙乃芻茭無敢不多汝則有大刑（以上芻糧壁壘）

書秦誓

公曰嗟我士聽無譁予誓告汝羣言之首古人有言曰民訖自若是多盤責人斯無難惟受責俾如流是惟艱哉我心之憂日月逾邁若弗云來（以上自悔）惟古之謀人則曰未就予忌惟今之謀人姑將以爲親雖則云然尚猷詢茲黃髮則罔

所愆番番良士旅力既愆我尚有之仡仡勇夫射御不違我尚不欲惟截截善諞言俾君子易辭我皇多有之（以上悔疏老成而親佞人）昧昧我思之如有一介臣斷斷猗無他技其心休休焉其如有容人之有技若己有之人之彥聖其心好之不啻如自其口出是能容之以保我子孫黎民亦職有利哉人之有技冒疾以惡之人之彥聖而違之俾不達是不能容以不能保我子孫黎民亦曰殆哉邦之杌隉曰由一人邦之榮懷亦尚一人之慶（以上言國以一人衰以一人興）

左傳王子朝告諸侯之辭

昔武王克殷成王靖四方康王息民竝建母弟以蕃屏周亦曰吾無專享文武之功且爲後人之迷敗傾覆而溺入于難則振救之至于夷王王愆于厥身諸侯莫不竝走其望以祈王身至于厲王王心戾虐萬民弗忍居王于彘諸侯釋位以閒王政宣王有志而後效官至於幽王天不弔周王昏不若用愆厥位攜王奸命諸侯替之而建王嗣用遷郟鄏則是兄弟之能用力於王室也至于惠王天不靖周生頽禍心施于叔帶惠襄避難越去王都則有晉鄭咸黜不端以

綏定王家則是兄弟之能率先王之命也。以上惠襄以前皆藉諸侯靖難 在定王六年秦人降妖曰周其有髭王亦克能修其職諸侯服享二世共職王室其有閒王位諸侯不圖而受其亂災至於靈王生而有髭王甚神聖無惡於諸侯靈王景王克終其世。以上靈景無恙秦之妖言將驗 今王室亂單旗劉狄剝亂天下壹行不若謂先王何常之有唯余心所命其誰敢討之帥羣不弔之人以行亂于王室侵欲無猒規求無度貫瀆鬼神慢棄刑法倍奸齊盟傲很威儀矯誣先王晉爲不道是攝是贊思肆其罔極茲不穀震盪播越竄在荆蠻未有攸底若我一二兄弟甥舅獎順天法無助狡猾以從先王之命毋速天罰赦圖不穀則所願也敢盡布其腹心及先王之經而諸侯實深圖之。以上訴單劉及晉之咎 昔先王之命曰王后無適則擇立長年鈞以德德鈞以卜王不立愛公卿無私古之制也穆后及太子壽早夭即世單劉贊私立少以閒先王亦唯伯仲叔季圖之

秦始皇初幷天下議帝號令

秦初幷天下令丞相御史曰異日韓王納地效璽請爲藩臣已而倍約與趙魏

合從畔秦故興兵誅之虜其王寡人以爲善庶幾息兵革趙王使其相李牧來約盟故歸其質子已而背盟反我太原故興兵誅之得其王趙公子嘉乃自立爲代王故舉兵擊滅之魏王始約服入秦已而與韓趙謀襲秦秦兵吏誅遂破之荆王獻青陽以西已而畔約擊我南郡故發兵誅得其王遂定其荆地燕王昏亂其太子丹乃陰令荆軻爲賊兵吏誅滅其國齊王用后勝計絶秦使欲爲亂兵吏誅虜其王平齊地以上滅六國寡人以眇眇之身興兵誅暴亂賴宗廟之靈六王咸伏其辜天下大定今名號不更無以稱成功傳後世其議帝號以上議帝號

漢高帝求賢詔十一年

蓋聞王者莫高於周文伯者莫高於齊桓皆待賢人而成名今天下賢者智能豈特古之人乎患在人主不交故也士奚由進今吾以天之靈賢士大夫定有天下以爲一家欲其長久世世奉宗廟亡絶也賢人已與我共平之矣而不與吾共安利之可乎賢士大夫有肯從我游者吾能尊顯之布告天下使明知朕意御史大夫昌下相國相國酇侯下諸侯王御史中執法下郡守其有意稱明

德者必身勸爲之駕遣詣相國府署行義年有而弗言覺免年老癃病勿遣

漢文帝賜南粵王趙佗書

皇帝謹問南粵王甚苦心勞意朕高皇帝側室之子棄外奉北藩于代道里遼遠壅蔽樸愚未嘗致書高皇帝棄羣臣孝惠皇帝卽世高后自臨事不幸有疾日進不衰以故誖暴乎治諸呂爲變故亂法不能獨制廼取它姓子爲孝惠皇帝嗣賴宗廟之靈功臣之力誅之已畢朕以王侯吏不釋之故不得不立今卽位（以上敘由代入卽帝位）乃者聞王遺將軍隆慮侯書求親昆弟請罷長沙兩將軍朕以王書罷將軍博陽侯親昆弟在真定者已遣人存問修治先人冢前日聞王發兵於邊爲寇災不止當其時長沙苦之南郡尤甚雖王之國庸獨利乎必多殺士卒傷良將吏寡人之妻孤人之子獨人父母得一亡十朕不忍爲也（以上存省兄弟墳墓勸令息兵）朕欲定地犬牙相入者以問吏吏曰高皇帝所以介長沙土也朕不能擅變焉吏曰得王之地不足以爲大得王之財不足以爲富服領以南王自治之雖然王之號爲帝兩帝並立亡一乘之使以通其道是爭也爭而不讓仁者

不爲也願與王分棄前患終今以來通使如故以上不貪其土地勸去帝號故使賈馳諭告王朕意王亦受之毋爲寇災矣上褚五十衣中褚三十衣下褚二十衣遺王願王聽樂娛憂存問鄰國

漢文帝除誹謗法詔 二年

古之治天下朝有進善之旌誹謗之木所以通治道而來諫者也今法有誹謗訞言之罪是使衆臣不敢盡情而上無由聞過失也將何以來遠方之賢良其除之民或祝詛上以相約而後相謾吏以爲大逆其有他言吏又以爲誹謗此細民之愚無知抵死朕甚不取自今以來有犯此者勿聽治

漢文帝除肉刑詔 十三年

蓋聞有虞氏之時畫衣冠異章服以爲戮而民弗犯何治之至也今法有肉刑三而姦不止其咎安在非乃朕德之薄而教不明與吾甚自愧故夫訓道不純而愚民陷焉詩曰愷弟君子民之父母今人有過教未施而刑已加焉或欲改行爲善而道亡繇至朕甚憐之夫刑至斷支體刻肌膚終身不息何其刑之痛

而不德也豈稱爲民父母之意哉其除肉刑有以易之

漢文帝增祀無祈詔 十四年

朕獲執犧牲珪幣以事上帝宗廟十四年于今歷日彌長以不敏不明而久撫臨天下朕甚自媿其廣增諸祀壇場珪幣（以上增祀）昔先王遠施不求其報望祀不祈其福右賢左戚先民後己至明之極也今吾聞祠官祝釐皆歸福於朕躬不爲百姓朕甚媿之夫以朕之不德而專鄉獨美其福百姓不與焉是重吾不德也其令祠官致敬無有所祈（以上無祈）

漢文帝民食不足求言詔 後元年

閒者數年比不登又有水旱疾疫之災朕甚憂之愚而不明未達其咎意者朕之政有所失而行有過與乃天道有不順地利或不得人事多失和鬼神廢不享與何以致此將百官之奉養或費無用之事或多與何其民食之寡乏也夫度田非益寡而計民未加益以口量地其於古猶有餘而食之甚不足者其咎安在無乃百姓之從事於末以害農者蕃爲酒醪以靡穀者多六畜之食焉者

衆與細大之義吾未能得其中其與丞相列侯吏二千石博士議之有可以佐百姓者率意遠思無有所隱

漢文帝遺匈奴書 前六年

皇帝敬問匈奴大單于無恙使係虖淺遺朕書云願寢兵休士除前事復故約以安邊民世世平樂朕甚嘉之此古聖王之志也漢與匈奴約爲兄弟所以遺單于甚厚背約離兄弟之親者常在匈奴然右賢王事已在赦前勿深誅單于若稱書意明告諸吏使無負約有信敬如單于書使者言單于自將幷國有功甚苦兵事服繡袷綺衣長襦錦袍各一比疎一黃金飭具帶一黃金犀毗一繡十匹錦二十匹赤綈綠繒各四十匹使中大夫意謁者令肩遺單于

漢文帝遺匈奴書 後二年

皇帝敬問匈奴大單于無恙使當戶且渠雕渠難郎中韓遼遺朕馬二匹已至敬受先帝制長城以北引弓之國受令單于長城以內冠帶之室朕亦制之使萬民耕織射獵衣食父子毋離臣主相安俱無暴虐今聞渫惡民貪降其趨背

義絕約忘萬民之命離兩主之驩然其事已在前矣書云二國已和親兩主驩說寢兵休卒養馬世世昌樂翕然更始朕甚嘉之聖者日新改作更始使老者得息幼者得長各保其首領而終其天年朕與單于俱由此道順天恤民世世相傳施之無窮天下莫不咸嘉使漢與匈奴鄰敵之國匈奴處北地寒殺氣早降故詔吏遺單于秫糵金帛綿絮他物歲有數今天下大安萬民熙熙獨朕與單于爲之父母朕追念前事薄物細故謀臣計失皆不足以離昆弟之驩朕聞天不頗覆地不偏載朕與單于皆捐細故俱蹈大道也墮壞前惡以圖長久使兩國之民若一家子元元萬民下及魚鱉上及飛鳥跂行喙息蠕動之類莫不就安利避危殆故來者不止天之道也俱去前事朕釋逃虜民單于毋言章尼等朕聞古之帝王約分明而不食言單于留志天下大安和親之後漢過不先單于其察之

漢文帝策問賢良文學 十五年

惟十有五年九月壬子皇帝曰昔者大禹勤求賢士施及方外四極之內舟車

所至。人迹所及。靡不聞命。以輔其不逮。近者獻其明。遠者通厥聰。比善戮力。以翼天子。是以大禹能亡失德。夏以長楙。高皇帝親除大害。去亂從。並建豪英。以爲官師。爲諫爭。輔天子之闕。而翼戴漢宗也。賴天之靈。宗廟之福。方內以安。澤及四夷。今朕獲執天下之正。以承宗廟之祀。朕既不德。又不敏。明弗能燭。而智不能治。此大夫之所著聞也。故詔有司諸侯王三公九卿及主郡吏。各帥其志。以選賢良明於國家之大體。通於人事之終始。及能直言極諫者。各有人數。將以匡朕之不逮。二三大夫之行。當此三道。朕甚嘉之。故登大夫于朝。親諭朕志。大夫其上三道之要。及永惟朕之不德。吏之不平。政之不宣。民之不寗。四者之闕。悉陳其志。毋有所隱。上以薦先帝之宗廟。下以興愚民之休利。著之於篇。朕親覽焉。觀大夫所以佐朕至與不至。書之周之密之。重之閉之。興自朕躬。大夫其正論。毋枉執事。烏虖戒之。二三大夫其帥志毋怠。

漢景帝令二千石修職詔 後二年

雕文刻鏤。傷農事者也。錦繡纂組。害女紅者也。農事傷則飢之本也。女紅害則寒之原也夫飢寒竝至而能亡爲非者寡矣朕親耕后親桑以奉宗廟粢盛祭服爲天下先不受獻減太官省繇賦欲天下務農蠶素有畜積以備災害彊毋攘弱衆毋暴寡老耆以壽終幼孤得遂長今歲或不登民食頗寡其咎安在或詐僞爲吏吏以貨賂爲市漁奪百姓侵牟萬民縣丞長吏也奸法與盜盜甚無謂也其令二千石各修其職不事官職耗亂者丞相以聞請其罪布告天下使明知朕意

漢武帝議不舉孝廉者罪詔 元朔元年

公卿大夫所使總方略壹統類廣教化美風俗也夫本仁祖義褒德祿賢勸善刑暴五帝三王所繇昌也朕夙興夜寐嘉與宇內之士臻於斯路故旅耆老復孝敬選豪俊講文學稽參政事祈進民心深詔執事興廉舉孝庶幾成風紹休聖緒夫十室之邑必有忠信三人竝行厥有我師今或至闔郡而不薦一人是化不下究而積行之君子雍於上聞也二千石官長紀綱人倫將何以佐朕燭幽隱勸元元厲蒸庶崇鄉黨之訓哉且進賢受上賞蔽賢蒙顯戮古之道也其

與中二千石禮官博士議不舉者罪。

漢武帝報李廣詔 元狩二年

將軍者。國之爪牙也。司馬法曰。登車不式。遭喪不服。振旅撫師。以征不服。率三軍之心。同戰士之力。故怒形則千里竦。威振則萬物伏。是以名聲暴於夷貉。威稜憺乎鄰國。夫報忿除害。捐殘去殺。朕之所圖於將軍也。若迺免冠徒跣。稽顙請罪。豈朕之指哉。將軍其率師東轅。彌節白檀。以臨右北平盛秋。

漢武帝封齊王策 元狩六年

惟元狩六年四月乙巳。皇帝使御史大夫湯廟立子閎爲齊王。曰。嗚呼小子閎。受茲青社。朕承天序。惟稽古建爾國家。封于東土。世爲漢藩輔。嗚呼念哉。共朕之詔。惟命不于常。人之好德。克明顯光。義之不圖。俾君子怠。悉爾心。允執其中。天祿永終。厥有愆不臧。迺凶于乃國。而害于爾躬。嗚呼。保國乂民。可不敬與。王其戒之。

漢武帝封燕王策

嗚呼小子旦。受茲玄社。建爾國家。封于北土。世爲漢藩輔。嗚呼葷鬻氏虐老獸心。以姦巧邊甿。朕命將率徂征厥罪。萬夫長千夫長三十有二帥降旗奔師。葷鬻徙域。北州以妥。悉爾心。毋作怨。毋作棐德。毋廼廢備。非教士不得從徵。王其戒之。

漢武帝封廣陵王策

嗚呼小子胥。受茲赤社。建爾國家。封于南土。世世爲漢藩輔。古人有言曰。大江之南。五湖之閒。其人輕心。揚州保彊。三代要服。不及以正。嗚呼。悉爾心。祗祗兢兢。廼惠廼順。毋桐好逸。毋邇宵人。惟法惟則。書云。臣不作福。不作威。靡有後羞。王其戒之。

漢武帝策問賢良文學 元光五年

蓋聞上古至治。畫衣冠異章服而民不犯。陰陽和。五穀登。六畜蕃。甘露降。風雨時。嘉禾興。朱屮生。山不童。澤不涸。麟鳳在郊藪。龜龍游於沼。河洛出圖書。父不喪子。兄不哭弟。北發渠搜。南撫交阯。舟車所至。人迹所及。跂行喙息。咸得其宜。

朕甚嘉之今何道而臻乎此子大夫修先聖之術明君臣之義講論洽聞有聲乎當世敢問子大夫天人之道何所本始吉凶之效安所期焉禹湯水旱厥咎何由仁義禮知四者之宜當安設施屬統垂業物鬼變化天命之符廢興何如天文地理人事之紀子大夫習焉其悉意正議詳具其對著之于篇朕將親覽焉靡有所隱

漢昭帝賜燕刺王旦璽書

昔高皇帝王天下建立子弟以藩屏社稷先日諸呂陰謀大逆劉氏不絕若髮賴絳侯等誅討賊亂尊立孝文以安宗廟非以中外有人表裏相應故邪樊酈曹灌攜劍推鋒從高皇帝墾菑除害耘鉏海內當此之時頭如蓬葆勤苦至矣然其賞不過封侯今宗室子孫曾無暴衣露冠之勞裂地而王之分財而賜之父死子繼兄終弟及今王骨肉至親敵吾一體迺與他姓異族謀害社稷親其所䟽䟽其所親有逆悖之心無忠愛之義如使古人有知當何面目復奉齊酎見高祖之廟乎

漢宣帝令二千石察官屬詔 元康二年

獄者萬民之命所以禁暴止邪養育羣生也能使生者不怨死者不恨則可謂文吏矣今則不然用法或持巧心析律貳端深淺不平增辭飾非以成其罪奏不如實上亦亡繇知此朕之不明吏之不稱四方黎民將何仰哉二千石各察官屬勿用此人吏務平法或擅興繇役飾廚傳稱過使客越職踰法以取名譽譬猶踐薄冰以待白日豈不殆哉今天下頗被疾疫之災朕甚愍之其令郡國被災甚者毋出今年租賦

漢元帝議封甘延壽等詔 建昭四年

匈奴郅支單于背畔禮義留殺漢使者吏士甚逆道理朕豈忘之哉所以優游而不征者重動師衆勞將率故隱忍而未有云也今延壽湯睹便宜乘時利結城郭諸國擅興師矯制而征之賴天地宗廟之靈誅討郅支單于斬獲其首及閼氏貴人名王以下千數雖踰義干法內不煩一夫之役不開府庫之藏因敵之糧以贍軍用立功萬里之外威震百蠻名顯四海爲國除殘兵革之原息邊

竟得以安然猶不免死亡之患罪當在於奉憲朕甚閔之其赦延壽湯罪勿治

詔公卿議封焉

司馬相如諭巴蜀檄

告巴蜀太守蠻夷自擅不討之日久矣時侵犯邊境勞士大夫陛下即位存撫天下安集中國然後興師出兵北征匈奴單于怖駭交臂受事屈膝請和康居西域重譯納貢稽顙來享移師東指閩越相誅右弔番禺太子入朝南夷之君西僰之長常效貢職不敢惰怠延頸舉踵喁喁然皆鄉風慕義欲爲臣妾道里遼遠山川阻深不能自致夫不順者已誅而爲善者未賞故遣中郎將往賓之（以上往賓西南夷之故）發巴蜀之士各五百人以奉幣帛衞使者不然靡有兵革之事戰鬭之患今聞其乃發軍興制驚懼子弟憂患長老郡又擅爲轉粟運輸皆非陛下之意也（以上有司發軍興之失）當行者或亡逃自賊殺亦非人臣之節也夫邊郡之士聞烽舉燧燔皆攝弓而馳荷兵而走流汗相屬惟恐居後觸白刃冒流矢議不反顧計不旋踵人懷怒心如報私讎彼豈樂死惡生非編列之民而與巴蜀異

主哉計深慮遠急國家之難而樂盡人臣之道也故有剖符之封析珪而爵位爲通侯處列東第終則遺顯號於後世傳土地於子孫行事甚忠敬居位甚安逸名聲施於無窮功烈著而不滅是以賢人君子肝腦塗中原膏液潤野草而不辭也以上邊郡之士敵愾死難之賢今奉幣役至南夷即自賊殺或亡逃抵誅身死無名謚爲至愚恥及父母爲天下笑人之度量相越豈不遠哉然此非獨行者之罪也父兄之教不先子弟之率不謹寡廉鮮恥而俗不長厚也其被刑戮不亦宜乎以上士逃自殺者之愚陛下患使者有司之若彼悼不肖愚民之如此故遣信使曉諭百姓以發卒之事因數之以不忠死亡之罪讓三老孝悌以不教誨之過方今田時重煩百姓已親見近縣恐遠所谿谷山澤之民不徧聞檄到亟下縣道使咸喻陛下之意無忽

司馬相如難蜀父老

漢興七十有八載德茂存乎六世威武紛紜湛恩汪濊羣生霑濡洋溢乎方外於是乃命使西征隨流而攘風之所被罔不披靡因朝冉從駹定筰存邛略斯

榆舉苞蒲結軌還轅東鄉將報至于蜀都耆老大夫搢紳先生之徒二十有七人儼然造焉辭畢進曰蓋聞天子之牧夷狄也其義羈縻勿絕而已今罷三郡之士通夜郎之塗三年於茲而功不竟士卒勞倦萬民不贍今又接之以西夷百姓力屈恐不能卒業此亦使者之累也竊爲左右患之且夫邛筰西夷之與中國並也歷年茲多不可記已仁者不以德來強者不以力幷意者其殆不可乎今割齊民以附夷狄敝所恃以事無用鄙人固陋不識所謂以上蜀大夫疑招西夷之非

使者曰烏謂此乎必若所云則是蜀不變服而巴不化俗也僕嘗惡聞若說然斯事體大固非觀者之所覯也余之行急其詳不可得聞已請爲大夫粗陳其略蓋世必有非常之人然後有非常之事有非常之事然後有非常之功夫非常者固常人之所異也故曰非常之原黎民懼焉及臻厥成天下晏如也昔者洪水沸出氾濫衍溢民人升降移徙崎嶇而不安夏后氏慼之乃堙洪塞源決江疏河灑沈澹災東歸之於海而天下永寧當斯之勤豈惟民哉心煩於慮而身親其勞躬腠胝無胈膚不生毛故休烈顯乎無窮聲稱浹乎于茲以上舉禹以證非常

之功 且夫賢君之踐位也。豈特委瑣齷齪。拘文牽俗。循誦習傳。當世取說云爾哉。必將崇論閎議。創業垂統。爲萬世規。故馳騖乎兼容并包。而勤思乎參天貳地。且詩不云乎。普天之下。莫非王土。率土之濱。莫非王臣。是以六合之內。八方之外。浸淫衍溢。懷生之物。有不浸潤於澤者。賢君恥之。以上言賢君規模宏大 今封疆之內冠帶之倫。咸獲嘉祉。靡有闕遺矣。而夷狄殊俗之國。遼絶異黨之域。舟車不通。人迹罕至。政教未加。流風猶微。內之則時犯義侵禮於邊境。外之則邪行橫作。放殺其上。君臣易位。尊卑失序。父老不辜。幼孤爲奴虜。係纍號泣。內嚮而怨曰。蓋聞中國有至仁焉。德洋恩普。物靡不得其所。今獨曷爲遺己。舉踵思慕。若枯旱之望雨。戾夫爲之垂涕。況乎上聖。又焉能已。以上言異域慕漢向化 故北出師以討強胡。南馳使以誚勁越。四面風德。二方之君。鱗集仰流。願得受號者以億計。故乃關沫若。徼牂牁。鏤靈山。梁孫原。創道德之塗。垂仁義之統。將博恩廣施。遠撫長駕。使疏逖不閉。曶爽闇昧。得燿乎光明。以偃甲兵於此。而息討伐於彼。遐邇一體。中外禔福。不亦康乎。夫拯民於沈溺。奉至尊之休德。反衰世之陵夷。繼周氏之絶業天子之亟務也百姓雖勞又惡可以已乎哉且夫王者固未有不始於憂勤而終於逸樂者也（以上言開西夷事不可已）然則受命之符合在於此方將增太山之封加梁父之事鳴和鸞揚樂頌上減五下登三觀者未覩旨聽者未聞音猶鷦鵬已翔乎寥廓之宇而羅者猶視乎藪澤悲夫於是諸大夫茫然喪其所懷來失厥所以進喟然並稱曰允哉漢德此鄙人之所願聞也百姓雖勞請以身先之敞罔靡徙遷延而辭避

王尊敕掾功曹教

掾功曹各自底厲助太守爲治其不中用趣自避退毋久妨賢夫羽翮不修則不可以致千里闑內不理無以整外府丞悉署吏行能分別白之賢爲上毋以富賈人百萬不足與計事昔孔子治魯七日誅少正卯今太守視事已一月矣五官掾張輔懷虎狼之心貪污不軌一郡之錢盡入輔家然適足以葬矣今將輔送獄直符史詰閤下從太守受其事丞戒之戒之相隨入獄矣

漢光武帝賜竇融璽書

制詔行河西五郡大將軍事屬國都尉勞鎮守邊五郡兵馬精彊倉庫有蓄民庶殷富外則折挫羌胡內則百姓蒙福威德流聞虛心相望道路隔塞邑邑何已長史所奉書獻馬悉至深知厚意今益州有公孫子陽天水有隗將軍方蜀漢相攻權在將軍舉足左右便有輕重以此言之欲相厚豈有量哉諸事具長史所見將軍所知王者迭興千載一會欲遂立桓文輔微國當勉卒功業欲三分鼎足連衡合從亦宜以時定天下未幷吾與爾絕域非相吞之國今之議者必有任囂效尉佗制七郡之計王者有分土無分民自適己事而已今以黃金二百斤賜將軍便宜輒言

漢光武報臧宮馬武詔 二十七年

黃石公記曰柔能制剛弱能制彊柔者德也剛者賊也弱者仁之助也彊者怨之歸也故曰有德之君以所樂樂人無德之君以所樂樂身樂人者其樂長樂身者不久而亡舍近謀遠者勞而無功舍遠謀近者逸而有終逸政多忠臣勞政多亂人故曰務廣地者荒務廣德者彊有其有者安貪人有者殘殘滅之政

雖成必敗今國無善政災變不息百姓驚惶人不自保而復欲遠事邊外乎孔子曰吾恐季孫之憂不在顓臾且北狄尚彊而屯田警備傳聞之事恆多失實誠能舉天下之半以滅大寇豈非至願苟非其時不如息人

班彪擬答北匈奴詔

單于不忘漢恩追念先祖舊約欲修和親以輔身安國計議甚高爲單于嘉之往者匈奴數有乖亂呼韓邪郅支自相讎隙並蒙孝宣帝垂恩救護故各遣侍子稱藩保塞其後郅支忿戾自絕皇澤而呼韓附親忠孝彌著及漢滅郅支遂保國傳嗣子孫相繼今南單于攜衆向南款塞歸命自以呼韓嫡長次第當立而侵奪失職猜疑相背數請兵將歸埽北庭策謀紛紜無所不至惟念斯言不可獨聽又以北單于比年貢獻欲修和親故拒而未許將以成單于忠孝之義漢秉威信總率萬國日月所照皆爲臣妾殊俗百蠻義無親疏服順者襃賞畔逆者誅罰善惡之效呼韓郅支是也今單于欲修和親款誠已達何嫌而欲率西域諸國俱來獻見西域國屬匈奴與屬漢何異單于數連兵亂國內虛耗貢

物裁以通禮何必獻馬裘今齎雜繒五百匹弓鞬韇丸一矢四發遣遺單于又賜獻馬左骨都侯右谷蠡王雜繒各四百匹斬馬劍各一單于前言先帝時所賜呼韓邪竽瑟空侯皆敗願復裁賜念單于國尚未安方厲武節以戰攻爲務竽瑟之用不如良弓利劍故未以齎朕不愛小物於單于便宜所欲遣驛以聞

漢明帝卽位詔

予末小子奉承聖業夙夜震畏不敢荒寧先帝受命中興德侔帝王協和萬邦假於上下懷柔百神惠於鰥寡朕承大運繼體守文不知稼穡之艱難懼有廢失聖恩遺戒顧重天下以元元爲首公卿百僚將何以輔朕不逮其賜天下男子爵人二級三老孝悌力田人三級爵過公乘得移與子若同產同產子及流人無名數欲自占者人一級鰥寡孤獨篤癃粟人十斛其施刑及郡國徒在中元元年四月己卯赦前所犯而後捕繫者悉免其刑又邊人遭亂爲內郡人妻在己卯赦前一切遣還邊恣其所樂中二千石下至黃綬貶秩贖論者悉皆復秩還贖方今上無天子下無方伯若涉淵水而無舟楫夫萬乘至重而壯者慮

輕寶賴有德左右小子高密侯禹元功之首東平王蒼寬博有謀並可以受六尺之託臨大節而不撓其以禹爲太傅蒼爲驃騎將軍太尉憙告謚南郊司徒訢奉安梓宮司空魴將校復土其封憙爲節鄉侯訢爲安鄉侯魴爲楊邑侯

漢明帝祀光武皇帝於明堂詔 永平二年

今令月吉日宗祀光武皇帝於明堂以配五帝禮備法物樂和八音詠祉福舞功德其班時令敕羣后事畢升靈臺望元氣吹時律觀物變羣僚藩輔宗室子孫衆郡奉計百蠻貢職烏桓濊貊咸來助祭單于侍子骨都侯亦皆陪位斯固聖祖功德之所致也朕以闇陋奉承大業親執圭璧恭祀天地仰惟先帝受命中興撥亂反正以寧天下封泰山建明堂立辟雍起靈臺恢宏大道被之八極而胤子無成康之質羣臣無呂旦之謀盥洗進爵踧踖惟慙素性頑鄙臨事益懼故君子坦蕩蕩小人長戚戚其令天下自殊死已下謀反大逆皆赦除之百僚師尹其勉修厥職順行時令敬若昊天以綏兆人

漢明帝辟雍行養老禮詔 永平二年

光武皇帝建三朝之禮而未及臨饗眇眇小子屬當聖業間暮春吉辰初行大射令月元日復踐辟雍尊事三老兄事五更安車輭輪供綏執授侯王設醬公卿饌珍朕親袒割執爵而酳祝哽在前祝噎在後升歌鹿鳴下管新宮八佾具修萬舞於庭朕固薄德何以克當易陳負乘詩刺彼己永念慚疚無忘厥心三老李躬年耆學明五更桓榮授朕尚書詩曰無德不報無言不酬其賜榮爵關內侯食邑五千戶三老五更皆以二千石祿養終厥身其賜天下三老酒人一石肉四十斤有司其存耆耋恤幼孤惠鰥寡稱朕意焉

漢明帝申明科禁詔 永平十二年

昔曾閔奉親竭歡致養仲尼葬子有棺無槨喪貴致哀禮存寧儉今百姓送終之制競爲奢靡生者無擔石之儲而財力盡於墳土伏臘無糟糠而牲牢兼於一奠糜破積世之業以供終朝之費子孫飢寒絕命於此豈祖考之意哉又車服制度恣極耳目田荒不耕游食者衆有司其申明科禁宜於今者宣下郡國

漢明帝塞汴渠詔 永平十三年

自汴渠決敗六十餘歲。加頃年以來。雨水不時。汴流東侵。日月益甚。水門故處。皆在河中。漭瀁廣溢。莫測圻岸。蕩蕩極望。不知綱紀。今兖豫之人。多被水患。乃云縣官不先人急。好興宅役。又或以爲河流入汴。幽冀蒙利。故曰左隄彊則右隄傷。左右俱彊則下方傷。宜任水埶所之。使人隨高而處。公家息壅塞之費。百姓無陷溺之患。議者不同。南北異論。朕不知所從。久而不決。今既築隄理渠。絶水立門。河汴分流。復其舊迹。陶邱之北。漸就壤墳。故薦嘉玉絜牲。以禮河神。東過洛汭。歎禹之績。今五土之宜。反其正色。濱渠下田。賦與貧人。無令豪右得固其利。庶繼世宗瓠子之作。

漢章帝舉賢良方正直言極諫詔 建初元年

朕以無德。奉承大業。夙夜慄慄。不敢荒寧。而災異仍見。與政相應。朕既不明。涉道日寡。又選舉乖實。俗吏傷人。官職秏亂。刑罰不中。可不憂與。昔仲弓季氏之家臣。子游武城之小宰。孔子猶誨以賢才。問以得人。明政無大小。以得人爲本。夫鄉舉里選。必累功勞。今刺史守相不明眞僞。茂才孝廉。歲以百數。既非能顯而當授之政事甚無謂也每尋前世舉人貢士或起甽畝不繫閥閱敷奏以言則文章可採明試以功則政有異迹文質彬彬朕甚嘉之其令太傅三公中二千石二千石郡國守相舉賢良方正能直言極諫之士各一人

漢章帝禘祭詔 建初七年

祖考來假明哲之祀予末小子質又菲薄仰惟先帝烝烝之情前修禘祭以盡孝敬朕得識昭穆之序寄遠祖之思今年大禮復舉加以先帝之坐悲傷感懷樂以迎來哀以送往雖祭亡如在而空虛不知所裁庶或饗之豈亡克慎肅雍之臣辟公之相皆助朕之依依今賜公錢四十萬卿半之及百官執事各有差

漢章帝詔三公 元和二年

方春生養萬物莩甲宜助萌陽以育時物其令有司罪非殊死且勿案驗及吏人條書相告不得聽受冀息事寧人敬奉天氣立秋如故夫俗吏矯飾外貌似是而非揆之人事則悅耳論之陰陽則傷化朕甚厭之甚苦之安靜之吏悃愊無華日計不足月計有餘如襄城令劉方吏人同聲謂之不煩雖未有他異斯

亦殆近之矣。閒赦二千石各尙寬明。而今富姦行賂於下。貪吏枉法於上。使有罪不論而無過被刑。甚大逆也。夫以苛爲察。以刻爲明。以輕爲德。以重爲威。四者或興。則下有怨心。吾詔書數下。冠蓋接道。而吏不加理。人或失職。其咎安在。勉思舊令。稱朕意焉。

漢和帝恤民詔 永元十二年

比年不登。百姓虛匱。京師去冬無宿雪。今春無澍雨。黎民流離。困於道路。朕痛心疾首。靡知所濟。瞻仰昊天。何辜今人。三公朕之腹心。而未獲承天安民之策。數詔有司。務擇良吏。今猶不改。競爲苛暴。侵愁小民。以求虛名。委任下吏。假勢行邪。是以令下而姦生。禁至而詐起。巧法析律。飾文增辭。貨行於言。辠成乎手。朕甚病焉。公卿不思助明好惡。將何以救其咎罰。咎罰既至。復令災及小民。若上下同心。庶或有瘳。

馬援誡兄子書

吾欲汝曹聞人過失。如聞父母之名。耳可得聞。口不可得言也。好論議人長短妄是非正法。此吾所大惡也。甯死不願聞子孫有此行也。汝曹知吾惡之甚矣所以復言者。施衿結褵。申父母之戒。欲使汝曹不忘之耳，龍伯高敦厚周愼，口無擇言，謙約節儉，廉公有威，吾愛之重之，願汝曹效之。杜季良豪俠好義，憂人之憂，樂人之樂，淸濁無所失，父喪致客，數郡畢至，吾愛之重之，不願汝曹效也，效伯高不得。猶爲謹敕之士。所謂刻鵠不成尚類鶩者也。效季良不得，陷爲天下輕薄子，所謂畫虎不成反類狗者也，訖今季良尚未可知，郡將下車輒切齒州郡以爲言，吾常爲寒心，是以不願子孫效也，

鄭玄戒子書

吾家舊貧，不爲父母昆弟所容，去厮役之吏，游學周秦之都，往來幽幷兗豫之域，獲覲乎在位通人。處逸大儒。得意者咸從捧手。有所授焉。遂博稽六藝，粗覽傳記。時覩祕書緯術之奧。年過四十。乃歸供養。假田播殖。以娛朝夕。(以上游學歷業)遇閹尹擅埶，坐黨禁錮，十有四年，而蒙赦令，舉賢良方正有道。辟大將軍三司府，公車再召，比牒併名，早爲宰相，惟彼數公，懿德大雅。克堪王臣。故宜式序。吾自

忖度無任於此但念述先聖之元意思整百家之不齊亦庶幾以竭吾才故聞命罔從而黃巾爲害萍浮南北復歸邦鄉入此歲來已七十矣（以上出處歲年）宿素衰落仍有失誤案之禮典便合傳家今我告爾以老歸爾以事將閑居以安性覃思以終業自非拜國君之命問族親之憂展敬墳墓觀省野物胡嘗扶杖出門乎家事大小汝一承之（以上傳家）咨爾煢煢一夫曾無同生相依其勗求君子之道研鑽勿替敬慎威儀以近有德顯譽成於僚友德行立於己志若致聲稱亦有榮於所生可不深念邪可不深念邪（以上教誡）吾雖無紱冕之緒頗有讓爵之高自樂以論贊之功庶不遺後人之羞末所憤憤者徒以亡親墳壟未成所好羣書率皆腐敝不得於禮堂寫定傳與其人日西方暮其可圖乎（以上自述志事未竟）家今差多於昔勤力務時無恤飢寒菲飲食薄衣服節夫二者尚令吾寡憾若忽忘不識亦已焉哉

蜀漢後主策丞相諸葛亮詔

朕聞天地之道福仁而禍淫善積者昌惡積者喪古今常數也是以湯武修德

而王桀紂極暴而亡曩者漢祚中微網漏凶慝董卓造難震蕩京畿曹操階禍竊執天衡殘剝海內懷無君之心子丕孤豎敢尋亂階盜據神器更姓改物世濟其凶當此之時皇極幽昧天下無主則我帝命隕越於下以上數曹氏之惡昭烈皇帝體明叡之德光演文武應乾坤之運出身平難經營四方人鬼同謀百姓與能兆民欣戴奉順符讖建位易號丕承天序補弊興衰存復祖業膺誕皇綱不墜於地萬國未靜早世遐殂以上述先主功績朕以幼沖繼統鴻基未習保傅之訓而嬰祖宗之重六合壅否社稷不建永惟所以念在匡救光載前緒未有攸濟朕甚懼焉是以夙興夜寐不敢自逸每崇菲薄以益國用勸分務穡以阜民財授方任能以參其聽斷私降意以養將士欲奮劍長驅指討凶逆朱旗未舉而丕復隕喪斯所謂不然我薪而自焚也殘類餘醜又支天禍恣睢河洛阻兵未弭諸葛丞相宏毅忠壯忘身憂國先帝託以天下以勖朕躬今授之以旄鉞之重付之以專命之權統領步騎二十萬眾董督元戎龔行天伐除患寧亂克復舊都在此行也以上後主嗣位諸葛專征昔項籍總一彊眾跨州兼土所務者大然卒敗垓下

死於東城宗族如焚爲笑千載皆不以義陵上虐下故也今賊傚尤天人所怨奉時宜速庶憑炎精祖宗威靈相助之福所向必克吳王孫權同恤災患潛軍合謀掎角其後涼州諸國王各遣月支康居胡侯支富康植等二十餘人詣受節度大軍北出便欲率將兵馬奮戈先驅天命既集人事又至師貞勢并必無敵矣以上言以順討逆兵勢甚盛 夫王者之兵有征無戰尊而且義莫敢抗也故鳴條之役軍不血刃牧野之師商人倒戈今旍麾首路其所經至亦不欲窮兵極武有能棄邪從正簞食壺漿以迎王師者國有常典封寵大小各有品限及魏之宗族支葉中外有能規利害審逆順之數來詣降者皆原除之昔輔果絕親於智氏而蒙全宗之福微子去殷項伯歸漢皆受茅土之慶此前世之明驗也若其迷沈不反將助亂人不式王命戮及妻孥罔有攸赦廣宣恩威貸其元帥弔其殘民他如詔書律令丞相其露布天下使稱朕意焉以上赦降弔民

諸葛亮與羣下教

夫參署者集衆思廣忠益也若遠小嫌難相違覆曠闕損矣違覆而得中猶棄

徼。蹻。而。獲。珠。玉。然人心苦不能盡・惟徐元直處茲不惑・又董幼宰參署七年事有不至。至于十反。來相啓告。苟能慕元直之十一。幼宰之殷勤。有忠於國則亮可少過矣。

陳琳爲袁紹檄豫州

左將軍領豫州刺史郡國相守・蓋聞明主圖危以制變・忠臣慮難以立權・是以有非常之人・然後有非常之事・有非常之事・然後立非常之功・夫非常者・故非常人所擬也・曩者強秦弱主・趙高執柄・專制朝權・威福由己・時人迫脅・莫敢正言・終有望夷之敗・祖宗焚滅・汙辱至今・永爲世鑒・及臻呂后季年・產祿專政・內兼二軍・外統梁趙・擅斷萬機・決事省禁・下陵上替・海內寒心・於是絳侯朱虛興兵奮怒・誅夷逆暴・尊立太宗・故能王道興隆・光明顯融・此則大臣立權之明表也・（以上言大臣立權以珍逆亂）司空曹操祖父中常侍騰・與左悺徐璜並作妖孽・饕餮放橫傷化虐民・父嵩乞匄攜養・因贓假位・輿金輦璧・輸貨權門・竊盜鼎司・傾覆重器操贅閹遺醜・本無懿德・獟狡鋒協・好亂樂禍・幕府董統鷹揚・埽除凶逆・續遇董

卓侵官暴國於是提劍揮鼓發命東夏收羅英雄棄瑕取用故遂與操同諮合謀授以裨師謂其鷹犬之才爪牙可任至乃愚佻短略輕進易退傷夷折衄數喪師徒幕府輒復分兵命銳修完補輯表行東郡領兗州刺史被以虎文獎蹙威柄冀獲秦師一剋之報而操遂承資跋扈肆行凶忒割剝元元殘賢害善故九江太守邊讓英才俊偉天下知名直言正色論不阿諂身首被梟懸之誅妻孥受灰滅之咎自是士林憤痛民怨彌重一夫奮臂舉州同聲故躬破於徐方地奪於呂布彷徨東裔蹈據無所幕府惟強幹弱枝之義且不登叛人之黨故復援旌擐甲席卷起征金鼓響振布眾奔沮拯其死亡之患復其方伯之位則幕府無德於兗土之民而有大造於操也以上言紹初與操合謀後會鸞駕反旆羣虜寇攻時冀州方有北鄙之警匪遑離局故使從事中郎徐勛就發遣操使繕修郊廟翊衛幼主操便放志專行脅遷當御省禁卑侮王室敗法亂紀坐領三臺專制朝政爵賞由心刑戮在口所愛光五宗所惡滅三族羣談者受顯誅腹議者蒙隱戮百僚鉗口道路以目尚書記朝會公卿充員品而已故太尉楊彪典歷

二司享國極位操因緣眦睚被以非罪榜楚參幷五毒備至觸情任忒不顧憲綱又議郎趙彥忠諫直言義有可納是以聖朝含聽改容加飾操欲迷奪時明杜絕言路擅收立殺不俟報聞（以上言操專制朝政誅戮忠良）又梁孝王先帝母昆墳陵尊顯桑梓松柏猶宜肅恭而操帥將吏士親臨發掘破棺裸尸掠取金寶至令聖朝流涕士民傷懷操又特置發邱中郎將摸金校尉所過隳突無骸不露身處三公之位而行桀虜之態污國虐民毒施人鬼加其細政苛慘科防互設罾繳充蹊坑穽塞路舉手挂網羅動足觸機陷是以兖豫有無聊之民帝都有吁嗟之怨歷觀載籍無道之臣貪殘酷烈於操爲甚（以上言操發掘墳墓及諸虐政）幕府方詰外姦未及整訓加緒含容冀可彌縫而操豺狼野心潛包禍謀乃欲摧橈棟梁孤弱漢室除滅忠正專爲梟雄往者伐鼓北征公孫瓚強寇桀逆拒圍一年操因其未破陰交書命外助王師內相掩襲故引兵造河方舟北濟會其行人發露瓚亦梟夷故使鋒芒挫縮厥圖不果爾乃大軍過蕩西山屠各左校皆束手奉質爭爲前登犬羊殘醜消淪山谷於是操師震慴晨夜逋遁屯據敖倉阻河爲固欲

以螗蜋之斧。禦隆車之隧。幕府奉漢威靈。折衝宇宙。長戟百萬。胡騎千羣。奮中黃育獲之士。騁良弓勁弩之勢。并州越太行。青州涉濟漯。大軍汎黃河而角其前。荊州下宛葉而掎其後。雷震虎步。並集虜庭。若舉炎火以焫飛蓬。覆滄海以沃熛炭。有何不滅者哉。（以上言與紹相拒）又操軍吏士其可戰者。皆出自幽冀。或故營部曲。咸怨曠思歸。流涕北顧。其餘兗豫之民。及呂布張揚之遺衆。覆亡迫脅。權時苟從。各被創夷。人爲讐敵。若迴旆方徂。登高岡而擊鼓吹。揚素揮以啓降路。必土崩瓦解。不俟血刃。（以上言操軍必易離）方今漢室陵遲。綱維弛絕。聖朝無一介之輔。股肱無折衝之勢。方畿之內。簡練之臣。皆垂頭搨翼。莫所憑恃。雖有忠義之佐。脅於暴虐之臣。焉能展其節。又操持部曲精兵七百。圍守宮闕。外託宿衞。內實拘執。懼其篡逆之萌。因斯而作。此乃忠臣肝腦塗地之秋。烈士立功之會。可不勗哉。（以上勗人以忠義）操又矯命稱制。遣使發兵。恐邊遠州郡。過聽而給與。強寇弱主。違衆旅叛。舉以喪名。爲天下笑。則明哲不取也。卽日幽并青冀四州並進。書到荊州便勒見兵。與建忠將軍協同聲勢。州郡各整戎馬。羅落境界。舉師揚威。並匡社稷則非常之功於是乎著其得操首者封五千戶侯賞錢五千萬部曲偏裨將校諸吏降者勿有所問廣宣恩信班揚符賞布告天下咸使知聖朝有拘偪之難如律令

陳琳檄吳將校部曲文

年月朔日子尙書令彧告江東諸將校部曲及孫權宗親中外蓋聞禍福無門惟人所召夫見幾而作不處凶危上聖之明也臨事制變困而能通智者之慮也漸漬荒沈往而不反下愚之蔽也是以大雅君子於安思危以遠咎悔小人臨禍懷佚以待死亡二者之量不亦殊乎（以上泛言見幾遠害）孫權小子未辨菽麥要領不足以膏齊斧名字不足以洿簡墨譬猶鷇卵始生翰毛而便陸梁放肆顧行吠主謂爲舟楫足以距皇威江湖可以逃靈誅不知天網設張以在綱目爨鑊之魚期於消爛也若使水而可恃則洞庭無三苗之墟子陽無荊門之敗朝鮮之壘不刊南越之旌不拔昔夫差承闔閭之遠迹用申胥之訓兵棲越會稽可謂強矣及其抗衡上國與晉爭長都城屠於句踐武卒散於黃池終於覆滅身

蟠越軍及吳王濞驕恣屈強猖猾始亂自以兵強國富勢陵京城太尉帥師甫下滎陽則七國之軍瓦解冰泮濞之罵言未絕於口而丹徒之刃以陷其胸何則天威不可當而悖逆之罪重也且江湖之衆不足恃也（以上言吳國屢取滅亡）自董卓作亂以迄於今將三十載其間豪傑縱橫熊據虎跱強如二袁勇如呂布跨州連郡有威有名十有餘輩其餘鋒捍特起鶚視狼顧爭為梟雄者不可勝數然皆伏鈇嬰鉞首腰分離雲散原燎罔有孑遺近者關中諸將復相合聚續為叛亂阻二華據河渭驅率羌胡齊鋒東向氣高志遠似若無敵丞相秉鉞鷹揚順風烈火元戎啓行未鼓而破伏尸千萬流血漂櫓此皆天下所共知也是後大軍所以臨江而不濟者以韓約馬超逋逸迸脫走還涼州復欲鳴吠逆賊宋建僭號河首同惡相救並為脣齒又鎮南將軍張魯負固不恭皆我王誅所當先加故且觀兵旋旆復整六師長驅西征致天下誅偏師涉隴則建約梟夷旌首萬里軍入散關則群氐率服王侯豪帥奔走前驅進臨漢中則陽平不守十萬之師土崩魚爛張魯逋竄走入巴中懷恩悔過委質還降巴夷王朴胡賨邑侯

杜濩各帥種落共舉巴郡以奉王職鉦鼓一動二方俱定利盡西海兵不鈍鋒
若此之事皆上天威明社稷神武非徒人力所能立也以上言曹氏武功之盛及破韓馬宋張聖
朝寛仁覆載允信允文大啓爵命以示四方魯及胡濩皆享萬戶之封魯之五
子各受千室之邑胡濩子弟部曲將校爲列侯將軍已下千有餘人百姓安堵
四民反業而建約之屬皆爲鯨鯢超之妻孥焚首金城父母嬰孩覆尸許市非
國家鍾禍於彼降福於此也逆順之分不得不然以上順逆之分夫鷙鳥之擊先高攫
鷙之勢也牧野之威孟津之退也今者枳棘翦扞戎夏以清萬里肅齊六師無
事故大舉天師百萬之衆與匈奴南單于呼完廚及六郡烏桓丁令屠各湟中
羌僰霆奮席卷自壽春而南又使征西將軍夏侯淵等率精甲五萬及武都氐
羌巴漢銳卒南臨汶江搤據庸蜀江夏襄陽諸軍橫截湘沅以臨豫章樓船橫
海之師直指吳會萬里剋期五道並入權之期命於是至矣以上陳五道伐吳之盛丞相
銜奉國威爲人除害元惡大憝必當梟夷至於枝附葉從皆非詔書所特禽疾
故每破滅強敵未嘗不務在先降後誅拔將取才各盡其用是以立功之士莫

不覩足引領望風響應昔袁術僭逆王誅將加則廬江太守劉勳先舉其郡還歸國家呂布作亂師臨下邳張遼侯成率衆出降還討眭固薛洪繆尚開城就化官渡之役則張郃高奐舉事立功後討袁尚則都督將軍馬延故豫州刺史陰夔射聲校尉郭昭臨陣來降圍守鄴城則將軍蘇游反爲內應審配兄子開門入兵既誅袁譚則幽州大將焦觸攻逐袁熙舉縣來服凡此之輩數百人皆忠壯果烈有智有仁悉與丞相參圖畫策折衝討難芟敵搴旗靜安海內豈輕舉措也哉（以上歷數拔用降將）誠乃天啓其心計深慮遠審邪正之津明可否之分勇不虛死節不苟立屈伸變化唯道所存故乃建邱山之功享不訾之祿朝爲仇虜夕爲上將所謂臨難知變轉禍爲福者也若夫說誘甘言懷寶小惠泥滯苟且沒而不覺隨波漂流與熛俱滅者亦甚衆多吉凶得失豈不哀哉（以上泛論吉凶禍福）昔歲軍在漢中東西懸隔合肥遺守不滿五千權親以數萬之衆破敗奔走今乃欲當禦雷霆難以冀矣夫天道助順人道助信事上之謂義親親之謂仁盛孝章君也而權誅之孫輔兄也而權殺之賊義殘仁莫斯爲甚乃神靈之逋罪下

民所同讐辜讐之人謂之凶賊是故伊摯去夏不爲傷德飛廉死紂不可謂賢何者去就之道各有宜也丞相深惟江東舊德名臣多在載籍近魏叔英秀出高峙著名海內虞文繡砥礪清節耽學好古周泰明當世儁彥德行修明皆宜膺受多福保乂子孫而周盛門戶無辜被戮遺類流離湮沒林莽言之可爲愴然聞魏周榮虞仲翔各紹堂構能負析薪及吳諸顧陸舊族長者世有高位當報漢德顯祖揚名及諸將校孫權婚親皆我國家良寶利器而並見驅迮兩絕於天有斧無柯何以自濟相隨顛沒不亦哀乎（以上歷舉江東舊德名臣）蓋鳳鳴高岡以遠罻羅賢聖之德也鸋鴂之鳥巢於葦苕苕折子破下愚之惑也今江東之地無異葦苕諸賢處之信亦危矣聖朝開弘曠蕩重惜民命誅在一人與衆無忌故設非常之賞以待非常之功乃霸夫烈士奮命之良時也可不勉乎若能翻然大舉建立元勳以應顯祿福之上也如其未能筭量大小以存易亡亦其次也夫係蹏在足則猛虎絕其蹯蝮蛇在手則壯士斷其節何則以其所全者重以其所棄者輕若乃樂禍懷寧迷而忘復闇大雅之所保背先賢之去就忽朝陽

之安。甘折苕之末。日忘一日。以至覆沒。大兵一放。玉石俱碎。雖欲救之。亦無及

已。故令往購募。爵賞科條。如左。檄到。詳思至言。如詔律令。

魏明帝賜彭城王據璽書

制詔彭城王。有司奏王遣司馬董和。齎珠玉來到京師中尚方。多作禁物。交通

工官。出入近署。踰侈非度。慢令違制。繩王以法。朕用憮然。不寧於心。王以懿親

之重。處藩輔之位。典籍日陳於前。勸誦不輟於側。加雅素奉修。恭肅敬慎。務在

蹈道。孜孜不衰。豈忘率意正身。考終厥行哉。若然小疵。或謬於細人。忽不覺悟。

以斯爲失耳。書云。惟聖罔念作狂。惟狂克念作聖。古人垂誥。乃至於此。故君子

思心無斯須遠道焉。嘗慮所以累德者而去之。則德明矣。開心所以爲塞者而

通之。則心夷矣。愼行所以爲尤者而修之。則行全矣。三者。王之所能備也。今詔

有司宥王。削縣二千戶。以彰八柄與奪之法。昔羲文作易。著休復之語。仲尼論

行。旣過能改。王其改行。茂昭斯義。率意無怠。

曹植下國中令 黃初六年

身輕於鴻毛而謗重於泰山賴蒙帝王天地之仁違百司之典議舍三千之首戾反我舊居襲我初服雲雨之施焉有量哉孤以何功而納斯貺富而不悋寵至不驕者則周公其人也孤小人爾身更以榮爲戚何者將恐觴易之尤出於細微脫爾之愆一朝復露也故欲修吾往業守吾初志欲使皇帝恩在摩天使孤心常存此地將以全陛下厚德究孤犬馬之年此難能也然固欲行衆之難詩曰德輶如毛鮮克舉之此之謂也

鍾會檄蜀文

往者漢祚衰微率土分崩生民之命幾於泯滅我太祖武皇帝神武聖哲撥亂反正拯其將墜造我區夏高祖文皇帝應天順民受命踐祚烈祖明皇帝奕世重光恢拓洪業然江山之外異政殊俗率土齊民未蒙王化此三祖所以顧懷遺志也今主上聖德欽明紹隆前緒宰輔忠肅明允劬勞王室布政垂惠而萬邦協和施德百蠻而肅慎致貢悼彼巴蜀獨爲匪民愍此百姓勞役未已是以命授六師龔行天罰征西雍州鎮西諸軍五道並進古之行軍以仁爲本以義

治之王者之師有征無戰故虞舜舞干戚而服有苗周武有散財發廩表閭之義今鎮西奉辭銜命攝統戎車庶弘文告之訓以濟元元之命非欲窮武極戰以快一朝之志故略陳安危之要其敬聽話言益州先主以命世英才興兵新野困躓冀徐之郊制命紹布之手太祖拯而濟之與隆大好中更背違棄同即異諸葛孔明仍規秦川姜伯約屢出隴右勞動我邊境侵擾我氐羌方國家多故未遑脩九伐之征也今邊境乂清方內無事蓄力待時併兵一向而巴蜀一州之眾分張守備難以禦天下之師段谷侯和沮傷之氣難以敵堂堂之陣比年已來曾無寧歲征夫勤瘁難以當子來之民此皆諸賢所共親見蜀侯見禽於秦公孫述授首於漢九州之險是非一姓此皆諸君所備聞也明者見危於無形智者規福於未萌是以微子去商長爲周賓陳平背項立功於漢豈宴安鴆毒懷祿而不變哉今國朝隆天覆之恩宰輔弘寬恕之德先惠後誅好生惡殺往者吳將孫壹舉眾內附位爲上司寵秩殊異文欽唐咨爲國大害叛主讎賊還爲戎首咨困偪禽獲欽二子還降皆將軍封侯咨豫聞國事壹等窮踧歸

命猶加上寵況巴蜀賢智見幾而作者哉誠能深鑒成敗邈然高蹈投迹微子之蹤措身陳平之軌則福同古人慶流來裔百姓士民安堵樂業農不易畝市不迴肆去累卵之危就永安之計豈不美與若偷安旦夕迷而不反大兵一放玉石俱碎雖欲悔之亦無及也各具宣布咸使知聞

孫楚爲石苞與孫晧書

苞白蓋聞見幾而作周易所貴小不事大春秋所誅此乃吉凶之萌兆榮辱之所由興也是故許鄭以銜璧全國曹譚以無禮取滅載籍既記其成敗古今又著其愚智矣不復廣引譬類崇飾浮辭苟以夸大爲名更喪忠告之實今粗論事勢以相覺悟昔炎精幽昧曆數將終桓靈失德災釁並興豺狼抗爪牙之毒生人陷荼炭之艱於是九州絶貫皇綱解紐四海蕭條非復漢有太祖承運神武應期征討暴亂克寧區夏協建靈符天命既集遂廓洪基奄有魏域土則神州中岳器則九鼎猶存世載淑美重光相襲固知四隩之攸同天下之壯觀也以上魏宅中土公孫淵承籍父兄世居東裔擁帶燕胡馮陵險遠講武盤桓不供職貢

內傲帝命外通南國乘桴滄海交疇貨賄葛越布於朔土貂馬延乎吳會自以爲控弦十萬奔走足用信能右折燕齊左振扶桑陵轢沙漠南面稱王也宣王薄伐猛銳長驅師次遼陽而城池不守桴鼓一震而元凶折首然後遠迹疆埸列郡大荒收離聚散咸安其居民庶悅服殊俗款附自茲遂隆九野清泰東夷獻其樂器肅慎貢其楛矢曠世不羈應化而至巍巍蕩蕩想所具聞（以上征遼東）吳之先主起自荊州遭時擾攘播潛江表劉備震懼亦逃巴岷遂依邱陵積石之固三江五湖浩汗無涯假氣游魂迄于四紀二邦合從東西唱和互相扇動距捍中國自謂三分鼎足之勢可與泰山共相終始相國晉王輔相帝室文武桓桓志厲秋霜廟勝之算應變無窮獨見之鑒與衆絕慮主上欽明委以萬幾長轡遠御妙略潛授偏師同心上下用力稜威奮伐罙入其阻并敵一向奪其膽氣小戰江介則成都自潰曜兵劍閣而姜維面縛開地五千列郡三十師不踰時梁益肅清使竊號之雄稽顙絳闕球琳重錦充於府庫夫虢滅虞亡韓并魏徙此皆前鑒之驗後事之師也（以上平蜀）又南中呂興深覩天命蟬蛻內向願爲臣

妾外失輔車脣齒之援內有毛羽零落之漸而徘徊危國冀延日月此猶魏武侯卻指河山以自強大殊不知物有興亡則所美非其地也方今百僚濟濟儁乂盈朝虎臣武將折衝萬里國富兵強六軍精練思復翰飛飲馬南海自頃國家整治器械修造舟楫簡習水戰伐樹北山則太行木盡濬決河洛則百川通流樓船萬艘千里相望自剞木以來舟車之用未有如今日之盛者也驍勇百萬畜力待時役不再舉今日之謂也（以上陳兵勢之盛）然主上眷眷未便電邁者以爲愛民治國道家所尚崇城自卑文王退舍故先開示大信喻以存亡殷勤之旨往使所究若能審識安危自求多福蹷然改容祗承往告追慕南越嬰齊入侍北面稱臣伏聽告策則世祚江表永爲藩輔豐報顯賞隆於今日矣若侮慢不式王命然後謀力雲合指麾風從雍益二州順流而東青徐戰士列江而西荊揚兗豫爭驅八衝征東甲卒虎步秣陵爾乃皇輿整駕六師徐征羽檄燭日旌旗流星遊龍曜路歌吹盈耳士卒奔邁其會如林煙塵俱起震天駭地渴賞之士鋒鏑爭先忽然一旦身首橫分宗祀屠覆取誡萬世引領南望良以寒心夫

治膏肓者必進苦口之藥決狐疑者必告逆耳之言如其迷謬未知所投恐俞附見其已困扁鵲知其無功也勉思良圖惟所去就石苞白以上勸降

傅亮爲宋公修張良廟教

綱紀夫盛德不泯義存祀典微管之歎撫事彌深張子房道亞黃中照鄰殆庶風雲元感蔚爲帝師夷項定漢大拯橫流固已參軌伊望冠德如仁若乃神交圯上道契商洛顯默之際窅然難究淵流浩瀁莫測其端矣塗次舊沛佇駕留城靈廟荒頓遺象陳昧撫迹懷人永歎實深過大梁者或佇想於夷門游九原者亦流連於隨會擬之若人亦足以云可改構棟宇修飾丹青蘋蘩行潦以時致薦抒懷古之情存不刊之烈主者施行

宋文帝誡江夏王荆州刺史義恭書

天下艱難家國事重雖曰守成實亦未易隆替安危在吾曹耳豈可不感尋王業大懼負荷汝性褊急志之所滯其欲必行意所不存從物回改此最弊事宜念裁抑衛青遇士大夫以禮與小人有恩西門安于矯性齊美關羽張飛任偏

同弊行己舉事深宜鑒此若事異今日嗣子幼蒙司徒當周公之事汝不可不盡祗順之理爾時天下安危決汝二人耳汝一月自用錢不可過三十萬若能省此益美西楚府舍略所諳究計當不須改作日求新異凡訊獄多決當時難可逆慮此實爲難至訊日虛懷博盡慎無以喜怒加人能擇善者而從之美自歸己不可專意自決以矜獨斷之明也名器深宜慎惜不可妄以假人昵近爵賜尤應裁量吾於左右雖爲少恩如聞外論不以爲非也以貴凌物物不服以威加人人不厭此易達事耳聲樂嬉遊不宜令過蒱酒漁獵一切勿爲供用奉身皆有節度奇服異器不宜與長又宜數引見佐史相見不數則彼我不親不親無因得盡人情人情不盡復何由知衆事也

陸贄擬奉天改元大赦制

門下致理興化必在推誠忘己濟人不吝改過朕嗣守丕構君臨萬方失守宗祧越在草莽不念率德誠莫追於既往永言思咎期有復於將來明徵厥初以示天下惟我烈祖邁德庇人致俗化於和平拯生靈於塗炭重熙積慶垂二百

年伊爾卿尹庶官洎億兆之衆代受亭育以迄於今功存於人澤垂於後肆予小子獲纘鴻業懼德不嗣罔敢怠荒然以長於深宮之中暗於經國之務積習易溺居安忘危不知稼穡之艱難不察征戍之勞苦澤靡下究情不上通事既壅隔人懷疑阻猶昧省己遂用興戎徵師四方轉餉千里賦車籍馬遠近騷然行齎居送衆庶勞止或一日屢交鋒刃或連年不解甲冑祀奠乏主室家靡依生死流離怨氣凝結力役不息田萊多荒暴命峻於誅求疲甿空於杼軸轉死溝壑離去鄉閭邑里邱墟人煙斷絕天譴於上而朕不悟人怨於下而朕不知馴致亂階變興都邑賊臣乘釁肆逆滔天曾莫愧畏敢行陵逼萬品失序九廟震驚上辱於祖宗下負於黎庶痛心靦貌罪實在予永言愧悼若墜深谷賴天地降祐神人叶謀將相竭誠爪牙宣力屏逐大盜載張皇維將弘永圖必布新令（以上引咎自責）朕晨與夕惕惟念前非乃者公卿百寮累抗章疏猥以徽號加於朕躬固辭不獲俯遂輿議昨因內省良用矍然體陰陽不測之謂神與天地合德之謂聖顧惟淺昧非所宜當文者所以成化武者所以定亂今化之不被亂是

用與豈可更徇羣情苟膺虛美重余不德祇益懷慙自今以後中外所上書奏不得更稱聖神文武之號(以上謝絕徽號)夫人情不常繫於時化天道既隱亂獄滋豐朕既不能宏德導人又不能一法齊衆苟設密網以羅非辜爲之父母實增愧悼今上元統歷獻歲發生宜革紀年之號式敷在宥之澤與人更始以答天休可大赦天下改建中五年爲興元元年自正月一日昧爽以前大辟罪以下罪無輕重咸赦除之(以上赦民之罪)李希烈田悅王武俊李納等有以忠勞任膺將相有以勳舊繼守藩維朕撫馭乖方信誠靡著致令疑懼不自保安兵興累年海內騷擾皆由上失其道下罹其災朕實不君人則何罪屈己宏物予何愛焉庶懷引慝之誠以洽好生之德其李希烈田悅王武俊李納及所管將士官吏等一切並與洗滌各復爵位待之如初仍即遣使分道宣諭朱滔雖與賊泚連坐路遠未必同謀朕方推以至誠務欲宏貸如能效順亦與惟新其河南北諸軍兵馬並宜各於本道自固封疆勿相侵軼(以上赦李田等叛將)朱泚大爲不道棄義蔑恩反易天常盜竊名器暴犯陵寢所不忍言獲罪祖宗朕不敢赦其應被朱泚脅從

將士官吏百姓及諸色人等。有遭其扇誘。有迫以兇威。苟能自新。理可矜宥。但官軍未到京城以前。能去逆效順及散歸本道者。並從赦例原免。一切不問。以上不赦朱泚而赦其部下天下左降官。卽與量移近處。已量移者更與量移。流人配隸及藩鎮效力。並緣罪犯與諸使驅使官兼別敕諸州縣安置及得罪人家口未得歸者。一切放還。應先有痕累禁錮及反逆緣坐。承前恩赦所不該者。並宜洗雪。亡官失爵。放歸勿齒者。量加收敘。人之行業。或未必兼。構大廈者方集於羣材。建奇功者不限於常檢。苟在適用。則無棄人。況黜免之人。沈鬱既久。朝過夕改。仁何遠哉。流移降黜亡官失爵配隸人等。有材能著聞者。特加錄用。勿拘常例。以上滌洗有罪職官仍與錄用諸軍使諸道赴奉天及進收京城將士等。或百戰摧敵。或萬里勤王。扞固全城。驅除大憝。濟危難者其節著。復社稷者其業崇。我圖爾功。特加彝典。錫名疇賦。永永無窮。宜並賜名奉天定難功臣。身有過犯。遞減罪三等。子孫有過犯。遞減罪二等。當戶應有差科使役。一切蠲免。其功臣已後雖衰老疾患不任軍旅。當分糧賜並宜全給。身死之後十年內。仍回給家口。其有食實封者子孫相繼代代無絕其餘敘錄及功賞條件待收京日並準去年十月十七日十一月十四日敕處分（以上敘錄奉天定難功臣）諸道諸軍將士等久勤扞禦累著功勳方鎮克寧惟爾之力其應在行營者並超三資與官仍賜勳五轉不離鎮者依資與官賜勳三轉其累加勳爵仍許回授周親內外文武官三品已上賜爵一級四品已下各加一階仍並賜勳兩轉（以上敘錄各方鎮）見危致命先哲攸貴掩骼薶胔禮典所先雖效用而或殊在惻隱而何閒諸道將士有死王事者各委所在州縣給遞送歸本管官爲葬祭其有因戰陣殺戮及擒獲伏辜暴骨原野者亦委所在逐近便收葬應緣流貶及犯罪未葬者並許其家各據本官品以禮收葬（以上收葬死事者）自頃軍旅所給賦役繁興吏因爲姦人不堪命咨嗟怨苦道路無聊汔可小康與之休息其墊陌及稅閒架竹木茶漆榷鐵等諸色名目悉宜停罷京畿之內屬此寇戎攻劫焚燒靡有寧室王師仰給人以重勞特宜減放今年夏稅之半朕以兇醜犯闕遽用於征爰度近郊息駕茲邑軍儲克辦師旅攸寧式當襃旌以志吾過其奉天宜升爲赤縣百姓並給復五年（以上減放賦稅及奉天給復）尚

德者教化之所先求賢者邦家之大本永言玆道夢想勞懷而澆薄之風趨競不息幽棲之士寂寞無聞蓋誠所未孚故求之未至天下有隱居行義才德高遠晦迹邱園不求聞達者委所在長吏具姓名聞奏當備禮邀致諸色人中有賢良方正能直言極諫及博通墳典達於教化并洞識韜鈐堪任將帥者委常參官及所在長吏聞薦天下孤老鰥寡惸獨不能自活者並委州縣長吏量事優恤其有年九十以上者刺史縣令就門存問義夫節婦孝子順孫旌表門閭終身勿事（以上薦賢達才旌卹民閒）大兵之後內外耗竭貶食省用宜自朕躬當節乘輿之服御絕宮室之華飾率己師儉為天下先諸道貢獻自非供宗廟軍國之用一切並停應內外官有冗員及百司有不急之費委中書門下即商量條件停減聞奏（以上停減用度）布澤行賞仰惟舊章今以餘孽未平帑藏空竭有乖慶賜深愧於懷赦書有所未該者委所司類例條件聞奏敢以赦前事相言告者以其罪罪之亡命山澤挾藏軍器百日不首復罪如初赦書日行五百里布告遐邇咸使聞知

陸贄擬議減鹽價詔

三代立制。山澤不禁。天地材利。與人共之。王道寖微。強霸爭騖。於是設祈望之守。與榷管之法。以佐兵賦。以寬地征。公私之間。猶謂兼濟。歷代遵用。遂爲典常。自頃寇難荐興。已三十載。服干櫓者。農耕盡廢。居里閭者。杼軸其空。革車方殷。軍食屢調。人多轉徙。田畝汙萊。乃專責海之利。以爲贍國之術。度其所入。歲倍田租。近者軍費日增。榷價日重。至有以穀一斗。易鹽一升。本末相踰。科條益峻。念彼貧匱。何能自滋。五味失和。百疾生害。以茲天札。實爲痛傷。嗚呼。朕丕承列聖之緒。遐覽前王之典。既不克靜事以息用。又不獲弛禁以便人。征利滋深。疲甿致困。予則不恤。其誰省憂。應江淮幷峽內榷鹽。宜令中書門下及度支商議裁減。估價兼釐革利害。速具條件聞奏。削去苛刻。止塞姦訛。務於利人。必稱朕意。

韓愈進士策問十三首

問。書稱汝則有大疑。謀及乃心。謀及卿士。以至於庶人龜筮。考其從違。以審吉凶則是聖人之舉事興為無不與人共之者也於易則又曰君不密則失臣臣不密則失身幾事不密則害成而春秋亦有譏漏言之詞如是則又似不與人共之而獨運者書與易春秋經也聖人於是乎盡其心焉耳矣其文相戾悖如此欲人之無疑不可得已是二說者其信有是非乎抑所指各殊而學者不之能察也諒非深考古訓讀聖人之書者其何能辨之此固吾子之所宜無讓者願承教焉

問古之人有云夏之政尚忠殷之政尚敬而周之政尚文是三者相循環終始若五行之與四時焉原其所以為心皆非故立殊而求異也各適於時救其弊而已矣夏殷之書存者可見矣至周之典籍咸在考其文章其所尚若不相遠然焉所謂二者之異云乎抑其道深微不可究與將其詞隱而難知也不然則是說為謬矣周之後秦漢蜀吳魏晉之興與霸亦有尚乎無也觀其所為其亦有意云爾循環之說安在吾子其無所隱焉

問夫子之序帝王之書而繫以秦魯及次列國之風而宋魯獨稱頌焉秦穆之

德不踰於二霸、宋魯之君、不賢乎齊晉、其位等、其德同、升黜取捨如是之相遠、
亦將有由乎。願聞所以辨之之說、

問夫子既沒、聖人之道不明、蓋有楊墨者、始侵而亂之、其時天下咸化而從焉、孟子辭而闢之、則既廓如也、今其書尙有存者、其道可推而知不可乎、其所守者何事。其不合於道者幾何。孟子之所以辭而闢之者何說。今之學者、有學於彼者乎。有近於彼者乎。其已無傳乎、其無乃化而不自知乎、其無傳也、則善矣、如其尙在、將何以救之乎、諸生學聖人之道、必有能言是者、其無所爲讓、

問所貴乎道者、不以其便於人而得於己乎、當周之衰、管夷吾以其君霸、九合諸侯、一匡天下、戎狄以微、京師以尊、四海之內、無不受其賜者、天下諸侯奔走其政令之不暇、而誰與爲敵、此豈非便於人而得於己乎、秦用商君之法、人以富國、以強諸侯、不敢抗、及七君而天下爲秦、使天下爲秦者、商君也、而後代之稱道者、咸羞言管商氏。何哉。庸非求其名而不責其實歟、願與諸生論之、無惑於舊說、

問夫子之言盍各言爾志又曰居則曰不吾知也如或知爾則何以哉今之舉者不本於鄉不序於庠一朝而羣至乎有司有司之不之知也宜矣今將自州縣始請各誦所懷聊以觀諸生之志死者可作其誰與歸事其大夫之賢者友其士之仁者敢問諸生之所事而友者爲誰乎所謂賢而仁者其事如何哉言及之而不言亦君子之所不爲也

問春秋之時百有餘國皆有大夫士詳於傳者無國無賢人焉其餘皆足以充其位不聞有無其人而闕其官者春秋之後其書尤詳以至於吳蜀魏下及晉氏之亂國分如錙銖讀其書亦皆有人焉今天下九州四海其爲土地大矣國家之舉士內有明經進士外有方維大臣之薦其餘以門地勳力進者又有倍於是其爲門戶多矣而自御史臺尚書省以至於中書門下省咸不足其官豈今之人不及於古之人邪何求而不得也夫子之言曰十室之邑必有忠信如邱者焉誠得忠信如聖人者而委之以大臣宰相之事有不可乎況於百執事之微者哉古之十室必有任宰相大臣者今之天下而不足士大夫於朝其亦

有說乎。

問夫子曰潔淨精微易教也今習其書不識四者之所謂盡舉其義而陳其數焉。

問易之說曰乾健也今考乾之爻在初者曰潛龍勿用在三者曰夕惕若厲无咎在四者亦曰无咎在上曰有悔卦六位一勿用二苟得无咎一有悔安在其爲健乎又曰乾以易知坤以簡能乾之四位既不爲易矣坤之爻又曰龍戰于野戰之於事其足爲簡乎易六經也學者之所宜用心願施其詞陳其義焉。

問人之仰而生者穀帛穀帛豐無飢寒之患然後可以行之於仁義之途措之於安平之地此愚智所同識也今天下穀愈多而帛愈賤人愈困者何也耕者不多而穀有餘蠶者不多而帛有餘有餘宜足而反不足此其故又何也將以救之其說如何。

問夫子言堯舜垂衣裳而天下理又曰無爲而理者其舜也歟書之說堯曰親九族又曰平章百姓又曰協和萬邦又曰曆象日月星辰敬授人時又曰洪水

懷山襄陵下人其咨夫親九族平百姓和萬邦則天道授人時愁水禍非無事也而其言曰垂衣裳而天下理者何也於舜則曰愼五典又曰敘百揆又曰賓四門又曰齊七政又曰類上帝禋六宗望山川徧羣神又曰協時月正日同律度量衡五載一巡狩又曰分十二州封山濬川恤五刑典三禮彰施五色出納五言嗚呼其何勤且煩如是而其言曰無爲而理者何也將亦有深辭隱義不可曉邪抑其年代已遠失其傳邪二三子其辨焉

問古之學者必有師所以通其業成就其道德者也由漢氏已來師道日微然猶時有授經傳業者及於今則無聞矣德行若顏回言語若子貢政事若子路文學若子游猶且有師非獨如此雖孔子亦有師問禮於老聃問樂於萇弘是也今之人不及孔子顏回遠矣而且無師然其不聞有業不通而道德不成者何也

問食粟衣帛服仁行義以俟死者二帝三王之所守聖人未之有改焉者也今之說者有神仙不死之道不食粟不衣帛薄仁義以爲不足爲是誠何道邪聖

人之於人猶父母之於子有其道而不以教之不仁其道雖有而未之知不智仁與智且不能又烏足爲聖人乎不然則說神仙者妄矣

韓愈祭鱷魚文

維年月日潮州刺史韓愈使軍事衙推秦濟以羊一豬一投惡谿之潭水以與鱷魚食而告之曰昔先王既有天下列山澤罔繩擉刃以除蟲蛇惡物爲民害者驅而出之四海之外及後王德薄不能遠有則江漢之間尙皆棄之以與蠻夷楚越況潮嶺海之間去京師萬里哉鱷魚之涵淹卵育於此亦固其所今天子嗣唐位神聖慈武四海之外六合之內皆撫而有之況禹迹所揜揚州之近地刺史縣令之所治出貢賦以供天地宗廟百神之祀之壤者哉鱷魚其不可與刺史雜處此土也刺史受天子命守此土治此民而鱷魚睅然不安谿潭據處食民畜熊豕鹿麞以肥其身以種其子孫與刺史抗拒爭爲長雄刺史雖駑弱亦安肯爲鱷魚低首下心伈伈睍睍爲民吏羞以偷活於此邪且承天子命以來爲吏固其勢不得不與鱷魚辯鱷魚有知其聽刺史言潮之州大海在其

南鯨鵬之大蝦蟹之細無不容歸以生以食鱷魚朝發而夕至也今與鱷魚約盡三日其率醜類南徙於海以避天子之命吏三日不能至五日五日不能至七日七日不能是終不肯徙也是不有刺史聽從其言也不然則是鱷魚冥頑不靈刺史雖有言不聞不知也夫傲天子之命吏不聽其言不徙以避之與冥頑不靈而爲民物害者皆可殺刺史則選材技吏民操強弓毒矢以與鱷魚從事必盡殺乃止其無悔

歐陽修擬制九篇

任守信可遙郡刺史依舊鄜延路駐泊兵馬鈐轄制

勅國家自靈夏不賓邊陲多警議者率以謂用兵之道任將宜專恩信不久則無以得士心山川不習則不可圖勝算頃自兵宿於野久而無功此殆將帥數易之過也苟其能者無遽奪焉以具官任守信選以敏材臨於戎事肅軍捍寇宣力有聞遽以飛章自言滿歲顧久親於矢石豈不念於勤勞然而士卒之樂既汝安夷狄之情惟汝熟雖欲代汝實難其人所宜旌以郡章仍臨舊部體茲

委寄服我茂恩可

杜錢可衞尉寺丞制

敕朕撫有萬國而官羣材不敢專用獨見之明而外詔庶寮各舉其善具官杜錢舉者言爾材堪親民是用升汝司衞之丞而將用汝臨人於治詩云豈弟君子民之父母蓋夫善爲政者能使其民愛之如此汝能以此親我民乎往膺進秩之榮無爲舉者之累可

張去惑可秘書丞制

敕具官張去惑國家設官之法患乎巧僞干譽者之難止故考績之格三載而一例遷所以使沈實守正之人得以自進及其弊也庸人希累日之賞而賢者不能自别故又增舊法稍欲因舉類而求能者焉推爾之材世所稱美夫累日而遷非爾志干譽而進不可爲惟思厥中務廣其業可

郭固可寧州軍事推官制

敕具官郭固自邊陲用兵而天下游談之士趨時蹈利者吾非不知其濫而未

始怠焉者冀必有得於其閑惟爾之能乃其素學夫學有實者詰之不窮而推之可用嘉汝施設精而有條慮變適宜將觀汝用可

李仲昌可大理寺丞簽署渭州判官公事制

敕具官李仲昌羣材之在下者思達其上難矣而在上者思得可用之材豈爲易哉朕頃自擇能臣使舉其類而洙以爾充薦今琦又以爲言琦洙皆能體吾勞於擇士之心者舉爾不應不慎霈然推寵吾所不疑爾尚勉哉以稱茲舉可

郭子儀孫元亨可永興軍助教制

敕郭元亨繼絶世褒有功非惟推恩以及遠所以勸天下之爲臣者焉況爾先王名載舊史勳德之厚宜其流澤於無窮而其後裔不可以廢往服新命以榮厥家可

李景圭可大理評事制

敕具官李景圭九州四海風俗不同而王者之化無不及吾於遠者尤加意焉夫吏非敏於其事則不能通俗習而順其宜政一失焉下則重困邈茲南海爾

涖吾民今會課上聞增爾榮秩克勤厥職以副予懷可

孫復可大理評事制

敕具官孫復昔聖人之作春秋也患乎空文之不足爲故著之於行事以爲萬世之法然學而執其經者豈可徒誦其言哉惟爾復行足以爲人師學足以明人性不徒誦其說而必欲施於事吾將見吾國子蔚然而有成宜有嘉褒以爲學者之寵可

孫礪李國慶並可殿中丞制

敕具官孫礪等六經皆載治民之術而法者爲吏之資也汝等學之用以從政經之道廣矣擇其宜於民者法之文密矣取其平而不害者足以涖爾官而成厥績焉膺茲敘遷勉用爾學可

曾鞏擬制四篇

賈昌衡知鄧州制

敕記舊俗者稱南陽之民夸奢上氣力難制御今其餘習殆尚有存者故有邦

之任朕不輕以屬人具官某中外踐更令聞惟舊茲用考擇往分彼土蓋穰清之閑雖俗雜難治然教民敦本興於好善召信臣杜詩之遺迹在焉使農桑勸而風俗厚爾尚思繼於前人其往懋哉無替朕命可

梅福封壽春真人制

敕某在漢之際數以孤遠極言天下之事其志壯哉而家居讀書養性卒遺俗高蹈世傳爲仙今大江之西實存廟像禱祠輒應能澤吾民有司上聞是用錫茲顯號光靈不泯其服朕恩可

王中正种諤降官制

朕大興士衆屬爾等以伐羌酋將舉其巢穴非徒卻虜收並塞之地而已兵西出則近而爾等東絲綏德回遠之路以疲士馬費芻粟致功用不集中正議既不審又約有分地當攻其左而不能奮擊以殲除醜類夫軍賞吾必信而罰亦安得已哉是用按爾之罪降秩有差其體寬恩尚思報稱可

張知均州制

嶺之西南，桂爲劇部，外有溪居海聚之民，壤錯內屬，捎巡填守，詎可屬非其人，爾比選於朝，往備玆任，而內不能統齊士吏。外不能綏靖華夷。致玆繹騷。自干邦憲。奪其美職。處爾偏州。玆惟朕恩，無忘思省，可，

經史百家雜鈔卷十

經史百家雜鈔卷十一目錄

奏議之屬一

經史百家雜鈔卷十一

湘鄉曾國藩纂　　合肥李鴻章校刊

奏議之屬一

書無逸

周公曰嗚呼君子所其無逸先知稼穡之艱難乃逸則知小人之依相小人厥父母勤勞稼穡厥子乃不知稼穡之艱難乃逸乃諺既誕否則侮厥父母曰昔之人無聞知（以上言無逸貴知艱難）周公曰嗚呼我聞曰昔在殷王中宗嚴恭寅畏天命自度治民祗懼不敢荒寧肆中宗之享國七十有五年其在高宗時舊勞于外爰暨小人作其即位乃或亮陰三年不言其惟不言言乃雍不敢荒寧嘉靖殷邦至于小大無時或怨肆高宗之享國五十有九年其在祖甲不義惟王舊爲小人作其即位爰知小人之依能保惠于庶民不敢侮鰥寡肆祖甲之享國三十有三年自時厥後立王生則逸生則逸不知稼穡之艱難不聞小人之勞惟耽樂之從自時厥後亦罔或克壽或十年或七八年或五六年或四三年（以上殷三

（宗及後王）周公曰嗚呼厥亦惟我周太王王季克自抑畏文王卑服即康功田功徽柔懿恭懷保小民惠鮮鰥寡自朝至于日中昃不遑暇食用咸和萬民文王不敢盤于遊田以庶邦惟正之供文王受命惟中身厥享國五十年（以上周文王）周公曰嗚呼繼自今嗣王則其無淫于觀于逸于遊于田以萬民惟正之供無皇曰今日耽樂乃非民攸訓非天攸若時人丕則有愆無若殷王受之迷亂酗于酒德哉（以上戒嗣王）周公曰嗚呼我聞曰古之人猶胥訓告胥保惠胥教誨民無或胥譸張為幻此厥不聽人乃訓之乃變亂先王之正刑至于小大民否則厥心違怨否則厥口詛祝（以上言宜聽訓誡不可變舊法）周公曰嗚呼自殷王中宗及高宗及祖甲及我周文王茲四人迪哲厥或告之曰小人怨汝詈汝則皇自敬德厥愆曰朕之愆允若時不啻不敢含怒此厥不聽人乃或譸張為幻曰小人怨汝詈汝則信之則若時不永念厥辟不寬綽厥心亂罰無罪殺無辜怨有同是叢于厥身（以上言怨詈者可徵不可怒）周公曰嗚呼嗣王其監于茲

左傳季文子諫納莒僕之辭

莒紀公生太子僕又生季佗愛季佗而黜僕且多行無禮於國僕因國人以弒紀公以其寶玉來奔納諸宣公公命與之邑曰今日必授季文子使司寇出諸竟曰今日必達公問其故

季文子使大史克對曰先大夫臧文仲教行父事君之禮行父奉以周旋弗敢失隊曰見有禮於其君者事之如孝子之養父母也見無禮於其君者誅之如鷹鸇之逐鳥雀也先君周公制周禮曰則以觀德德以處事事以度功功以食民作誓命曰毀則為賊掩賊為藏竊賄為盜盜器為姦主藏之名賴姦之用為大凶德有常無赦在九刑不忘行父還觀莒僕莫可則也孝敬忠信為吉德盜賊藏姦為凶德夫莒僕則其孝敬則弒君父矣則其忠信則竊寶玉矣其人則盜賊也其器則姦兆也保而利之則主藏也以訓則昏民無則焉不度於善而皆在於凶德是以去之（以上數莒僕之凶德）昔高陽氏有才子八人蒼舒隤敳檮戭大臨尨降庭堅仲容叔達齊聖廣淵明允篤誠天下之民謂之八愷高辛氏有才子八人伯奮仲堪叔獻季仲伯虎仲熊叔豹季貍忠肅共懿宣慈惠和天下之民

謂之八元此十六族也世濟其美不隕其名以至于堯堯不能舉舜臣堯舉八愷使主后土以揆百事莫不時序地平天成舉八元使布五教于四方父義母慈兄友弟共子孝內平外成以上舜舉十六相昔帝鴻氏有不才子掩義隱賊好行凶德醜類惡物頑嚚不友是與比周天下之民謂之渾敦少皞氏有不才子毀信廢忠崇飾惡言靖譖庸回服讒蒐慝以誣盛德天下之民謂之窮奇顓頊氏有不才子不可教訓不知話言告之則頑舍之則嚚傲很明德以亂天常天下之民謂之檮杌此三族也世濟其凶增其惡名以至于堯堯不能去縉雲氏有不才子貪于飲食冒于貨賄侵欲崇侈不可盈厭聚斂積實不知紀極不分孤寡不恤窮匱天下之民以比三凶謂之饕餮舜臣堯賓于四門流四凶族渾敦窮奇檮杌饕餮投諸四裔以禦魑魅以上舜去四凶是以堯崩而天下如一同心戴舜以爲天子以其舉十六相去四凶也故虞書數舜之功曰愼徽五典五典克從無違教也曰納于百揆百揆時序無廢事也曰賓于四門四門穆穆無凶人也舜有太功二十而爲天子今行父雖未獲一吉人去一凶矣於舜之功二十之一

也。庶。幾。免。于。戾。乎。

左傳魏絳諫伐戎之辭

無終子嘉父使孟樂如晉因魏莊子納虎豹之皮以請和諸戎晉侯曰戎狄無親而貪不如伐之

魏絳曰。諸侯新服。陳新來和。將觀於我。我德則睦。否則攜貳。勞師于戎。而楚伐陳。必弗能救。是棄陳也。諸華必叛。戎禽獸也。獲戎失華。無乃不可乎。以上言不可獲戎失華夏訓有之曰。有窮后羿。公曰。后羿何如。對曰。昔有夏之方衰也。后羿自鉏遷于窮石。因夏民以代夏政。恃其射也。不修民事。而淫于原獸。棄武羅伯因熊髡尨圉。而用寒浞。寒浞。伯明氏之讒子弟也。伯明后寒棄之。夷羿收之。信而使之。以為己相。浞行媚於內。而施賂於外。愚弄其民。而虞羿於田。樹之詐慝。以取其國家。外內咸服。羿猶不悛。將歸自田。家眾殺而亨之。以食其子。其子不忍食諸。死于窮門。靡奔有鬲氏。浞因羿室。生澆及豷。恃其讒慝詐偽。而不德于民。使澆用師。滅斟灌及斟尋氏。處澆于過。處豷于戈。靡自有鬲氏。收二國之燼。以滅浞而立少康少康滅澆于過后杼滅殪于戈有窮由是遂亡失人故也以上引后羿事訓不可恃力黷武昔周辛甲之爲大史也命百官官箴王闕於虞人之箴曰芒芒禹跡畫爲九州經啓九道民有寢廟獸有茂草各有攸處德用不擾在帝夷羿冒于原獸亡其國恤而思其麀牡武不可重用不恢于夏家獸臣司原敢告僕夫虞箴如是可不懲乎於是晉侯好田故魏絳及之以上因羿淫於田弁以諫獵公曰然則莫如和戎乎對曰和戎有五利焉戎狄荐居貴貨易土土可賈焉一也邊鄙不聳民狎其野穡人成功二也戎狄事晉四鄰振動諸侯威懷三也以德綏戎師徒不勤甲兵不頓四也鑒于后羿而用德度遠至邇安五也君其圖之公說使魏絳盟諸戎修民事田以時以上和戎之利用德度者不用力也

左傳薳啓疆諫恥晉之辭

楚子朝其大夫曰晉吾仇敵也苟得志焉無恤其他今其來者上卿上大夫也若吾以韓起爲閽以羊舌肸爲司宮足以辱晉吾亦得志矣可乎大夫莫對

薳啓彊曰可苟有其備何故不可恥匹夫不可以無備況恥國乎是以聖王務行禮不求恥人朝聘有珪享頫有璋小有述職大有巡功設机而不倚爵盈而不飲宴有好貨飧有陪鼎入有郊勞出有贈賄禮之至也國家之敗失之道也則禍亂興（以上言行禮不務勝人）城濮之役晉無楚備以敗於邲邲之役楚無晉備以敗於鄢自鄢以來晉不失備而加之以禮重之以睦是以楚弗能報而求親焉既獲姻親又欲恥之以召寇讎備之若何誰其重此若有其人恥之可也若其未有君亦圖之晉之事君臣曰可矣求諸侯而麇至求昏而薦女君親送之上卿及上大夫致之猶欲恥之君其亦有備矣不然奈何（以上言恥人不可無備）韓起之下趙成中行吳魏舒范鞅知盈羊舌肸之下祁午張趯籍談女齊梁丙張骼輔躒苗賁皇皆諸侯之選也韓襄爲公族大夫韓須受命而使矣箕襄邢帶叔禽叔椒子羽皆大家也韓賦七邑皆成縣也羊舌四族皆彊家也晉人若喪韓起楊肸五卿八大夫輔韓須楊石因其十家九縣長轂九百其餘四十縣遺守四千奮其武怒以報其大恥伯華謀之中行伯魏舒帥之其蔑不濟矣（以上言晉多才強盛）君將

以親易怨實無禮以速寇而未有其備使羣臣往遺之禽以逞君心何不可之有

李斯諫逐客書

臣聞吏議逐客竊以爲過矣昔穆公求士西取由余于戎東得百里奚於宛迎蹇叔於宋來邳豹公孫支於晉此五子者不產於秦而穆公用之幷國三十遂霸西戎孝公用商鞅之法移風易俗民以殷盛國以富強百姓樂用諸侯親服獲楚魏之師舉地千里至今治彊惠王用張儀之計拔三川之地西幷巴蜀北收上郡南取漢中包九夷制鄢郢東據成皋之險割膏腴之壤遂散六國之從使之西面事秦功施到今昭王得范雎廢穰侯逐華陽強公室杜私門蠶食諸侯使秦成帝業此四君者皆以客之功由此觀之客何負于秦哉向使四君卻客而不納疏士而不與是使國無富利之實而秦無強大之名也（以上言秦之先四君賴客之功）今陛下致崑山之玉有隨和之寶垂明月之珠服太阿之劍乘纖離之馬建翠鳳之旗樹靈鼉之鼓此數寶者秦不生一焉而陛下說之何也必秦國之所

生然後可則是夜光之璧不飾朝廷犀象之器不爲玩好鄭衞之女不充後宮而駿良駃騠不實外廐江南金錫不爲用蜀之丹青不爲采所以飾後宮充下陳娛心意說耳目者必出於秦然後可則是宛珠之簪傅璣之珥阿縞之衣錦繡之飾不進于前而隨俗雅化佳冶窈窕趙女不立于側也夫擊甕叩缶彈箏搏髀而歌嗚嗚快耳者真秦之聲也鄭衞桑閒韶虞武象者異國之樂也今棄擊甕叩缶而就鄭衞退彈箏而取韶虞若是者何也快意當前適觀而已矣今取人則不然不問可否不論曲直非秦者去爲客者逐然則是所重者在乎色樂珠玉而所輕者在乎民人也此非所以跨海內制諸侯之術也以上言色樂珠玉不必秦產

臣聞地廣者粟多國大者人衆兵強者則士勇是以泰山不讓土壤故能成其大河海不擇細流故能就其深王者不卻衆庶故能明其德是以地無四方人無異國四時充美鬼神降福此五帝三王之所以無敵也今乃棄黔首以資敵國卻賓客以業諸侯使天下之士退而不敢西向裹足不入秦此所謂藉寇兵而齎盜糧者也夫物不產于秦可寶者多士不產于秦願忠者衆今逐客以

資敵國損民以益讎內自虛而外樹怨于諸侯求國無危不可得也以上言不宜逐客以資敵國

賈誼陳政事疏

臣竊惟事勢可爲痛哭者一可爲流涕者二可爲長太息者六若其它背理而傷道者難徧以疏舉進言者皆曰天下已安已治矣臣獨以爲未也曰安且治者非愚則諛皆非事實知治亂之體者也夫抱火厝之積薪之下而寢其上火未及燃因謂之安方今之勢何以異此本末舛逆首尾衡決國制搶攘非甚有紀胡可謂治陛下何不壹令臣得孰數之於前因陳治安之策試詳擇焉夫射獵之娛與安危之機孰急使爲治勞智慮苦身體乏鐘鼓之樂勿爲可也樂與今同而加之諸侯軌道兵革不動民保首領匈奴賓服四荒鄉風百姓素朴獄訟衰息大數既得則天下順治海內之氣清和咸理生爲明帝沒爲明神名譽之美垂於無窮禮祖有功而宗有德使顧成之廟稱爲太宗上配太祖與漢亡極建久安之勢成長治之業以承祖廟以奉六親至孝也以幸天下以育羣生

至仁也立經陳紀輕重同得後可以爲萬世法程雖有愚幼不肖之嗣猶得蒙業而安至明也以陛下之明達因使少知治體者得佐下風致此非難也其具可素陳於前願幸無忽臣謹稽之天地驗之往古按之當今之務日夜念此至孰也雖使舜禹復生爲陛下計亡以易此以上序

夫樹國固必相疑之勢下數被其殃上數爽其憂甚非所以安上而全下也今或親弟謀爲東帝親兄之子西鄉而擊今吳又見告矣天子春秋鼎盛行義未過德澤有加焉猶尚如是況莫大諸侯權力且十此者虖然而天下少安何也大國之王幼弱未壯漢之所置傅相方握其事數年之後諸侯之王大抵皆冠血氣方剛漢之傅相稱病而賜罷彼自丞尉以上偏置私人如此有異淮南濟北之爲邪此時而欲爲治安雖堯舜不治黃帝曰日中必熭操刀必割今令此道順而全安甚易不肯蚤爲已迺墮骨肉之屬而抗剄之豈有異秦之季世虖夫以天子之位乘今之時因天之助尚憚以危爲安以亂爲治假設陛下居齊桓之處將不合諸侯而匡天下乎臣又知陛下有所必不能矣假設天下如曩時淮陰侯尚王楚黥布王淮南

彭越王梁韓信王韓張敖王趙貫高爲相盧綰王燕陳豨在代令此六七公者皆亡恙當是時而陛下卽天子位能自安乎臣有以知陛下之不能也天下殽亂高皇帝與諸公併起非有仄室之埶以豫席之也諸公幸者迺爲中涓其次廑得舍人材之不逮至遠也高皇帝以明聖威武卽天子位割膏腴之地以王諸公多者百餘城少者乃三四十縣悳至渥也然其後十年之閒反者九起陛下之與諸公非親角材而臣之也又非身封王之也自高皇帝不能以是一歲爲安故臣知陛下之不能也然尚有可諉者曰疏臣請試言其親者假令悼惠王王齊元王王楚中子王趙幽王王淮陽共王王梁靈王王燕厲王王淮南六七貴人皆亡恙當是時陛下卽位能爲治虖臣又知陛下之不能也若此諸王雖名爲臣實皆有布衣昆弟之心慮亡不帝制而天子自爲者擅爵人赦死辠甚者或戴黃屋漢法令非行也雖行不軌如厲王者令之不肯聽召之安可致乎幸而來至法安可得加動一親戚天下圜視而起陛下之臣雖有悍如馮敬者適啓其口匕首已陷其胸矣陛下雖賢誰與領此故疏者必危親者必亂已

然之效也。其異姓負彊而動者，漢已幸勝之矣，又不易其所以然。同姓襲是跡而動，既有徵矣，其勢盡又復然。殃禍之變，未知所移，明帝處之，尚不能以安，後世將如之何？屠牛坦一朝解十二牛，而芒刃不頓者，所排擊剝割，皆衆理解也。至於髖髀之所，非斤則斧。夫仁義恩厚，人主之芒刃也；權勢法制，人主之斤斧也。今諸侯王皆衆髖髀也，釋斤斧之用，而欲嬰以芒刃，臣以爲不缺則折。胡不用之淮南濟北？勢不可也。臣竊跡前事，大抵彊者先反。淮陰王楚最彊，則最先反；韓信倚胡，則又反；貫高因趙資，則又反；陳豨兵精，則又反；彭越用梁，則又反；黥布用淮南，則又反；盧綰最弱，最後反。長沙迺在二萬五千戶耳，功少而最完，勢疏而最忠，非獨性異人也，亦形勢然也。曩令樊酈絳灌據數十城而王，今雖以殘亡可也；令信越之倫列爲徹侯而居，雖至今存可也。然則天下之大計可知已。欲諸王之皆忠附，則莫若令如長沙王；欲臣子之勿菹醢，則莫若令如樊酈等；欲天下之治安，莫若衆建諸侯而少其力。力少則易使以義，國小則無邪心。令海內之勢，如身之使臂，臂之使指，莫不制從。諸侯之君，不敢有異心，輻湊並進而歸命天子雖在細民且知其安故天下咸知陛下之明割地定制令齊趙楚各爲若干國使悼惠王幽王元王之子孫畢以次各受祖之分地地盡而止及燕梁它國皆然其分地衆而子孫少者建以爲國空而置之須其子孫生者舉使君之諸侯之地其削頗入漢者爲徙其侯國及封其子孫也所以數償之一寸之地一人之衆天子亡所利焉誠以定治而已故天下咸知陛下之廉地制壹定宗室子孫莫慮不王下無倍畔之心上無誅伐之志故天下咸知陛下之仁法立而不犯令行而不逆貫高利幾之謀不生柴奇開章之計不萌細民鄉善大臣致順故天下咸知陛下之義臥赤子天下之上而安植遺腹朝委裘而天下不亂當時大治後世誦聖壹動而五業附陛下誰憚而久不爲此天下之執方病大瘇一脛之大幾如要一指之大幾如股平居不可屈信一二指搐身慮亡聊失今不治必爲錮疾後雖有扁鵲不能爲已病非徒瘇也又苦䠞盭元王之子帝之從弟也今之王者從弟之子也惠王之子親兄子也今之王者兄子之子也親者或亡分地以安天下疏者或制大權以偪天子臣故曰非

徒病瘇也。又苦跛盩。可爲痛哭者。此病是也。以上痛哭之一天下之埶方倒縣。凡天子者。天下之首。何也。上也。蠻夷者。天下之足。何也。下也。今匈奴嫚姆侵掠。至不敬也。爲天下患。至亡已也。而漢歲致金絮采繒以奉之。夷狄徵令。是主上之操也。天子共貢。是臣下之禮也。足反居上。首顧居下。倒縣如此。莫之能解。猶爲國有人乎。非亶倒縣而已。又類辟。且病痱。夫辟者一面病。痱者一方痛。今西邊北邊之郡。雖有長爵不輕得復。五尺以上不輕得息。斥候望烽燧不得臥。將吏被介冑而睡。臣故曰一方病矣。醫能治之。而上不使。可爲流涕者此也。陛下何忍以帝皇之號。爲戎人諸侯。埶既卑辱。而旤不息。長此安窮。進謀者率以爲是。固不可解也。亡具甚矣。臣竊料匈奴之衆。不過漢一大縣。以天下之大。困於一縣之衆。甚爲執事者羞之。陛下何不試以臣爲屬國之官。以主匈奴。行臣之計。請必係單于之頸而制其命。伏中行說而笞其背。舉匈奴之衆。惟上之令。今不獵猛敵而獵田彘。不搏反寇而搏畜菟。翫細娛而不圖大患。非所以爲安也。德可遠施。威可遠加。而直數百里外威令不信。可爲流涕者此也。以上可爲流涕之二實止匈奴一事今民賣僮者爲之繡衣絲履偏諸緣內之閑中是古天子后服所以廟而不宴者也而庶人得以衣婢妾白縠之表薄紈之裏緁以偏諸美者黼繡是古天子之服今富人大賈嘉會召客者以被牆古者以奉一帝一后而節適今庶人屋壁得爲帝服倡優下賤得爲后飾然而天下不屈者殆未有也且帝之身自衣皁綈而富民牆屋被文繡天子之后以緣其領庶人孽妾緣其履此臣所謂舛也夫百人作之不能衣一人欲天下亡寒胡可得也一人耕之十人聚而食之欲天下亡飢不可得也飢寒切於民之肌膚欲其亡爲姦邪不可得也國已屈矣盜賊直須時耳然而獻計者曰毋動爲大耳夫俗至大不敬也至亡等也至冒上也進計者猶曰毋爲可爲長太息者此也（以上長太息之一）商君遺禮義棄仁恩幷心於進取行之二歲秦俗日敗故秦人家富子壯則出分家貧子壯則出贅借父耰鉏慮有德色母取箕箒立而誶語抱哺其子與公併倨婦姑不相說則反脣而相稽其慈子耆利不同禽獸者亡幾耳然幷心而赴時猶曰蹷六國兼天下功成求得矣終不知反廉愧之節仁義之厚信幷兼之法遂進取之業天下

大敗眾掩寡智欺愚勇威怯壯陵衰其亂至矣是以大賢起之威震海內德從天下曩之為秦者今轉而為漢矣然其遺風餘俗猶尚未改今世以侈靡相競而上無制度棄禮誼捐廉恥日甚可謂月異而歲不同矣逐利不耳慮非顧行也今其甚者殺父兄矣盜者剟寢戶之簾搴兩廟之器白晝大都之中剽吏而奪之金矯偽者出幾十萬石粟賦六百餘萬錢乘傳而行郡國此其無行義之尤至者也而大臣特以簿書不報期會之間以為大故至於俗流失世壞敗因恬而不知怪慮不動於耳目以為是適然耳夫移風易俗使天下回心而鄉道類非俗吏之所能為也俗吏之所務在於刀筆筐篋而不知大體陛下又不自憂竊為陛下惜之夫立君臣等上下使父子有禮六親有紀此非天之所為人之所設也夫人之所設不為不立不植則僵不修則壞筦子曰禮義廉恥是謂四維四維不張國乃滅亡使筦子愚人也則可筦子而少知治體則是豈可不為寒心哉秦滅四維而不張故君臣乖亂六親殃戮姦人並起萬民離叛凡十三歲而社稷為虛今四維猶未備也故姦人幾幸而眾心疑惑豈如今定經制

令君君臣臣上下有差父子六親各得其宜姦人亡所幾幸而羣臣衆信上不疑惑此業壹定世世常安而後有所持循矣若夫經制不定是猶渡江河亡維楫中流而遇風波船必覆矣可爲長太息者此也以上長太息之二

夏爲天子十有餘世而殷受之殷爲天子二十餘世而周受之周爲天子三十餘世而秦受之秦爲天子二世而亡人性不甚相遠也何三代之君有道之長而秦無道之暴也其故可知也古之王者太子迺生固舉以禮使士負之有司齊肅端冕見之南郊見于天也過闕則下過廟則趨孝子之道也故自爲赤子而教固已行矣昔者成王幼在繦抱之中召公爲太保周公爲太傅太公爲太師保保其身體傅傅之德義師道之教訓此三公之職也於是爲置三少皆上大夫也曰少保少傅少師是與太子宴者也故迺孩提有識三公三少固明孝仁禮義以道習之逐去邪人不使見惡行於是皆選天下之端士孝悌博聞有道術者以衞翼之使與太子居處出入故太子迺生而見正事聞正言行正道左右前後皆正人也夫習與正人居之不能毋正猶生長於齊不能不齊言也習與不正人居之

不能毋不正猶生長於楚之地不能不楚言也故擇其所耆必先受業迺得嘗之擇其所樂必先有習迺得爲之孔子曰少成若天性習貫如自然及太子少長知妃色則入于學學者所學之官也學禮曰帝入東學上親而貴仁則親疏有序而恩相及矣帝入南學上齒而貴信則長幼有差而民不誣矣帝入西學上賢而貴德則聖智在位而功不遺矣帝入北學上貴而尊爵則貴賤有等而下不隃矣帝入太學承師問道退習而考於太傅太傅罰其不則而匡其不及則德智長而治道得矣此五學者旣成於上則百姓黎民化輯於下矣及太子旣冠成人免於保傅之嚴則有記過之史徹膳之宰進善之旌誹謗之木敢諫之鼓瞽史誦詩工誦箴諫大夫進謀士傳民語習與智長故切而不媿化與心成故中道若性三代之禮春朝朝日秋暮夕月所以明有敬也春秋入學坐國老執醬而親餽之所以明有孝也行以鸞和步中采齊趣中肆夏所以明有度也其於禽獸見其生不食其死聞其聲不食其肉故遠庖廚所以長恩且明有仁也夫三代之所以長久者以其輔翼太子有此具也及秦而不然其俗固非

貴辭讓也所上者告訐也固非貴禮義也所上者刑罰也使趙高傅胡亥而教之獄所習者非斬劓人則夷人之三族也故胡亥今日卽位而明日射人忠諫者謂之誹謗深計者謂之妖言其視殺人若艾草菅然豈惟胡亥之性惡哉彼其所以道之者非其理故也鄙諺曰不習爲吏視已成事又曰前車覆後車誡夫三代之所以長久者其已事可知也然而不能從者是不法聖智也秦世之所以亟絕者其轍跡可見也然而不避是後車又將覆也夫存亡之變治亂之機其要在是矣天下之命縣於太子太子之善在於早諭教與選左右夫心未濫而先諭教則化易成也開於道術智誼之指則教之力也若其服習積貫則左右而已夫胡粤之人生而同聲耆欲不異及其長而成俗累數譯而不能相通行有雖死而不相爲者則教習然也臣故曰選左右早諭教最急夫教得而左右正則太子正矣太子正而天下定矣書曰一人有慶兆民賴之此時務也

以上教太子一條無長太息字樣

凡人之智能見已然不能見將然夫禮者禁於將然之前而法者禁於已然之後是故法之所用易見而禮之所爲至難知也若夫慶賞以

勸善刑罰以懲惡先王執此之政堅如金石行此之令信如四時據此之公無私如天地耳豈顧不用哉然而曰禮云禮云者貴絕惡於未萌而起教於微眇使民日遷善遠辠而不自知也孔子曰聽訟吾猶人也必也使無訟乎爲人主計者莫如先審取舍取舍之極定於內而安危之萌應於外矣安者非一日而安也危者非一日而危也皆以積漸然不可不察也人主之所積在其取舍以禮義治之者積禮義以刑罰治之者積刑罰刑罰積而民怨背禮義積而民和親故世主欲民之善同而所以使民善者或異或道之以德教或歐之以法令道之以德教者德教洽而民氣樂歐之以法令者法令極而民風哀哀樂之感禍福之應也秦王之欲尊宗廟而安子孫與湯武同然而湯武廣大其德行六七百歲而弗失秦王治天下十餘歲則大敗此無宅故矣湯武之定取舍審而秦王之定取舍不審矣夫天下大器也今人之置器置諸安處則安置諸危處則危天下之情與器無以異在天子之所置之湯武置天下於仁義禮樂而德澤洽禽獸草木廣裕德被蠻貊四夷累子孫數十世此天下所共聞也秦王置

天下於法令刑罰德澤亡一有而怨毒盈於世下憎惡之如仇讎禍幾及身子孫誅絶此天下之所共見也是非其明效大驗邪人之言曰聽言之道必以其事觀之則言者莫敢妄言今或言禮誼之不如法令教化之不如刑罰人主胡不引殷周秦事以觀之也以上定取舍重德教一條無長太息字樣人主之尊譬如堂羣臣如陛衆庶如地故陛九級上廉遠地則堂高陛亡級廉近地則堂卑高者難攀卑者易陵理埶然也故古者聖王制爲等列內有公卿大夫士外有公侯伯子男然後有官師小吏延及庶人等級分明而天子加焉故其尊不可及也里諺曰欲投鼠而忌器此善諭也鼠近於器尚憚不投恐傷其器況於貴臣之近主乎廉恥節禮以治君子故有賜死而亡戮辱是以黥劓之辠不及大夫以其離主上不遠也禮不敢齒君之路馬蹴其芻者有罰見君之几杖則起遭君之乘車則下入正門則趨君之寵臣雖或有過刑罰之辠不加其身者尊君之故也此所以爲主上豫遠不敬也所以體貌大臣而厲其節也今自王侯三公之貴皆天子之所改容而禮之也古天子之所謂伯父伯舅也而令與衆庶同黥劓髡刖笞

僇棄市之法然則堂不亡陛虖被戮辱者不泰迫虖廉恥不行大臣無迺握重權大官而有徒隸亡恥之心虖夫望夷之事二世見當以重法者投鼠而不忌器之習也臣聞之履雖鮮不加於枕冠雖敝不以苴履夫嘗已在貴寵之位天子改容而禮貌之矣吏民嘗俯伏以敬畏之矣今而有過帝令廢之可也退之可也賜之死可也滅之可也若夫束縛之係緤之輸之司寇編之徒官司寇小吏詈罵而榜笞之殆非所以令衆庶見也夫卑賤者習知尊貴者之一旦吾亦乃可以加此也非所以習天下也非尊尊貴貴之化也夫天子之所嘗敬衆庶之所嘗寵死而死耳賤人安宜得如此而頓辱之哉豫讓事中行之君智伯伐而滅之移事智伯及趙滅智伯豫讓釁面吞炭必報襄子五起而不中人問豫子豫子曰中行衆人畜我我故衆人事之智伯國士遇我我故國士報之故此一豫讓也反君事讎行若狗彘已而抗節致忠行出虖列士人主使然也故主上遇其大臣如遇犬馬彼將犬馬自爲也如遇官徒彼將官徒自爲也頑頓亡恥奊詬亡節廉恥不立且不自好苟若而可故見利則逝見便則奪主上有敗

則因而挺之矣主上有患則吾苟免而已立而觀之耳有便吾身者則欺賣而利之耳人主將何便於此羣下至衆而主上至少也所託財器職業者粹於羣下也俱士耻俱苟妄則主上最病故古者禮不及庶人刑不至大夫所以厲寵臣之節也古者大臣有坐不廉而廢者不謂不廉曰簠簋不飾坐汙穢淫亂男女無別者不曰汙穢曰帷薄不修坐罷輭不勝任者不曰罷輭曰下官不職故貴大臣定有其辠矣猶未斥然正以謼之也尚遷就而爲之諱也故其在大譴大何之域者聞譴何則白冠氂纓盤水加劍造請室而請辠耳上不執縛係引而行也其有中罪者聞命而自弛上不使人頸盭而加也其有大辠者聞命則北面再拜跪而自裁上不使捽抑而刑之也曰子大夫自有過耳吾遇子有禮矣遇之有禮故羣臣自憙嬰以廉恥故人矜節行上設廉恥禮義以遇其臣而臣不以節行報其上者則非人類也故化成俗定則爲人臣者主耳忘身國耳忘家公耳忘私利不苟就害不苟去惟義所在上之化也故父兄之臣誠死宗廟法度之臣誠死社稷輔翼之臣誠死君上守圄扞敵之臣誠死城郭封疆故

曰。聖人有金城者。比物此志也。彼且爲我死。故吾得與之俱生。彼且爲我亡。故吾得與之俱存。夫將爲我危。故吾得與之皆安。顧行而忘利。守節而仗義。故可以託不御之權。可以寄六尺之孤。此厲廉恥行禮誼之所致也。主上何喪焉。此之不爲。而顧彼之久行。故曰可爲長太息者此也。以上不挫辱大臣一條長太息之三魏高堂隆諫明帝疏稱長太息者三殆指此

賈誼論積貯疏

筦子曰。倉廩實而知禮節。民不足而可治者。自古及今。未之嘗聞。古之人曰。一夫不耕。或受之飢。一女不織。或受之寒。生之有時。而用之亡度。則物力必屈。古之治天下。至孅至悉也。故其畜積足恃。今背本而趨末。食者甚衆。是天下之大殘也。淫侈之俗。日日以長。是天下之大賊也。殘賊公行。莫之或止。大命將泛。莫之振救。生之者甚少。而靡之者甚多。天下財產何得不蹶。漢之爲漢。幾四十年矣。公私之積。猶可哀痛。失時不雨。民且狼顧。歲惡不入。請賣爵子。既聞耳矣。安有爲天下阽危者若是。而上不驚者。以上言靡財者多立虞竭蹶世之有饑穰。天之行也。禹

湯被之矣卽不幸而有方二三千里之旱國胡以相恤卒然邊境有急數千百萬之衆國胡以餽之兵旱相乘天下大屈有勇力者聚徒而衡擊罷夫羸老易子而齩其骨政治未畢通也遠方之能疑者並舉而爭起矣迺駭而圖之豈將有及乎（以上言積貯以備兵旱）夫積貯者天下之大命也苟粟多而財有餘何爲而不成以攻則取以守則固以戰則勝懷敵附遠何招而不至今毆民而歸之農皆著於本使天下各食其力末技游食之民轉而緣南晦則畜積足而人樂其所矣可以爲富安天下而直爲此廩廩也竊爲陛下惜之

賈誼請封建子弟疏

陛下卽不定制如今之埶不過一傳再傳諸侯猶且人恣而不制豪植而太彊漢法不得行矣陛下所以爲藩扞及皇太子之所恃者唯淮陽代二國耳代北邊匈奴與彊敵爲鄰能自完則足矣而淮陽之比大諸侯廑如黑子之著面適足以餌大國耳不足以有所禁禦方今制在陛下制國而令子適足以爲餌豈可謂工哉人主之行異布衣布衣者飾小行競小廉以自託於鄉黨人主唯天

下安社稷固不耳高皇帝瓜分天下以王功臣反者如蝟毛而起以為不可故斬去不義諸侯而虛其國擇良日立諸子雒陽上東門之外畢以為王而天下安故大人者不牽小行以成大功(以上請彊諸子以為藩扞)今淮南地遠者或數千里越兩諸侯而縣屬於漢其吏民繇役往來長安者自悉而補中道衣敝錢用諸費稱此其苦屬漢而欲得王至甚逋逃而歸諸侯者已不少矣其埶不可久臣之愚計願舉淮南地以益淮陽而為梁王立後割淮陽北邊二三列城與東郡以益梁不可者可徙代王而都睢陽梁起於新郪以北著之河淮陽包陳以南揵之江則大諸侯之有異心者破膽而不敢謀梁足以扞齊趙淮陽足以禁吳楚陛下高枕終亡山東之憂矣此二世之利也(以上規畫淮陽及梁二國)當今恬然適遇諸侯之皆少數歲之後陛下且見之矣夫秦日夜苦心勞力以除六國之旤今陛下力制天下頤指如意高拱以成六國之旤難以言智苟身亡事畜亂宿旤孰視而不定萬年之後傳之老母弱子將使不寧不可謂仁臣聞聖主言問其臣而不自造事故使人臣得畢其愚忠惟陛下財幸

賈誼諫封淮南四子疏

竊恐陛下接王淮南諸子。曾不與如臣者孰計之也。淮南王之悖逆亡道。天下孰不知其辠。陛下幸而赦遷之。自疾而死。天下孰以王死之不當。今奉尊罪人之子。適足以負謗於天下耳。此人少壯。豈能忘其父哉。白公勝所爲父報仇者。大父與伯父叔父也。白公爲亂。非欲取國代主也。發忿快志。剡手以衝仇人之匈。固爲俱靡而已。淮南雖小。黥布嘗用之矣。漢存特幸耳。夫擅仇人足以危漢之資。於策不便。雖割而爲四。四子一心也。予之衆積之財。此非有子胥白公報於廣都之中。即疑有剸諸荆軻起於兩柱之閒。所謂假賊兵爲虎翼者也。願陛下少留計。

賈誼諫放民私鑄疏

法使天下公得顧租鑄銅錫爲錢。敢雜以鉛鐵爲它巧者。其罪黥。然鑄錢之情。非殽雜爲巧。則不可得贏。而殽之甚微。爲利甚厚。夫事有召禍而法有起姦。今令細民人操造幣之埶。各隱屏而鑄作。因欲禁其厚利微姦。雖黥罪日報。其埶不止乃者民人抵罪多者一縣百數及吏之所疑榜笞奔走者甚衆夫縣法以誘民使入陷阱孰積於此曩禁鑄錢死罪積下今公鑄錢黥罪積下爲法若此上何賴焉（以上公鑄起奸）又民用錢郡縣不同或用輕錢百加若干或用重錢平稱不受法錢不立吏急而壹之虖則大爲煩苛而力不能勝縱而弗呵虖則市肆異用錢文大亂苟非其術何鄉而可哉（以上錢法輕重不一）今農事棄捐而採銅者日蕃釋其耒耨冶鎔炊炭姦錢日多五穀不爲多善人怵而爲姦邪愿民陷而之刑戮刑戮將甚不詳奈何而忽國知患此吏議必曰禁之禁之不得其術其傷必大令禁鑄錢則錢必重重則其利深盜鑄如雲而起棄市之罪又不足以禁矣姦數不勝而法禁數潰銅使之然也故銅布於天下其爲禍博矣（以上採銅與禁鑄並失）今博禍可除而七福可致也何謂七福上收銅勿令布則民不鑄錢黥罪不積一矣僞錢不蕃民不相疑二矣采銅鑄作者反於耕田三矣銅畢歸於上上挾銅積以御輕重錢輕則以術斂之重則以術散之貨物必平四矣以作兵器以假貴臣多少有制用別貴賤五矣以臨萬貨以調盈虛以收奇羨則官富貴而末

民困六矣制吾棄財以與匈奴逐爭其民則敵必懷七矣故善爲天下者因禍而爲福轉敗而爲功今久退七福而行博禍臣誠傷之以上收銅七福

賈山至言

臣聞爲人臣者盡忠竭愚以直諫主不避死亡之誅者臣山是也臣不敢以久遠諭願借秦以爲諭唯陛下少加意焉夫布衣韋帶之士修身於內成名於外而使後世不絕息至秦則不然貴爲天子富有天下賦斂重數百姓任罷赭衣半道羣盜滿山使天下之人戴目而視傾耳而聽一夫大譁天下嚮應者陳勝是也秦非徒如此也起咸陽而西至雍離宮三百鐘鼓帷帳不移而具又爲阿房之殿殿高數十仞東西五里南北千步從車羅綺四馬鶩馳旌旗不橈爲宮室之麗至於此使其後世曾不得聚廬而託處焉爲馳道於天下東窮燕齊南極吳楚江湖之上瀕海之觀畢至道廣五十步三丈而樹厚築其外隱以金椎樹以青松爲馳道之麗至於此使其後世曾不得邪徑而託足焉死葬乎驪山吏徒數十萬人曠日十年下徹三泉合采金石冶銅錮其內漆塗其外被以珠

玉飾以翡翠中成觀游上成山林爲葬薶之侈至於此使其後世曾不得蓬顆蔽冢而託葬焉秦以熊羆之力虎狼之心蠶食諸侯幷吞海內而不篤禮義故天殃已加矣臣昧死以聞願陛下少留意而詳擇其中（以上言秦士之慘以悚聽）臣聞忠臣之事君也言切直則不用而身危不切直則不可以明道故切直之言明主所欲急聞忠臣之所以蒙死而竭知也地之磽者雖有善種不能生焉江皋河瀕雖有惡種無不猥大昔者夏商之季世雖關龍逢箕子比干之賢身死亡而道不用文王之時豪俊之士皆得竭其智芻蕘採薪之人皆得盡其力此周之所以興也故地之美者善養禾君之仁者善養士雷霆之所擊無不摧折者萬鈞之所壓無不糜滅者今人主之威非特雷霆也勢重非特萬鈞也開道而求諫和顏色而受之用其言而顯其身士猶恐懼而不敢自盡又迺況於縱欲恣行暴虐惡聞其過乎震之以威壓之以重則雖有堯舜之智孟賁之勇豈有不摧折者哉如此則人主不得聞其過失矣弗聞則社稷危矣古者聖王之制史在前書過失工誦箴諫瞽誦詩諫公卿比諫士傳言諫過庶人謗於道商旅議於

市然後君得聞其過失也聞其過失而改之見義而從之所以永有天下也天子之尊四海之內其義莫不爲臣然而養三老於太學親執醬而餽執爵而酳祝鯁在前祝鯁在後公卿奉杖大夫進履舉賢以自輔弼求修正之士使直諫故以天子之尊尊養三老視孝也立輔弼之臣者恐驕也置直諫之士者恐不得聞其過也學問至於芻蕘者求善無饜也商人庶人誹謗己而改之從善無不聽也（以上言古人能養直士置諫臣故興也）昔者秦政力并萬國富有天下破六國以爲郡縣築長城以爲關塞秦地之固大小之埶輕重之權其與一家之富一夫之強胡可勝計也然而兵破於陳涉地奪於劉氏者何也秦王貪狼暴虐殘賊天下窮困萬民以適其欲也昔者周蓋千八百國以九州之民養千八百國之君用民之力不過歲三日什一而籍君有餘財民有餘力而頌聲作秦皇帝以千八百國之民自養力罷不能勝其役財盡不能勝其求一君之身耳所以自養者馳騁弋獵之娛天下弗能供也勞罷者不得休息飢寒者不得衣食亡罪而死刑者無所告訴人與之爲怨家與之爲讎故天下壞也秦皇帝身在之時天下已

壞矣而弗自知也秦皇帝東巡狩至會稽瑯琊刻石著其功自以爲過堯舜統縣石鑄鐘虡篩土築阿房之宮自以爲萬世有天下也古者聖王作謚三四十世耳雖堯舜禹湯文武絫世廣德以爲子孫基業無過二三十世者也秦皇帝曰死而以謚法是父子名號有時相襲也以一至萬則世世不相復也故死而號曰始皇帝其次曰二世皇帝者欲以一至萬也秦皇帝計其功德度其後嗣世世無窮然身死纔數月耳天下四面而攻之宗廟滅絕矣秦皇帝居滅絕之中而不自知者何也天下莫敢告也其所以莫敢告者何也亡養老之義亡輔弼之臣亡進諫之士縱恣行誅退誹謗之人殺直諫之士是以道諛媮合苟容比其德則賢於堯舜課其功則賢於湯武天下已潰而莫之告也詩曰匪言不能胡此畏忌聽言則對譖言則退此之謂也以上言秦不養老無輔臣諫士故亡又曰濟濟多士文王以甯天下未嘗亡士也然而文王獨言以甯者何也文王好仁則仁興得士而敬之則士用用之有禮義故不致其愛敬則不能盡其心不能盡其心則不能盡其力不能盡其力則不能成其功故古之賢君於其臣也尊其爵祿而

親之疾則臨視之無數死則往弔哭之臨其小斂大斂已棺塗而後爲之服錫縗麻絰而三臨其喪未斂不飲酒食肉未葬不舉樂當宗廟之祭而死爲之廢樂故古之君人者於其臣也可謂盡禮矣服法服端容貌正顏色然後見之故臣下莫敢不竭力盡死以報其上功德立於后世而令聞不忘也今陛下念思祖考術追厥功圖所以昭光宏業休德使天下舉賢良方正之士天下皆訢訢焉曰將興堯舜之道三王之功矣天下之士莫不精白以承休德今方正之士皆在朝廷矣又選其賢者使爲常侍諸吏與之馳敺射獵一日再三出臣恐朝廷之解弛百官之墮於事也諸侯聞之又必怠於政矣陛下卽位親自勉以厚天下損食膳不聽樂減外徭衛卒止歲貢省廐馬以賦縣傳去諸苑以賦農夫出帛十萬餘匹以賑貧民禮高年九十者一子不事八十者二算不事賜天下男子爵大臣皆至公卿發御府金賜大臣宗族亡不被澤者赦罪人憐其亡髮賜之巾憐其衣赭書其背父子兄弟相見也而賜之衣平獄緩刑天下莫不說喜是以元年膏雨降五穀登此天之所以相陛下也刑輕於宅時而犯法者寡

衣食多於前年而盜賊少此天下之所以順陛下也臣聞山東吏布詔令民雖老羸癃疾扶杖而往聽之願少須臾毋死思見德化之成也今功業方就名聞方昭四方鄉風今從豪俊之臣方正之士直與之日日獵射擊兔伐狐以傷大業絕天下之望臣竊悼之詩曰靡不有初鮮克有終臣不勝大願願少衰射獵以夏歲二月定明堂造大學修先王之道風行俗成萬世之基定然後唯陛下所幸耳古者大臣不媟故君子不常見其齊嚴之色肅敬之容大臣不得與宴遊方正修潔之士不得從射獵使皆務其方以高其節則羣臣莫敢不正身修行盡心以稱大禮如此則陛下之道尊敬功業施於四海垂於萬世子孫矣誠不如此則行日壞而榮日滅矣夫士修之於家而壞之於天子之廷臣竊愍之陛下與衆臣宴遊與大臣方正朝廷論議夫遊不失樂朝不失禮議不失計軌事之大者也以上言宜以禮待大臣不宜從射獵宴遊

鼂錯言兵事書

臣聞漢興以來胡虜數入邊地小入則小利大入則大利高后時再入隴西攻

城屠邑。毆略畜產。其後復入隴西。殺吏卒。大寇盜。竊聞戰勝之威民氣百倍。敗兵之卒。沒世不復。自高后以來。隴西三困於匈奴矣。民氣破傷。亡有勝意。今茲隴西之吏。賴社稷之神靈。奉陛下之明詔。和輯士卒。底厲其節。起破傷之民。以當乘勝之匈奴。用少擊衆。殺一王。敗其衆而有大利。非隴西之民有勇怯。迺將吏之制巧拙異也。故兵法曰。有必勝之將。無必勝之民。繇此觀之。安邊境。立功名。在於良將。不可不擇也。以上言用兵在於擇將 臣又聞用兵臨戰合刃之急者三。一曰得地形。二曰卒服習。三曰器用利。兵法曰。丈五之溝。漸車之水。山林積石。經川邱阜。屮木所在。此步兵之地也。車騎二不當一。土山邱陵。曼衍相屬。平原廣野。此車騎之地也。步兵十不當一。平陵相遠。川谷居閒。仰高臨下。此弓弩之地也。短兵百不當一。兩陳相近。平地淺屮。可前可後。此長戟之地也。劍楯三不當一。萑葦竹蕭。屮木蒙蘢。支葉茂接。此矛鋋之地也。長戟二不當一。曲道相伏。險陒相薄。此劍楯之地也。弓弩三不當一。以上得地形 士不選練。卒不服習。起居不精。動靜不集。趨利弗及。避難不畢。前擊後解。與金鼓之音相失。此不習勒卒之過也。

百不當十。以上卒服習 兵不完利。與空手同。甲不堅密。與袒裼同。弩不可以及遠。與短兵同。射不能中。與亡矢同。中不能入。與亡鏃同。此將不省兵之禍也。五不當一。以上器械利 故兵法曰。器械不利。以其卒予敵也。卒不可用。以其將予敵也。將不知兵。以其主予敵也。君不擇將。以其國予敵也。四者兵之至要也。臣又聞小大異形。強弱異埶。險易異備。夫卑身以事強。小國之形也。合小以攻大。敵國之形也。以蠻夷攻蠻夷。中國之形也。今匈奴地形技藝與中國異。上下山阪。出入溪澗。中國之馬弗與也。險道傾仄。且馳且射。中國之騎弗與也。風雨罷勞。飢渴不困。中國之人弗與也。此匈奴之長技也。若夫平原易地。輕車突騎。則匈奴之衆易撓亂也。勁弩長戟。射疏及遠。則匈奴之弓弗能格也。堅甲利刃。長短相雜。遊弩往來。什伍俱前。則匈奴之兵弗能當也。材官騶發。矢道同的。則匈奴之革笥木薦弗能支也。下馬地鬭。劍戟相接。去就相薄。則匈奴之足弗能給也。此中國之長技也。以此觀之。匈奴之長技三。中國之長技五。陛下又興數十萬之衆。以誅數萬之匈奴。衆寡之計。以一擊十之術也。以上比較中國與匈奴之長技而言其可勝 雖然。兵凶器戰危事也以大爲小以強爲弱在俛仰之閒耳夫以人之死爭勝跌而不振則悔之亡及也帝王之道出於萬全今降胡義渠蠻夷之屬來歸誼者其衆數千飲食長技與匈奴同可賜之堅甲絮衣勁弓利矢益以邊郡之良騎令明將能知其習俗和輯其心者以陛下之明約將之卽有險阻以此當之平地通道則以輕車材官制之兩軍相爲表裏各用其長技衡加之以衆此萬全之術也（以上兼用降胡與漢兵二者之長）傳曰狂夫之言而明主擇焉臣錯愚陋昧死上狂言惟陛下財擇

鼂錯論貴粟疏

聖王在上而民不凍飢者非能耕而食之織而衣之也爲開其資財之道也故堯禹有九年之水湯有七年之旱而國無捐瘠者以畜積多而備先具也今海內爲一土地人民之衆不避湯禹加以亡天災數年之水旱而畜積未及者何也地有遺利民有餘力生穀之土未盡墾山澤之利未盡出也游食之民未盡歸農也民貧則姦邪生貧生於不足不足生於不農不農則不地著不地著則

離鄉輕家民如鳥獸雖有高城深池嚴法重刑猶不能禁也夫寒之於衣不待輕煖飢之於食不待甘旨飢寒至身不顧廉恥人情一日不再食則飢終歲不製衣則寒夫腹飢不得食膚寒不得衣雖慈母不能保其子君安能以有其民哉明主知其然也故務民於農桑薄賦斂廣畜積以實倉廩備水旱故民可得而有也（以上言重農桑乃能有其民）民者在上所以牧之趨利如水走下四方亡擇也夫珠玉金銀飢不可食寒不可衣然而衆貴之者以上用之故也其爲物輕微易臧在於把握可以周海內而亡飢寒之患此令臣輕背其主而民易去其鄉盜賊有所勸亡逃者得輕資也粟米布帛生於地長於時聚於力非可一日成也數石之重中人弗勝不爲姦邪所利一日弗得而飢寒至是故明君貴五穀而賤金玉（以上言貴賤輕重操之自上）今農夫五口之家其服役者不下二人其能耕者不過百畝百畝之收不過百石春耕夏耘秋穫冬藏伐薪樵治官府給徭役春不得避風塵夏不得避暑熱秋不得避陰雨冬不得避寒凍四時之閒亡日休息又私自送往迎來弔死問疾養孤長幼在其中勤苦如此尚復被水旱之災急政暴

虐賦斂不時朝令而暮改當具有者半賈而賣亡者取倍稱之息於是有賣田宅鬻子孫以償責者矣而商賈大者積貯倍息小者坐列販賣操其奇贏日遊都市乘上之急所賣必倍故其男不耕耘女不蠶織衣必文采食必粱肉亡農夫之苦有仟伯之得因其富厚交通王侯力過吏勢以利相傾千里游敖冠蓋相望乘堅策肥履絲曳縞此商人所以兼并農人農人所以流亡者也今法律賤商人商人已富貴矣尊農夫農夫已貧賤矣故俗之所貴主之所賤也吏之所卑法之所尊也上下相反好惡乖迕而欲國富法立不可得也（以上言農家之苦）方今之務莫若使民務農而已矣欲民務農在於貴粟貴粟之道在於使民以粟爲賞罰今募天下入粟縣官得以拜爵得以除罪如此富人有爵農民有錢粟有所渫夫能入粟以受爵皆有餘者也取於有餘以供上用則貧民之賦可損所謂損有餘補不足令出而民利者也順於民心所補者三一曰主用足二曰民賦少三曰勸農功今令民有車騎馬一匹者復卒三人車騎者天下武備也故爲復卒神農之教曰有石城十仞湯池百步帶甲百萬而亡粟弗能守也以

是觀之粟者王者大用政之本務令民入粟受爵至五大夫以上迺復一人耳此其與騎馬之功相去遠矣爵者上之所擅出於口而亡窮粟者民之所種生於地而不乏夫得高爵與免罪人之所甚欲也使天下人入粟於邊以受爵免罪不過三歲塞下之粟必多矣以上請入粟以拜爵免罪

鼂錯論守邊備塞書

臣聞秦時北攻胡貉築塞河上南攻揚粵置戍卒焉其起兵而攻胡粵者非以衛邊地而救民死也貪戾而欲廣大也故功未立而天下亂且夫起兵而不知其埶戰則為人禽屯則卒積死夫胡貉之地積陰之處也木皮三寸冰厚六尺食肉而飲酪其人密理鳥獸毳毛其性能寒揚粵之地少陰多陽其人疏理鳥獸希毛其性能暑秦之戍卒不能其水土戍者死於邊輸者僨於道秦民見行如往棄市因以讁發之名曰讁戍先發吏有讁及贅壻賈人後以嘗有市籍者又後以大父母父母嘗有市籍者後入閭取其左發之不順行者深怨有背畔之心凡民守戰至死而不降北者以計為之也故戰勝守固則有拜爵之賞攻

城屠邑則得其財鹵以富家室故能使其衆蒙矢石赴湯火視死如生今秦之發卒也有萬死之害而亡銖兩之報死事之後不得一算之復天下明知禍烈及己也陳勝行戍至於大澤爲天下先倡天下從之如流水者秦以威劫而行之之敝也（以上秦時戍邊之失）胡人衣食之業不著於地其勢易以擾亂邊竟何以明之胡人食肉飲酪衣皮毛非有城郭田宅之歸居如飛鳥走獸於廣壄美草甘水則止草盡水竭則移以是觀之往來轉徙時至時去此胡人之生業而中國之所以離南晦也今使胡人數處轉牧行獵於塞下或當燕代或當上郡北地隴西以候備塞之卒卒少則入陛下不救則邊民絶望而有降敵之心救之少發則不足多發遠縣纔至則胡又已去聚而不罷爲費甚大罷之則胡復入如此連年則中國貧苦而民不安矣（以上胡人犯邊難防）陛下幸憂邊竟遣將吏發卒以治塞甚大惠也然令遠方之卒守塞一歲而更不知胡人之能不如選常居者家室田作且以備之以便爲之高城深塹具藺石布渠答復爲一城其内城閒百五十步要害之處通川之道調立城邑毋下千家爲中周虎落先爲室屋具田器

迺募辠人及免徒復作令居之不足募以丁奴婢贖辠及輸奴婢欲以拜爵者不足迺募民之欲往者皆賜高爵復其家予冬夏衣廩食能自給而止郡縣之民得買其爵以自增至卿其亡夫若妻者縣官買予之人情非有匹敵不能久安其處塞下之民祿利不厚不可使久居危難之地胡人入驅而能止其所驅者以其半予之縣官爲贖其民如是則邑里相救助赴胡不避死非以德上也欲全親戚而利其財也此與東方之戍卒不習地埶而心畏胡者功相萬也（以上募人備塞之法）以陛下之時徙民實邊使遠方亡屯戍之事塞下之民父子相保亡係虜之患利施後世名稱聖明其與秦之行怨民相去遠矣

鼂錯論募民徙塞下書

陛下幸募民相徙以實塞下使屯戍之事益省輸將之費益寡甚大惠也下吏誠能稱厚惠奉明法存卹所徙之老弱善遇其壯士和輯其心而勿侵刻使先至者安樂而不思故鄉則貧民相慕而勸往矣（以上總言徙民有法）臣聞古之徙遠方以實廣虛也相其陰陽之和嘗其水泉之味審其土地之宜觀其屮木之饒然後

營邑立城製里割宅通田作之道正阡陌之界先爲築室家有一堂二內門戶之閉置器物焉民至有所居作有所用此民所以輕去故鄉而勸之新邑也爲置醫巫以救疾病以修祭祀男女有昏生死相卹墳墓相從種樹畜長室屋完安此所以使民樂其處而有長居之心也（以上徙遠方）臣又聞古之制邊縣以備敵也使五家爲伍伍有長十長一里里有假士四里一連連有假五百十連一邑邑有假候皆擇其邑之賢材有護習地形知民心者居則習民於射法出則教民於應敵故卒伍成於內則軍正定於外服習以成勿令遷徙幼則同遊長則共事夜戰聲相知則足以相救晝戰目相見則足以相識驩愛之心足以相死如此而勸以厚賞威以重罰則前死不還踵矣所徙之民非壯有材力但費衣糧不可用也雖有材力不得良吏猶亡功也（以上制邊縣）陛下絕匈奴不與和親臣竊意其冬來南也壹大治則終身創矣欲立威者始於折膠來而不能困使得氣去後未易服也愚臣亡識唯陛下財察

鄒陽諫吳王書

臣聞秦倚曲臺之宮懸衡天下畫地而人不犯兵加胡越至其晚節末路張耳陳勝連從兵之據以叩函谷咸陽遂危何則列郡不相親萬室不相救也今胡數涉北河之外上覆飛鳥下不見伏兎鬬城不休救兵不至死者相隨輦車相屬轉粟流輸千里不絕何則彊趙責於河閒六齊望於惠后城陽顧於盧博三淮南之心思墳墓大王不憂臣恐救兵之不專胡馬遂進窺於邯鄲越水長沙還舟青陽雖使梁幷淮陽之兵下淮東越廣陵以遏越人之糧漢亦折西河而下北守漳水以輔大國胡亦益進越亦益深此臣之所爲大王患也臣聞蛟龍驤首奮翼則浮雲出流霧雨咸集聖王底節修德則游談之士歸義思名今臣盡知畢議易精極慮則無國而不可奸飾固陋之心則何王之門不可曳長裾乎然臣所以歷數王之朝背淮千里而自致者非惡臣國而樂吳民竊高下風之行尤說大王之義故願大王無忽察聽其至臣聞鷙鳥累百不如一鶚夫全趙之時武力鼎士袨服叢臺之下者一旦成市不能止幽王之湛患淮南連山東之俠死士盈朝不能還厲王之西也然則計議不得雖諸賁不能安其位亦

明矣故願大王審畫而已始孝文皇帝據關入立寒心銷志不明求衣自立天子之後使東牟朱虛東褒儀父之後深割嬰兒王之壤子王梁代益以淮陽卒仆濟北囚弟於雍者豈非象新垣等哉今天子新據先帝之遺業左規山東右制關中變權易勢大臣難知大王弗察臣恐周鼎復起於漢新垣過計於朝則我吳遺嗣不可期於世矣高皇帝燒棧道灌章邯兵不留行收弊人之倦東馳函谷西楚大破水攻則章邯以亡其城陸擊則荊王以失其地此皆國家之不幾者也願大王熟察之

鄒陽獄中上梁王書

臣聞忠無不報信不見疑臣常以爲然徒虛語耳昔者荊軻慕燕丹之義白虹貫日太子畏之衞先生爲秦畫長平之事太白食昴昭王疑之夫精誠變天地而信不諭兩主豈不哀哉今臣盡忠竭誠畢議願知左右不明卒從吏訊爲世所疑是使荊軻衞先生復起而燕秦不寤也願大王熟察之昔玉人獻寶楚王誅之李斯竭忠胡亥極刑是以箕子陽狂接輿避世恐遭此患願大王察玉人

李斯之意而後楚王胡亥之聽毋使臣爲箕子接輿所笑臣聞比干剖心子胥鴟夷臣始不信乃今知之願大王熟察少加憐焉語曰白頭如新傾蓋如故何則知與不知也故樊於期逃秦之燕藉荆軻首以奉丹事王奢去齊之魏臨城自剄以卻齊而存魏夫王奢樊於期非新於齊秦而故於燕魏也所以去二國死兩君者行合於志而慕義無窮也是以蘇秦不信於天下爲燕尾生白圭戰亡六城爲魏取中山何則誠有以相知也蘇秦相燕人惡之於燕王燕王按劍而怒食以駃騠白圭顯於中山人惡之於魏文侯文侯投以夜光之璧何則兩主二臣剖心析肝相信豈移於浮辭哉故女無美惡入宮見妒士無賢不肖入朝見嫉昔者司馬喜臏脚於宋卒相中山范睢摺脅折齒於魏卒爲應侯此二人者皆信必然之畫捐朋黨之私挾孤獨之交故不能自免於嫉妬之人也是以申徒狄蹈雍之河徐衍負石入海不容身於世義不苟取比周於朝以移主上之心故百里奚乞食於路穆公委之以政甯戚飯牛車下而桓公任之以國此二人豈素宦於朝借譽於左右然後二主用之哉感於心合於意堅如膠漆

昆弟不能離。豈惑於衆口哉。故偏聽生姦。獨任成亂。昔魯聽季孫之說而逐孔子。宋信子冉之計囚墨翟。夫以孔墨之辯。不能自免於讒諛。而二國以危。何則。衆口鑠金。積毀銷骨。是以秦用戎人由余而霸中國。齊用越人子臧而彊威宣。此二國豈拘於俗。牽於世。繫奇偏之辭哉。公聽並觀。垂明當世。故意合則胡越爲昆弟。由余子臧是矣。不合則骨肉爲讎敵。朱象管蔡是矣。今人主誠能用齊秦之明。後宋魯之聽。則五霸不足侔。三王易爲比也。是以聖王覺悟。捐子之之心而不悅田常之賢。封比干之後。修孕婦之墓。故功業覆於天下。何則。欲善無厭也。夫晉文公親其讎而彊霸諸侯。齊桓公用其讎而一匡天下。何則。慈仁殷勤。誠嘉於心。此不可以虛辭借也。至夫秦用商鞅之法。東弱韓魏。立彊天下。而卒車裂之。越用大夫種之謀。禽勁吳而霸中國。遂誅其身。是以孫叔敖三去相而不悔。於陵子仲辭三公爲人灌園。今人主誠能去驕傲之心。懷可報之意。披心腹。見情素。墮肝膽。施德厚。終與之窮達。無愛於士。則桀之狗可使吠堯。而跖之客可使刺由。何況因萬乘之權。假聖王之資乎。然則荊軻湛七族。要離燔妻子豈足爲大王道哉臣聞明月之珠夜光之璧以暗投人於道衆莫不按劍相眄者何則無因而至前也蟠木根柢輪囷離奇而爲萬乘器者何則以左右先爲之容也故無因而至前雖出隋侯之珠夜光之璧祇足結怨而不見德故有人先談則枯木朽株樹功而不忘今天下布衣窮居之士身在貧賤雖蒙堯舜之術挾伊管之辯懷龍逢比干之意欲盡忠當世之君而素無根柢之容雖竭精神欲開忠信輔人主之治則人主必襲按劍相眄之迹矣是使布衣之士不得爲枯木朽株之資也是以聖王制世御俗獨化於陶鈞之上而不牽乎卑辭之語不奪乎衆多之口故秦皇帝任中庶子蒙嘉之言以信荊軻之說而匕首竊發周文獵涇渭載呂尚而歸以王天下秦信左右而亡周用烏集而王何則以其能越拘攣之語馳域外之議獨觀於昭曠之道也今人主沈諂諛之辭牽於帷牆之制使不羈之士與牛驥同皁此鮑焦所以忿於世而不留富貴之樂也臣聞盛飾入朝者不以私汙義砥厲名號者不以利傷行故里名勝母曾子不入邑號朝歌墨子迴車今欲使天下恢廓之士誘於威重之權脅於位勢之

貴回面汙行以事諂諛之人而求親近於左右則士有伏死堀穴巖藪之中耳安有盡忠信而趨闕下者哉

司馬相如諫獵書

臣聞物有同類而殊能者故力稱烏獲捷言慶忌勇期賁育臣之愚竊以為人誠有之獸亦宜然今陛下好陵阻險射猛獸卒然遇軼材之獸駭不存之地犯屬車之清塵輿不及還轅人不暇施巧雖有烏獲逄蒙之技力不得用枯木朽株盡為害矣是胡越起於轂下而羌夷接軫也豈不殆哉雖萬全無害然本非天子之所宜近也且夫清道而後行中路而後馳猶時有銜橛之變而況涉乎蓬蒿馳乎邱墳前有利獸之樂而內無存變之意其為害也不難矣夫輕萬乘之重不以為安樂出萬有一危之塗以為娛臣竊為陛下不取蓋明者遠見於未萌而智者避危於無形禍固多藏於隱微而發於人之所忽者也故鄙諺曰家累千金坐不垂堂此言雖小可以喻大臣願陛下留意幸察

嚴安言世務書

臣聞鄒子曰政教文質者所以云救也當時則用過則舍之有易則易之故守一而不變者未覩治之至也今天下人民用財侈靡車馬衣裘宮室皆競修飾調五聲使有節族雜五色使有文章重五味方丈於前以觀欲天下彼民之情見美則願之是教民以侈也侈而無節則不可贍民離本而徼末矣末不可徒得故搢紳者不憚爲詐帶劍者夸殺人以矯奪而世不知媿故姦軌浸長夫佳麗珍怪固順於耳目故養失而泰樂失而淫禮失而采教失而僞僞采淫泰非所以範民之道也是以天下人民逐利無已犯法者衆臣願爲民制度以防其淫使貧富不相燿以和其心心既和平其性恬安恬安不營則盜賊銷盜賊銷則刑罰少刑罰少則陰陽和四時正風雨時草木暢茂五穀蕃孰六畜遂字民不夭厲和之至也（以上請制度以防淫）

臣聞周有天下其治三百餘歲成康其隆也刑錯四十餘年而不用及其衰亦三百餘年故五伯更起五伯者常佐天子興利除害誅暴禁邪匡正海內以尊天子五伯既沒賢聖莫續天子孤弱號令不行諸侯恣行強陵弱衆暴寡田常簒齊六卿分晉並爲戰國此民之始苦也於是強

國務攻弱國修守合從連衡馳車轂擊介胄生蟣蝨民無所告愬（以上周弱之失）及至秦王蠶食天下幷吞戰國稱號皇帝一海內之政壞諸侯之城銷其兵鑄以爲鐘虡示不復用元元黎民得免於戰國逢明天子人人自以爲更生鄉使秦緩刑罰薄賦斂省傜役貴仁義賤權利上篤厚下佞巧變風易俗化於海內則世世必安矣秦不行是風循其故俗爲知巧權利者進篤厚忠正者退法嚴令苛諂諛者衆日聞其美意廣心逸欲威海外使蒙恬將兵以北攻強胡辟地進境戍於北河飛芻輓粟以隨其後又使尉屠睢將樓船之士攻越使監祿鑿渠運糧深入越地越人遁逃曠日持久糧食乏絕越人擊之秦兵大敗秦乃使尉佗將卒以戍越當是時秦禍北構於胡南挂於越宿兵於無用之地進而不得退行十餘年丁男被甲丁女轉輸苦不聊生自經於道樹死者相望及秦皇帝崩天下大畔陳勝吳廣舉陳武臣張耳舉趙項梁舉吳田儋舉齊景駒舉郢周市舉魏韓廣舉燕窮山通谷豪士並起不可勝載也然本皆非公侯之後非長官之吏無尺寸之埶起閭巷杖棘矜應時而動不謀而俱起不約而同會壤長地

進至乎伯王時教使然也秦貴爲天子富有天下滅世絕祀窮兵之禍也（以上秦失之敝）故周失之弱秦失之強不變之患也今徇南夷朝夜郎降羌僰略薉州建城邑深入匈奴燔其龍城議者美之此人臣之利非天下之長策也今中國無狗吠之警而外累於遠方之備靡敝國家非所以子民也行無窮之欲甘心快意結怨於匈奴非所以安邊也禍結而不解兵休而復起近者愁苦遠者驚駭非所以持久也今天下鍛甲磨劍矯箭控弦轉輸軍糧未見休時此天下所共憂也夫兵久而變起事煩而慮生今外郡之地或幾千里列城數十形束壤制帶脅諸侯非宗室之利也上觀齊晉所以亡公室卑削六卿大盛也下覽秦之所以滅刑嚴文刻欲大無窮也今郡守之權非特六卿之重也地幾千里非特閭巷之資也甲兵器械非特棘矜之用也以逢萬世之變則不可深諱也

主父偃論伐匈奴書

臣聞明主不惡切諫以博觀忠臣不避重誅以直諫是故事無遺策而功流萬世今臣不敢隱忠避死以效愚計願陛下幸赦而少察之司馬法曰國雖大好

戰必亡天下雖平忘戰必危天下既平天子大愷春蒐秋獮諸侯春振旅秋治兵所以不忘戰也且夫怒者逆德也兵者凶器也爭者末節也古之人君一怒必伏尸流血故聖王重行之夫務戰勝窮武事未有不悔者也（以上言不可窮兵黷武）昔秦皇帝任戰勝之威蠶食天下并吞戰國海內爲一功齊三代務勝不休欲攻匈奴李斯諫曰不可夫匈奴無城郭之居委積之守遷徙鳥舉難得而制輕兵深入糧食必絕運糧以行重不及事得其地不足以爲利得其民不可調而守也勝必棄之非民父母靡敝中國甘心匈奴非完計也秦皇帝不聽遂使蒙恬將兵而攻胡卻地千里以河爲境地固澤鹵不生五穀然後發天下丁男以守北河暴兵露師十有餘年死者不可勝數終不能踰河而北是豈人衆之不足兵革之不備哉其勢不可也又使天下飛芻輓粟起於黃腄琅邪負海之郡轉輸北河率三十鍾而致一石男子疾耕不足於糧餉女子紡績不足於帷幙百姓靡敝孤寡老弱不能相養道死者相望蓋天下始叛也（以上秦攻胡之失）及至高皇帝定天下略地於邊聞匈奴聚代谷之外而欲擊之御史成諫曰不可夫匈奴

獸聚而鳥散從之如搏景今以陛下盛德攻匈奴臣竊危之高帝不聽遂至代谷果有平城之圍高帝悔之迺使劉敬往結和親然後天下亡干戈之事（以上高祖伐匈奴之事）故兵法曰興師十萬日費千金秦常積衆數十萬人雖有覆軍殺將係虜單于適足以結怨深讎不足以償天下之費夫匈奴行盜侵敺所以為業天性固然上自虞夏殷周固不程督禽獸畜之不比為人夫不上觀虞夏殷周之統而下循近世之失此臣之所以大恐百姓所疾苦也且夫兵久則變生事苦則慮易使邊境之民靡敝愁苦將吏相疑而外市故尉佗章邯得成其私而秦政不行權分二子此得失之效也故周書曰安危在出令存亡在所用願陛下孰計之而加察焉

淮南王安諫伐閩越書

陛下臨天下布德施惠緩刑罰薄賦斂哀鰥寡恤孤獨養耆老振匱乏盛德上隆和澤下洽近者親附遠者懷德天下攝然人安其生自以沒身不見兵革今聞有司舉兵將以誅越臣安竊為陛下重之越方外之地劗髮文身之民也不

可以冠帶之國法度理也自三代之盛胡越不與受正朔非強弗能服威弗能制也以爲不居之地不牧之民不足以煩中國也故古者封內甸服封外侯服侯衛賓服蠻夷要服戎狄荒服遠近埶異也自漢初定已來七十二年吳越人相攻擊者不可勝數然天子未嘗舉兵而入其地也臣聞越非有城郭邑里也處谿谷之閒篁竹之中習於水鬭便於用舟地深昧而多水險中國之人不知其埶阻而入其地雖百不當其一得其地不可郡縣也攻之不可暴取也以地圖察其山川要塞相去不過寸數而閒獨數百千里阻險林叢弗能盡著視之若易行之實難天下賴宗廟之靈方內大寧戴白之老不見兵革民得夫婦相守父子相保陛下之德也越人名爲藩臣貢酎之奉不輸大內一卒之用不給上事自相攻擊而陛下發兵救之是反以中國而勞蠻夷也且越人愚贛輕薄負約反覆其不用天子之法度非一日之積也壹不奉詔舉兵誅之臣恐後兵革無時得息也（以上言越不宜用兵）閒者數年歲比不登民待賣爵贅子以接衣食賴陛下德澤振救之得毋轉死溝壑四年不登五年復蝗民生未復今發兵行數千

里資衣糧入越地輿轎而隃領拕舟而入水行數百千里夾以深林叢竹水道上下擊石林中多蝮蛇猛獸夏月暑時嘔泄霍亂之病相隨屬也曾未施兵接刃死傷者必衆矣前時南海王反陛下先臣使將軍閒忌將兵擊之以其軍降處之上淦後復反會天暑多雨樓船卒水居擊櫂未戰而疾死者過半親老涕泣孤子謕號破家散業迎尸千里之外裹骸骨而歸悲哀之氣數年不息長老至今以爲記曾未入其地而禍已至此矣臣聞軍旅之後必有凶年言民之各以其愁苦之氣薄陰陽之和感天地之精而災氣爲之生也陛下德配天地明象日月恩至禽獸澤及草木一人有飢寒不終其天年而死者爲之悽愴於心今方內無狗吠之警而使陛下甲卒死亡暴露中原霑漬山谷邊境之民爲之早閉晏開鼂不及夕臣安竊爲陛下重之（以上軍士隃領死亡必多）不習南方地形者多以越爲人衆兵強能難邊城淮南全國之時多爲邊吏臣竊聞之與中國異限以高山人迹所絶車道不通天地所以隔外內也其入中國必下領水領水之山峭峻漂石破舟不可以大船載食糧下也越人欲爲變必先田餘干界中積食

糧乃入伐材治船邊城守候誠謹越人有入伐材者輒收捕焚其積聚雖百越奈邊城何以越人綿力薄材不能陸戰又無車騎弓弩之用然而不可入者以保地險而中國之人不能其水土也臣聞越甲卒不下數十萬所以入之五倍乃足輓車奉饟者不在其中南方暑溼近夏癉熱暴露水居蝮蛇蠚生疾癘多作兵未血刃而病死者什二三雖舉越國而虜之不足以償所亡臣聞道路言閩越王弟甲弒而殺之甲以誅死其民未有所屬陛下若欲來內處之中國使重臣臨存施德垂賞以招致之此必攜幼扶老以歸聖德若陛下無所用之則繼其絕世存其亡國建其王侯以爲畜越此必委質爲藩臣世共貢職陛下以方寸之印丈二之組鎮撫方外不勞一卒不頓一戟而威德並行以上言越人易防且可就撫今以兵入其地此必震恐以有司爲欲屠滅之也必雉兔逃入山林險阻背而去之則復相羣聚留而守之歷歲經年則士卒罷勧食糧乏絕男子不得耕稼樹種婦人不得紡績織紝丁壯從軍老弱轉餉居者無食行者無糧民苦兵事亡逃者必衆隨而誅之不可勝盡盜賊必起臣聞長老言秦之時嘗使尉屠

雖擊越又使監祿鑿渠通道越人逃入深山林叢不可得攻留軍屯守空地曠日持久士卒勞倦越迺出擊之秦兵大破迺發適戍以備之當此之時外內騷動百姓靡敝行者不還往者莫反皆不聊生亡逃相從羣爲盜賊於是山東之難始興此老子所謂師之所處荊棘生之者也兵者凶事一方有急四面皆從臣恐變故之生姦邪之作由此始也周易曰高宗伐鬼方三年而克之鬼方小蠻夷高宗殷之盛天子也以盛天子伐小蠻夷三年而後克言用兵之不可不重也臣聞天子之兵有征而無戰言莫敢校也如使越人蒙死儌幸以逆執事之顏行廝輿之卒有不一備而歸者雖得越王之首臣猶竊爲大漢羞之以上諫伐越之害

陛下以四海爲境九州爲家八藪爲囿江漢爲池生民之屬皆爲臣妾人徒之衆足以奉千官之共租稅之收足以給乘輿之御玩心神明秉執聖道負黼依憑玉几南面而聽斷號令天下四海之內莫不響應陛下垂德惠以覆露之使元元之民安生樂業則澤被萬世傳之子孫施之無窮天下之安猶泰山而四維之也夷狄之地何足以爲一日之閒而煩汗馬之勞乎詩云王猶允塞

徐方既來言王道甚大而遠方懷之也臣聞之農夫勞而君子養焉愚者言而智者擇焉臣安幸得爲陛下守藩以身爲障蔽人臣之任也邊境有警愛身之死而不畢其愚非忠臣也臣安竊恐將吏之以十萬之師爲一使之任也以上言以德懷遠不必用兵

董仲舒對賢良策一

制曰朕獲承至尊休德傳之無窮而施之罔極任大而守重是以夙夜不皇康寧永維萬事之統猶懼有闕故廣延四方之豪儁郡國諸侯公選賢良修絜博習之士欲聞大道之要至論之極今子大夫褎然爲舉首朕甚嘉之子大夫其精心致思朕垂聽而問焉蓋聞五帝三王之道改制作樂而天下洽和百王同之當虞氏之樂莫盛於韶於周莫盛於勺聖王已沒鐘鼓筦絃之聲未衰而大道微缺陵夷至虖桀紂之行王道大壞矣夫五百年之閒守文之君當塗之士欲則先王之法以戴翼其世者甚衆然猶不能反日以仆滅至後王而後止豈其所持操或誖繆而失其統與固天降命不可復反必推之於大衰而後息與

烏虖凡所爲屑屑夙興夜寐務法上古者又將無補與三代受命其符安在災異之變何緣而起性命之情或夭或壽或仁或鄙習聞其號未燭厥理伊欲風流而令行刑輕而姦改百姓和樂政事宣昭何修何飾而膏露降百穀登德潤四海澤臻草木三光全寒暑平受天之祜享鬼神之靈德澤洋溢施虖方外延及羣生子大夫明先聖之業習俗化之變終始之序講聞高誼之日久矣其明以諭朕科別其條勿猥勿并取之於術慎其所出迺其不正不直不忠不極枉于執事書之不泄興于朕躬毋悼後害子大夫其盡心靡有所隱朕將親覽焉

仲舒對曰陛下發德音下明詔求天命與情性皆非愚臣之所能及也臣謹按春秋之中視前世已行之事以觀天人相與之際甚可畏也國家將有失道之敗而天迺先出災害以譴告之不知自省又出怪異以警懼之尚不知變而傷敗迺至以此見天心之仁愛人君而欲止其亂也自非大亡道之世者天盡欲扶持而全安之事在彊勉而已矣彊勉學問則聞見博而知益明彊勉行道則德日起而大有功此皆可使還至而立有效者也詩曰夙夜匪懈書云茂哉茂

哉皆彊勉之謂也道者所繇適於治之路也仁義禮樂皆其具也故聖王巳沒而子孫長久安寧數百歲此皆禮樂教化之功也王者未作樂之時迺用先王之樂宜於世者而以深入教化於民教化之情不得雅頌之樂不成故王者功成作樂樂其德也樂者所以變民風化民俗也其變民也易其化人也著故聲發於和而本於情接於肌膚臧於骨髓故王道雖微缺而筦絃之聲未衰也夫虞氏之不爲政久矣然而樂頌遺風猶有存者是以孔子在齊而聞韶也夫人君莫不欲安存而惡危亡然而政亂國危者甚衆所任者非其人而所繇者非其道是以政日以仆滅也夫周道衰於幽厲非道亡也幽厲不繇也至於宣王思昔先王之德興滯補弊明文武之功業周道粲然復興詩人美之而作上天祐之爲生賢佐後世稱誦至今不絕此夙夜不懈行善之所致也孔子曰人能宏道非道宏人也故治亂廢興在於己非天降命不可得反其所操持誖謬失其統也（以上對問中蓋聞五帝三王之道至又將無補與一節言非天降命不可反勉強行道則必有功效亦可作樂而天下和洽）臣聞天之所大奉使之王者必有非人力所能致而自至者此受命之符也天下之人

同心歸之若歸父母故天瑞應誠而至書曰白魚入于王舟有火覆于王屋流爲烏此蓋受命之符也周公曰復哉復哉孔子曰德不孤必有鄰皆積善累德之效也及至後世淫佚衰微不能統理羣生諸侯背畔殘賊良民以爭壤土廢德教而任刑罰刑罰不中則生邪氣邪氣積於下怨惡畜於上上下不和則陰陽繆盭而妖孽生矣此災異所緣而起也（以上對冊中三代受命四句）臣聞命者天之令也性者生之質也情者人之欲也或夭或壽或仁或鄙陶冶而成之不能粹美有治亂之所生故不齊也孔子曰君子之德風也小人之德草也草上之風必偃故堯舜行德則民仁壽桀紂行暴則民鄙夭夫上之化下下之從上猶泥之在鈞惟甄者之所爲猶金之在鎔惟冶者之所鑄綏之斯徠動之斯和此之謂也（以上對冊中性命之情五句）

臣謹按春秋之文求王道之端得之於正正次王王次春春者天之所爲也正者王之所爲也其意曰上承天之所爲而下以正其所爲正王道之端云爾然則王者欲有所爲宜求其端於天天道之大者在陰陽陽爲德陰爲刑刑主殺而德主生是故陽常居大夏而以生育養長爲事陰常居大冬

而積於空虛不用之處以此見天之任德不任刑也天使陽出布施於上而主歲功使陰入伏於下而時出佐陽陽不得陰之助亦不能獨成歲終陽以成歲爲名此天意也王者承天意以從事故任德教而不任刑刑者不可任以治世猶陰之不可任以成歲也以上言修飭德教爲政而任刑不順於天故先王莫之肯爲也今廢先王德教之官而獨任執法之吏治民毋乃任刑之意歟孔子曰不教而誅謂之虐虐政用於下而欲德教之被四海故難成也臣謹按春秋謂一元之意一者萬物之所從始也元者辭之所謂大也謂一爲元者視大始而欲正本也春秋深探其本而反自貴者始故爲人君者正心以正朝廷正朝廷以正百官正百官以正萬民正萬民以正四方四方正遠近莫敢不一於正而亡有邪氣奸其閒者以上修飭德是以陰陽調而風雨時羣生和而萬民殖五穀孰而草木茂天地之閒被潤澤而大豐美四海之內聞盛德而皆徠臣諸福之物可致之祥莫不畢至而王道終矣孔子曰鳳鳥不至河不出圖吾已矣夫自悲可致此物而身卑賤不得致也今陛下貴爲天子富有四海居得致之位操可致之

勢。又有能致之資。行高而恩厚。知明而意美。愛民而好士。可謂誼主矣。然而天
地未應而美祥莫至者。何也。凡以教化不立而萬民不正也。夫萬民之從利也。
如水之走下。不以教化隄防之。不能止也。是故教化立而姦邪皆止者。其隄防
完也。教化廢而姦邪並出。刑罰不能勝者。其隄防壞也。古之王者明於此。是故
南面而治天下。莫不以教化為大務。立太學以教於國。設庠序以化於邑。漸民
以仁。摩民以誼。節民以禮。故其刑罰甚輕而禁不犯者。教化行而習俗美也。以上修飭教化
聖王之繼亂世也。掃除其迹而悉去之。復修教化而崇起之。教化已明。習
俗已成。子孫循之。行五六百歲尚未敗也。至周之末世。大為亡道。以失天下。秦
繼其後。獨不能改。又益甚之。重禁文學。不得挾書。棄捐禮誼而惡聞之。其心欲
盡滅先聖之道。而顓為自恣苟簡之治。故立為天子十四歲而國破亡矣。自古
以來。未嘗有以亂濟亂。大敗天下之民如秦者也。其遺毒餘烈。至今未滅。使習
俗薄惡。人民嚚頑。抵冒殊扞。孰爛如此之甚者也。孔子曰。腐朽之木不可彫也。
糞土之牆不可圬也。今漢繼秦之後。如朽木糞牆矣。雖欲善治之。亡可奈何。法

出而奸生令下而詐起如以湯止沸抱薪救火愈甚亡益也竊譬之琴瑟不調甚者必解而更張之乃可鼓也爲政而不行甚者必變而更化之乃可理也當更張而不更張雖有良工不能善調也當更化而不更化雖有大賢不能善治也故漢得天下以來常欲善治而至今不可善治者失之於當更化而不更化也古人有言曰臨淵羨魚不如退而結網今臨政而願治七十餘歲矣不如退而更化更化則可善治善治則災害日去福祿日來詩云宜民宜人受祿于天爲政而宜於民者固當受祿于天夫仁義禮智信五常之道王者所當修飭也五者修飭故受天之祜而享鬼神之靈德施于方外延及羣生也以上對問中伊欲風流而

令行至延及羣生一節重在何修何飭一句修飭德教一段修飭德一段修飭教化一段末指明仁義禮智信以爲修飭德教之目

董仲舒對賢良策二

制曰蓋聞虞舜之時遊於巖廊之上垂拱無爲而天下太平周文王至於日昃不暇食而宇內亦治夫帝王之道豈不同條共貫與何逸勞之殊也蓋儉者不造玄黃旌旗之飾及至周室設兩觀乘大路朱干玉戚八佾陳於庭而頌聲興

夫帝王之道。豈異指哉。或曰良玉不瑑。又云非文亡以輔德。二端異焉。殷人執五刑以督姦。傷肌膚以懲惡。成康不式。四十餘年。天下不犯。囹圄空虛。秦國用之。死者甚衆。刑者相望。耗矣哀哉。烏虖。朕夙寤晨興。惟前帝王之憲。永思所以奉至尊。章洪業。皆在力本任賢。今朕親耕籍田。以爲農先。勸孝弟。崇有德。使者冠蓋相望。問勤勞。恤孤獨。盡思極神。功烈休德。未始云獲也。今陰陽錯繆。氛氣充塞。羣生寡遂。黎民未濟。廉耻貿亂。賢不肖渾殽。未得其真。故詳延特起之士。意庶幾乎。今子大夫待詔百有餘人。或道世務而未濟。稽諸上古而不同。考之於今而難行。毋乃牽於文繫而不得騁與。將所繇異術。所聞殊方與。各悉對。著於篇。毋諱有司。明其指略。切磋究之。以稱朕意。仲舒對曰。臣聞堯受命。以天下爲憂。而未以位爲樂也。故誅逐亂臣。務求賢聖。是以得舜禹稷离咎繇。衆聖輔德。賢能佐職。教化大行。天下和洽。萬民皆安仁樂誼。各得其宜。動作應禮。從容中道。故孔子曰。如有王者。必世而後仁。此之謂也。堯在位七十載。乃遜于位。以禪虞舜。堯崩。天下不歸堯子丹朱而歸舜。舜知不可辟。乃即天子之位。以禹爲相因堯之輔佐繼其統業是以垂拱無爲而天下治孔子曰韶盡美矣又盡善也此之謂也至於殷紂逆天暴物殺戮賢知殘賊百姓伯夷太公皆當世賢者隱處而不爲臣守職之人皆奔走逃亡入於河海天下耗亂萬民不安故天下去殷而從周文王順天理物師用賢聖是以閎夭太顛散宜生等亦聚於朝廷愛施兆民天下歸之故太公起海濱而即三公也當此之時紂尚在上尊卑昏亂百姓散亡故文王悼痛而欲安之是以日昃而不暇食也孔子作春秋先正王而繫萬事見素王之文焉繇此觀之帝王之條貫同然而勞逸異者所遇之時異也孔子曰武盡美矣未盡善也此之謂也以上對問中虞舜之時至勞逸之分一節臣聞制度文采玄黃之飾所以明尊卑異貴賤而勸有德也故春秋受命所先制者改正朔易服色所以應天也然則宮室旌旗之制有法而然者也故孔子曰奢則不遜儉則固儉非聖人之中制也臣聞良玉不瑑資質潤美不待刻瑑此亡異於達巷黨人不學而自知也然則常玉不瑑不成文章君子不學不成其德以上對問中儉者不造玄黃至二帝異趨一節臣聞聖王之治天下也少則習之學長則材諸位爵祿以養

其德刑罰以威其惡故民曉於禮誼而恥犯其上武王行大誼平殘賊周公作禮樂以文之至於成康之隆囹圄空虛四十餘年此亦教化之漸而仁誼之流非獨傷肌膚之效也至秦則不然師申商之法行韓非之說憎帝王之道以貪狼爲俗非有文德以教訓於天下也誅名而不察實爲善者不必免而犯惡者未必刑也是以百官皆飾虛辭而不顧實外有事君之禮內有背上之心造僞飾詐趣利無恥又好用憯酷之吏賦斂亡度竭民財力百姓散亡不得從耕織之業羣盜並起是以刑者甚衆死者相望而姦不息俗化使然也故孔子曰道之以政齊之以刑民免而無恥此之謂也（以上對問中殿一人執刑至耗矣哀哉一節）五

今陛下并有天下海內莫不率服廣覽兼聽極羣下之知盡天下之美至德昭然施於方外夜郎康居殊方萬里說德歸誼此太平之致也然而功不加於百姓者殆王心未加焉曾子曰尊其所聞則高明矣行其所知則光大矣高明光大不在於它在乎加之意而已願陛下因用所聞設誠於內而致行之則三王何異哉陛下親耕籍田以爲農先夙寤晨興憂勞萬民思惟往古而務以求賢此亦堯舜之

用心也然而未云獲者士素不厲也夫不素養士而欲求賢譬猶不琢玉而求文采也故養士之大者莫大虖太學太學者賢士之所關也教化之本原也今以一郡一國之衆對亡應書者是王道往往而絶也臣願陛下興太學置明師以養天下之士數考問以盡其材則英俊宜可得矣今之郡守縣令民之師帥所使承流而宣化也故師帥不賢則主德不宣恩澤不流今吏既亡教訓於下或不承用主上之法暴虐百姓與姦爲市貧窮孤弱寃苦失職甚不稱陛下之意是以陰陽錯繆氛氣充塞羣生寡遂黎民未濟皆長吏不明使至於此也夫長吏多出於郎中中郎吏二千石子弟選郎吏又以富訾未必賢也且古所謂功者以任官稱職爲差非所謂積日累久也故小材雖累日不離於小官賢材雖未久不害爲輔佐是以有司竭力盡知務治其業而以赴功今則不然累日以取貴積久以致官是以廉恥貿亂賢不肖渾殽未得其真臣愚以爲使諸列侯郡守二千石各擇其吏民之賢者歲貢各二人以給宿衞且以觀大臣之能所貢賢者有賞所貢不肖者有罰夫如是諸侯吏二千石皆盡心於求賢天下

之士可得而官使也。徧得天下之賢人，則三王之盛易爲，而堯舜之名可及也。毋以日月爲功，實試賢能爲上，量材而授官，錄德而定位，則廉恥殊路，賢不肖異處矣。陛下加惠，寬臣之罪，令勿牽制於文，使得切磋究之，臣敢不盡愚。以上對問中夙寤晨興至未得其真一節，因問任賢而陳貢士之法

董仲舒對賢良策三

制曰：蓋聞善言天者，必有徵於人；善言古者，必有驗於今。故朕垂問虖天人之應，上嘉唐虞，下悼桀紂，寖微寖滅寖明寖昌之道，虛心以改。今子大夫明於陰陽所以造化，習於先聖之道業，然而文采未極，豈惑虖當世之務哉？條貫靡竟，統紀未終，意朕之不明與？聽若眩與？夫三王之教所祖不同，而皆有失，或謂久而不易者道也，意豈異哉？今子大夫既已著大道之極，陳治亂之端矣，其悉之究之，孰之復之。詩不云虖：嗟爾君子，毋常安息，神之聽之，介爾景福。朕將親覽焉，子大夫其茂明之。仲舒復對曰：臣聞論語曰：有始有卒者，其惟聖人虖！今陛下幸加惠，留聽於承學之臣，復下明冊，以切其意，而究盡聖德，非愚臣之所能

具也前所上對條貫靡竟統紀不終辭不別白指不分明此臣淺陋之罪也冊曰善言天者必有徵於人善言古者必有驗於今臣聞天者羣物之祖也故徧覆包函而無所殊建日月風雨以和之經陰陽寒暑以成之故聖人法天而立道亦溥愛而亡私布德施仁以厚之設誼立禮以導之春者天之所以生也仁者君之所以愛也夏者天之所以長也德者君之所以養也霜者天之所以殺也刑者君之所以罰也繇此言之天人之徵古今之道也孔子作春秋上揆之天道下質諸人情參之於古考之於今故春秋之所譏災害之所加也春秋之所惡怪異之所施也書邦家之過兼災異之變以此見人之所為其美惡之極乃與天地流通而往來相應此亦言天之一端也古者修教訓之官務以悳善化民民已大化之後天下常亡一人之獄矣今世廢而不修亡以化民民以故棄行誼而死財利是以犯法而罪多一歲之獄以萬千數以此見古之不可不用也故春秋變古則譏之天令之謂命命非聖人不行質樸之謂性性非教化不成人欲之謂情情非度制不節是故王者上謹於承天意以順命也下務明

教化民以成性也正法度之宜別上下之序以防欲也修此三者而大本舉矣人受命於天固超然異於羣生入有父子兄弟之親出有君臣上下之誼會聚相遇則有耆老長幼之施粲然有文以相接驩然有恩以相愛此人之所以貴也生五穀以食之桑麻以衣之六畜以養之服牛乘馬圈豹檻虎是其得天之靈貴於物也故孔子曰天地之性人爲貴明於天性知自貴於物知自貴於物然後知仁誼知仁誼然後重禮節重禮節然後安處善安處善然後樂循理樂循理然後謂之君子故孔子曰不知命亡以爲君子此之謂也以上對天人微應一節而推之於化民之道知命之學

冊曰上嘉唐虞下悼桀紂寖微寖滅寖明寖昌之道虛心以改臣聞聚少成多積小致鉅故聖人莫不以晻致明以微致顯是以堯發於諸侯舜興虖深山非一日而顯也蓋有漸以致之矣言出於己不可塞也行發於身不可掩也言行治之大者君子之所以動天地也故盡小者大慎微者著詩云惟此文王小心翼翼故堯兢兢日行其道而舜業業日致其孝善積而名顯德章而身尊此其寖明寖昌之道也積善在身猶長日加益而人不知也積惡在身

猶火之銷膏而人不見也非明虖情性察虖流俗者孰能知之此唐虞之所以得令名而桀紂之可爲悼懼者也夫善惡之相從如景鄉之應形聲也故桀紂暴謾讒賊並進賢知隱伏惡日顯國日亂晏然自以如日在天終陵夷而大壞夫暴逆不仁者非一日而亡也亦以漸至故桀紂雖亡道然猶享國十餘年此其寖微寖滅之道也以上對冊中上嘉唐虞五句冊曰三王之教所祖不同而皆有失或謂久而不易者道也意豈異哉臣聞夫樂而不亂復而不厭者謂之道道者萬世無弊弊者道之失也先王之道必有偏而不起之處故政有眊而不行舉其偏者以補其弊而已矣三王之道所祖不同非其相反將以捄溢扶衰所遭之變然也故孔子曰無爲而治者其舜虖改正朔易服色以順天命而已其餘盡循堯道何更爲哉故王者有改制之名亡變道之實然夏上忠殷上敬周上文者所繼之捄當用此也孔子曰殷因於夏禮所損益可知也周因於殷禮所損益可知也其或繼周者雖百世可知也此言百王之用以此三者矣夏因於虞而獨不言所損益者其道如一而所上同也道之大原出於天天不變道亦不變

是以禹繼舜舜繼堯三聖相受而守一道亡救弊之政也故不言其所損益也繇是觀之繼治世者其道同繼亂世者其道變今漢繼大亂之後若宜少損周之文致用夏之忠者陛下有明德嘉道愍世俗之靡薄悼王道之不昭故舉賢良方正之士論誼考問將欲與仁誼之休德明帝王之法制建太平之道也臣愚不肖述所聞誦所學道師之言廑能勿失爾若迺論政事之得失察天下之息耗此大臣輔佐之職三公九卿之任非臣仲舒所能及也以上對冊中三王之教五句以下二層爲冊問所不及因冊有悉之之語也亦就天人古今貫穿說下然而臣竊有怪者夫古之天下亦今之天下今之天下亦古之天下共是天下古亦大治上下和睦習俗美盛不令而行不禁而止吏無姦邪民亡盜賊囹圄空虛德潤草木澤被四海鳳凰來集麒麟來遊以古準今壹何不相逮之遠也安所繆盭而陵夷若是意者有所失於古之道與有所詭於天之理與試迹之古返之於天黨可得見乎夫天亦有所分予予之齒者去其角傅之翼者兩其足是所受大者不得取小也古之所予祿者不食於力不動於末是亦受大者不得取小與天同意者也夫已受大又取小

天不能足。而況人虖。此民之所以囂囂苦不足也。身寵而載高位家溫而食厚祿。因乘富貴之資力。以與民爭利於下。民安能如之哉。是故衆其奴婢多其牛羊。廣其田宅。博其產業。畜其積委。務此而亡已。以迫蹴民。民日削月朘。寖以大窮。富者奢侈羨溢。貧者窮急愁苦。窮急愁苦而上不救。則民不樂生。民不樂生。尚不避死。安能避罪。此刑罰之所以蕃。而姦邪不可勝者也。故受祿之家。食祿而已。不與民爭業。然後利可均布而民可家足。此上天之理而亦太古之道天子之所宜法以爲制。大夫之所當循以爲行也。故公儀子相魯。之其家見織帛。怒而出其妻。食於舍而茹葵。慍而拔其葵曰吾已食祿又奪園夫紅女利虖古之賢人君子。在列位者皆如是。是故下高其行而從其教。民化其廉而不貪鄙。及至周室之衰其卿大夫緩於誼而急於利。亡推讓之風而有爭田之訟故詩人疾而刺之曰。節彼南山。維石巖巖。赫赫師尹。民具爾瞻。爾好誼則民鄉仁而俗善。爾好利。則民好邪而俗敗。由是觀之天子大夫者下民之所視效。遠方之所四面而內望也。近者視而放之。遠者望而效之。豈可以居賢人之位而爲庶人行哉夫皇皇求財利常恐乏匱者庶人之意也皇皇求仁義常恐不能化民者大夫之意也易曰負且乘致寇至乘車者君子之位也負擔者小人之事也此言居君子之位而爲庶人之行者其患禍必至也若居君子之位當君子之行則舍公儀休之相魯亡可爲者矣以上言不奪民利冊問所不及春秋大一統者天地之常經古今之通誼也今師異道人異論百家殊方指意不同是以上亡以持一統法制數變下不知所守臣愚以爲諸不在六藝之科孔子之術者皆絕其道勿使並進邪辟之說滅息然後統紀可一而法度可明民知所從矣以上言罷黜百家冊問所不及

經史百家雜鈔卷十一

經史百家雜鈔卷十二目錄

奏議之屬二

高堂隆諫明帝疏
劉琨勸進表
江式文字源流表
陸贄論兩河及淮西利害狀　奉天請數對羣臣兼許令論事狀

湘鄉曾國藩纂　合肥李鴻章校刊

奏議之屬二

路温舒上德緩刑書

臣聞齊有無知之禍而桓公以興晉有驪姬之難而文公用伯近世趙王不終諸呂作亂而孝文爲太宗繇是觀之禍亂之作將以開聖人也故桓文扶微興壞尊文武之業澤加百姓功潤諸侯雖不及三王天下歸仁焉文帝永思至德以承天心崇仁義省刑罰通關梁一遠近敬賢如大賓愛民如赤子內恕情之所安而施之於海內是以囹圄空虛天下太平夫繼變化之後必有異舊之恩此聖賢所以昭天命也往者昭帝卽世而無嗣大臣憂戚焦心合謀皆以昌邑尊親援而立之然天不授命淫亂其心遂以自亡深察禍變之故迺皇天之所以開至聖也故大將軍受命武帝股肱漢國披肝膽決大計黜亡義立有德輔天而行然後宗廟以安天下咸甯臣聞春秋正卽位大一統而慎始也陛下初

登至尊與天合符宜改前世之失正始受命之統滌煩文除民疾存亡繼絕以應天意（以上言宣帝初即大位宜有異恩）臣聞秦有十失其一尚存治獄之吏是也秦之時羞文學好武勇賤仁義之士貴治獄之吏正言者謂之誹謗遏過者謂之妖言故盛服先生不用於世忠良切言皆鬱於胸譽諛之聲日滿於耳虛美熏心實禍蔽塞此乃秦之所以亡天下也方今天下賴陛下恩厚亡金革之危飢寒之患父子夫妻勠力安家然太平未洽者獄亂之也夫獄者天下之大命也死者不可復生絕者不可復屬書曰與其殺不辜寧失不經今治獄吏則不然上下相毆以刻爲明深者獲公名平者多後患故治獄之吏皆欲人死非憎人也自安之道在人之死是以死人之血流離於市被刑之徒比肩而立大辟之計歲以萬數此仁聖之所以傷也太平之未洽凡以此也夫人情安則樂生痛則思死棰楚之下何求而不得故囚人不勝痛則飾辭以視之吏治者利其然則指道以明之上奏畏卻則鍛練而周內之蓋奏當之成雖咎繇聽之猶以爲死有餘辜何則成練者衆文致之罪明也是以獄吏專爲深刻殘賊而亡極媮爲一切

不顧國患此世之大賊也故俗語曰畫地爲獄議不入刻木爲吏期不對此皆疾吏之風悲痛之辭也故天下之患莫深於獄敗法亂正離親塞道莫甚乎治獄之吏此所謂一尚存者也臣聞烏鳶之卵不毀而後鳳凰集誹謗之罪不誅而後良言進故古人有言山藪藏疾川澤納汙瑾瑜匿惡國君含詬惟陛下除誹謗以招切言開天下之口廣箴諫之路掃亡秦之失尊文武之德省法制寬刑罰以廢治獄則太平之風可興於世永履和樂與天亡極天下幸甚

賈捐之罷珠厓對

臣幸得遭明盛之朝蒙危言之策無忌諱之患敢昧死竭卷卷臣聞堯舜聖之盛也禹入聖域而不優故孔子稱堯曰大哉韶曰盡善禹曰無閒以三聖之德地方不過數千里西被流沙東漸于海朔南暨聲教訖于四海欲與聲教則治之不欲與者不彊治也故君臣歌德含氣之物各得其宜武丁成王殷周之大仁也然地東不過江黃西不過氐羌南不過蠻荊北不過朔方是以頌聲並作視聽之類咸樂其生越裳氏重九譯而獻此非兵革之所能致及其衰也南征

不還齊桓捄其難孔子定其文以至乎秦興兵遠攻貪外虛內務欲廣地不慮其害然地南不過閩越北不過太原而天下潰畔禍卒在於二世之末長城之歌至今未絕（以上言三代不廓地而興秦皇務廣地而亡）賴聖漢初興爲百姓請命平定天下至孝文皇帝閔中國未安偃武行文則斷獄數百民賦四十丁男三年而一事時有獻千里馬者詔曰鸞旗在前屬車在後吉行日五十里師行三十里朕乘千里之馬獨先安之於是還馬與道里費而下詔曰朕不受獻也其令四方毋求來獻當此之時逸遊之樂絕奇麗之賂塞鄭衛之倡微矣夫後宮盛色則賢者隱處佞人用事則諍臣杜口而文帝不行故諡爲孝文廟稱太宗至孝武皇帝元狩六年太倉之粟紅腐而不可食都內之錢貫朽而不可校迺探平城之事錄冒頓以來數爲邊害籍兵厲馬因富民以攘服之西連諸國至于安息東過碣石以玄菟樂浪爲郡北卻匈奴萬里更起營塞制南海以爲八郡則天下斷獄萬數民賦數百造鹽鐵酒榷之利以佐用度猶不能足當此之時寇賊並起軍旅數發父戰死於前子鬭傷於後女子乘亭鄣孤兒號於道老母寡婦飮泣巷

哭遙設虛祭想魂乎萬里之外淮南王盜寫虎符陰聘名士關東公孫勇等詐爲使者是皆廓地泰大征伐不休之故也以上言孝文偃武孝武窮兵今天下獨有關東關東大者獨有齊楚民衆久困連年流離離其城郭相枕席於道路人情莫親父母莫樂夫婦至嫁妻賣子法不能禁義不能止此社稷之憂也今陛下不忍悁悁之忿欲驅士衆擠之大海之中快心幽冥之地非所以救助饑饉保全元元也詩云蠢爾蠻荊大邦爲讎言聖人起則後服中國衰則先畔動爲國家難自古而患之久矣何況迺復其南方萬里之蠻乎駱越之人父子同川而浴相習以鼻飲與禽獸無異本不足郡縣置也顓顓獨居一海之中霧露氣溼多毒草蟲蛇水土之害人未見虜戰士自死又非獨珠厓有珠犀瑇瑁也棄之不足惜不擊不損威其民譬猶魚鱉何足貪也以上言珠厓不足貪臣竊以往者羌軍言之暴師曾未一年兵出不踰千里費四十餘萬萬大司農錢盡迺以少府禁錢續之夫一隅爲不善費尚如此況於勞師遠攻亡士毋功乎求之往古則不合施之當今又不便臣愚以爲非冠帶之國禹貢所及春秋所治皆可且無以爲願遂棄

珠厓專用恤關東爲憂

趙充國陳兵利害書

臣竊見騎都尉安國前幸賜書擇羌人可使使罕諭告以大軍當至漢不誅罕以解其謀恩澤甚厚非臣下所能及臣獨私美陛下盛德至計亡已故遣幵豪雕庫宣天子至德罕幵之屬皆聞知明詔今先零羌楊玉此羌之首帥名王將騎四千及煎鞏騎五千阻石山木候便爲寇罕羌未有所犯今置先零先擊罕釋有罪誅無辜起壹難就兩害誠非陛下本計也以上言不宜舍先零而擊罕臣聞兵法攻不足者守有餘又曰善戰者致人不致於人今罕羌欲爲敦煌酒泉寇宜飭兵馬練戰士以須其至坐得致敵之術以逸擊勞取勝之道也今恐二郡兵少不足以守而發之行攻釋致虜之術而從爲虜所致之道臣愚以爲不便以上言罕縱爲寇宜致之使來不宜往攻先零羌虜欲爲背畔故與罕幵解仇結約然其私心不能亡恐漢兵至而罕幵背之也臣愚以爲其計常欲先赴罕幵之急以堅其約先擊罕羌先零必助之今虜馬肥糧食方饒擊之恐不能傷害適使先零得施德於罕羌

堅其約合其黨虜交堅黨合精兵二萬餘人迫脅諸小種附著者稍衆莫須之屬不輕得離也如是虜兵寖多誅之用力數倍臣恐國家憂累繇十年數不二三歲而已（以上言先零必救罕之急解仇結黨）臣得蒙天子厚恩父子俱爲顯列臣位至上卿爵爲列侯犬馬之齒七十六爲明詔塡溝壑死骨不朽亡所顧念獨思惟兵利害至孰悉也於臣之計先誅先零已則罕幵之屬不煩兵而服矣先零已誅而罕幵不服涉正月擊之得計之理又其時也以今進兵誠不見其利惟陛下裁察

趙充國屯田奏三首

臣聞兵者所以明德除害也故舉得於外則福生於內不可不愼臣所將吏士馬牛食月用糧穀十九萬九千六百三十斛鹽千六百九十三斛茭藳二十五萬二百八十六石難久不解繇役不息又恐它夷卒有不虞之變相因並起爲明主憂誠非素定廟勝之策且羌虜易以計破難用兵碎也故臣愚以爲擊之不便（以上月須糧穀太多不變計則不能持久）計度臨羌東至浩亹羌虜故田及公田民所未墾可二千頃以上其閒郵亭多壞敗者臣前部士入山伐材木大小六萬餘枚皆在

水次願罷騎兵留弛刑應募及淮陽汝南步兵與吏士私從者合凡萬二百八
十一人用穀月二萬七千三百六十三斛鹽三百八斛分屯要害處冰解漕下
繕鄉亭浚溝渠治湟陿以西道橋七十所令可至鮮水左右田事出賦人二十
畮至四月草生發郡騎及屬國胡騎伉健各千倅馬什二就草爲田者遊兵以
充入金城郡益積畜省大費今大司農所轉穀至者足支萬人一歲食謹上田
處及器用簿惟陛下裁許（以上罷騎兵留步兵屯田發郡騎爲遊兵以護田者）
臣聞帝王之兵以全取勝是以貴謀而賤戰戰而百勝非善之善者也故先爲
不可勝以待敵之可勝蠻夷習俗雖殊於禮義之國然其欲避害就利愛親戚
畏死亡一也今虜亡其美地薦草愁於寄託遠遁骨肉離心人有畔志而明主
般師罷兵萬人留田順天時因地利以待可勝之虜雖未即伏辜兵決可期月
而望羌虜瓦解前後降者萬七百餘人及受言去者凡七十輩此坐支解羌虜
之具也（以上言屯田而羌可瓦解）臣謹條不出兵留田便宜十二事步兵九校吏士萬人留
屯以爲武備因田致穀威德並行一也又因排折羌虜令不得歸肥饒之壄貧

破其衆以成羌虜相畔之漸二也居民得並田作不失農業三也軍馬一月之食度支田士一歲罷騎兵以省大費四也至春省甲士卒循河湟漕穀至臨羌以眎羌虜揚威武傳世折衝之具五也以閒暇時下所伐材繕治郵亭充入金城六也兵出乘危徼幸不出令反畔之虜竄於風寒之地離霜露疾疫瘃墮之患坐得必勝之道七也亡經阻遠追死傷之害八也內不損威武之重外不令虜得乘閒之埶九也又亡驚動河南大开小开使生它變之憂十也治湟陿中道橋令可至鮮水以制西域信威千里從枕席上過師十一也大費既省繇役豫息以戒不虞十二也留屯田得十二便出兵失十二利臣充國材下犬馬齒衰不識長冊惟明詔博詳公卿議臣採擇

臣聞兵以計爲本故多算勝少算先零羌精兵今餘不過七八千人失地遠客分散飢凍罕开莫須又頗暴略其羸弱畜產畔還者不絕皆聞天子明令相捕斬之賞臣愚以爲虜破壞可日月冀遠在來春故曰兵決可朞月而望以上言先零破散爲期不遠竊見北邊自敦煌至遼東萬一千五百餘里乘塞列隧有吏卒數千人

虜數大衆攻之而不能害今留步士萬人屯田地埶平易多高山遠望之便部曲相保爲壍壘木樵校聯不絕便兵弩飭鬭具烽火幸通埶及并力以逸待勞兵之利者也臣愚以爲屯田內有亡費之利外有守禦之備騎兵雖罷虜見萬人留田爲必禽之具其土崩歸德宜不久矣從今盡三月虜馬羸瘦必不敢捐其妻子於它種中遠涉河山而來爲寇又見屯田之士精兵萬人終不敢復將其累重還歸故地是臣之愚計所以度虜且必瓦解其處不戰而自破之策也以上言屯兵防守之法可恃至於虜小寇盜時殺人民其原未可卒禁臣聞戰不必勝不苟接刃攻不必取不苟勞衆誠令兵出雖不能滅先零亶能令虜絕不爲小寇則出兵可也卽今同是而釋坐勝之道從乘危之埶往終不見利空內自罷敝貶重而自損非所以視蠻夷也以上言虜爲小寇不足患又大兵一出還不可復留湟中亦未可空如是繇役復發也且匈奴不可不備烏桓不可不憂今久轉運煩費傾我不虞之用以澹一隅臣愚以爲不便校尉臨衆幸得承威德奉厚幣拊循衆羌諭以明詔宜皆鄉風雖其前辭嘗曰得亡效五年宜亡它心不足以故出兵以上

言繇役不宜復發轉運不宜多費臣竊自惟念奉詔出塞引軍遠擊窮天子之精兵散車甲於山野雖無尺寸之功媮得避慊之便而亡後咎餘責此人臣不忠之利非明主社稷之福也臣幸得奮精兵討不義久留天誅罪當萬死陛下寬仁未忍加誅令臣數得執計愚臣伏計孰甚不敢避斧鉞之誅昧死陳愚惟陛下省察

劉向條災異封事

臣前幸得以骨肉備九卿奉法不謹乃復蒙恩竊見災異並起天地失常徵表為國欲終不言念忠臣雖在甽畝猶不忘君惓惓之義也況重以骨肉之親又加以舊恩未報乎欲竭愚誠又恐越職然惟二恩未報忠臣之義一杼愚意退就農畝死無所恨以上表進言之誠臣聞舜命九官濟濟相讓和之至也衆賢和於朝則萬物和於野故簫韶九成而鳳皇來儀擊石拊石百獸率舞四海之內靡不和甯及至周文開基西郊雜遝衆賢罔不肅和崇推讓之風以銷分爭之訟文王既沒周公思慕歌詠文王之德其詩曰於穆清廟肅雍顯相濟濟多士秉文之德當此之時武王周公繼政朝臣和於內萬國驩於外故盡得其驩心以事

其先祖其詩曰有來雍雍至止肅肅相維辟公天子穆穆言四方皆以和來也諸侯和於下天應報於上故周頌曰降福穰穰又曰貽我釐麰釐麰麥也始自天降此皆以和致和獲天助也(以上虞周和氣致祥)下至幽厲之際朝廷不和轉相非怨詩人疾而憂之曰民之無良相怨一方衆小在位而從邪議歙歙相是而背君子故其詩曰歙歙訿訿亦孔之哀謀之其臧則具是違謀之不臧則具是依君子獨處守正不撓衆枉勉強以從王事則反見憎毒讒愬故其詩曰密勿從事不敢告勞無罪無辜讒口嗷嗷當是之時日月薄蝕而無光其詩曰朔日辛卯日有蝕之亦孔之醜又曰彼月而微此日而微今此下民亦孔之哀又曰日月鞠凶不用其行四國無政不用其良天變見於上地變動於下水泉沸騰山谷易處其詩曰百川沸騰山冢卒崩高岸爲谷深谷爲陵哀今之人胡憯莫懲霜降失節不以其時其詩曰正月繁霜我心憂傷民之訛言亦孔之將言民以是爲非甚衆大也此皆不和賢不肖易位之所致也自此之後天下大亂簒殺殃禍並作厲王奔彘幽王見殺至乎平王末年魯隱之始卽位也周大夫祭伯乖

離不和出奔於魯而春秋爲諱不言來奔傷其禍殃自此始也是後尹氏世卿而專恣諸侯背畔而不朝周室卑微二百四十二年之間日食三十六地震五山陵崩阤二彗星三見夜常星不見夜中星隕如雨一火災十四長狄入三國五石隕墜六鷁退飛多麋有蜮蜚鸜鵒來巢者皆一見晝冥晦雨木冰李梅冬實七月霜降草木不死八月殺菽大雨雹雨雪雷霆失序相乘水旱饑蝝螽螟蠭午並起當是時禍亂輒應弒君三十六亡國五十二諸侯奔走不得保其社稷者不可勝數也周室多禍晉敗其師於貿戎伐其郊鄭傷桓王戎執其使衞侯朔召不往齊逆命而助朔五大夫爭權三君更立莫能正理遂至陵夷不能復興（以上衰周乖氣致戾）由此觀之和氣致祥乖氣致異祥多者其國安異衆者其國危天地之常經古今之通義也今陛下開三代之業招文學之士優游寬容使得並進今賢不肖渾殽白黑不分邪正雜糅忠讒並進章交公車人滿北軍朝臣舛午膠戾乖剌更相讒愬轉相是非傳授增加文書紛糾前後錯繆毀譽渾亂所以營惑耳目感移心意不可勝載分曹爲黨往往羣朋將同心以陷正臣正

臣進者治之表也正臣陷者亂之機也乘治亂之機未知孰任而災異數見此臣所以寒心者也夫乘權藉勢之人子弟鱗集於朝羽翼陰附者衆輻湊於前毀譽將必用以終乖離之咎是以日月無光雪霜夏隕海水沸出陵谷易處列星失行皆怨氣之所致也夫遵衰周之軌迹循詩人之所刺而欲以成太平致雅頌猶卻行而求及前人也初元以來六年矣案春秋六年之中災異未有稠如今者也夫有春秋之異無孔子之救猶不能解紛況甚於春秋乎以上言時多邪黨災異稠疊原其所以然者讒邪並進也讒邪之所以並進者由上多疑心既已用賢人而行善政如或譖之則賢人退而善政還夫執狐疑之心者來讒賊之口持不斷之意者開羣枉之門讒邪進則衆賢退羣枉盛則正士消故易有否泰小人道長君子道消君子道消則政日亂故爲否否者閉而亂也君子道長小人道消小人道消則政日治故爲泰泰者通而治也詩又云雨雪麃麃見晛曰消與易同義昔者鯀共工驩兜與舜禹雜處堯朝周公與管蔡並居周位當是時迭進相毀流言相謗豈可勝道哉帝堯成王能賢舜禹周公而消共工管蔡故

以大治榮華至今孔子與季孟偕仕於魯李斯與叔孫俱宦於秦定公始皇賢季孟李斯而消孔子叔孫故以大亂污辱至今故治亂榮辱之端在所信任信任既賢在於堅固而不移詩云我心匪石不可轉也言守善篤也易曰渙汗其大號言號令如汗汗出而不反者也今出善令未能踰時而反是反汗也用賢未能三旬而退是轉石也論語曰見不善如探湯今二府奏佞讇不當在位歷年而不去故出令則如反汗用賢則如轉石去佞則如拔山如此望陰陽之調不亦難乎是以羣小窺見閒隙緣飾文字巧言醜詆流言飛文譁於民閒故詩云憂心悄悄慍于羣小小人成羣誠足慍也昔孔子與顏淵子貢更相稱譽不爲朋黨禹稷與皐陶傳相汲引不爲比周何則忠於爲國無邪心也故賢人在上位則引其類而聚之於朝易曰飛龍在天大人聚也在下位則思與其類俱進易曰拔茅茹以其彙征吉在上則引其類在下則推其類故湯用伊尹不仁者遠而衆賢至類相致也以上言疑賢人爲朋黨故讒邪得進今佞邪與賢臣並在交戟之內合黨共謀違善依惡歙歙訿訿數設危險之言欲以傾移主上如忽然用之此天

地之所以先戒災異之所以重至者也自古明聖未有無誅而治者也故舜有四放之罰而孔子有兩觀之誅然後聖化可得而行也今以陛下明知誠深思天地之心迹察兩觀之誅覽否泰之卦觀雨雪之詩歷周唐之所進以爲法原秦魯之所消以爲戒考祥應之福省災異之禍以揆當世之變放遠佞邪之黨壞散險詖之聚杜閉羣枉之門廣開衆正之路決斷狐疑分別猶豫使是非炳然可知則百異消滅而衆祥並至太平之基萬世之利也臣幸得託肺腑誠見陰陽不調不敢不通所聞竊推春秋災異以效今事一二條其所以不宜宣泄臣謹重封昧死上（以上請誅邪佞去狐疑）

劉向論甘延壽等疏

郅支單于囚殺使者吏士以百數事暴揚外國傷威毀重羣臣皆閔焉陛下赫然欲誅之意未嘗有忘西域都護延壽副校尉湯承聖指倚神靈總百蠻之君攬城郭之兵出百死入絕域遂蹈康居屠五重城搴歙侯之旗斬郅支之首縣旌萬里之外揚威昆山之西掃谷吉之恥立昭明之功萬夷慴伏莫不懼震呼

韓邪單于見郅支已誅且喜且懼鄉風馳義稽首來賓願守北藩累世稱臣立千載之功建萬世之安羣臣之勳莫大焉（以上表延壽湯之功）昔周大夫方叔吉甫爲宣王誅獫狁而百蠻從其詩曰嘽嘽焞焞如霆如雷顯允方叔征伐獫狁蠻荊來威易曰有嘉折首獲匪其醜言美誅首惡之人而諸不順者皆來從也今延壽湯所誅震雖易之折首詩之雷霆不能及也論大功者不錄小過舉大美者不疵細瑕司馬法曰軍賞不踰月欲民速得爲善之利也蓋急武功重用人也吉甫之歸周厚賜之其詩曰吉甫宴喜既多受祉來歸自鎬我行永久千里之鎬猶以爲遠況萬里之外其勤至矣延壽湯既未獲受祉之報反屈捐命之功久挫於刀筆之前非所以勸有功厲戎士也（以上大於方叔吉甫）昔齊桓公前有尊周之功後有滅項之罪君子以功覆過而爲之諱行事貳師將軍李廣利捐五萬之師靡億萬之費經四年之勞而厪獲駿馬三十匹雖斬宛王母鼓之首猶不足以復費其私罪惡甚多孝武以爲萬里征伐不錄其過遂封拜兩侯三卿二千石百有餘人今康居國彊於大宛郅支之號重於宛王殺使者罪甚於留馬而延

壽湯不煩漢士不費斗糧比於貳師功德百之以上優於齊桓貳師且常惠隨欲擊之烏孫鄭吉迎自來之日逐猶皆裂土受爵故言威武勤勞則大於方叔吉甫列功覆過則優於齊桓貳師近事之功則高於安遠長羅而大功未著小惡數布臣竊痛之宜以時解縣通籍除過勿治尊寵爵位以勸有功

劉向論起昌陵疏

臣聞易曰安不忘危存不忘亡是以身安而國家可保也故聖賢之君博觀終始窮極事情而是非分明王者必通三統明天命所授者博非獨一姓也孔子論詩至於殷士膚敏祼將于京喟然嘆曰大哉天命善不可不傳于子孫是以富貴無常不如是則王公其何以戒慎民萌何以勸勉蓋傷微子之事周而痛殷之亡也雖有堯舜之聖不能化丹朱之子雖有禹湯之德不能訓末孫之桀紂自古及今未有不亡之國也昔高皇帝既滅秦將都雒陽感悟劉敬之言自以德不及周而賢於秦遂徙都關中依周之德因秦之阻世之長短以德爲效故常戰栗不敢諱亡孔子所謂富貴無常蓋謂此也孝文皇帝居霸陵北臨廁

意悽愴悲懷顧謂羣臣曰嗟乎以北山石爲椁用紵絮斮陳漆其閒豈可動哉張釋之進曰使其中有可欲雖錮南山猶有隙使其中無可欲雖無石椁又何慼焉夫死者無終極而國家有廢興故釋之之言爲無窮計也孝文寤焉遂薄葬不起山墳以上言國家有廢興引出文帝薄葬之賢易曰古之葬者厚衣之以薪臧之中野不封不樹後世聖人易之以棺槨棺槨之作自黃帝始黃帝葬於橋山堯葬濟陰邱壠皆小葬具甚微舜葬蒼梧二妃不從禹葬會稽不改其列殷湯無葬處文武周公葬於畢秦穆公葬於雍橐泉宮祈年館下樗里子葬於武庫皆無邱壠之處此聖帝明王賢君智士遠覽獨慮無窮之計也其賢臣孝子亦承命順意而薄葬之此誠奉安君父忠孝之至也夫周公武王弟也葬兄甚微孔子葬母於防稱古墓而不墳曰某東西南北之人也不可不識也爲四尺墳遇雨而崩弟子修之以告孔子孔子流涕曰吾聞之古者不修墓蓋非之也延陵季子適齊而反其子死葬於嬴博之閒穿不及泉斂以時服封墳掩坎其高可隱而號曰骨肉歸復於土命也魂氣則無不之也夫嬴博去吳千有餘里季子不歸葬孔

子往觀曰延陵季子於禮合矣故仲尼孝子而延陵慈父舜禹忠臣周公弟弟其葬君親骨肉皆微薄矣非苟爲儉誠便於體也宋桓司馬爲石槨仲尼曰不如速朽秦相呂不韋集知略之士而造春秋亦言薄葬之義皆明於事情者也（以上雜引聖賢薄葬之事）逮至吳王闔閭違禮厚葬十有餘年越人發之及秦惠文武昭嚴襄五王皆大作邱壠多其瘞藏咸盡發掘暴露甚足悲也秦始皇帝葬於驪山之阿下錮三泉上崇山墳其高五十餘丈周回五里有餘石槨爲游館人膏爲燈燭水銀爲江海黃金爲鳬雁珍寶之臧機械之變棺槨之麗宮館之盛不可勝原又多殺宮人生薶工匠計以萬數天下苦其役而反之驪山之作未成而周章百萬之師至其下矣項籍燔其宮室營宇往者咸見發掘其後牧兒亡羊羊入其鑿牧者持火照求羊失火燒其藏槨自古至今葬未有盛如始皇者也數年之閒外被項籍之災內離牧豎之禍豈不哀哉（以上言厚葬之非歸罪始皇）是故德彌厚者葬彌薄知愈深者葬愈微無德寡知其葬愈厚邱隴彌高宮廟甚麗發掘必速由是觀之明暗之效葬之吉凶昭然可見矣周德既衰而奢侈宣王賢而

中興更爲儉宮室小寢廟詩人美之斯干之詩是也上章道宮室之如制下章言子孫之衆多也及魯嚴公刻飾宗廟多築臺囿後嗣再絶春秋刺焉周宣如彼而昌魯秦如此而絶是則奢儉之得失也陛下卽位躬親節儉始營初陵其制約小天下莫不稱賢明及徙昌陵增埤爲高積土爲山發民墳墓積以萬數營起邑居期日迫卒功費大萬百餘死者恨於下生者愁於上怨氣感動陰陽因之以饑饉物故流離以十萬數臣甚惽焉以死者爲有知發人之墓其害多矣若其無知又焉用大謀之賢知則不說以示衆庶則苦之若苟以說愚夫淫侈之人又何爲哉陛下慈仁篤美甚厚聰明疏達蓋世宜宏漢家之德崇劉氏之美光昭五帝三王而顧與暴秦亂君競爲奢侈比方邱隴說愚夫之目隆一時之觀違賢知之心亡萬世之安臣竊爲陛下羞之惟陛下上覽明聖黃帝堯舜禹湯文武周公仲尼之制下觀賢知穆公延陵樗里張釋之之意孝文皇帝去墳薄葬以儉安神可以爲則秦昭始皇增山厚臧以侈生害足以爲戒初陵之橅宜從公卿大臣之議以息衆庶

劉向諫外家封事

臣聞人君莫不欲安然而常危莫不欲存然而常亡失御臣之術也夫大臣操權柄持國政未有不爲害者也昔晉有六卿齊有田崔衞有孫甯魯有季孟常掌國事世執朝柄終後田氏取齊六卿分晉崔杼弒其君光孫林父甯殖出其君衎弒其君剽季氏八佾舞於庭三家者以雍徹並專國政卒逐昭公周大夫尹氏筦朝事濁亂王室子朝子猛更立連年乃定故經曰王室亂又曰尹氏弒王子克甚之也春秋舉成敗錄禍福如此類甚衆皆陰盛而陽微下失臣道之所致也故書曰臣之有作威作福害于而家凶于而國孔子曰祿去公室政逮大夫危亡之兆秦昭王舅穰侯及涇陽葉陽君專國擅埶上假太后之威三人者權重於昭王家富於秦國國甚危殆賴寤范睢之言而秦復存二世委任趙高專權自恣壅蔽大臣終有閻樂望夷之禍秦遂以亡近事不遠卽漢所代也漢興諸呂無道擅相尊王呂產呂祿席太后之寵據將相之位兼南北軍之衆擁梁趙王之尊驕盈無厭欲危劉氏賴忠正大臣絳侯朱虛侯等竭誠盡節以

誅滅之然後劉氏復安以上歷敘權臣害國而以呂氏之亂引出王氏今王氏一姓乘朱輪華轂者二十三人青紫貂蟬充盈幄內魚鱗左右大將軍秉事用權五侯驕奢僭盛並作威福擊斷自恣行汙而寄治身私而託公依東宮之尊假甥舅之親以為威重尚書九卿州牧郡守皆出其門筦執樞機朋黨比周稱譽者登進忤恨者誅傷游談者助之說執政者為之言排擯宗室孤弱公族其有智能者尤非毀而不進遠絕宗室之任不令得給事朝省恐其與己分權數稱燕王蓋主以疑上心避諱呂霍而弗肯稱內有管蔡之萌外假周公之論兄弟據重宗族磐互歷上古至秦漢外戚僭貴未有如王氏者也雖周皇父秦穰侯漢武安呂霍上官之屬皆不及也以上極言王氏僭盛物盛必有非常之變先見為其人微象孝昭帝時冠石立於泰山仆柳起於上林而孝宣帝即位今王氏先祖墳墓在濟南者其梓柱生枝葉扶疏上出屋根垂地中雖立石起柳無以過此之明也事勢不兩大王氏與劉氏亦且不並立如下有泰山之安則上有累卵之危陛下為人子孫守持宗廟而令國祚移於外親降為皁隸縱不為身奈宗廟何婦人內夫家外父

母家此亦非皇太后之福也（以上言王氏大臣則劉氏危）孝宣皇帝不與舅平昌樂昌侯權所以全安之也夫明者起福於無形銷患於未然宜發明詔吐德音援近宗室親而納信黜遠外戚毋授以政皆罷令就第以則效先帝之所行厚安外戚全其宗族誠東宮之意外家之福也王氏永存保其爵祿劉氏長安不失社稷所以褒睦外內之姓子子孫孫無疆之計也如不行此策田氏復見於今六卿必起於漢爲後嗣憂昭昭甚明不可不深圖不可不蚤慮易曰君不密則失臣臣不密則失身幾事不密則害成惟陛下深留聖思審固幾密覽往事之戒以折中取信居萬安之實用保宗廟久承皇太后天下幸甚（以上請黜遠王氏）

匡衡上政治得失疏

臣聞五帝不同禮三王各異教民俗殊務所遇之時異也陛下躬聖德開太平之路閔愚吏民觸法抵禁比年大赦使百姓得改行自新天下幸甚臣竊見大赦之後姦邪不爲衰止今日大赦明日犯法相隨入獄此殆導之未得其務也蓋保民者陳之以德義示之以好惡觀其失而制其宜故動之而和綏之而安

今天下俗貪財賤義，好聲色，尚侈靡，廉恥之節薄，淫辟之意縱，綱紀失序，疏者踰內，親戚之恩薄，婚姻之黨隆，苟合儌幸，以身沒利。不改其原，雖歲赦之，刑猶難使錯而不用也。（以上言屢赦而姦不止，因陳俗之貪薄。）臣愚以為宜壹曠然大變其俗。孔子曰：「能以禮讓為國乎何有。」朝廷者，天下之楨幹也。公卿大夫相與循禮恭讓，則民不爭；好仁樂施，則下不暴；上義高節，則民興行；寬柔和惠，則眾相愛。四者，明王之所以不嚴而成化也。何者？朝有變色之言，則下有爭鬬之患；上有自專之士，則下有不讓之人；上有克勝之佐，則下有傷害之心；上有好利之臣，則下有盜竊之民：此其本也。今俗吏之治，皆不本禮讓，而上克暴，或忮害好陷人於罪，貪財而慕埶，故犯法者眾，姦邪不止，雖嚴刑峻法，猶不為變。此非其天性，有由然也。臣竊考國風之詩，周南、召南被賢聖之化深，故篤於行而廉於色。鄭伯好勇而國人暴虎，秦穆貴信而士多從死，陳夫人好巫而民淫祀，晉侯好儉而民畜聚，太王躬仁，邠國貴恕。由此觀之，治天下者審所上而已。（以上言下之俗本於上之化。）今之僞薄忮害，不讓極矣。臣聞教化之流，非家至而人說之也，賢者在位，能者在職，朝廷崇禮百僚敬讓道德之行由內及外自近者始然後民知所法遷善日進而不自知是以百姓安陰陽和神靈應而嘉祥見詩曰商邑翼翼四方之極壽考且寧以保我後生此成湯所以建至治保子孫化異俗而懷鬼方也今長安天子之都親承聖化然其習俗無以異於遠方郡國來者無所法則或見侈靡而放效之此教化之原本風俗之樞機宜先正者也（以上言教化自近者始宜先正長安帝都）臣聞天人之際精祲有以相盪善惡有以相推事作乎下者象動乎上陰陽之理各應其感陰變則靜者動陽蔽則明者晻水旱之災隨類而至今關東連年饑饉百姓乏困或至相食此皆生於賦斂多民所共者大而吏安集之不稱之效也陛下祗畏天戒哀閔元元大自減損省甘泉建章宮衛罷珠厓偃武行文將欲度唐虞之隆絕殷周之衰也諸見罷珠厓詔書者莫不欣欣人自以將見太平也宜遂減宮室之度省靡麗之飾考制度修外內近忠正遠巧佞放鄭衛進雅頌舉異材開直言任温良之人退刻薄之吏顯絜白之士昭無欲之路覽六藝之意察上世之務明自然之道博和睦之化以崇至仁匡失俗易民視令海內

昭然咸見本朝之所貴道德宏於京師淑問揚乎疆外然後大化可成禮讓可興也以上因天災徵應遂言宜崇廉讓忠直

匡衡論治性正家疏

臣聞治亂安危之機在乎審所用心蓋受命之王務在創業垂統傳之無窮繼體之君心存於承宣先王之德而褒大其功昔者成王之嗣位思述文武之道以養其心休烈盛美皆歸之二后而不敢專其名是以上天歆享鬼神佑焉其詩曰念我皇祖陟降庭止言成王常思祖考之業而鬼神佑助其治也陛下聖德天覆子愛海內然陰陽未和姦邪未禁者殆議論者未丕揚先帝之盛功爭言制度不可用也務變更之所更或不可行而復復之是以羣下更相是非吏民無所信臣竊恨國家釋樂成之業而虛爲此紛紛也願陛下詳覽統業之事留神於遵制揚功以定羣下之心大雅曰無念爾祖聿修厥德孔子著之孝經首章蓋至德之本也以上言遵守舊章不宜紛更傳曰審好惡理情性而王道畢矣能盡其性然後能盡人物之性能盡人物之性可以贊天地之化治性之道必審己之

所有餘而彊其所不足蓋聰明疏通者戒於大察寡聞少見者戒於雍蔽勇猛剛彊者戒於大暴仁愛溫良者戒於無斷湛靜安舒者戒於後時廣心浩大者戒於遺忘必審己之所當戒而齊之以義然後中和之化應而巧僞之徒不敢比周而望進惟陛下戒所以崇聖德以上言治性當戒其所不足

臣又聞室家之道修則天下之理得故詩始國風禮本冠婚始乎國風原情性而明人倫也本乎冠婚正基兆而防未然也福之興莫不本乎室家道之衰莫不始乎梱內故聖王必慎妃后之際別適長之位禮之於內也卑不踰尊新不先故所以統人情而理陰氣也其尊適而卑庶也適子冠乎阼禮之用醴衆子不得與列所以貴正體而明嫌疑也非虛加其禮文而已乃中心與之殊異故禮探其情而見之外也聖人動靜游燕所親物得其序得其序則海內自修百姓從化如當親者疏當尊者卑則佞巧之姦因時而動以亂國家故聖人慎防其端禁於未然不以私恩害公義陛下聖德純備莫不修正則天下無爲而治詩云于以四方克定厥家傳曰正家而天下定矣以上言正家當別適庶

匡衡戒妃匹勸經學威儀之則疏

陛下秉至孝哀傷思慕不絕於心未有游虞弋射之宴誠隆於慎終追遠無窮已也竊願陛下雖聖性得之猶復加聖心焉詩云煢煢在疚言成王喪畢思慕意氣未能平也蓋所以就文武之業崇大化之本也(以上總起)臣又聞之師曰妃匹之際生民之始萬福之原婚姻之禮正然後品物遂而天命全孔子論詩以關雎爲始言太上者民之父母后夫人之行不侔乎天地則無以奉神靈之統而理萬物之宜故詩曰窈窕淑女君子好仇言能致其貞淑不貳其操情欲之感無介乎容儀宴私之意不形乎動靜夫然後可以配至尊而爲宗廟主此綱紀之首王教之端也自上世以來三代興廢未有不由此者也願陛下詳覽得失盛衰之效以定大基采有德戒聲色近嚴敬遠技能(以上戒妃匹)竊見聖德純茂專精詩書好樂無厭臣衡材駑無以輔相善義宣揚德音臣聞六經者聖人所以統天地之心著善惡之歸明吉凶之分通人道之正使不悖於其本性者也故審六藝之指則天人之理可得而和草木昆蟲可得而育此永永不易之道也

及論語孝經聖人言行之要宜究其意（以上勸經學）臣又聞聖王之自爲動靜周旋奉天承親臨朝饗臣物有節文以章人倫蓋欽翼祗栗事天之容也温恭敬遜承親之禮也正躬嚴恪臨衆之儀也嘉惠和說饗下之顏也舉錯動作物遵其儀故形爲仁義動爲法則孔子曰德義可尊容止可觀進退可度以臨其民是以其民畏而愛之則而象之大雅云敬慎威儀惟民之則諸侯正月朝覲天子天子惟道德昭穆穆以視之又觀以禮樂饗醴迺歸故萬國莫不獲賜祉福蒙化而成俗今正月初幸路寢臨朝賀置酒以饗萬方傳曰君子慎始願陛下留神動靜之節使羣下得望盛德休光以立基楨天下幸甚（以上威儀之則）

賈讓治河議

治河有上中下策古者立國居民疆理土地必遺川澤之分度水埶所不及大川亡防小水得入陂障卑下以爲汚澤使秋水多得有所休息左右游波寬緩而不迫夫土之有川猶人之有口也治土而防其川猶止兒啼而塞其口豈不遽止然其死可立而待也故曰善爲川者決之使道善爲民者宣之使言蓋隄

防之作近起戰國雍防百川各以自利齊與趙魏以河爲竟趙魏瀕山齊地卑下作隄去河二十五里河水東抵齊隄則西汎趙魏趙魏亦爲隄去河二十五里雖非其正水尙有所游盪時至而去則填淤肥美民耕田之或久無害稍築室宅遂成聚落大水時至漂沒則更起隄防以自救稍去其城郭排水澤而居之湛溺自其宜也今隄防陿者去水數百步遠者數里近黎陽南故大金隄從河西西北行至西山南頭迺折東與東山相屬民居金隄東爲廬舍往十餘歲更起隄從東山南頭直南與故大隄會又內黃界中有澤方數十里環之有隄往十餘歲太守以賦民民今起廬舍其中此臣親所見者也東郡白馬故大隄亦復數重民皆居其閒從黎陽北盡魏界故大隄去河遠者數十里內亦數重此皆前世所排也河從河內北至黎陽爲石隄激使東抵東郡平剛又爲石隄使西北抵黎陽觀下又爲石隄使東北抵東郡津北又爲石隄使西北抵魏郡昭陽又爲石隄激使東北百餘里閒河再西三東迫阸如此不得安息今行上策徙冀州之民當水衝者決黎陽遮害亭放河使北入海河西薄大山東薄金

隄埶不能遠泛濫期月自定難者將曰若如此敗壞城郭田廬冢墓以萬數百姓怨憾昔大禹治水山陵當路者毀之故鑿龍門辟伊闕析底柱破碣石墮斷天地之性此迺人功所造何足言也今瀕河十郡治隄歲費且萬萬及其大決所殘亡數如出數年治河之費以業所徙之民遵古聖之法定山川之位使神人各處其所而不相奸且以大漢方制萬里豈其與水爭咫尺之地哉此功一立河定民安千載亡患故謂之上策（以上言上策）若迺多穿漕渠於冀州地使民得以溉田分殺水怒雖非聖人法然亦救敗術也難者將曰河水高於平地歲增隄防猶尚決溢不可以開渠臣竊按視遮害亭西十八里至淇水口迺有金隄高一丈自是東地稍下隄稍高至遮害亭高四五丈往五六歲河水大盛增丈七尺壞黎陽南郭門入至隄下水未踰隄二尺所從隄上北望河高出民屋百姓皆走上山水留十三日隄潰二所吏民塞之臣循隄上行視水埶南七十餘里至淇口水適至隄半計出地上五尺所今可從淇口以東為石隄多張水門初元中遮害亭下河去隄足數十步至今四十餘歲適至隄足由是言之其地

堅矣恐議者疑河大川難禁制滎陽漕渠足以卜之其水門但用木與土耳今據堅地作石隄埶必完安冀州渠首盡當卬此水門治渠非穿地也但爲東方一隄北行三百餘里入漳水中其西因山足高地諸渠皆往往股引取之旱則開東方下水門溉冀州水則開西方高門分河流通渠有三利不通有三害民常罷於救水半失作業水行地上湊潤上徹民則病溼氣木皆立枯鹵不生穀決溢有敗爲魚鼈食此三害也若有渠溉則鹽鹵下隰填淤加肥故種禾麥更爲秔稻高田五倍下田十倍轉漕舟船之便此三利也今瀕河隄吏卒郡數千人伐買薪石之費歲數千萬足以通渠成水門又民利其灌溉相率治渠雖勞不罷民田適治河隄亦成此誠富國安民興利除害支數百歲故謂之中策以上言中策 若迺繕完故隄增卑倍薄勞費亡已數逢其害此最下策也

揚雄諫不許單于朝書

臣聞六經之治貴於未亂兵家之勝貴於未戰二者皆微然而大事之本不可不察也今單于上書求朝國家不許而辭之臣愚以爲漢與匈奴從此隙矣夫

北地之狄五帝所不能臣三王所不能制其不可使隙甚明臣不敢遠稱請引秦以來明之以秦始皇之彊蒙恬之威帶甲四十餘萬然不敢窺西河迺築長城以界之會漢初興以高祖之威靈三十萬衆困於平城士或七日不食時奇譎之士石畫之臣甚衆卒其所以脫者世莫得而言也又高皇后嘗忿匈奴羣臣庭議樊噲請以十萬衆橫行匈奴中季布曰噲可斬也妄阿順指於是大臣權書遺之然後匈奴之結解中國之憂平及孝文時匈奴侵暴北邊候騎至雍甘泉京師大駭發三將軍屯細柳棘門霸上以備之數月迺罷孝武即位設馬邑之權欲誘匈奴使韓安國將三十萬衆徼於便墜匈奴覺之而去徒費財勞師一虜不可得見況單于之面乎其後深惟社稷之計規恢萬載之策迺大興師數十萬使衛青霍去病操兵前後十餘年於是浮西河絕大幕破寘顏襲王庭窮極其地追奔逐北封狼居胥山禪於姑衍以臨瀚海虜名王貴人以百數自是之後匈奴震怖益求和親然而未肯稱臣也以上秦漢匈奴之彊且夫前世豈樂傾無量之費役無罪之人快心於狼望之北哉以爲不一勞者不久佚不暫費者

不永寧是以忍百萬之師以摧餓虎之喙運府庫之財塡盧山之壑而不悔也至本始之初匈奴有桀心欲掠烏孫侵公主迺發五將之師十五萬騎獵其南而長羅侯以烏孫五萬騎震其西皆至質而還時鮮有所獲徒奮揚威武明漢兵若雷風耳雖空行空反尙誅兩將軍故北狄不服中國未得高枕安寢也以上未服時攻伐之難逮至元康神爵之閒大化神明鴻恩溥洽而匈奴內亂五單于爭立日逐呼韓邪攜國歸死扶伏稱臣然尙羈縻之計不顓制自此之後欲朝者不距不欲者不彊何者外國天性忿鷙形容魁健負力怙氣難化以善易隸以惡其彊難詘其和難得以上既服後慰撫之備故未服之時勞師遠攻傾國殫貨伏尸流血破堅拔敵如彼之難也既服之後慰薦撫循交接賂遺威儀俯仰如此之備也往時嘗屠大宛之城蹈烏桓之壘探姑繒之壁籍蕩姐之場艾朝鮮之旃拔兩越之旗近不過旬月之役遠不離二時之勞固已犂其庭掃其閭郡縣而置之雲徹席卷後無餘菑惟北狄爲不然眞中國之堅敵也三垂比之懸矣前世重之玆甚未易可輕也今單于歸義懷款誠之心欲離其庭陳見於前此迺上世

之遺策神靈之所想望國家雖費不得已者也奈何距以來厭之辭疏以無日之期消往昔之恩開將來之隙夫款而隙之使有恨心負前言緣往辭歸怨於漢因以自絕終無北面之心威之不可諭之不能焉得不爲大憂乎夫明者視於無形聰者聽於無聲誠先於未然卽蒙恬樊噲不復施棘門細柳不復備馬邑之策安所設衛霍之功何得用五將之威安所震不然壹有隙之後雖智者勞心於內辯者轂擊於外猶不若未然之時也且往者圖西域制車師置城郭都護三十六國費歲以大萬計者豈爲康居烏孫能踰白龍堆而寇西邊哉迺以制匈奴也夫百年勞之一日失之費十而愛一臣竊爲國不安也惟陛下少留意於未亂未戰以遏邊萌之禍

劉歆毀廟議

臣聞周室既衰四夷並侵獫狁最彊於今匈奴是也至宣王而伐之詩人美而頌之曰薄伐獫狁至于太原又曰嘽嘽焞焞如霆如雷顯允方叔征伐獫狁蠻荆來威故稱中興及至幽王犬戎來伐殺幽王取宗器自是之後南夷與北夷

交侵中國不絕如綫春秋紀齊桓南伐楚北伐山戎孔子曰微管仲吾其被髮左袵矣是故棄桓之過而錄其功以爲伯首及漢興冒頓始彊破東胡禽月氏幷其土地地廣兵彊爲中國害南越尉佗總百粵自稱帝故中國雖平猶有四夷之患且無甯歲一方有急三面救之是天下皆動而被其害也孝文皇帝厚以貨賂與結和親猶侵暴無已甚者興師十餘萬衆近屯京師及四邊歲發屯備虜其爲患久矣非一世之漸也諸侯郡守連匈奴及百粵以爲逆者非一人也匈奴所殺郡守都尉略取人民不可勝數孝武皇帝愍中國罷勞無安甯之時乃遣大將軍驃騎伏波樓船之屬南滅百粵起七郡北攘匈奴降昆邪十萬之衆置五屬國起朔方以奪其肥饒之地東伐朝鮮起元菟樂浪以斷匈奴之左臂西伐大宛幷三十六國結烏孫起敦煌酒泉張掖以鬲婼羌裂匈奴之右肩單于孤特遠遁于幕北四垂無事斥地遠境起十餘郡功業既定迺封丞相爲富民侯以大安天下富實百姓其規橅可見又招集天下賢俊與協心同謀興制度改正朔易服色立天地之祠建封禪殊官號存周後定諸侯之制永無

逆爭之心至今累世賴之單于守藩百蠻服從萬世之基也中興之功未有高焉者也（以上孝武功烈）高帝建大業為太祖孝文皇帝德至厚也為文太宗孝武皇帝功至著也為武世宗此孝宣帝所以發德音也（以上孝宣崇立之）禮記王制及春秋穀梁傳天子七廟諸侯五大夫三士二天子七日而殯七月而葬諸侯五日而殯五月而葬此喪事尊卑之序也與廟數相應其文曰天子三昭三穆與太祖之廟而七諸侯二昭二穆與太祖之廟而五故德厚者流光德薄者流卑春秋左氏傳曰名位不同禮亦異數自上以下降殺以兩禮也七者其正法數可常數者也宗不在此數中宗變也苟有功德則宗之不可預為設數故於殷太甲為太宗太戊曰中宗武丁曰高宗周公為毋逸之戒舉殷三宗以勸成王繇是言之宗無數也然則所以勸帝者之功德博矣（以上宗不在廟數中）以七廟言之孝武皇帝未宜毀以所宗言之則不可謂無功德禮記祀典曰夫聖王之制祀也功施於民則祀之以勞定國則祀之能救大災則祀之竊觀孝武皇帝功德皆兼而有焉凡在於異姓猶將特祀之況於先祖或說天子五廟無見文又說中宗高宗

者宗其道而毀其廟名與實異非尊德貴功之意也詩云蔽芾甘棠勿翦勿伐召伯所茇思其人猶愛其樹況宗其道而毀其廟乎迭毀之禮自有常法無殊功異德固以親疏相推及至祖宗之序多少之數經傳無明文至尊至重難以疑文虛說定也（以上雜辨）孝宣皇帝舉公卿之議用衆儒之謀既以爲世宗之廟建之萬世宣布天下臣愚以爲孝武皇帝功烈如彼孝宣皇帝崇立之如此不宜毀。

樊準與修儒學疏

臣聞賈誼有言人君不可以不學故雖大舜聖德孳孳爲善成王賢主崇明師傅及光武皇帝受命中興羣雄崩擾旌旗亂野東西誅戰不遑啓處然猶投戈講藝息馬論道（以上前古及光武之好學）至孝明皇帝兼天地之姿用日月之明庶政萬機無不簡心而垂情古典游意經藝每饗射禮畢正坐自講諸儒並聽四方欣欣雖闕里之化矍相之事誠不足言又多徵名儒以充禮官如沛國趙孝琅邪承宮等或安車結駟告歸鄉里或豐衣博帶從見宗廟其餘以經術見優者布在

廊廟故朝多皤皤之良華首之老每讌會則論難衎衎共求政化詳覽羣言響如振玉朝者進而思政罷者退而備問小大隨化雍雍可嘉期門羽林介冑之士悉通孝經博士議郎一人開門徒衆百數化自聖躬流及蠻荒匈奴遣伊秩訾王大車且渠來入就學八方肅清上下無事是以議者每稱盛時咸言永平（以上永平儒學之盛）今學者蓋少遠方尤甚博士倚席不講儒者競論浮麗忘謇謇之忠習諓諓之辭文吏則去法律而學詆欺銳錐刀之鋒斷刑辟之重德陋俗薄以致苛刻昔孝文竇后性好黃老而清靜之化流景武之閒臣愚以爲宜下明詔博求幽隱發揚巖穴寵進儒雅有如孝宮者徵詣公車以俟聖上講習之期公卿各舉明經及舊儒子孫進其爵位使纘其業復召郡國書佐使讀律令（以上陳興修儒學之法三端）如此則延頸者日有所見傾耳者月有所聞伏願陛下推述先帝進業之道

劉陶上桓帝書

臣聞人非天地無以爲生天地非人無以爲靈是故帝非人不立人非帝不寗

夫天之與帝，帝之與人，猶頭之與足，相須而行也。伏惟陛下年隆德茂，中天稱號，襲常存之慶，循不易之制，目不視鳴條之事，耳不聞檀車之聲，天災不有痛於肌膚，震食不即損於聖體，故蔑三光之謬，輕上天之怒。伏念高祖之起，始自布衣，拾暴秦之敝，追亡周之鹿，合散扶傷，克成帝業，功既顯矣，勤亦至矣，流福遺祚，至於陛下。陛下既不能增明烈考之軌，而忽高祖之勤，妄假利器，委授國柄，使羣醜刑隸，芟刈小民，雕敝諸夏，虐流遠近，故天降衆異，以戒陛下。陛下不悟，而競令虎豹窟於麑場，豺狼乳於春囿，斯豈唐咨禹稷，益典朕虞，議物賦土蒸民之意哉？又令牧守長吏，上下交競，封豕長蛇，蠶食天下，貨殖者為窮冤之魂，貧餒者作飢寒之鬼，高門獲東觀之辜，豐室羅妖叛之罪，死者悲於窀穸，生者戚於朝野，是愚臣所為咨嗟長懷歎息者也。（以上時政貪虐）且秦之將亡，正諫者誅，諛進者賞，嘉言結於忠舌，國命出於讒口，擅閻樂於咸陽，授趙高以車府，權去己而不知，威離身而不顧。古今一揆，成敗同執，願陛下遠覽彊秦之傾，近察哀平之變，得失昭然，禍福可見。（以上進退忠佞之鑒）臣又聞危非仁不扶，亂非智不救，故武丁得傅說以消鼎雉之災周宣用申甫以濟夷厲之荒竊見故冀州刺史南陽朱穆前烏桓校尉臣同郡李膺皆履正清平貞高絶俗穆前在冀州奉憲操平摧破姦黨埽清萬里膺歷典牧守正身率下及掌戎馬威揚朔北斯實中興之良佐國家之柱臣也宜還本朝挾輔王室上齊七燿下鎮萬國以上薦朱穆李膺臣敢吐不時之義於諱言之朝猶冰霜見日必至消滅臣始悲天下之可悲今天下亦悲臣之愚惑也

劉陶改鑄大錢議

聖王承天制物與行人止建功則衆悅其事與戎而師樂其旅是故靈臺有子來之人武旅有鳧藻之士皆舉合時宜動順人道也臣伏讀鑄錢之詔平輕重之議訪覃幽微不遺窮賤是以藿食之人謬延逮及蓋以爲當今之憂不在於貨在乎民飢夫生養之道先食後民是以先王觀象育物敬授民時使男不逋畝女不下機故君臣之道行王路之教通由是言之食者乃有國之所寶生民之至貴也竊見比年已來良苗盡於蝗螟之口杼柚空於公私之求所急朝夕

之發所患靡臨之事豈謂錢貨之厚薄銖兩之輕重哉就使當今沙礫化爲南金瓦石變爲和玉使百姓渴無所飲飢無所食雖皇羲之純德唐虞之文明猶不能以保蕭牆之內也蓋民可百年無貨不可一朝有飢故食爲至急也以上言憂不在貨在乎民飢議者不達農殖之本多言鑄冶之便或欲因緣行詐以賈國利國利將盡取者爭競造鑄之端於是乎生蓋萬人鑄之一人奪之猶不能給況今一人鑄之則萬人奪之乎雖以陰陽爲炭萬物爲銅役不食之民使不飢之士猶不能足無厭之求也夫欲民殷財阜要在止役禁奪則百姓不勞而足陛下聖德愍海內之憂戚傷天下之艱難欲鑄錢齊貨以救其敝此猶養魚沸鼎之中棲鳥烈火之上水木本魚鳥之所生也用之不時必至燋爛願陛下寬鍥薄之禁後冶鑄之議聽民庶之謠吟問路叟之所憂瞰三光之文耀視山河之分流天下之心國家大事粲然皆見無有遺惑者矣以上言禁鑄無益宜止役禁奪臣嘗誦詩至於鴻雁于野之勞哀勤百堵之事每喟爾長懷中篇而歎近聽征夫飢勞之聲甚於斯歌是以追悟匹婦吟魯之憂始於此乎見白駒之意屏營彷徨不能監寐

伏念當今地廣而不得耕民衆而無所食羣小競起進秉國之位鷹揚天下烏鈔求飽呑肌及骨幷噬無厭誠恐卒有役夫窮匠起於板築之閒投斤攘臂登高遠呼使愁怨之民嚮應雲合八方分崩中夏魚潰雖方尺之錢何能有救其危猶舉函牛之鼎絓纖枯之末詩人所以眷然顧之潸焉出涕者也臣東野狂闇不達大義緣廣及之時對過所問知必以身脂鼎鑊爲天下笑（以上民窮則恐爲亂）

諸葛亮出師表

臣亮言先帝創業未半而中道崩殂今天下三分益州罷弊此誠危急存亡之秋也然侍衞之臣不懈於內忠志之士亡身於外者蓋追先帝之殊遇欲報之於陛下也誠宜開張聖聽以光先帝遺德恢宏志士之氣不宜妄自菲薄引喻失義以塞忠諫之路也（以上志意不可卑薄）宮中府中俱爲一體陟罰臧否不宜異同若有作姦犯科及爲忠善者宜付有司論其刑賞以昭陛下平明之治不宜偏私使內外異法也侍中侍郎郭攸之費禕董允等此皆良實志慮忠純是以先帝簡拔以遺陛下愚以爲宮中之事事無大小悉以咨之然後施行必能裨補闕

漏有所廣益將軍向寵性行淑均曉暢軍事試用於昔日先帝稱之曰能是以衆議舉寵爲督愚以爲營中之事事無大小悉以咨之必能使行陣和穆優劣得所也親賢臣遠小人此先漢所以興隆也親小人遠賢臣此後漢所以傾頽也先帝在時每與臣論此事未嘗不歎息痛恨於桓靈也侍中尚書長史參軍此悉貞亮死節之臣也願陛下親之信之則漢室之隆可計日而待也以上指府賢才尚可信任臣本布衣躬耕於南陽苟全性命於亂世不求聞達於諸侯先帝不以臣卑鄙猥自枉屈三顧臣於草廬之中諮臣以當世之事由是感激遂許先帝以馳驅後值傾覆受任於敗軍之際奉命於危難之間爾來二十有一年矣先帝知臣謹慎故臨崩寄臣以大事也受命以來夙夜憂歎恐託付不效以傷先帝之明故五月渡瀘深入不毛今南方已定兵甲已足當獎帥三軍北定中原庶竭駑鈍攘除姦凶興復漢室還於舊都此臣之所以報先帝而忠陛下之職分也以上自陳赴事至於斟酌損益進盡忠言則攸之禕允之任也願陛下託臣以討賊興復之效不效則治臣之罪以告先帝之靈若無興德之言則責攸之禕允之

咎以彰其慢陛下亦宜自謀以諮諏善道察納雅言深追先帝遺詔臣不勝受恩感激今當遠離臨表涕泣不知所云以上總收一節

高堂隆諫明帝疏

蓋天地之大德曰生聖人之大寶曰位何以守位曰仁何以聚人曰財然則士民者乃國家之鎮也穀帛者乃士民之命也穀帛非造化不育非人力不成是以帝耕以勸農后桑以成服所以昭事上帝告虔報施也昔在伊唐世值陽九阨運之會洪水滔天使鯀治之績用不成乃舉文命隨山刊木前後歷年二十二載災眚之甚莫過於彼力役之興莫久於此堯舜君臣南面而已禹敷九州庶士庸勳各有等差君子小人物有服章今無若時之急而使公卿大夫並與廝徒共供事役聞之四夷非嘉聲也垂之竹帛非令名也是以有國有家者近取諸身遠取諸物嫗煦養育故稱愷悌君子民之父母今上下勞役疾病凶荒耕稼者寡饑饉荐臻無以卒歲宜加愍卹以救其困以上言上下勞役宜加愍卹臣觀在昔書籍所載天人之際未有不應也是以古先哲王畏上天之明命循陰陽之逆

順。矜矜業業。惟恐有違。然後治道用興。德與神符。災異既發。懼而修政。未有不延期流祚者也。爰及末葉。闇君昏主。不崇先王之令軌。不納正士之直言。以遂其情志。恬忽變戒。未有不尋踐禍難。至於顛覆者也。(以上言當畏天命)天道既著。請以人道論之。夫六情五性。同在於人。嗜欲廉貞。各居其一。及其動也。交爭於心。欲彊質弱。則縱濫不禁。精誠不制。則放溢無極。夫情之所在。非好則美。而美好之集。非人力不成。非穀帛不立。情苟無極。則人不堪其勞。物不充其求。勞求並至。將起禍亂。故不割情。無以相供。仲尼云。人無遠慮。必有近憂。由此觀之。禮義之制。非苟拘分。將以遠害而興治也。(以上言情欲不節將起禍亂)今吳蜀二賊。非徒白地小虜聚邑之寇。乃據險乘流。跨有士衆。僭號稱帝。欲與中國爭衡。今若有人來告權備並修德政。復履清儉。輕省租賦。不治玩好。動咨耆賢。事遵禮度。陛下聞之。豈不惕然惡其如此。以爲難卒討滅。而爲國憂乎。若使告者曰。彼二賊並爲無道。崇侈無度。役其士民。重其徵賦。下不堪命。吁嗟日甚。陛下聞之。豈不勃然忿其困我無辜之民。而欲速加之誅。其次豈不幸彼疲弊而取之不難乎。苟如此。則可易心而度事義之數亦不遠矣（以上言吳蜀未平不宜困民）且秦始皇不築道德之基而築阿房之宮不憂蕭牆之變而修長城之役當其君臣爲此計也亦欲立萬世之業使子孫長有天下豈意一朝匹夫大呼而天下傾覆哉故臣以爲使先代之君知其所行必將至於敗則弗爲之矣是以亡國之主自謂不亡然後至於亡聖賢之君自謂將亡然後至於不亡昔漢文帝稱爲賢主躬行儉約惠下養民而賈誼方之以爲天下倒縣可爲痛哭者一可爲流涕者二可爲長歎息者三況今天下彫弊民無儋石之儲國無終年之畜外有彊敵六軍暴邊內興土功州郡騷動若有寇警則臣懼版築之士不能投命虜庭矣（以上言存不志士）又將吏奉祿稍見折減方之於昔五分居一諸受休者又絕廩賜不應輸者今皆出半此爲官入兼多於舊其所出與參少於昔而度支經用更每不足牛肉小賦前後相繼反而推之凡此諸費必有所在且夫祿賜穀帛人主所以惠養吏民而爲之司命者也若今有廢是奪其命矣既得之而又失之此生怨之府也周禮太府掌九賦之則以給九式之用入有其分出有其所不相干乘而用各足各

足之後。乃以式貢之餘。供王玩好。又上用財。必考于司會。今陛下所與共坐廊廟治天下者。非三司九列。則台閣近臣。皆腹心造膝。宜在無諱。若見豐省而不敢以告。從命奔走。惟恐不勝。是則具臣。非鯁輔也。昔李斯教秦二世曰。爲人主而不恣睢。命之曰天下桎梏。二世用之。秦國以覆。斯亦滅族。是以史遷議其不正諫而爲世誡。以上言祿賜不宜濫

劉琨勸進表

建興五年三月癸未朔十八日辛丑。使持節散騎常侍都督河北幷冀幽三州諸軍事領護軍匈奴中郎將司空幷州刺史廣武侯臣琨。使持節侍中都督冀州諸軍事撫軍大將軍冀州刺史左賢王渤海公臣磾。頓首死罪上書。臣琨臣磾頓首頓首。死罪死罪。臣聞天生蒸人。樹之以君。所以對越天地。司教黎元。聖帝明王。鑒其若此。知天地不可以乏饗。故屈其身以奉之。知黎元不可以無主。故不得已而臨之。社稷時難。則戚藩定其傾。郊廟或替。則宗哲纂其祀。所以宏振遐風。式固萬世。三五以降。靡不由之。以上言宗社當有主者臣琨臣磾頓首頓首死罪

死罪伏惟高祖宣皇帝肇基景命世祖武皇帝遂造區夏三葉重光四聖繼軌惠澤侔於有虞卜年過於周氏自元康以來艱禍繁興永嘉之際氛厲彌昏宸極失御登遐醜裔國家之危有若綴旒賴先后之德宗廟之靈皇帝嗣建舊物克甄誕授欽明服膺聰哲玉質幼彰金聲夙振冢宰攝其綱百辟輔其治四海想中興之美羣生懷來蘇之望不圖天不悔禍大災荐臻國未忘難寇害尋興逆胡劉曜縱逸西都敢肆犬羊陵虐天邑臣等奉表使還仍承西朝以去年十一月不守主上幽劫復沈虜廷神器流離再辱荒逆臣每覽史籍觀之前載厄運之極古今未有苟在食土之毛含氣之類莫不叩心絕氣行號巷哭況臣等荷寵三世位廁鼎司承問震惶精爽飛越且悲且惋五情無主舉哀朔垂上下泣血（以上聞懷愍之難）臣琨臣磾頓首頓首死罪死罪臣聞昏明迭用否泰相濟天命未改歷數有歸或多難以固邦國或殷憂以啓聖明齊有無知之禍而小白爲五伯之長晉有驪姬之難而重耳主諸侯之盟社稷靡安必將有以扶其危黔首幾絕必將有以繼其緒伏惟陛下元德通於神明聖姿合於兩儀應命代之

期紹千載之運夫符瑞之表天人有徵中興之兆圖讖垂典自京畿隕喪九服崩離天下囂然無所歸懷雖有夏之遘夷羿宗姬之離犬戎蔑以過之陛下撫甯江左奄有舊吳柔服以德伐叛以刑抗明威以攝不類杖大順以肅宇內純化既敷則率土宅心義風既暢則遐方企踵百揆時序于上四門穆穆于下昔少康之隆夏訓以爲美談宣王之興周詩以爲休詠況茂勳格于皇天清輝光于四海蒼生顒然莫不欣戴聲教所加願爲臣妾者哉且宣皇之胤惟有陛下億兆攸歸曾無與二天祚大晉必將有主主晉祀者非陛下而誰是以邇無異言遠無異望謳歌者無不吟詠徽猷獄訟者無不思于聖德天地之際既交華裔之情允洽一角之獸連理之木以爲休徵者蓋有百數冠帶之倫要荒之衆不謀而同辭者動以萬計是以臣等敢考天地之心因函夏之趣昧死以上尊號願陛下存舜禹至公之情狹巢由抗矯之節以社稷爲務不以小行爲先以黔首爲憂不以克讓爲事上以慰宗廟乃顧之懷下以釋普天傾首之望則所謂生繁華於枯荑育豐肌於朽骨神人獲安無不幸甚（以上言元帝親賢宜嗣大統）臣琨臣

磾頓首頓首。死罪死罪。臣聞尊位不可久虛。萬機不可久曠。虛之一日則尊位以殆。曠之浹辰則萬機以亂。方今鍾百王之季。當陽九之會。狡寇窺窬。伺國瑕隙。齊人波蕩。無所繫心。安可以廢而不恤哉。陛下雖欲逡巡。其若宗廟何。其若百姓何。昔惠公虜秦。晉國震駭。呂郤之謀。欲立子圉。外以絕敵人之志。內以固闔境之情。故曰喪君有君。羣臣輯穆。好我者勸。惡我者懼。前事之不忘。後代之元龜也。陛下明並日月。無幽不燭。深謀遠慮。出自胸懷。不勝犬馬憂國之情。遲覩人神開泰之路。是以陳其乃誠。布之執事。臣等各忝守方。任職在遐外。不得陪列闕庭。共觀盛禮。踴躍之懷。南望罔極。（以上言立君以定民志）謹上臣琨謹遣兼左長史右司馬臣溫嶠。主簿臣辟閭訓。臣磾遣散騎常侍。征虜將軍。清河太守。領右長史高平亭侯臣榮劭。輕車將軍。關內侯臣郭穆。奉表。臣琨臣磾等。頓首頓首。死罪死罪。

江式文字源流表

臣聞伏羲氏作。而八卦形其畫。軒轅氏興。而靈龜彰其彩。古史倉頡覽二象之爻觀鳥獸之迹別創文字以代結繩用書契以維事迄於三代厥體頗異雖依類取制未能違倉氏矣故周禮八歲入小學保氏教以六書蓋是史頡之遺法及宣王太史史籀著大篆十五篇與古文或同或異時人謂之籀書孔子修六經左邱明述春秋皆以古文厥意可得而言（以上自上古至孔子）其後七國殊軌文字乖舛暨秦兼天下丞相李斯乃奏蠲罷不合秦文者斯作倉頡篇車府令高作爰歷篇太史令胡毋敬作博學篇皆取史籀式頗有省改所謂小篆者也於是秦燒經書滌除舊典官獄繁多以趣簡易始用隸書古文自此息矣隸書者始皇使下杜人程邈附於小篆所作也世人以邈徒隸卽謂之隸書故秦有八體一曰大篆二曰小篆三曰符書四曰蟲書五曰摹印六曰署書七曰殳書八曰隸書（以上秦）漢興有尉律學徒教以籀書又習八體試之課最以爲尙書史書省字不正輒舉劾焉又有草書莫知誰始其形書雖無厥誼亦一時之變通也孝宣時召通倉頡讀者獨張敞從受之涼州刺史杜業沛人爰禮講學大夫秦近亦能言之孝平時徵禮等百餘人說文字於未央宮中以禮爲小學元士黃門侍

郎揚雄採以作訓纂篇及亡新居攝自以運應制作使大司馬甄豐校文字之部頗改定古文時有六書一曰古文孔子壁中書也二曰奇字即古文而異者三曰篆書云小篆也四曰佐書秦隸書也五曰繆篆所以摹印也六曰鳥蟲所以書旛信也壁中書者魯恭王壞孔子宅而得尚書春秋論語孝經也又北平侯張蒼獻春秋左氏傳書體與孔氏相類即前代之古文矣以上西漢及新莽後漢扶風曹喜號曰工篆小異斯法而甚精巧自是後學皆其法也又詔侍中賈逵修理舊文殊藝異術王教一端苟有可以加於國者靡不悉集逵即汝南許慎古學之師也後慎嗟時人之好奇歎俗儒之穿鑿故撰說文解字十五篇首一終亥各有部屬可謂類聚羣分雜而不越文質彬彬最可得而論也左中郎將蔡邕採李斯曹喜之法以爲古今雜形詔於太學立石碑刊載五經題書楷法多是邕書也後開鴻都書畫奇能莫不雲集時諸方獻篆無出邕者以上後漢魏初博士清河張揖著埤蒼廣雅古今字詁方之許篇古今體用或得或失陳留邯鄲淳亦與揖同博聞古藝特善蒼雅許氏字指八體六書精究厥理有名於揖以

書教諸皇子・又建三字石經於漢碑西・其文蔚煥・三體復宣・較之說文篆隸大同而古字小異・又有京兆韋誕・河東衛覬二家・並號能篆・當時臺觀牓題寶器之銘・悉是誕書・咸傳之子孫・世稱其妙・（以上魏書）晉世呂忱表上字林六卷・尋其況趣・附託許慎說文・而按偶章句・隱別古籀奇惑之字・文得正隸・不差篆意也・忱弟靜別仿故左校令李登聲類之法・作韻集五卷・使宮商龣徵羽各爲一篇・而文字與兄便是魯衛・音讀楚夏・時有不同・（以上晉書）皇魏承百王之季・紹五運之緒・世易風移・文字改變・篆形謬錯・隸體失真・俗學鄙習・復加虛造・巧談辨士・以意爲疑・炫惑於時・難以釐改・乃曰追來爲歸・巧言爲辯・小兔爲䨲・神蟲爲蠶・如斯甚衆・皆不合孔氏古書史籀大篆許氏說文石經三字也・（以上元魏江式論文字錯謬）嗟夫・文字者六籍之宗・王教之始・前人所以垂今・今人所以識古・臣六世祖瓊・家世陳留・往晉之初・與從父兄皆受學於衛覬・古篆之法・蒼雅方言說文之誼・當時並收善譽・而祖遇洛陽之亂・避地河西・數世傳習・斯業所以不墜也・世祖太延中・牧犍內附・臣亡祖文威杖策歸國・奉獻五世傳掌之書・古篆八體之法・時蒙褒錄・

敘列於儒林官班文省家號世業（以上自述世習斯業）臣藉六世之資奉遵祖考之訓切慕古人之軌企踐儒門之轍求撰集古來文字以許慎說文爲主及孔氏尚書五經音註籀篇爾雅三蒼凡將方言通俗文祖文宗埤蒼廣雅古今字詁三字石經字林韻集諸賦文字有六書之誼者以類編聯文無復重統爲一部其古籀奇惑俗隸諸體咸使班於篆下各有區別訓詁假借之誼隨文而解音讀楚夏之聲逐字而註其所不知則闕如也冀省百氏之觀而同文字之域（以上自述撰集）

文字以義爲主而訓詁音聲附見

陸贄論兩河及淮西利害狀

內侍朱冀甯奉宣聖旨緣兩河寇賊未平殄又淮西兇黨攻逼襄城卿識古知今合有良策宜具陳利害封進者臣質性凡鈍聞見陋狹幸因乏使謬組昇朝荐承過恩文學入侍每自奮勵思酬獎遇感激所至亦能忘身但以越職干議典制所禁未信而言聖人不尚是以循循默默尸居榮近日日以愧自春徂秋心雖懷憂言不敢發此臣之罪也亦臣之分也陛下天縱聖德神授英謀明照

八表恩周萬務猶慮闕漏下詢芻蕘此堯舜捨己從人好問而好察邇言之意也臣每讀前史見開說納忠之士乃有泣血碎首牽裾斷鞅者皆以進議見拒懇誠激忠遂至發憤踰禮而不能自止故也況今勢有危迫事有機宜當聖主開懷訪納之時無昔人逆鱗顛沛之患儻又上探微旨慮匪悅聞傍懼貴臣將爲沮議首尾憂畏前後顧瞻是乃偷合苟容之徒非有扶危救亂之意此愚臣之所痛心切齒於既往是以不忍復躬行於當世也心蘊忠憤固願披陳職居禁闈當備顧問承問而對臣之職也爲誠無隱臣之忠也謹具件如後惟明主循省而備慮之豈直微臣獨荷容納之恩實億兆之幸社稷之福也以上進言之由臣本書生不習戎事竊惟霍去病漢將之良者也每言行軍用師之道顧方略何如耳不在學古兵法是知兵法者無他見其情而通其變則得失可辯成敗可知古人所以坐籌樽俎之閒制勝千里之外者得此道也臣才不逮古人而頗窺其意是敢承詔不默輒陳狂愚伏以剋敵之要在乎將得其人馭將之方在乎操得其柄將非其人者兵雖衆不足恃操失其柄者將雖材不爲用兵不足

恃與無兵同將不爲用與無將同將不能使兵國不能馭將非止費財翫寇之
弊亦有不戢自焚之災自昔禍亂之興何嘗不由於此今兩河淮西爲叛亂之
帥者獨四五凶人而已尚恐其中或有傍遭詿誤內蓄危疑蒼黃失圖勢不得
止亦未必皆是處心積慮果爲姦逆以僭帝稱王者也況其餘衆蓋並脅從苟
知全生豈願爲惡若招攜以法悔禍以誠使來者必安安者必久斯道積著人
誰不懷縱有野心難馴臣知其從化者必過半矣舞干苗格豈獨虛言假使四
五兇渠俱稟梟鴟之性其下同惡復有十百相從是皆卒伍庸流闒茸下品其
志好不過聲色財貨之樂其材用不過蹴蹋距踴之能其約從締交則迭相侮
詐以爲智謀其御衆使人則例質妻孥以爲術數斯乃盜竊偷安之伍非有姦
雄特異之資以陛下英神志期平壹君臣之勢不類逆順之理不侔形勢之大
小不倫師徒之衆寡不敵然尚曠歲持久老師費財加算不止於舟車徵卒殆
窮於閻濮笞肉捶骨呻吟里閭送父別夫號呼道路杼軸已空輿發已殫而將
帥者尙曰財不足兵不多此微臣所以千慮百思而不悟其理也未審陛下嘗

徵其說察其由乎股肱之臣日月獻納復爲陛下察其事乎臣愚無知實所深惑遂乃過爲臆度輒肆討論以爲剋敵之要在乎將得其人馭將之方在乎操得其柄將非其人者兵雖衆不足恃操失其柄者將雖材不爲用今以陛下效其明聖羣帥畏威雖萬無此虞然亦不可不試省察也陛下若謂臣此說蓋虛體耳不足徵焉臣請復爲陛下效其明徵以實前說田悅倡亂之始氣盛力全恆趙青齊迭爲脣齒陛下特詔馬燧委之專征抱真李芃聲勢相援于時士吏畏法將帥感恩俱蘊勝殘盡敵之誠未有爭功邀利之釁故能累摧堅陣深抵窮巢元惡幸脫於俘囚兇徒幾盡於鋒刃臣故曰剋敵之要在乎將得其人馭將之方在乎操得其柄此其明效也田悅既敗力屈勢窮且皆離心莫有固志乘我師勝捷之氣躡亡虜傷夷之餘比於前功難易百倍既而大軍遂駐遺孽復安其後餽運日增師徒日益于茲再稔竟不交鋒量兵力則前者寡而今者多議軍資則前者薄而今者厚論氣勢則前者新集而今者乘勝度攻具則前者草創而今者繕完計兇黨則前者盛而今者殘揣敵情則前者銳而今者挫

然而勢因時變事與理乖當易而反難當進而中止本末殊趣前後易方順理之常必不如此臣故曰將非其人者兵雖衆不足恃操失其柄者將雖材不爲用此自昔必然之效但未審今茲事實得無近於此乎在陛下熟察而亟救之耳固不在益兵以生事加賦以殄人無紓目前之虞或興意外之患人者邦之本也財者人之心也兵者財之蠹也其心傷則其本傷其本傷則枝幹顛瘁而根柢蹶拔矣惟陛下重慎之愍惜之今師興三年可謂久矣稅及百物可謂繁矣陛下爲之宵衣旰食可謂憂慮矣海內爲之行齎居送可謂勞弊矣而寇亂有益翦滅無期漂搖不寧事變難測是以兵貴拙速不尚巧遲速則乘機遲則生變此兵法深切之誡往事明著之驗也夫投膠以變濁不如澄其源而濁變之愈也揚湯以止沸不如絶其薪而沸止之速也是以勞心於服遠者莫若修近而其遠自來多方以救失者莫若改行而其失自去若不靖於本而務救於末則救之所爲乃禍之所起也修近之道改行之方易於舉毛但在陛下然之與否耳（以上言操失其柄當務改行易制）儻或重難易制姑務持危則當校禍患之重輕辯攻

守之緩急。臣謂幽燕恆魏之寇。勢緩而禍輕。汝洛滎汴之虞。勢急而禍重。緩者宜圖之以計。今失於屯戍太多。急者宜備之以嚴。今失於守禦不足。何以言其然也。自胡羯稱亂。首起薊門。中興已來。未暇芟蕩。因其降將。卽而撫之。朝廷置河朔於度外。殆三十年。非一朝一夕之所急也。田悅累經覆敗。氣沮勢羸。偷全餘生。無復遠略。武俊蕃種。有勇無謀。朱滔卒材。多疑少決。皆受田悅誘陷。遂爲猖狂。出師事起無名。衆情不附。進退惶惑。內外防虞。所以纔至魏郊。遽又退歸巢穴。意在自保。勢無他圖。加以洪河太行禦其衝。幷汾洛潞壓其腹。雖欲放肆。亦何能爲。又此郡兇徒。互相劫制。急則合力。退則背憎。是皆苟且之徒。必無越軼之患。此臣所謂幽燕恆魏之寇。勢緩而禍輕。希烈忍於傷殘。果於吞噬。據蔡許富全之地。益鄧襄鹵獲之資。意殊無厭。兵且未衂。東寇則轉輸將阻。北窺則都城或驚。此臣所謂汝洛滎汴之虞。勢急而禍重。代朔邠靈之騎士。自昔之精騎也。上黨盟津之步卒。當今之練卒也。悉此彊勁。委之山東。勢分於將多。財屈於兵廣。以攻則曠歲不進。以守則數倍有餘。各懷顧瞻。遞欲推倚。此臣所謂緩者宜圖之以計今失於屯戍太多李勉以文吏之材當淩郊奔突之會哥舒曜以烏合之衆扞襄野豺狼之羣陛下雖連發禁軍以爲繼援累敕諸鎮務使協同睿旨殷憂人思自效但恐本非素習令不適從奔鯨觸羅倉卒難制首鼠應敵因循莫前此臣所謂急者宜備之以嚴今失於守禦不足（以上辨輕重緩急）陛下若察其緩急審其重輕使懷光帥師救襄城之圍李芃還鎮爲東都之援汝洛既固梁宋亦安是乃取有餘救不足罷關右賦車籍馬之擾減山東飛芻輓粟之勞無擾則禍亂不生息勞則物力可濟非止排難於變切亦將防患於未然徵法既停守備且固足得徐觀事勢更選良圖此於紓亂解紛抑亦計之次也議者若曰河朔羣盜尚未殲夷儻又減兵必更生患此蓋好異不思之說耳臣請有以詰之前歲伐叛之初惟馬燧抱真李芃三師而已以攻必克以戰必殫是則力非不足明矣洎遲留不進乃請益師於是選神策銳卒以繼之而李晟往矣猶曰未足復請益師於是徵朔方全軍以赴之而懷光往矣幾遣加半之戍竟無分寸之功是則師不在衆又明矣然而可託以爲解者必曰王師雖益賊

黨亦增。曩獨田悅寶臣。今兼朱滔武俊。臣請再詰以塞其辭。曩之田悅寶臣。皆蓄銳養謀。劇賊之方彊者也。尋而田悅喪敗。寶臣殲夷。雖復朱滔武俊加於前。亦有孝忠日知乘其後。是則賊勢不滋於曩日。王師有溢於昔時。又明矣。曩以太原澤潞河陽三將之衆。當田悅朱滔武俊三寇之兵。今朱滔遁歸。武俊退縮。唯此田悅。假息危城。設使我師悉歸。彼亦纔能自守。況留抱真馬燧。足得觀釁討除。是則減兵東征。勢必無患。又明矣。留之則彼爲宂食。徙之則此得長城。化危爲安。息費從省。舉一而兼數利。惟陛下圖之。謹奏。以上請撤河北之兵回援汝洛

陸贄奉天請數對羣臣兼許令論事狀

朝隱奉宣聖旨。頻覽卿表狀。勸朕數對羣臣。兼許令論事。辭理懇切。深衷盡忠。朕本心甚好推誠。亦能納諫。但緣上封事及奏對者。少有忠良。多是論人長短。或探朕意旨。朕雖不受讒譖。出外卽謾生是非。以爲威福。朕往日將謂君臣一體。都不隄防。緣推誠信不疑。多被姦人賣弄。今所致患害。朕思亦無他故。卻是失在推誠。又諫官論事。少能慎密。例自矜衒。歸過於朕。以自取名。朕從卽位以

來見奏對論事者甚多大抵皆是雷同道聽塗說試加質問即便辭窮若有奇才異能在朕豈惜拔擢朕見從前已來事祇如此所以近來不多取次對人亦不是倦於接納卿宜深悉此意者以上述旨聖德廣大如天包容俯矜狂愚仍賜獎諭嘉臣以懇切目臣以盡忠雖甚庸駑實懷感勵夫知無不言之謂盡事君以義之謂忠臣之夙心久以自誓以此爲奉上之道以此爲報主之資幸逢休明獲展誠願既免罪戾又蒙褒稱庶奉周旋不敢失墜儻陛下廣推此道施及萬方咸獎直以矜愚各錄長而捨短人之欲善誰不如臣自然聖德益彰羣心盡達愚衷懇懇實在於斯睿眷特深縷宣密旨備該物理曲盡人情其於慮遠防微固非常識所逮然臣竊謂天子之道與天同方天不以地有惡木而廢發生天子不以時有小人而廢聽納帝王之盛莫盛於堯雖四凶在朝而僉議靡輟故曰惟天爲大惟堯則之是知人有邪直賢愚在處之各得其所而已必不可以忠良者少而闕於詢謀獻納之道也昔人有因噎而廢食者又有懼溺而自沈者其爲矯枉防患之慮豈不過哉願陛下取鑒於茲勿以小虞而妨大道也

臣聞人之所助在乎信。信之所立由乎誠。守誠於中。然後俾衆無惑。存信於己。可以教人不欺。惟信與誠。有補無失。一不誠則心莫之保。一不信則言莫之行。故聖人重焉。以爲食可去而信不可失也。又曰。誠者物之終始。不誠無物。物者事也。言不誠則無復有事矣。匹夫不誠。無復有事。況王者賴人之誠以自固。而可不誠於人乎。陛下所謂失於誠信以致患害者。臣竊以斯言爲過矣。孔子曰。可與言而不與之言。失人。不可與言而與之言。失言。智者不失人。亦不失言。由此論之。陛下可審其所言。而不可不愼。信其所與。而不可不誠。海禽至微。猶識情僞。含靈之類。固必難誣。前志所謂衆庶者至愚而神。蓋以蚩蚩之徒。或昏或鄙。此其似於愚也。然而上之得失靡不辨。上之好惡靡不知。上之所祕靡不傳。上之所爲靡不效。此其類於神也。故馭之以智則人詐。示之以疑則人偷。接不以禮則徇義之意輕。撫不以恩則效忠之情薄。上行之則下從之。上施之則下報之。若嚮應聲。若影從表。表枉則影曲。聲淫則嚮邪。懷鄙詐而求顏色之不形。顏色形而求覩者之不辯。覩者辯而求衆庶之不惑。衆庶惑而求叛亂之不生。

自古及今未之得也。故惟天下至誠爲能盡其性，能盡其性則能盡人之性，若不盡於己而望盡於人，衆必紿而不從矣，不誠於前而曰誠於後，衆必疑而不信矣，今方岳有不誠於國者，陛下則興師以伐之，臣庶有虧信於上者，陛下則出令以誅之，有司順命誅伐而不敢縱捨者，蓋以陛下之所有責彼之所無故也，向若陛下不誠於物，不信於人，人將有辭，何以致討，是知誠信之道，不可斯須去身，願陛下慎守而行之，有加，恐非所以爲悔者也，以上言誠信不可悔臣聞春秋傳曰，人誰無過，過而能改，善莫大焉，易曰，日新之謂盛德，禮記曰，德日新日日新又日新，商書仲虺述成湯之德曰，用人惟己，改過不吝，周詩吉甫美宣王之功曰，袞職有闕，惟仲山甫補之，夫禮易春秋百代不刊之典也，皆不以無過爲美而謂大善盛德在於改過日新，成湯聖君也，仲虺聖輔也，以聖輔而贊揚聖君不稱其無過而稱其改過。周宣中興之賢主也，吉甫文武之賢臣也，以賢臣而歌誦賢主。不美其無闕而美其補闕。是則聖賢之意，較然著明，惟以改過爲能，不以無過爲貴，蓋爲人之行己，必有過差，上智下愚，俱所不免，智者改過而遷善。愚者恥過而遂非。遷善則其德日新。是爲君子。遂非則其惡彌積。斯謂小人。故聞義能徙者。常情之所難。從諫弗咈者。聖人之所尙。至於贊揚君德。歌述主功。或以改過不吝爲言。或以有闕能補爲美。中古已降。淳風浸微。臣既尙諛。君亦自聖。掩盛德而行小道。於是有入則造膝。出則詭辭之態興矣。姦由此滋。善由此沮。帝王之意由此惑。譖臣之罪由此生。媚道一行。爲害斯甚。太宗文皇帝挺秀千古。淸明在躬。再恢聖謨。一變流弊。以虛受爲理本。以直言爲國華。有面折廷爭者。必爲霽雷霆之威。而明言獎納。有上封獻議者。必爲黜心意之欲。而手敕褒揚。故得有過必知。知而必改。存致雍熙之化。沒齊堯舜之名。向若太宗徇中主之常情。滯習俗之凡見。聞過則羞己之短。納諫又畏人之知。雖有求理之心。必無濟代之效。雖有悔過之意。必無從諫之名。此則聽納之實不殊。隱見之情小異。其於損益之際。已有若此相懸。又況不及中才。師心自用。肆於人上。以遂非拒諫。孰有不危者乎。且以太宗有經緯天地之文。有底定禍亂之武。有躬行仁義之德。有致理太平之功。其爲休烈耿光。可謂盛極矣。然而人到於今稱詠以爲道冠前古澤被無窮者則從諫改過爲其首焉是知諫而能從過而能改帝王之美莫大於斯陛下所謂諫官論事少能愼密例自矜衒歸過於朕者臣以爲不密自矜信非忠厚其於聖德固亦無虧陛下若納諫不違則傳之適足增美陛下若違諫不納又安能禁之勿傳伏願以貞觀故事爲楷模使太宗風烈重光於聖代恐不可謂此爲歸過而阻絕直言之路也以上言從諫改過爲美德臣聞虞舜察邇言故能成聖化晉文聽輿誦故能恢霸功大雅有詢于芻蕘之言洪範有謀及庶人之義是則聖賢爲理務詢衆心不敢忽細微不敢侮鰥寡後言無驗不必用質言當理不必違遜於志者不必然逆於心者不必否異於人者不必是同於衆者不必非辭拙而效速者不必愚言甘而利重者不必智是皆考之以實慮之以終其用無他惟善所在則可以盡天下之理見天下之心夫人之常情罕能無惑大抵蔽於所信阻於所疑忽於所輕溺於所欲信既偏則聽言而不考其實由是有過當之言疑既甚則雖實而不聽其言於是有失實之聽輕其人則遺其可重之事欲其事則存其可棄之人斯並苟縱私懷不

稽皇極于以虧天下之理于以失天下之心故常情之所輕乃聖人之所重圖遠者先驗於近務大者必慎於微將在博採而審用其中固不在慕高而好異也陛下所謂比見奏對論事皆是雷同道聽塗說者臣竊以衆多之議足見人情必有可行亦有可畏恐不宜一概輕侮而莫之省納也（以上言雷同之論不可輕棄）陛下又謂試加質問即便辭窮者臣竊以陛下雖窮其辭而未盡其理能服其口而未服其心何以知其然臣每讀史書見亂多理少因懷感歎嘗試思之竊謂爲下者莫不願忠爲上者莫不求理然而下每苦上之不理上每苦下之不忠若是者何兩情不通故也下之情莫不願達於上上之情莫不求知於下然而下恆苦上之難達上恆苦下之難知若是者何九弊不去故也所謂九弊者上有其六而下有其三好勝人恥聞過騁辯給眩聰明厲威嚴恣彊愎此六者君上之弊也諂諛顧望畏愞此三者臣下之弊也上好勝必甘於佞辭上恥過必忌於直諫如是則下之諂諛者順旨而忠實之語不聞矣上騁辯必剿說而折人以言上眩明必臆度而虞人以詐如是則下之顧望者自便而切磨之辭不盡

矣上厲威必不能降情以接物上恣愎必不能引咎以受規如是則下之畏愞
者避辜而情理之說不申矣夫以區域之廣大生靈之衆多宮闕之重深高卑
之限隔自黎獻而上獲覩至尊之光景者踰億兆而無一焉就獲覩之中得接
言議者又千萬不一幸而得接者猶有九弊居其間則上下之情所通鮮矣上
情不通於下則人惑下情不通於上則君疑疑則不納其誠惑則不從其令誠
而不見納則應之以悖令而不見從則加之以刑下悖上刑不敗何待是使亂
多理少從古以然考其初心不必淫暴亦在乎兩情相阻馴致其失以至於艱
難者焉昔龍逄誅而夏亡比干剖而殷滅宮奇去而虞敗屈原放而楚衰臣謂
夏殷虞楚之君若知四子之盡忠必不勦棄若知四子之可用必不拒違所以
至於忍害而捨絕者蓋謂其言不足行心不足保故也四子既去四君亦危然
則言之固難聽亦不易趙武吶吶而爲晉賢臣絳侯木訥而爲漢元輔公孫弘
上書論事帝使難弘以十策弘不得其一及爲宰相卒有能名周昌進諫其君
病吃不能對詔乃曰臣口雖不能言心知其不可然則口給者事或非信辭屈

珍倣宋版印

者理或未窮人之難知堯舜所病胡可以一訓一詰而謂盡其能哉以此察天下之情固多失實以此輕天下之士必有遺才臣是以竊慮陛下雖窮其辭而未窮其理能服其口而未服其心良有以也以上言辭窮者未必理屈古之王者明四目達四聰蓋欲幽抑之必通且求聞己之過也垂旒於前黈纊於側蓋惡視聽之太察惟恐彰人之非也降及末代則反於斯聰明不務通物情視聽祇以伺罪釁與衆違欲與道乖方於是相尙以言相示以智相冒以詐而君臣之義薄矣以陛下性含仁聖意務雍熙而使至道未孚臣竊爲陛下懷愧於前哲也古人所以有恥君不如堯舜者故亦以是爲心乎夫欲理天下而不務於得人心則天下固不可理矣務得人心而不勤於接下則人心固不可得矣務勤接下而不辯君子小人則下固不可接矣務辯君子小人而惡其言過悅其順己則君子小人固不可辯矣趣和求媚人之甚利存焉犯顏取怨人之甚害存焉居上者易其害而以美利利之猶懼忠告之不旣況有疏隔而勿接又有猜忌而加損者乎天生烝人合以爲國人之有口不能無言人之有心不能無欲言不宣於

上則怨讟於下欲不歸於善則湊集於邪聖人知衆之不可以力制也故植謗木陳諫鼓列爭臣之位置采詩之官以宣其言尊禮義安誠信厚賢能之賞廣功利之途以歸其欲使上不至於亢下不至於窮則人心安得而離亂兆何從而起古之無爲而理者其率用此歟苟有理之之意而不知其方苟知其方而心守不壹則得失相半天下之理亂未可知也其又違道以師心棄人而任己謂欲可逞謂衆可誣謂專斷無傷謂詢謀無益謂諛說爲忠順謂獻替爲妄愚謂進善爲比周謂嫉惡爲嫌忌謂多疑爲御下之術謂深察爲照物之明理道全乖國家之顛危可立待也理亂之戒前哲備言之矣安危之效歷代嘗試之矣舊典盡在殷鑒足徵其於措置施爲在陛下明識所擇耳以上分別治亂之由宜戒疏隔猜忌

伏願廣接下之道開獎善之門宏納諫之懷勵推誠之美其接下也待之以禮煦之以和虛心以盡其言端意以詳其理不禦人以給不自眩以明不以先覺爲能不以臆度爲智不形好惡以招諂不大聲色以示威如權衡之懸不作其輕重故輕重自辨無從而詐也如水鏡之設無意於妍蚩而妍蚩自彰莫得而

怨也有犯顏讜直者獎而親之有利口讒佞者疏而斥之自然物無壅情言不苟進君子之道浸長小人之態日消何憂乎少忠良何有乎作威福何患乎妄說是非如此則接下之要備矣其獎善也求之若不及用之懼不周如梓人之任材曲直當分如滄海之歸水洪涓必容能小事則處之以小官立大勞則報之以大利不忌怨不避親不抉瑕不求備不以人廢舉不以己格人聞其才必試以事能其事乃進以班自然無不用之才亦無不實之舉如此則獎善之道得矣其納諫也以補過爲心以求過爲急以能改其過爲善以得聞其過爲明故諫者多表我之能好諫者直示我之能賢諫者之狂誣明我之能恕諫者之漏泄彰我之能從有一於斯皆爲盛德是則人君之與諫者交相益之道也諫者有爵賞之利君亦有理安之利諫者得獻替之名君亦得採納之名然猶諫者有失中而君無不美惟恐讜言之不切天下之不聞如此則納諫之德光矣其推誠也在彰信在任人彰信不務於盡言所貴乎出言則可復任人不可以無擇所貴乎已擇則不疑言而必誠然後可求人之聽命任而勿貳然後可責

人之成功誠信一虧則百事無不紕繆疑貳一起則羣下莫不憂虞是故言或乖宜可引過以改其言而不可苟也任或乖當可求賢以代其任而不可疑也如此則推誠之義孚矣以上接下獎善納諫推誠四大端微臣所以屢屢塵黷而不能自抑者蓋以陛下有撥亂之志而多難未平有務理之誠而庶績未乂有堯舜聰明之德而未光宅於天下有覆載含宏之量而未翕受於衆情故臣每中夜靜思無不竊歎而深惜也向若陛下有其位而無必行之志有其志而無可致之資則臣固已從俗浮沈何苦而汲汲如是惟陛下詳省所闕亟行所宜歸天下之心濟中興之業此臣之願也億兆之福也宗社無疆之休也謹奏

經史百家雜鈔卷十二

經史百家雜鈔卷十三目錄

奏議之屬三

珍倣宋版印

湘鄉曾國藩纂　　合肥李鴻章校刊

奏議之屬三

陸贄奉天請罷瓊林大盈二庫狀

右臣聞作法於涼其弊猶貪作法於貪弊將安救示人以義其患猶私示人以私患必難弭故聖人之立教也賤貨而尊讓遠利而尙廉天子不問有無諸侯不言多少百乘之室不畜聚斂之臣夫豈皆能忘其欲賄之心哉誠懼賄之生人心而開禍端傷風教而亂邦家耳是以務鳩斂而厚其帑櫝之積者匹夫之富也務散發而收其兆庶之心者天子之富也天子所作與天同方生之長之而不恃其爲成之收之而不私其有付物以道混然忘情取之不爲貪散之不爲費以言乎體則博大以言乎術則精微亦何必撓廢公方崇聚私貨降至尊而代有司之守辱萬乘以效匹夫之藏虧法失人誘姦聚怨以斯制事豈不過哉（以上言天子不蓄私財）今之瓊林大盈自古悉無其制傳諸耆舊之說皆云創自開元

貴臣貪權飾巧求媚乃言郡邑貢賦所用盍各區分稅賦當委之有司以給經用貢獻宜歸乎天子以奉私求玄宗悅之新是二庫蕩心侈欲萌柢於茲迨乎失邦終以餌寇記曰貨悖而入必悖而出豈非其明效與（以上言開元始置二庫）陛下嗣位之初務遵理道敦行約儉斥遠貪饕雖內庫舊藏未歸太府而諸方曲獻不入禁闈清風肅然海內丕變議者咸謂漢文卻馬晉武焚裘之事復見於當今近以寇逆亂常鑾輿外幸既屬憂危之運宜增儆勵之誠臣昨奉使軍營出遊行殿忽覩右廊之下牓列二庫之名戄然若驚不識所以何則天衢尚梗師旅方殷瘡痛呻吟之聲噢咻未息忠勤戰守之效賞賚未行而諸道貢珍遽私別庫萬目所視孰能忍懷（以上言大難未平不宜遽私二庫）竊揣軍情或生觖望試詢候館之吏兼採道路之言果如所虞積憾已甚或忿形謗讟或醜肆謳謠頗含思亂之情亦有悔忠之意是知甿俗昏鄙識昧高卑不可以尊極臨而可以誠義感頃者六師初降百物無儲外扞兇徒內防危堞晝夜不息迨將五旬凍餒交侵死傷相枕畢命同力竟夷大艱良以陛下不厚其身不私其欲絕甘以同卒伍輟食

以啗功勞無猛制而人不攜懷所感也無厚賞而人不怨悉所無也今者攻圍已解衣食已豐而謠讟方興軍情稍阻豈不以勇夫恆性嗜貨矜功其患難既與之同憂而好樂不與之同利苟異恬默能無怨咨此理之常固不足怪以上訓戰

情離怨記曰財散則民聚財聚則民散豈非其殷鑒歟衆怒難任蓄怨終泄其患豈徒人散而已亦將慮有構姦鼓亂干紀而彊取者焉夫國家作事以公共爲心者人必樂而從之以私奉爲心者人必咈而叛之故燕昭築金臺天下稱其賢殷紂作玉杯百代傳其惡蓋爲人與爲己殊也周文之囿百里時患其尚小齊宣之囿四十里時病其太大蓋同利與專利異也爲人上者當辨察茲理洒濯其心奉三無私以壹有衆人或不率於是用刑然則宣其利而禁其私天子所特以理天下之具也捨此不務而壅利行私欲人無貪不可得已今茲二庫珍幣所歸不領度支是行私也不給經費非宣利也物情離怨不亦宜乎以上訓所

以致離怨之理智者因危而建安明者矯失而成德以陛下天姿英聖儻加之見善必遷是將化蓄怨爲銜恩反過差爲至當促殄遺孽永垂鴻名易如轉規指顧可

致然事有未可知者但在陛下行與否耳能則安否則危能則成德否則失道此乃必定之理也願陛下愼之惜之陛下誠能近想重圍之殷憂追戒平居之專欲器用取給不在過豐衣食所安必以分下凡在二庫貨賄盡令出賜有功坦然布懷與衆同欲是後納貢必歸有司每獲珍華先給軍賞瓌異纖麗一無上供推赤心於其腹中降殊恩於其望外將卒慕陛下必信之賞人思建功兆庶悅陛下改過之誠孰不歸德如此則亂必靖賊必平徐駕六龍旋復都邑興行墜典整緝棼綱乘輿有舊儀郡國有恆賦天子之貴豈當憂貧是乃散其小儲而成其大儲也損其小寶而固其大寶也舉一事而衆美具行之又何疑焉悋少失多廉賈不處溺近迷遠中人所非況乎大聖應機固當不俟終日不勝管窺願效之至謹陳冒以聞謹奏（以上請改過散財）

韓愈禘祫議

右今月十六日敕旨宜令百僚議限五日內聞奏者將仕郎守國子監四門博士臣韓愈謹獻議曰伏以陛下追孝祖宗肅敬祀事凡在擬議不敢自專聿求

厥中延訪羣下然而禮文繁漫所執各殊自建中之初迄至今歲屢經禘祫未合適從臣生遭聖明涵泳恩澤雖賤不及議而志切效忠今輒先舉衆議之非然後申明其說一曰獻懿廟主宜永藏之夾室臣以爲不可夫祫者合也毀廟之主皆當合食於太祖獻懿二祖卽毀廟主也今雖藏於夾室至禘祫之時豈得不食於太廟乎名曰合祭而二祖不得祭焉不可謂之合矣二曰獻懿廟主宜毀之瘞之臣又以爲不可謹按禮記天子立七廟一壇一墠其毀廟之主皆藏於祧廟雖百代不毀祫則陳於太廟而饗焉自魏晉以降始有毀瘞之議事非經據竟不可施行今國家德厚流光創立九廟以周制推之獻懿二祖猶在壇墠之位況於毀瘞而不禘祫乎三曰獻懿廟主宜各遷於其陵所臣又以爲不可二祖之祭於京師列於太廟也一百年矣今一朝遷之豈惟人聽疑惑抑恐二祖之靈眷顧依遲不卽饗於下國也四曰獻懿廟主宜附於興聖廟而不禘祫臣又以爲不可傳曰祭如在景皇帝雖太祖其於屬乃獻懿之子孫也今欲正其子東向之位廢其父之大祭固不可爲典矣五曰獻懿二祖宜別立廟

於京師臣又以爲不可夫禮有所降情有所殺是故去廟爲祧去祧爲壇去壇爲墠去墠爲鬼漸而之遠其祭益稀昔者魯立煬宮春秋非之以爲不當取已毀之廟既藏之主而復築宮以祭今之所議與此正同又雖違禮立廟至於禘祫也合食則禘無其所廢祭則於義不通以上備舉五說之不可此五說者皆所不可故臣博采前聞求其折中以爲殷祖元王周祖后稷太祖之上皆自爲帝又其代數已遠不復祭之故太祖得正東向之位子孫從昭穆之列禮所稱者蓋以紀一時之宜非傳於後代之法也傳曰子雖齊聖不先父食蓋言子爲父屈也景皇帝雖太祖也其於獻懿則子孫也當禘祫之時獻祖宜居東向之位景皇帝宜從昭穆之列祖以孫尊孫以祖屈求之神道豈遠人情又常祭甚衆合祭甚寡則是太祖所屈之祭至少所伸之祭至多比於伸孫之尊廢祖之祭不亦順乎事異殷周禮從而變非所失禮也臣伏以制禮作樂者天子之職也陛下以臣議有可采儻合天心斷而行之是則爲禮如以爲猶或可疑乞召臣對面陳得失庶有發明謹議以上自陳己說

韓愈論佛骨表

臣某言。伏以佛者。夷狄之一法耳。自後漢時流入中國。上古未嘗有也。昔者黄帝在位百年。年百一十歲。少昊在位八十年。年百歲。顓頊在位七十九年。年九十八歲。帝嚳在位七十年。年百五歲。帝堯在位九十八年。年百一十八歲。帝舜及禹年皆百歲。此時天下太平。百姓安樂壽考。然而中國未有佛也。其後殷湯亦年百歲。湯孫太戊在位七十五年。武丁在位五十九年。書史不言其年壽所極。推其年數。蓋亦俱不減百歲。周文王年九十七歲。武王年九十三歲。穆王在位百年。此時佛法亦未入中國。非因事佛而致然也。漢明帝時始有佛法。明帝在位纔十八年耳。其後亂亡相繼。運祚不長。宋齊梁陳元魏已下事佛漸謹。年代尤促。惟梁武帝在位四十八年。前後三度捨身施佛。宗廟之祭不用牲牢。晝日一食。止於菜果。其後竟爲侯景所逼。餓死臺城。國亦尋滅。事佛求福。乃更得禍。由此觀之。佛不足事。亦可知矣。（以上言事佛得禍）高祖始受隋禪。則議除之。當時羣臣材識不遠。不能深知先王之道。古今之宜。推闡聖明。以救斯弊。其事遂止。臣嘗恨焉伏惟睿聖文武皇帝陛下神聖英武數千百年已來未有倫比即位之初即不許度人爲僧尼道士又不許創立寺觀臣嘗以爲高祖之志必行於陛下之手今縱未能即行豈可恣之轉令盛也今聞陛下令羣僧迎佛骨於鳳翔御樓以觀舁入大內又令諸寺遞迎供養臣雖至愚必知陛下不惑於佛作此崇奉以祈福祥也直以年豐人樂徇人之心爲京都士庶設詭異之觀戲玩之具耳安有聖明若此而肯信此等事哉然百姓愚冥易惑難曉苟見陛下如此將謂真心事佛皆云天子大聖猶一心敬信百姓何人豈合更惜身命焚頂燒指百十爲羣解衣散錢自朝至暮轉相倣效惟恐後時老少奔波棄其業次若不即加禁遏更歷諸寺必有斷臂臠身以爲供養者傷風敗俗傳笑四方非細事也（以上言憲宗不應信佛）夫佛本夷狄之人與中國言語不通衣服殊製口不言先王之法言身不服先王之法服不知君臣之義父子之情假如其身至今尚在奉其國命來朝京師陛下容而接之不過宣政一見禮賓一設賜衣一襲衞而出之於境不令惑衆也況其身死已久枯朽之骨凶穢之餘豈宜令入宮禁孔子

曰敬鬼神而遠之古之諸侯行弔于其國尚令巫祝先以桃茢祓除不祥然後進弔今無故取朽穢之物親臨觀之巫祝不先桃茢不用羣臣不言其非御史不舉其失臣實恥之乞以此骨付之有司投諸水火永絶根本斷天下之疑絶後代之惑使天下之人知大聖人之所作爲出於尋常萬萬也豈不盛哉豈不快哉佛如有靈能作禍祟凡有殃咎宜加臣身上天鑒臨臣不怨悔無任感激懇悃之至謹奉表以聞以上請屏斥

歐陽修論臺諫言事未蒙聽允書

臣聞自古有天下者莫不欲爲治君而常至於亂莫不欲爲明主而常至於昏者其故何哉患於好疑而自用也夫疑心動於中則視聽惑於外視聽惑則忠邪不分而是非錯亂忠邪不分而是非錯亂則舉國之臣皆可疑既盡疑其臣則必自用其所見夫以疑惑錯亂之意而自用則多失失則其國之忠臣必以理而爭之爭之不切則人主之意難回爭之切則激其君之怒心而堅其自用之意然後君臣爭勝於是邪佞之臣得以因隙而入希旨順意以是爲非以非

爲是惟人主之所欲者從而助之夫爲人主者方與其臣爭勝而得順意之人樂其助己而忘其邪佞也乃與之并力以拒忠臣爲人主者拒忠臣而信邪佞天下無不亂人主無不昏也自古人主之用心非惡忠臣而喜邪佞也非惡治而好亂也非惡明而欲昏也以其好疑自用而與下爭勝也使爲人主者豁然去其疑心而回其自用之意則邪佞遠而忠言入忠言入則聰明不惑而萬事得其宜使天下尊爲明主萬世仰爲治君豈不臣主俱榮而樂哉其與區區自執而與臣下爭勝用心益勞而事益惑者相去遠矣臣聞書載仲虺稱湯之德曰改過不悋又戒湯曰自用則小成湯古之聖人也不能無過而能改過此其所以爲聖也以湯之聰明其所爲不至於繆戾矣然仲虺猶戒其自用則自古人主惟能改過而不敢自用然後得爲治君明主也臣伏見宰臣陳執中自執政以來不叶人望累有過惡招致人言而執中遷延尚玷宰府陛下憂勤恭儉仁愛寬慈堯舜之用心也推陛下之用心天下宜至於治者久矣而紀綱日壞政令日乖國日益貧民日益困流民滿野濫官滿朝其亦何爲而致此由陛下

用相不得其人也近年宰相多以過失因言者罷去陛下不悟宰相非其人反疑言事者好逐宰相疑心一生視聽既惑遂成自用之意以謂宰相當由人主自去不可因言者而罷之故宰相雖有大惡顯過而屈意以容之彼雖惶恐自欲求去而屈意以留之雖天災水旱飢民流離死亡道路皆不暇顧而屈意以用之其故非他直欲沮言事者爾言事者何負於陛下哉使陛下上不顧天災下不恤人言以天下事委一不學無識讒邪很愎之執中而甘心焉言事者本欲益於陛下而反損聖德者多矣然而言事者之用心本不圖至於此也由陛下好疑自用而自損也今陛下用執中之意益堅言事者攻之愈切陛下方思有以取勝於言事者而邪佞之臣得以因隙而入必有希合陛下之意者將曰執中宰相不可以小事逐不可使小臣動搖甚者則誣言事者欲逐執中而引用他人陛下方患言事者上忤聖聰樂聞斯言之順意不復察其邪佞而信之所以拒言事者益峻用執中益堅夫以萬乘之尊與三數言事小臣角必勝之力萬一聖意必不可回則言事者亦當知難而止矣然天下之人與後世之議

者謂陛下拒忠言庇愚相以陛下爲何如主也前日御史論梁適罪惡陛下赫怒空臺而逐之而今日御史又復敢論宰相不避雷霆之威不畏權臣之禍此乃至忠之臣也能忘其身而愛陛下者也陛下嫉之惡之拒之絕之執中爲相使天下水旱流亡公私困竭而又不學無識憎愛挾情除改差繆取笑中外家私穢惡流聞道路阿意順旨專事逢君此乃諂上傲下愎戾之臣也陛下愛之重之不忍去之陛下睿智聰明羣臣善惡無不照見不應倒置如此直由言事者太切而激成陛下之疑惑爾執中不知廉恥復出視事此不足論陛下豈忍因執中上累聖德而使忠臣直士卷舌於明時也臣願陛下廓然回心釋去疑慮察言事者之忠知執中之過惡悟用人之非法成湯改過之聖遵仲虺自用之戒盡以御史前後章疏出付外廷議正執中之過惡罷其政事別用賢材以康時務以拯斯民以全聖德則天下幸甚臣以身叨恩遇職在論思意切言狂罪當萬死

蘇軾上皇帝書

臣近者不度愚賤。輒上封章言買燈事。自知瀆犯天威。罪在不赦。席藁私室。以待斧鉞之誅。而側聽逾旬。威命不至。問之府司。則買燈之事。尋已停罷。乃知陛下不惟赦之。又能聽之。驚喜過望。以至感泣。何者。改過不吝。從善如流。此堯舜禹湯之所勉強而力行。秦漢以來之所絕無而僅有。顧此買燈毫髮之失。豈能上累日月之明。而陛下翻然改命。曾不移刻。則所謂智出天下。而聽於至愚。威加四海。而屈於匹夫。臣今知陛下可與爲堯舜。可與爲湯武。可與富民而措刑。可與彊兵而伏戎虜矣。有君如此。其忍負之。惟當披露腹心。捐棄肝腦。盡力所至。不知其它。乃者臣亦知天下之事。有大於買燈者矣。而獨區區以此爲先者。蓋未信而諫。聖人不與。交淺言深。君子所戒。是以試論其小者。而其大者固將有待而後言。今陛下果赦而不誅。則是既已許之矣。許而不言。臣則有罪。是以願終言之。臣之所欲言者三。願陛下結人心。厚風俗。存紀綱而已。以上總起

人莫不有所恃。人臣恃陛下之命。故能役使小民。恃陛下之法。故能勝伏彊暴。至於人主所恃者誰與。書曰。予臨兆民。懍乎若朽索之馭六馬。言天下莫危於人主也。

聚則爲君民散則爲仇讐聚散之閒不容毫釐故天下歸往謂之王人各有心謂之獨夫由此觀之人主之所恃者人心而已人心之於人主也如木之有根如燈之有膏如魚之有水如農夫之有田如商賈之有財木無根則槁燈無膏則滅魚無水則死農夫無田則飢商賈無財則貧人主失人心則亡此必然之理也不可逭之災也其爲可畏從古以然苟非樂禍好亡狂易喪志孰敢肆其胸臆輕犯人心乎昔子產焚載書以弭衆言賂伯石以安巨室以爲衆怒難犯專欲難成而孔子亦曰信而後勞其民未信則以爲厲己也惟商鞅變法不顧人言雖能驟致富彊亦以召怨天下使其民知利而不知義見刑而不見德雖得天下旋踵而亡至於其身亦卒不免負罪出走而諸侯不納車裂以徇而秦人莫哀君臣之閒豈願如此宋襄公雖行仁義失衆而亡田常雖不義得衆而彊是以君子未論行事之是非先觀衆心之向背謝安之用諸桓未必是而衆之所樂則國以乂安庾亮之召蘇峻未必非而勢有不可則反爲危辱自古迄今未有和易同衆而不安剛果自用而不危者也（以上總言結人心）今陛下亦知人心

之不悅矣中外之人無賢不肖皆言祖宗以來治財用者不過三司使副判官經今百年未嘗闕事今者無故又創一司號曰制置三司條例司六七少年日夜講求於內使者四十餘輩分行營幹於外造端宏大民實驚疑創法新奇吏皆惶惑賢者則求其說而不可得未免於憂小人則以其意度於朝廷遂以爲謗謂陛下以萬乘之主而言利謂執政以天子之宰而治財商賈不行物價騰踊近自淮甸遠及川蜀喧傳萬口論說百端或言京師正店議置監官夔路深山當行酒禁拘收僧尼常住減剋兵吏廩祿如此等類不可勝言而甚者至以爲欲復肉刑斯言一出民且狼顧陛下與二三大臣亦聞其語矣然而莫之顧者徒曰我無其事又無其意何恤於人言夫人言雖未必皆然而疑似則有以致謗人必貪財也而後人疑其盜人必好色也而後人疑其淫何者未置此司則無此謗豈去歲之人皆忠厚而今歲之士皆虛浮孔子曰工欲善其事必先利其器又曰必也正名乎今陛下操其器而諱其事有其名而辭其意雖家置一喙以自解市列千金以購人人必不信謗亦不止夫制置三司條例司求利

之名也六七少年與使者四十餘輩求利之器也驅鷹犬而赴林藪語人曰我非獵也不如放鷹犬而獸自馴操網罟而入江湖語人曰我非漁也不如捐網罟而人自信故臣以爲消讒慝而召和氣復人心而安國本則莫若罷制置三司條例司夫陛下之所以創此司者不過以與利除害也使罷之而利不與害不除則勿罷罷之而天下悅人心安與利除害無所不可則何苦而不罷陛下欲去積弊而立法必使宰相熟議而後行事若不由中書則是亂世之法聖君賢相夫豈其然必若立法不免由中書熟議不免使宰相此司之設無乃宂長而無名（以上論制置三司條例司）智者所圖貴於無迹漢之文景紀無可書之事唐之房杜傳無可載之功而天下之言治者與文景言賢者與房杜蓋事已立而迹不見功已成而人不知故曰善用兵者無赫赫之功豈惟用兵事莫不然今所圖者萬分未獲其一也而迹之布於天下已若泥中之鬬獸亦可謂拙謀矣陛下誠欲富國擇三司官屬與漕運使副而陛下與二三大臣孜孜講求磨以歲月則積弊自去而人不知但恐立志不堅中道而廢孟子有言其進銳者其退速若

珍倣宋版印

有始有卒。自可徐徐。十年之後。何事不立。孔子曰。欲速則不達。見小利則大事不成。使孔子而非聖人。則此言亦不可用。書曰。謀及卿士。至於庶人。合時大同。乃底元吉。若逆多而從少。則靜吉而作凶。今自宰相大臣。既已辭免不爲。則外之議論。斷亦可知。宰相人臣也。且不欲以此自汙。而陛下獨安受其名而不辭。非臣愚之所識也。君臣宵旰。幾一年矣。而富國之效。茫如捕風。徒聞內帑出數百萬緡。祠部度五千餘人耳。以此爲術。其誰不能。以上言謀事貴於無迹 且遣使縱橫。本非令典。漢武遣繡衣直指。桓帝遣八使。皆以守宰狠籍。盜賊公行。出於無術。行此下策。宋文帝元嘉之政。比於文景。當時責成郡縣。未嘗遣使。及至孝武。以郡縣遲緩。始命臺使督之。以至蕭齊。此弊不革。故景陵王子良上疏極言其事。以爲此等朝辭禁門。情態即異。暮宿州縣。威福便行。驅迫郵傳。折辱守宰。公私煩擾。民不聊生。唐開元中。宇文融奏置勸農判官使裴寬等二十九人。幷攝御史。分行天下。招攜戶口。檢責漏田。時張說楊瑒皇甫璟楊相如皆以爲不便。而相繼罷黜。雖得戶八十餘萬。皆州縣希旨。以主爲客。以少爲多。及使百官集議。都省而公卿以下懼融威勢不敢異辭陛下試取其傳讀之觀其所行爲是爲否近者均稅寬恤冠蓋相望朝廷亦旋覺其非而天下至今以爲謗曾未數歲是非較然臣恐後之視今猶今之視昔且其所遣尤不適宜事少而員多人輕而權重夫人輕而權重則人多不服或致侮慢以興爭事少而員多則無以爲功必須生事以塞責陛下雖嚴賜約束不許邀功然人臣事君之常情不從其令而從其意今朝廷之意好動而惡靜好同而惡異指意所在誰敢不從臣恐陛下赤子自此無甯歲矣以上論遣使

至於所行之事行路皆知其難何者汴水濁流自生民以來不以種稻秦人之歌曰涇水一石其泥數斗且溉且糞長我禾黍何嘗曰長我粳稻耶今欲陂而淸之萬頃之稻必用千頃之陂一歲一淤三歲而滿矣陛下遽信其說卽使相視地形萬一官吏苟且順從眞謂陛下有意興作上糜帑廩下奪農時隄防一開水失故道雖食議者之肉何補於民天下久平民物滋息四方遺利蓋略盡矣今欲鑿空尋訪水利所謂卽鹿無虞豈惟徒勞必大煩擾凡所擘畫利害不問何人小則隨事酬勞大則量才錄用若官私

格沮並行黜降不以赦原若材力不辦與修便許申奏替換覺可謂重罰可謂輕然並終不言諸色人妄有申陳或官私誤興功役當得何罪如此則妄庸輕剽浮浪姦人自此爭言水利矣成功則有賞敗事則無誅官司雖知其疏豈可便行抑退所在追集老少相視可否吏卒所過雞犬一空若非灼然難行必須且爲興役何則格沮之罪重而誤興之過輕人多愛身勢必如此且古陂廢堰多爲側近冒耕歲月既深已同永業苟欲興復必盡追收人心或搖甚非善政又有好訟之黨多怨之人妄言某處可作陂渠規壞所怨田產或指人舊業以爲官陂冒田之訟必倍今日臣不知朝廷本無一事何苦而行此哉（以上論興水利）自古役人必用鄉戶猶食之必用五穀衣之必用絲麻濟川之必用舟楫行地之必用牛馬雖其閒或有以他物充代然終非天下所可常行今者徒聞江浙之閑數郡雇役而欲措之天下是猶見燕晉之棗栗岷蜀之蹲鴟而欲以廢五穀豈不難哉又欲官賣所在坊場以充衙前雇直雖有長役更無酬勞長役所得既微自此必漸衰散則州郡事體憔悴可知士大夫捐親戚棄墳墓以從宦於

四方者宣力之餘亦欲取樂此人之至情也若凋弊太甚廚傳蕭然則似危邦之陋風恐非太平之盛觀陛下誠慮及此必不肯爲且今法令莫嚴於御軍軍法莫嚴於逃竄禁軍三犯廂軍五犯大率處死然逃軍常半天下不知雇人爲役與廂軍何異若有逃者何以罪之其勢必輕於逃軍則其逃必甚於今日爲其官長不亦難乎近者雖使鄉戶頗得雇人然至於所雇逃亡鄉戶猶任其責今遂欲於兩稅之外別立一科謂之庸錢以備官雇則雇人之責官所自任矣自唐楊炎廢租庸調以爲兩稅取大歷十四年應干賦斂之數以定兩稅之額則是租調與庸兩稅既兼之矣今兩稅如故奈何復欲取庸聖人立法必慮後世豈可於兩稅之外別立科名萬一不幸後世有多欲之君輔之以聚斂之臣庸錢不除差役仍舊使天下怨讟推所從來則必有任其咎者矣又欲使坊郭等第之民與鄉戶均役品官形勢之家與齊民並事其說曰周禮田不耕者出屋粟宅不毛者有里布而漢世宰相之子不免戍邊此其所以藉口也古者官養民今者民養官給之以田而不耕勸之以農而不力於是乎有里布屋粟夫

家之征而民無以為生去為商賈事勢當爾何名役之且一歲之戍不過三日三日之雇其直三百今世三大戶之役自公卿以降無得免者其費豈特三百而已大抵事若可行不必皆有故事若民所不悅俗所不安縱有經典明文無補於怨若行此二者必怨無疑女戶單丁蓋天民之窮者也古之王者首務恤此而今陛下首欲役之此等苟非戶將絕而未亡則是家有丁而尚幼若假之數歲則必成丁而就役老死而沒官富有四海忍不加恤（以上論雇役）孟子曰始作俑者其無後乎春秋書作邱甲用田賦皆重其始為民患也青苗放錢自昔有禁今陛下始立成法每歲常行雖云不許抑配而數世之後暴君汙吏陛下能保之與異日天下恨之國史記之曰青苗錢自陛下始豈不惜哉且東南買絹本用見錢陝西糧草不許折兌朝廷既有著令職司又每舉行然而買絹未嘗不折鹽糧草未嘗不折鈔乃知青苗不許抑配之說亦是空文只如治平之初揀刺義勇當時詔旨慰諭明言永不戍邊著在簡書有如盟約於今幾日論議已搖或以代還東軍或欲抵換弓手約束難恃豈不明哉縱使此令決行果不

抑配計其間願請之戶必皆孤貧不濟之人家若自有贏餘何至與官交易此等鞭撻已急則繼之逃亡逃亡之餘則均之鄰保勢有必至理有固然且夫常平之爲法也可謂至矣所守者約而所及者廣借使萬家之邑止有千斛而穀貴之際千斛在市物價自平一市之價既平一邦之食自足無操瓢乞匄之弊無里正催驅之勞今若變爲青苗家貸一斛則千戶之外孰救其飢且常平官錢常患其少若盡數收糴則無借貸若留充借貸則所糴幾何乃知常平青苗其勢不能兩立壞彼成此所喪愈多虧官壞民雖悔何逮臣竊計陛下欲考其實則必亦問人人知陛下方欲力行必謂此法有利無害以臣愚見恐未可憑何以明之臣頃在陝西見刺義勇提舉諸縣臣嘗親行愁怨之民哭聲振野當時奉使還者皆言民盡樂爲希合取容自古如此不然則山東之盜二世何緣不覺南詔之敗明皇何緣不知今雖未至於斯亦望陛下審聽而已（以上論青苗錢）

昔漢武之世財力匱竭用賈人桑宏羊之說買賤賣貴謂之均輸於時商賈不行盜賊滋熾幾至於亂孝昭既立學者爭排其說霍光順民所欲從而予之天下

歸心遂以無事不意今者此論復興立法之初其說尙淺徒言徙貴就賤用近易遠然而廣置官屬多出緡錢豪商大賈皆疑而不敢動以爲雖不明言販賣然既已許之變易變易既行而不與商賈爭利者未之聞也夫商賈之事曲折難行其買也先期而予錢其賣也後期而取直多方相濟委曲相通倍稱之息由此而得今官買是物必先設官置吏簿書廩祿爲費已厚非良不售非賄不行是以官買之價比民必貴及其賣也弊復如前商賈之利何緣而得朝廷不知慮此乃捐五百萬緡以與之此錢一出恐不可復縱使其間薄有所獲而征商之額所損必多今有人爲其主牧牛羊者不告其主以一牛而易五羊一牛之失則隱而不言五羊之獲則指爲勞績陛下以爲壞常平而言青苗之功虧商稅而取均輸之利何以異此（以上論均輸）

陛下天機洞照聖略如神此事至明豈有不曉必謂已行之事不欲中變恐天下以爲執德不一用人不終是以遲留歲月庶幾萬一臣竊以爲過矣古之英主無出漢高酈生謀撓楚權欲復六國高祖曰善趣刻印及聞留侯之言吐哺而罵曰趣銷印夫稱善未幾繼之以罵

刻印銷印有同兒戲何嘗累高祖之知人適足以明聖人之無我陛下以爲可而行之知其不可而罷之至聖至明無以加此議者必謂民可與樂成難與慮始故勸陛下堅執不顧期於必行此乃戰國貪功之人行險徼幸之說陛下若信而用之則是徇高論而逆至情持空名而邀實禍未及樂成而怨已起矣臣之所願結人心者此之謂也（結人心止此）士之進言者爲不少矣亦嘗有以國家之所以存亡歷數之所以長短告陛下者乎夫國家之所以存亡者在道德之淺深而不在乎強與弱歷數之所以長短者在風俗之厚薄而不在乎富與貧道德誠深風俗誠厚雖貧且弱不害於長而存道德誠淺風俗誠薄雖強且富不救於短而亡人主知此則知所輕重矣是以古之賢君不以弱而忘道德不以貧而傷風俗而智者觀人之國亦必以此察之齊至強也周公知其後必有篡弑之臣衛至弱也季子知其後亡吳破楚入郢而陳大夫逢滑知楚之必復晉武既平吳何曾知其將亂隋文既平陳房喬知其不久元帝斬郅支朝呼韓功多於武宣矣偷安而王氏之釁生宣宗收燕趙復河湟力強於憲武矣銷兵而

龐勛之亂起。臣願陛下務崇道德而厚風俗。不願陛下急於有功而貪富彊。使陛下富如隋。彊如秦。西取靈武。北取燕薊。謂之有功可也。而國之長短則不在此。夫國之長短。如人之壽夭。人之壽夭在元氣。國之長短在風俗。世有尫羸而壽考。亦有盛壯而暴亡。若元氣猶存。則尫羸而無害。及其已耗。則盛壯而愈危。是以善養生者。愼起居。節飮食。導引關節。吐故納新。不得已而用藥。則擇其品之上。性之良。可以久服而無害者。則五藏和平而壽命長。不善養生者。薄節愼之功。遲吐納之效。厭上藥而用下品。伐眞氣而助彊陽。根本已空。僵仆無日。天下之勢。與此無殊。故臣願陛下愛惜風俗。如護元氣。以上言培養國脈不在富彊古之聖人。非不知深刻之法可以齊衆。勇悍之夫可以集事。忠厚近於迂闊。老成初若遲鈍。然終不肯以彼而易此者。知其所得小而所喪大也。曹參賢相也。曰愼無擾獄市。黄霸循吏也。曰治道去泰甚。或譏謝安以淸談廢事。安笑曰。秦用法吏。二世而亡。劉晏爲度支。專用果銳少年。務在急速集事。好利之黨。相師成風。德宗初卽位。擢崔祐甫爲相。祐甫以道德寬大。推廣上意。故建中之政。其聲翕然。天下想望庶幾正觀及盧杞爲相諷上以刑名整齊天下馴致澆漓以及播遷我仁祖之御天下也持法至寬用人有敘專務掩覆過失未嘗輕改舊章然考其成功則曰未至以言乎用兵則十出而九敗以言其府庫則僅足而無餘徒以德澤在人風俗知義是以升遐之日天下如喪考妣社稷長遠終必賴之則仁祖可謂知本矣今議者不察徒見其末年吏多因循事不振舉乃欲矯之以苛察齊之以智能招來新進勇銳之人以圖一切速成之效未享其利澆風已成且天時不齊人誰無過國君含垢至察無徒若陛下多方包容則人材取次可用必欲廣置耳目務求瑕疵則人不自安各圖苟免恐非朝廷之福亦豈陛下所願哉漢文欲用虎圈嗇夫釋之以爲利口傷俗今若以口舌捷給而取士以應對遲鈍而退人以虛誕無實爲能文以矯激不仕爲有德則先王之澤遂將散微（以上言用老成忠厚不取新銳刻深）

自古用人必須歷試雖有卓異之器必有已成之功一則使其更變而知難事不輕作一則待其功高而望重人自無辭昔先主以黃忠爲後將軍而諸葛亮憂其不可以爲忠之名望素非關張之倫若班爵遽同

則必不悅其後關羽果以爲言以黃忠豪勇之姿以先主君臣之契尙復慮此
而況其他世嘗謂漢文不用賈生以爲深恨臣嘗推究其旨竊謂不然賈生固
天下之奇才所言亦一時之良策然請爲屬國欲係單于則是處士之大言少
年之銳氣昔高祖以三十萬衆困於平城當時將相羣臣豈無賈生之比三表
五餌人知其疏而欲以困中行說尤不可信兵凶器也而易言之正如趙括之
輕秦李信之易楚若文帝亟用其說則天下殆將不安使賈生嘗歷艱難亦必
自悔其說用之晚歲其術必精不幸喪亡非意所及不然文帝豈棄才之主絳
灌豈蔽賢之士至於晁錯尤號刻薄文帝之世止於太子家令而景帝既立以
爲御史大夫申屠賢相發憤而死更法改令天下騷然至於七國發難而錯之
術亦窮矣文景優劣於此可見大抵名器爵祿人所奔趨必使積勞而後遷以
明持久而難得則人各安其分不敢躁求今若多開驟進之門使有意外之得
公卿侍從跬步可圖其得者既不以徼幸自名則不得者必皆以沈淪爲恨使
天下常調舉生妄心恥不若人何所不至欲望風俗之厚豈可得哉選人之改

京官常須十年以上薦更險阻計析毫釐其閒一事聱牙常至終身淪棄今乃以一人之薦舉而予之猶恐未稱章服隨至使積勞久次而得者何以厭服哉夫常調之人非守則令員多闕少久已患之不可復開多門以待巧進若巧者侵奪已甚則拙者迫怵無聊利害相形不得不察故近來朴拙之人愈少而巧進之士益多惟陛下重之惜之哀之救之如近日三司獻言使天下郡選一人催驅三司文字許之先次指射以酬其勞則數年之後審官吏部又有三百餘人得先占闕常調待次不其愈難此外勾當發運均輸按行農田水利已據監司之體各懷進用之心轉對者望以稱旨而驟遷奏課者求為優等而速化相勝以力相高以言而名實亂矣（以上言不取驟進速化）惟陛下以簡易為法以清淨為心使姦無所緣而民德歸厚臣之所願厚風俗者此之謂也（厚風俗止此）古者建國使內外相制輕重相權如周如唐則外重而內輕如秦如魏則外輕而內重內重之弊必有姦臣指鹿之患外重之弊必有大國問鼎之憂聖人方盛而慮衰常先立法以救弊國家租賦總於計省重兵聚於京師以古揆今則似內重恭惟

祖宗所以預圖而深計。固非小臣所能臆度而周知。然觀其委任臺諫之一端。則是聖人過防之至計。歷觀秦漢以及五代。諫爭而死。蓋數百人。而自建隆以來。未嘗罪一言者。縱有薄責。旋即超升。許以風聞。而無官長。風采所繫。不問尊卑。言及乘輿。則天子改容。事關廊廟。則宰相待罪。故仁宗之世。議者譏宰相但奉行臺諫風旨而已。聖人深意。流俗豈知。擢用臺諫。固未必皆賢。所言亦未必皆是。然須養其銳氣。借之重權者。豈徒然哉。將以折姦臣之萌。而救內重之弊也。夫姦臣之始。以臺諫折之而有餘。及其既成。以干戈取之而不足。今法令嚴密。朝廷清明。所謂姦臣。萬無此理。然養猫以去鼠。不可以無鼠而養不捕之猫。畜狗以防姦。不可以無姦而畜不吠之狗。陛下得不上念祖宗設此官之意。下爲子孫立萬世之防。朝廷紀綱。孰大於此。臣自幼小所記及聞長老之談。皆謂臺諫所言。常隨天下公議。公議所與。臺諫亦與之。公議所擊。臺諫亦擊之。及至英廟之初。始建稱親之議。本非人主大過。亦無典禮明文。徒以衆心未安。公議不允。當時臺諫以死爭之。今者物論沸騰。怨讟交至。公議所在。亦可知矣。而相顧不發中外失望夫彈劾積威之後雖庸人亦可以奮揚風采消委之餘雖豪傑有不能振起臣恐自茲以往習慣成風盡爲執政私人以致人主孤立紀綱一廢何事不生孔子曰鄙夫可與事君也與哉其未得之也患得之既得之患失之苟患失之無所不至矣臣始讀此書疑其太過以爲鄙夫之患失不過備位而苟容及觀李斯憂蒙恬之奪其權則立二世以亡秦盧杞憂懷光之數其惡則誤德宗以再亂其心本生於患失而其禍乃至於喪邦孔子之言良不爲過是以知爲國者平居必有忘軀犯顏之士則臨難庶幾有徇義守死之臣苟平居尚不能一言則臨難何以責其死節人臣苟皆如此天下亦曰殆哉君子和而不同小人同而不和和如和羹同如濟水故孫寶有言周公上聖召公大賢猶不相悅著於經典兩不相損晉之王導可謂元臣每與客言舉坐稱善而王述不悅以爲人非堯舜安得每事盡善導亦斂衽謝之若使言無不同意無不合更唱迭和何者非賢萬一有小人居其閒則人主何緣得以知覺臣之所謂願存紀綱者此之謂也（以上存紀綱）

臣非敢歷詆新政苟爲異論如近日裁減皇

族恩例刊定任子條式修完器械閱習鼓旗皆陛下神算之至明乾剛之必斷物議既允臣敢有辭然至於所獻三言則非臣之私見中外所病其誰不知昔禹戒舜曰無若丹朱傲惟慢遊是好舜豈有是哉周公戒成王曰無若殷王受之迷亂酗於酒德哉成王豈有是哉周昌以漢高為桀紂劉毅以晉武為桓靈當時人君曾莫之罪書之史冊以為美談使臣所獻三言皆朝廷未嘗有此則天下之幸臣與有焉若有萬一似之則陛下安可不察然而臣之為計可謂愚矣以螻蟻之命試雷霆之威積其狂愚豈可屢赦大則身首異處破壞家門小則削籍投荒流離道路雖然陛下必不為此何也臣天賦至愚篤於自信向者與議學校貢舉首違大臣本意已期竄逐敢意自全而陛下獨然其言曲賜召對從容久之至謂臣曰方今政令得失安在雖朕過失指陳可也臣即對曰陛下生知之性天縱文武不患不明不患不勤不患不斷但患求治太速進人太銳聽言太廣又備述其所以然之狀陛下頷之曰卿所獻三言朕當熟思之臣之狂愚非獨今日陛下容之久矣豈有容之於始而不赦之於終恃此而言所

以不懼臣之所懼者譏刺既重怨仇實多必將詆臣以深文中臣以危法使陛下雖欲赦臣而不得豈不殆哉死亡不辭但恐天下以臣爲戒無復言者是以思之經月夜以繼日書成復毀至於再三感陛下聽其一言懷不能已卒吐其說惟陛下憐其愚忠而卒赦之不勝俯伏待罪憂恐之至

蘇軾代張方平諫用兵書

臣聞好兵猶好色也傷生之事非一而好色者必死賊民之事非一而好兵者必亡此理之必然者也夫惟聖人之兵皆出於不得已故其勝也享安全之福其不勝也必無意外之患後世用兵皆得已而不已故其勝也則變遲而禍大其不勝也則變速而禍小是以聖人不計勝負之功而深戒用兵之禍何者與師十萬日費千金內外騷動殆於道路者七十萬家內則府庫空虛外則百姓窮匱飢寒逼迫其後必有盜賊之憂死傷愁怨其終必致水旱之報上則將帥擁衆有跋扈之心下則士衆久役有潰叛之志變故百出皆由用兵至於興事首議之人冥謫尤重蓋以平民無故緣兵而死怨氣充積必有任其咎者是以

聖人畏之重之非不得已不敢用也自古人主好動干戈由敗而亡者不可勝數臣今不敢復言請爲陛下言其勝者秦始皇既平六國復事胡越戍役之患被於四海雖拓地千里遠過三代而墳土未乾天下怨叛二世被害子嬰就擒滅亡之酷自古所未嘗有也漢武帝承文景富溢之餘首挑匈奴兵連不解遂使侵尋及於諸國歲歲調發所至成功建元之閒兵禍始作是時蚩尤旗出長與天等其春戾太子生自是師行三十餘年死者無數及巫蠱事起京師流血僵尸數萬太子父子皆敗故班固以爲太子生長於兵與之終始帝雖悔悟自克而沒身之恨已無及矣隋文帝既下江南繼事夷狄煬帝嗣位此志不衰皆能誅滅彊國威震萬里然而民怨盜起亡不旋踵唐太宗神武無敵尤喜用兵既已破滅突厥高昌吐谷渾等猶且未厭親駕遼東皆志在立功非不得已而用其後武氏之難唐室陵遲不絕如綫蓋用兵之禍物理難逃不然太宗仁聖寬厚克己裕人幾至刑措而一傳之後子孫塗炭此豈爲善之報也哉由此觀之漢唐用兵於寬仁之後故勝而僅存秦隋用兵於殘暴之餘故勝而遂滅臣

每讀書至此未嘗不掩卷流涕傷其計之過也若使此四君者方其用兵之初隨即敗衂惕然戒懼知用兵之難則禍敗之興當不至此不幸每舉輒勝故使狃於功利慮患不深臣故曰勝則變遲而禍大不勝則變速而禍小不可不察也昔仁宗皇帝覆育天下無意於兵將士惰媮兵革朽鈍元昊乘間竊發西鄙延安涇原麟府之間敗者三四所喪動以萬計而海內晏然兵休事已而民無怨言國無遺患何者天下臣庶知其無好兵之心天地鬼神諒其有不得已之實故也今陛下天錫勇智意在富彊即位以來繕甲治兵伺候鄰國羣臣百僚窺見此指多言用兵其始也弼臣執國命者無憂深思遠之心樞臣當國論者無慮害持難之識在臺諫之職者無獻替納忠之議從微至著遂成厲階既而薛向為横山之謀韓絳效深入之計陳升之呂公弼等陰與之協力師徒喪敗財用耗屈較之寶元慶歷之敗不及十一然而天怒人怨邊兵背叛京師騷然陛下為之旰食者累月何者用兵之端陛下作之是以吏士無怒敵之意而不直陛下也尚賴祖宗積累之厚皇天保佑之深故使兵出無功感悟聖意然淺

見之士方且以敗爲恥力欲求勝以稱上心於是王韶搆禍於熙河章惇造釁於梅山熊本發難於渝瀘然此等皆戕賊已降俘纍老弱困弊腹心而取空虛無用之地以爲武功使陛下受此虛名而忽於實禍勉彊砥礪奮於功名故沈起劉彝復發於安南使十餘萬人暴露瘴毒死者十而五六道路之人斃於輸送貲糧器械不見敵而盡以爲用兵之意必且少衰而李憲之師復出於洮州矣今師徒克捷銳氣方盛陛下喜於一勝必有輕視四夷陵侮敵國之意天意難測臣實畏之且夫戰勝之後陛下可得而知者凱旋捷奏拜表稱賀赫然耳目之觀耳至於遠方之民肝腦屠於白刃筋骨絕於餽餉流離破產鬻賣男女薰眼折臂自經之狀陛下必不得而見也慈父孝子孤臣寡婦之哭聲陛下必不得而聞也譬猶屠殺牛羊刳臠魚鼈以爲膳羞食者甚美死者甚苦使陛下見其號呼於梃刃之下宛轉於刀几之間雖八珍之美必將投筯而不忍食而況用人之命以爲耳目之觀乎且使陛下將卒精彊府庫充實如秦漢隋唐之君則既勝之後禍亂方興尚不可救而況所任將吏罷輭凡庸較之古人萬萬

不逮。而數年以來。公私窘乏。內府累世之積。掃地無餘。州郡征稅之儲。上供殆盡。百官廩俸。僅而能繼。南郊賞給。久而未辦。以此舉動。雖有智者。無以善其後矣。且饑疫之後。所在盜賊蠭起。京東河北。尤不可言。若軍事一興。橫斂隨作。民窮而無告。其勢不爲大盜。無以自全。邊事方深。內患復起。則勝廣之形。將在於此。此老臣所以終夜不寐。臨食而歎。至於痛哭而不能自止也。且臣聞之。凡舉大事。必順天心。天之所向。以之舉事必成。天之所背。以之舉事必敗。蓋天心向背之跡。見於災祥豐歉之間。今自近歲日蝕星變。地震山崩。水旱癘疫。連年不解。民死將半。天心之向背。可以見矣。而陛下方且斷然不顧。興事不已。譬如人子得過於父母。惟有恭順靜默。引咎自責。庶幾可解。今乃紛然詰責奴婢。恣行箠楚。以此事親。未有見赦於父母者。故臣願陛下遠覽前世興亡之迹。深察天心向背之理。絕意兵革之事。保疆睦鄰。安靜無爲。爲社稷長久之計。上以安二宮朝夕之養。下以濟四方億兆之命。則臣雖老死溝壑。瞑目於地下矣。昔漢祖破滅羣雄。遂有天下。光武百戰百勝。祀漢配天。然至白登被圍。則講和親之議。

西域請吏則出謝絕之言此二帝者非不知兵也蓋經變既多則慮患深遠今陛下深居九重而輕議討伐老臣庸懦私竊以爲過矣然而人臣納說於君因其既厭而止之則易爲力迎其方鋭而折之則難爲功凡有血氣之倫皆有好勝之意方其氣之盛也雖布衣賤士有不可奪自非智識特達度量過人未有能於勇鋭奮發之中舍己從人惟義是聽者也今陛下盛氣於用武勢不可回臣非不知而獻言不已者誠見陛下聖德寬大聽納不疑故不敢以衆人好勝之常心望於陛下且意陛下他日親見用兵之害必將哀痛悔恨而追咎左右大臣未嘗一言臣亦將老且死見先帝於地下亦有以藉口矣惟陛下哀而察之

蘇軾徐州上皇帝書

臣以庸才備員冊府出守兩郡皆東方要地私竊以爲守法令治文書赴期會不足以報塞萬一輒伏思念東方之要務陛下之所宜知者得其一二草具以聞而陛下擇焉臣前任密州建言自古河北與中原離合常係社稷存亡而京

東之地所以灌輸河北缾竭則罍耻脣亡則齒寒而其民喜爲盜賊爲患最甚
因爲陛下畫所以待盜賊之策及移守徐州覽觀山川之形勢察其風俗之所
上而考之於載籍然後又知徐州爲南北之襟要而京東諸郡安危所寄也昔
項羽入關既燒咸陽而東歸則都彭城夫以羽之雄略捨咸陽而取彭城則彭
城之險固形便足以得志於諸侯者可知矣臣觀其地三面被山獨其西平川
數百里西走梁宋使楚人開關而延敵材官騶發突騎雲縱眞若屋上建瓴水
也地宜粟麥一熟而飽數歲其城三面阻水樓堞之下以汴泗爲池獨其南可
通車馬而戲馬臺在焉其高十仞廣袤百步若用武之世屯千人其上聚櫑木
礮石凡戰守之具以與城相表裏而積三年糧於城中雖用十萬人不易取也
其民皆長大膽力絶人喜爲剽掠小不適意則有飛揚跋扈之心非止爲盜而
已漢高祖沛人也項羽宿遷人也劉裕彭城人也朱全忠碭山人也皆在今徐
州數百里閒耳其人以此自負凶桀之氣積以成俗魏太祖以三十萬衆攻彭
城不能下而王智興以卒伍庸材恣睢於徐朝廷亦不能討豈非以其地形便

利人卒勇悍故耶州之東北七十餘里卽利國監自古爲鐵官商賈所聚其民富樂凡三十六冶冶戶皆大家藏鏹巨萬常爲盜賊所窺而兵衞寡弱有同兒戲臣中夜以思卽爲寒心使劇賊致死者十餘人白晝入市則守者皆棄而走耳地旣產精鐵而民皆善鍛散冶戶之財以嘯召無賴則烏合之衆數千人之仗可以一夕具也順流南下辰發巳至而徐有不守之憂矣不幸而賊有過人之才如呂布劉備之徒得徐而逞其志則東京之安危未可知也近者河北轉運司奏乞禁止利國監鐵不許入河北朝廷從之昔楚人亡弓不能忘楚孔子猶小之況天下一家東北二冶皆爲國興利而奪彼與此不已隘乎自鐵不北行冶戶皆有失業之憂詣臣而訴者數矣臣欲因此以征冶戶爲利國監之捍屏今三十六冶冶各百餘人採鑛伐炭多飢寒亡命彊力鷙忍之民也臣欲使冶戶每冶各擇有材力而忠謹者保任十人籍其名於官授以劒刃刀槊教之擊刺每月兩衙集於知監之庭而閱試之藏其刃於官以待大盜不得役使犯者以違制論冶戶爲盜所擬久矣民皆知之使冶出十人以自衞民所樂也而

官又爲除近日之禁使鐵得北行則冶戶皆悅而聽命姦猾破膽而不敢謀矣徐城雖險固而樓櫓敝惡又城大而兵少緩急不可守今戰兵千人耳臣欲乞移南京新招騎射兩指揮於徐此故徐人也嘗屯於徐營壘材石既具矣而還於南京異時轉運使分東西路畏餽餉之勞而移之西耳今兩路爲一其去來無所損益而足以爲徐之重城下數里頗產精石無窮而奉化廂軍見闕數百人臣願召石工以足之聽不差出使此數百人者常采石以甃城數年之後舉爲金湯之固要使利國監不可窺則徐無事徐無事則京東無虞矣沂州山谷重阻爲逋逃淵藪盜賊每入徐州界中陛下若采臣言不以臣爲不肖願復三年守徐且得兼領沂州兵甲巡檢公事必有以自效京東惡盜多出逃軍逃軍爲盜民則望風畏之何也技精而法重也技精則難敵法重則致死其勢然也自陛下置將官修軍政士皆精銳而不免於逃者臣常考其所由蓋自近歲以來部送罪人配軍者皆不使役人而使禁軍軍士當部送者受牒即行往返常不下十日道路之費非取息錢不能辦百姓畏法不敢貸貸亦不可復得惟所

部將校乃敢出息錢與之歸而刻其糧賜以故上下相持軍政不修博奕飲酒無所不至窮苦無聊則逃去為盜臣自至徐即取不係省錢百餘千別儲之當部送者量遠近裁取以三月刻納不取其息將吏有敢貸息錢者痛以法治之然後嚴軍政禁酒博比期年士皆飽暖練熟技藝等第為諸郡之冠陛下遣使按閱所具見也臣願下其法諸郡推此行之則軍政修而逃者寡亦去盜之一端也臣聞之漢相王嘉曰孝文帝時二千石長吏安官樂職上下相望莫有苟且之意其後稍稍變易公卿以下轉相促急司隸部刺史發揚陰私吏或居官數月而退二千石益輕賤吏民慢易之知其易危小失意則起離畔之心前山陽亡徒蘇令縱橫吏士臨難莫肯伏節死義者以守相威權素奪故也國家有急取辦於二千石二千石尊重難危乃能使下以王嘉之言而考之於今郡守之威權可謂素奪矣上有監司伺其過失下有吏民持其長短未及按問而差替之命已下矣欲督捕盜賊法外求一錢以使人且不可得盜賊凶人情重而法輕者守臣輒配流之則使所在法司復按其狀劾以失入惴惴如此何以

得吏士死力而破姦人之黨乎由此觀之盜賊所以滋熾者以陛下守臣權太輕故也臣願陛下稍重其權責以大綱闊略其小故凡京東多盜之郡自青鄆以降如徐沂齊曹之類皆慎擇守臣聽法外處置彊盜頗賜緡錢使得以布設耳目畜養爪牙然緡錢多賜則難常少又不足於用臣以爲每郡可歲別給一二百千使以釀酒凡使人葺捕盜賊得以酒與之敢以爲他用者坐贓論賞格之外歲得酒數百斛亦足以使人矣此又治盜之一術也然此皆其小者其大者非臣之所當言欲默而不發則又私自念遭值陛下英聖特達如此若有所不盡非忠臣之義故昧死復言之昔者以詩賦取士今陛下以經術用人名雖不同然皆以文詞進耳考其所得多吳楚閩蜀之人至於京東西河北河東陝西五路蓋自古豪傑之場其人沈鷙勇悍可任以事然欲使治聲律讀經義以與吳楚閩蜀之人爭得失於毫釐之閒則彼有不仕而已故其得人常少夫惟忠孝禮義之士雖不得志不失爲君子若德不足而才有餘者困於無門則無所不至矣故臣願陛下特爲五路之士別開仕進之門漢法郡縣秀民推擇爲

吏考行察廉以次遷補或至二千石入爲公卿古者不專以文詞取人故得士爲多黃霸起於卒史薛宣奮於書佐朱邑選於嗇夫丙吉出於獄吏其餘名臣循吏由此而進者不可勝數唐自中葉以後方鎮皆選列校以掌牙兵是時四方豪傑不能以科目自達者皆爭爲之往往積功以取旄鉞雖老姦巨盜或出其中而名卿賢將如高仙芝封常清李光弼來瑱李抱玉段秀實之流所得亦已多矣王者之用人如江河江河所趨百川赴焉蛟龍生之及其去而之他則魚鼈無所還其體而鯢鰍爲之制今世胥史牙校皆奴僕庸人者無他以陛下不用也今將用胥史牙校而胥史行文書治刑獄錢穀其勢不可廢鞭撻鞭撻一行則豪傑不出於其間故凡士之刑者不可用用者不可刑故臣願陛下采唐之舊使五路監司郡守共選士人以補牙職皆取人材心力有足過人而不能從事於科舉者祿之以今之庸錢而課之鎮稅場務督捕盜賊之類自公罪杖以下聽贖依將校法使長吏得薦其才者第其功伐書其歲月使得出仕比任子而不以流外限其所至朝廷察其尤異者擢用數人則豪傑英偉之士漸

出於此途而姦猾之黨可得而籠取也其條目委曲臣未敢盡言惟陛下留神省察昔晉武平吳之後詔天下罷軍役州郡悉去武備惟山濤論其不可帝見之曰天下名言也而不能用及永甯之後盜賊蠭起郡國皆以無備不能制其言乃驗今臣於無事之時屢以盜賊爲言其私憂過計亦已甚矣陛下縱能容之必爲議者所笑使天下無事而臣獲笑可也不然事至而圖之則已晚矣干犯天威罪在不赦

王安石上仁宗皇帝言事書

臣愚不肖蒙恩備使一路今又蒙恩詔還闕廷有所任屬而當以使事歸報陛下不自知其無以稱職而敢緣使事之所及冒言天下之事伏惟陛下詳思而擇處其中幸甚臣竊觀陛下有恭儉之德有聰明睿智之才夙興夜寐無一日之暇聲色狗馬觀遊玩好之事無纖芥之蔽而仁民愛物之意孚於天下而又公選天下之所願以爲輔相者屬之以事而不貳於讒邪傾巧之臣此雖二帝三王之用心不過如此而已宜其家給人足天下大治而效不至於此顧內則

不能無以社稷爲憂外則不能無懼於夷狄天下之財力日以困窮而風俗日以衰壞四方有志之士諰諰然常恐天下之久不安此其故何也患在不知法度故也今朝廷法嚴令具無所不有而臣以謂無法度者何哉方今之法度多不合乎先王之政故也孟子曰有仁心仁聞而澤不加於百姓者爲政不法於先王之道故也以孟子之說觀方今之失正在於此而已夫以今之世去先王之世遠所遭之變所遇之勢不一而欲一一修先王之政雖甚愚者猶知其難也然臣以謂今之失患在不法先王之政者以謂當法其意而已夫二帝三王相去蓋千有餘載一治一亂其盛衰之時具矣其所遭之變所遇之勢亦各不同其施設之方亦皆殊而其爲天下國家之意本末先後未嘗不同也臣故曰當法其意而已法其意則吾所改易更革不至乎傾駭天下之耳目囂天下之口而固已合乎先王之政矣雖然以方今之勢揆之陛下雖欲改易更革天下之事合於先王之意其勢必不能也陛下有恭儉之德有聰明睿智之才有仁民愛物之意誠加之意則何爲而不成何欲而不得然而臣顧以謂陛下雖欲

改易更革天下之事合於先王之意其勢必不能者何也以方今天下之人才不足故也臣嘗試竊觀天下在位之人未有乏於此時者也夫人才乏於上則有沈廢伏匿在下而不爲當時所知者矣臣又求之於閭巷草野之間而亦未見其多焉豈非陶冶而成之者非其道而然乎臣以謂方今在位之人才不足者以臣使事之所及則可知矣今以一路數千里之間能推行朝廷之法令知其所緩急而一切能使民以修其職事者甚少而不才苟簡貪鄙之人至不可勝數其能講先王之意以合當時之變者蓋闔郡之間往往而絕也朝廷每一令下其意雖善在位者猶不能推行使膏澤加於民而吏輒緣之爲姦以擾百姓臣故曰在位之人才不足而草野閭巷之間亦未見其多也夫人才不足則陛下雖欲改易更革天下之事以合先王之意大臣雖有能當陛下之意而欲領此者九州之大四海之遠孰能稱陛下之旨以一二推行此而人人蒙其施者乎臣故曰其勢必未能也孟子曰徒法不能以自行非此之謂乎然則方今之急在於人才而已誠能使天下之才衆多然後在位之才可以擇其人而取

足焉在位者得其才矣然後稍視時勢之可否而因人情之患苦變更天下之弊法以趨先王之意甚易也今之天下亦先王之天下先王之時人才嘗衆矣何至於今而獨不足乎故曰陶冶而成之者非其道故也商之時天下嘗大亂矣在位貪毒禍敗皆非其人及文王之起而天下之才嘗少矣當是時文王能陶冶天下之士而使之皆有士君子之才然後隨其才之所有而官使之詩曰豈弟君子遐不作人此之謂也及其成也微賤兔罝之人猶莫不好德兔罝之詩是也又況於在位之人乎夫文王惟能如此故以征則服以守則治詩曰奉璋峨峨髦士攸宜又曰周王于邁六師及之言文王所用文武各得其材而無廢事也及至夷厲之亂天下之才又嘗少矣至宣王之起所與圖天下之事者仲山甫而已故詩人歎之曰德輶如毛維仲山甫舉之愛莫助之蓋閔人士之少而山甫之無助也宣王能用仲山甫推其類以新美天下之士而後人才復衆於是內修政事外討不庭而復有文武之境土故詩人美之曰薄言采芑于彼新田于此菑畝言宣王能新美天下之士使之有可用之才如農夫新美其

田而使之有可采之芭也由此觀之人之才未嘗不自人主陶冶而成之者也所謂人主陶冶而成之者何也亦教之養之取之任之有其道而已所謂教之之道何也古者天子諸侯自國至於鄉黨皆有學博置教導之官而嚴其選朝廷禮樂刑政之事皆在於學士所觀而習者皆先王之法言德行治天下之意其材亦可以爲天下國家之用苟不可以爲天下國家之用則不教也苟可以爲天下國家之用者則無不在於學此教之之道也所謂養之之道何也饒之以財約之以禮裁之以法也何謂饒之以財人之情不足於財則貪鄙苟得無所不至先王知其如此故其制祿自庶人之在官者其祿已足以代其耕矣由此等而上之每有加焉使其足以養廉恥而離於貪鄙之行猶以爲未也又推其祿以其及子孫謂之世祿使其生也既於父母兄弟妻子之養婚姻朋友之接皆無憾矣其死也又於子孫無不足之憂焉何謂約之以禮人情足於財而無禮以節之則又放僻邪侈無所不至先王知其如此故爲之制度婚喪祭養燕享之事服食器用之物皆以命數爲之節而齊之以律度量衡之法其命可

以爲之而財不足以具則弗具也其財可以具而命不得爲之者不使有銖兩分寸之加焉何謂裁之以法先王於天下之士教之以道藝矣不帥教則待之以屏棄遠方終身不齒之法約之以禮矣不循禮則待之以流殺之法王制曰變衣服者其君流酒誥曰厥或誥曰羣飲汝勿佚盡執拘以歸于周予其殺夫羣飲變衣服小罪也流殺大刑也加小罪以大刑先王所以忍而不疑者以爲不如是不足以一天下之俗而成吾治夫約之以禮裁之以法天下所以服從無抵冒者又非獨其禁嚴而治察之所能致也蓋亦以吾至誠懇惻之心力行而爲之倡凡在左右通貴之人皆順上之欲而服行之有一不帥者法之加必自此始夫上以至誠行之而貴者知避上之所惡矣則天下之不罰而止者衆矣故曰此養之之道也所謂取之之道者何也先王之取人也必於鄉黨必於庠序使衆人推其所謂賢能書之以告於上而察之誠賢能也然後隨其德之大小才之高下而官使之所謂察之者非專用耳目之聰明而聽私於一人之口也欲審知其德問以行欲審知其才問以言得其言行則試之以事所謂察

之者。試之以事是也。雖堯之用舜。不過如此而已。又況其下乎。若夫九州之大。四海之遠。萬官億醜之賤。所須士大夫之才則衆矣。有天下者又不可以一一自察之也。又不可偏屬於一人。而使之於一日二日之間。試其能行而進退之也。蓋吾已能察其才行之大者。以爲大官矣。因使之取其類以持久試之。而考其能者以告於上。而後以爵命祿秩予之而已。此取之之道也。所謂任之之道者何也。人之才德高下厚薄不同。其所任有宜有不宜。先王知其如此。故知農者以爲后稷。知工者以爲共工。其德厚而才高者以爲之長。德薄而才下者以爲之佐屬。又以久於其職。則上狃習而知其事。下服馴而安其教。賢者則其功可以至於成。不肖者則其罪可以至於著。故久其任而待之以考績之法。夫如此。故智能才力之士。則得盡其智以赴功。而不患其事之不終。其功之不就也。偷惰苟且之人。雖欲取容於一時。而顧僇辱在其後。安敢不勉乎。若夫無能之人。固知辭避而去矣。居職任事之日久。不勝任之罪。不可以幸而免故也。彼且不敢冒而知辭避矣。尚何有比周讒諂爭進之人乎。取之既已詳。使之既已當。

處之既已久至其任之也又專焉而不一一以法束縛之而使之得行其意堯舜之所以理百官而熙衆工者以此而已書曰三載考績三考黜陟幽明此之謂也然堯舜之時其所黜者則聞之矣蓋四凶是也其所陟者則皋陶稷契皆終身一官而不徙蓋其所謂陟者特加之爵命祿賜而已耳此任之之道也夫教之養之取之任之之道如此而當時人主又能與其大臣悉其耳目心力至誠惻怛思念而行之此其人臣之所以無疑而於天下國家之事無所欲爲而不得也方今州縣雖有學取牆壁具而已非有教導之官長育人才之事也唯太學有教導之官而亦未嘗嚴其選朝廷禮樂刑政之事未嘗在於學學者亦漠然自以禮樂刑政爲有司之事而非己所當知也學者之所教講說章句而已講說章句固非古者教人之道也近歲乃始教之以課試之文章夫課試之文章非博誦彊學窮日之力則不能及其能工也大則不足以用天下國家小則不足以爲天下國家之用故雖白首於庠序窮日之力以帥上之教及使之從政則茫然不知其方者皆是也蓋今之教者非特不能成人之材而已又從

而困苦毀壞之使不得成材者何也夫人之才成於專而毀於雜故先王之處民才處工於官府處農於畎畝處商賈於肆而處士於庠序使各專其業而不見異物懼異物之足以害其業也所謂士者又非特使之不得見異物而已一示之以先王之道而百家諸子之異說皆屏之而莫敢習者焉今士之所宜學者天下國家之用也今悉使置之不教而教之課試之文章使其耗精疲神窮日之力以從事於此及其任之以官也則又悉使置之而責之以天下國家之事夫古之人以朝夕專其業於天下國家之事而猶才有能有不能今乃移其精神奪其日力以朝夕從事於無補之學及其任之以事然後卒然責之以爲天下國家之用宜其才之足以有爲者少矣臣故曰非特不能成人之才又從而困苦毀壞之使不得成才也又有甚害者先王之時士之所學者文武之道也士之才有可以爲公卿大夫有可以爲士其才之大小宜不宜則有矣至於武事則隨其才之大小未有不學者故其大者居則爲六官之卿出則爲六軍之將也其次則比閭族黨之師亦皆卒伍師旅之帥也故邊疆宿衛皆得士大

夫爲之而小人不得奸其位今之學者以爲文武異事吾知治文事而已至於邊疆宿衞之任則推而屬之於卒伍往往天下姦悍無賴之人苟其才行足以自託於鄉里者亦未有肯去親戚而從召募也邊疆宿衞此乃天下之重任而人主之所當愼重者也故古者教士以射御爲急其他技能則視其人才之所宜而後教之其才之所不能則不彊也至於射則爲男子之事人之生有疾則已苟無疾未有去射而不學者也在庠序之閒固當從事於射也有賓客之事則以射有祭祀之事則以射別士之行同能偶則以射於禮樂之事未嘗不寓以射而射亦未嘗不在於禮樂祭祀之閒也易曰弧矢之利以威天下先王豈以射爲可以習揖讓之儀而已乎固以爲射者武事之尤大而威天下守國家之具也居則以是習禮樂出則以是從戰伐士旣朝夕從事於此而能者衆則邊疆宿衞之任皆可以擇而取也夫士嘗學先王之道其行義嘗見推於鄉黨矣然後因其才而託之以邊疆宿衞之事此古之人君所以推干戈以屬之人而無內外之虞也今乃以夫天下之重任人主所當至愼之選推而屬之奸悍

無賴才行不足自託於鄉里之人此方今所以諰諰然常抱邊疆之憂而虞宿衞之不足恃以爲安也今孰不知邊疆宿衞之士不足恃以爲安哉顧以爲天下學士以執兵爲恥而亦未有能騎射行陣之事者則非召募之卒伍孰能任其事者乎夫不嚴其教高其選則士之以執兵爲恥而未嘗有能騎射行陣之事固其理也凡此皆教之非其道故也方今制祿大抵皆薄自非朝廷侍從之列食口稍衆未有不兼農商之利而能充其養者也其下州縣之吏一月所得多者錢八九千少者四五千以守選待除守闕通之蓋六七年而後得三年之祿計一月所得乃實不能四五千少者乃實不能及三四千而已雖廝養之給亦窘於此矣而其養生喪死婚姻葬送之事皆當於此出夫中人之上者雖窮而不失爲君子出中人之下者雖泰而不失爲小人唯中人不然窮則爲小人泰則爲君子計天下之士出中人之上下者千百而無十一窮而爲小人泰而爲君子者則天下皆是也先王以爲衆不可以力勝也故制行不以己而以中人爲制所以因其欲而利道之以爲中人之所能守則其志可以行乎天下而

推之後世以今之制祿而欲士之無毀廉恥蓋中人之所不能也故今官大者往往交賂遺營貲產以負貪污之毀官小者販鬻乞丐無所不爲夫士已嘗毀廉恥以負累於世矣則其偷惰取容之意起而矜奮自彊之心息則職業安得而不弛治道何從而興乎又況委法受賂侵牟百姓者往往而是也此所謂不能饒之以財也婚喪奉養服食器用之物皆無制度以爲之節而天下以奢爲榮以儉爲恥苟其財之可以具則無所爲而不得有司旣不禁而人又以此爲榮苟其財不足而不能自稱於流俗則其婚喪之際往往得罪於族人親姻而人以爲恥矣故富者貪而不知止貧者則强勉其不足以追之此士之所以重困而廉恥之心毀也凡此所謂不能約之以禮也方今陛下躬行儉約以率天下此左右通貴之臣所親見然而其閨門之內奢靡無節犯上之所惡以傷天下之教者有已甚者矣未聞朝廷有所放絀以示天下昔周之人拘羣飲而被之以殺刑者以爲酒之末流生害有至於死者衆矣故重禁其禍之所自生重禁其禍之所自生故其施刑極省而人之抵於禍敗者少矣今朝廷之法所尤

重者獨貪吏耳。重禁貪吏而輕奢靡之法。此所謂禁其末而弛其本。然而世之識者。以爲方今官冗。而縣官財用已不足以供之。其亦蔽於理矣。今之入官誠冗矣。然而前世置員蓋甚少。而賦祿又如此之薄。則財用之所不足。蓋亦有說矣。吏祿豈足計哉。臣於財利固未嘗學。然竊觀前世治財之大略矣。蓋因天下之力以生天下之財。取天下之財以供天下之費。自古治世未嘗以不足爲天下之公患也。患在治財無其道耳。今天下不見兵革之具。而元元安土樂業。各致己力以生天下之財。然而公私嘗以困窮爲患者。殆以理財未得其道。而有司不能度世之宜而通其變耳。誠能理財以其道而通其變。臣雖愚固知增吏祿不足以傷經費也。方今法嚴令具。所以羅天下之士。可謂密矣。然而亦嘗教之以道藝。而有不帥教之刑以待之乎。亦嘗約之以制度。而有不循理之刑以待之乎。亦嘗任之以職事。而有不任事之刑以待之乎。夫不先教之以道藝。誠不可以誅其不帥教。不先約之以制度。誠不可以誅其不循禮。不先任之以職事。誠不可以誅其不任事。此三者。先王之法所尤急也。今皆不可得誅。而薄物細故非害治之急者。爲之法禁月異而歲不同。爲吏者至於不可勝記。又況能一一避之而無犯者乎。此法令所以玩而不行。小人有幸而免者。君子有不幸而及者焉。此所謂不能裁之以刑也。凡此皆治之非其道也。方今取士。彊記博誦而略通於文辭。謂之茂才異等。賢良方正。茂才異等。賢良方正者。公卿之選也。記不必彊。誦不必博。略通於文辭。而又嘗學詩賦。則謂之進士。進士之高者。亦公卿之選也。夫此二科所得之技能。不足以爲公卿。不待論而後可知。而世之議者。乃以爲吾常以此取天下之士。而才之可以爲公卿者。常出於此。不必法古之取人而後得士也。其亦蔽於理矣。先王之時。盡所以取人之道。猶懼賢者之難進。而不肖者之雜於其間也。今悉廢先王所以取士之道。而敺天下之才士。悉使爲賢良進士。則士之才可以爲公卿者。固宜爲賢良進士。而賢良進士亦固宜有時而得才之可以爲公卿者也。然而不肖者。苟能雕蟲篆刻之學。以此進至乎公卿。才之可以爲公卿者。困於無補之學。而以此絀死於嵓野。蓋十八九矣。夫古之人有天下者。其所以愼擇者。公卿而已。公卿既得其人。因使推其類以聚於朝廷則百司庶物無不得其人也今使不肖之人幸而至乎公卿因得推其類聚之朝廷此朝廷所以多不肖之人而雖有賢智往往困於無助不得行其意也且公卿之不肖既推其類以聚於朝廷朝廷之不肖又推其類以備四方之任使四方之任使者又各推其不肖以布於州郡則雖有同罪舉官之科豈足恃哉適足以爲不肖者之資而已其次九經五經學究明法之科朝廷固已嘗患其無用於世而稍責之以大義矣然大義之所得未有以賢於故也今朝廷又開明經之選以進經術之士然明經之所取亦記誦而略通於文辭者則得之矣彼通先王之意而可以施於天下國家之用者顧未必得與於此選也其次則恩澤子弟庠序不教之以道藝官司不考問其才能父兄不保任其行義而朝廷輒以官予之而任之以事武王數紂之罪則曰官人以世夫官人以世而不計其才行此乃紂之所以亂亡之道而治世之所無也又其次曰流外朝廷固已擠之於廉恥之外而限其進取之路矣顧屬之以州縣之事使之臨士民之上豈所謂以賢治不肖者乎以臣使事之所及一路數千

里之閑州縣之吏出於流外者往往而有可屬任以事者殆無二三而當防閑其姦者皆是也蓋古者有賢不肖之分而無流品之別故孔子之聖而嘗爲季氏吏蓋雖爲吏而亦不害其爲公卿及後世有流品之別則凡在流外者其所成立固嘗自置於廉恥之外而無高人之意矣夫以近世風俗之流靡自雖士大夫之才勢足以進取而朝廷嘗獎之以禮義者晚節末路往往怵而爲姦況又其素所成立無高人之意而朝廷固已擠之於廉恥之外限其進取者乎其臨人親職放僻邪侈固其理也至於邊疆宿衛之選則臣固已言其失矣凡此皆取之非其道也方今取之既不以其道至於任之又不問其德之所宜而問其出身之後先不論其才之稱否而論其歷任之多少以文學進者且使之治財已使之治財矣又轉而使之典獄已使之典獄矣又轉而使之治禮是則一人之身而責之以百官之所能備宜其人才之難爲也夫責人以其所難爲則人之能爲者少矣人之能爲者少則相率而不爲故使之典禮未嘗以不知禮爲憂以今之典禮者未嘗學禮故也使之典獄未嘗以不知獄爲恥以今之典

獄者未嘗學獄故也天下之人亦已漸漬於失教被服於成俗見朝廷有所任使非其資序則相議而訕之至於任使之不當其才未嘗有非之者也且在位者數徙則不得久於其官故上不能狃習而知其事下不肯服馴而安其教賢者則其功不可以及於成不肖者則其罪不可以至於著若夫迎新將故之勞緣絕簿書之弊固其害之小者不足悉數也設官大抵皆當久於其任而至於所部者遠所任者重則尤宜久於其官而後可以責其有爲而方今尤不得久於其官往往數日輒遷之矣取之既已不詳使之既已不當處之既已不久至於任之則又不專而又一一以法束縛之不得行其意臣故知當今在位多非其人稍假借之權而不一一以法束縛之則放恣而無不爲雖然在位非其人而恃法以爲治自古及今未有能治者也卽使在位皆得其人矣而一一以法束縛之不使之得行其意亦自古及今未有能治者也夫取之既已不詳使之既已不當處之既已不久任之又不專而又一一以法束縛之故雖賢者在位能者在職與不肖而無能者殆無以異夫如此故朝廷明知其賢能足以任事

苟非其資序則不以任事而輒進之雖進之士猶不服也明知其無能而不肖苟非有罪爲在事者所劾不敢以其不勝任而輒退之雖退之士猶不服也彼誠不肖無能然而士不服者何也以所謂賢能者任其事與不肖而無能者亦無以異故也臣前以謂不能任人以職事而無不任事之刑以待之者蓋謂此也夫教之養之取之任之有一非其道則足以敗天下之人才又況兼此四者而有之則在位不才苟簡貪鄙之人至於不可勝數而草野閭巷之間亦少可任之才固不足怪詩曰國雖靡止或聖或否民雖靡膴或哲或謀或肅或艾如彼泉流無淪胥以敗此之謂也夫在位之人才不足矣而閭巷草野之間亦少可用之才則豈特行先王之政而不得也社稷之託封疆之守陛下其能久以天幸爲常而無一旦之憂乎蓋漢之張角三十六萬同日而起所在郡國莫能發其謀唐之黃巢橫行天下而所至將吏無敢與之抗者漢唐之所以亡禍自此始唐既亡矣陵夷以至五代而武夫用事賢者伏匿消沮而不見在位無復有知君臣之義上下之禮者也當是之時變置社稷蓋甚於弈棊之易而元元

肝腦塗地。幸而不轉死於溝壑者無幾耳。夫人才不足。其患蓋如此。而方今公
卿大夫。莫肯為陛下長慮後顧。為宗廟萬世計。臣竊惑之。昔晉武帝趣過目前。
而不為子孫長遠之謀。當時在位。亦皆偷合苟容。而風俗蕩然。棄禮義。捐法制。
上下同失。莫以為非。有識固知其將必亂矣。而其後果海內大擾。中國列於夷
狄者二百餘年。伏惟三廟祖宗神靈。所以付屬陛下。固將為萬世血食。而大庇
元元於無窮也。臣願陛下鑒漢唐五代之所以亂亡。懲晉武苟且因循之禍。明
詔大臣。思所以陶成天下之才。慮之以謀。計之以數。為之以漸。期為合於當世
之變。而無負於先王之意。則天下之人才不勝用矣。人才不勝用。則陛下何求
而不得。何欲而不成哉。夫慮之以謀。計之以數。為之以漸。則成天下之才甚易
也。臣始讀孟子。見孟子言王政之易行。心則以為誠然。及見與慎子論齊魯之
地。以為先王之制國。大抵不過百里者。以為今有王者起。則凡諸侯之地。或千
里或五百里。皆將損之至於數十百里而後止。於是疑孟子雖賢。其仁智足以
一天下。亦安能毋劫之以兵革。而使數百千里之彊國。一旦肯損其地之十八

九比於先王之諸侯至其後觀漢武帝用主父偃之策令諸侯王地悉得推恩封其子弟而漢親臨定其號名輒別屬漢於是諸侯王之子弟各有分土而勢彊地大者卒以分析弱小然後知慮之以謀計之以數爲之以漸則大者固可使小彊者固可使弱而不至乎傾駭變亂敗傷之釁孟子之言不爲過又況今欲改易更革其勢非若孟子所爲之難也臣故曰慮之以謀計之以數爲之以漸則其爲甚易也然先王之爲天下不患人之不爲而患人之不能不患人之不能而患己之不勉何謂不患人之不爲而患人之不能人之情所願得者善行美名尊爵厚利也而先王能操之以臨天下之士天下之士有能遵之以治者則悉以其所願得者以與之士不能則已矣苟能則孰肯舍其所願得而不自勉以爲才故曰不患人之不爲患人之不能何謂不患人之不能而患己之不勉先王之法所以待人者盡矣自非下愚不可移之才未有不能赴者也然而不謀之以至誠惻怛之心力行而先之未有能以至誠惻怛之心力行而應之者也故曰不患人之不能而患己之不勉陛下誠有意乎成天下之才則臣

願陛下勉之而已。臣又觀朝廷異時欲有所施爲變革其始計利害未嘗不熟也。顧有一流俗僥倖之人不悅而非之。則遂止而不敢。夫法度立則人無獨蒙其幸者。故先王之政。雖足以利天下。而當其承敝壞之後僥倖之時。其創法立制。未嘗不艱難也。使其創法立制。而天下僥倖之人亦順悅以趨之無有齟齬。則先王之法。至今存而不廢矣。惟其創法立制之艱難。而僥倖之人。不肯順悅而趨之。故古之人欲有所爲。未嘗不先之以征誅而後得其意。詩曰。是伐是肆。是絕是忽。四方以無拂。此言文王先征誅而後得意於天下也。夫先王欲立法度以變衰壞之俗而成人之才。雖有征誅之難。猶忍而爲之。以爲不若是不可以有爲也。及至孔子以匹夫遊諸侯。所至則使其君臣捐所習。逆所順彊所劣。憧憧如也。卒困於排逐。然孔子亦終不爲之變。以爲不如是不可以有爲。此其所守。蓋與文王同意。夫在上之聖人莫如文王。在下之聖人莫如孔子。而欲有所施爲變革。則其事蓋如此矣。今有天下之勢。居先王之位。創立法制。非有征誅之難也。雖有僥倖之人不悅而非之。固不勝天下順悅之人衆也。然而一有流俗僥倖不悅之言則遂止而不敢爲者惑也陛下誠有意乎成天下之才則臣又願斷之而已夫慮之以謀計之以數爲之以漸而又勉之以成斷之以果然而猶不能成天下之才則以臣所聞蓋未有也然臣之所稱流俗之所不講而今之議者以謂迂闊而熟爛者也竊觀近世士大夫所欲悉心力耳目以補助朝廷者有矣彼其意非一切利害則以爲當世所能行者士大夫既以此希世而朝廷所取於天下之士亦不過如此至於大倫大法禮義之際先王之所力學而守者蓋不及也一有於此則羣聚而笑之以爲迂闊今朝廷悉心於一切之利害有司法令於刀筆之閒非一日也然其效可觀矣則夫所謂迂闊而熟爛者惟陛下亦可以少留神而察之矣昔唐太宗正觀之初人人異論如封德彝之徒皆以爲非雜用秦漢之政不足以爲天下能思先王之事開太宗者魏文正公一人耳其所施設雖未能盡當先王之意抑其大略可謂合矣故能以數年之閒而天下幾致刑措中國安甯蠻夷順服自三王以來未有如此盛時也唐太宗之初天下之俗猶今之世也魏文正公之言固當時所謂迂闊而

熟爛者也。然其效如此。賈誼曰。今或言德教之不如法令。胡不引商周秦漢以觀之。然則唐太宗之事。亦足以觀矣。臣幸以職事歸報陛下。不自知其駑下無以稱職。而敢及國家之大體者。以臣蒙陛下任使而當歸報。竊謂在位之人才不足。而無以稱朝廷任使之意。而朝廷所以任使天下之士者。或非其理。而士不得盡其才。此亦臣使事之所及。而陛下之所宜先聞者也。釋此不言。而毛舉利害之一二。以汙陛下之聰明。而終無補於世。則非臣所以事陛下惓惓之意也。伏惟陛下詳思而擇其中。天下幸甚。

經史百家雜鈔卷十三

西元二〇二二年一月一日重製一版

經史百家雜鈔 冊二（清曾國藩輯）

平裝四冊基本定價貳仟陸佰元正
（郵運匯費另加）

發行人：張敏君
發行處：中華書局
臺北市內湖區舊宗路二段一八一巷八號五樓（5FL., No. 8, Lane 181, JIOU-TZUNG Rd., Sec 2, NEI HU, TAIPEI, 11494, TAIWAN）
客服電話：886-8797-8396
公司傳真：886-8797-8909
匯款帳戶：華南商業銀行西湖分行
179100026931
印刷：維中科技有限公司
海瑞印刷品有限公司

No. N3103-2

國家圖書館出版品預行編目(CIP)資料

經史百家雜鈔/(清)曾國藩輯. -- 重製一版. -- 臺北市 :
中華書局, 2022.01
冊 ;　公分
ISBN 978-986-5512-70-5(全套 : 平裝)

830　　　　110021464